中國古典文學基本叢書

蘇軾詩集

第四册

〔清〕王文誥輯註

孔凡禮點校

蘇軾詩集卷二十

古今體詩五十七首

【誥案】起元豐三年庚申正月出京，二月，至檢校尚書水部員外郎黃州團練副使本州安置不得簽書公事貶所，盡十二月作。

陳州與文郎逸民飲別，攜手河堤上，作此詩

〔查註〕《太平寰宇記》：自開封府東南至陳州三百十里。文逸民，名務光。子由壻也。故呼爲文郎。按，范百祿所撰《文湖州墓志》，子男五人，務光，第四子也。

白酒無聲滑瀉油，醉行堤上散吾愁。春風料峭羊角轉，〔合註〕陸龜蒙詩：東風料峭客帆遠。河水渺綿瓜蔓流。〔王註子仁曰〕《水衡記〔一〕》云：二月、三月桃花水，五月瓜蔓水，謂瓜蔓延，故以名。〔合註〕李太白《當塗趙炎少府粉圖山水歌》詩：洞庭瀟湘意渺綿。君已思歸夢巴峽，【誥案】文與可以上年正月二十日卒於陳州，故諸子尚家於陳，時將載喪歸蜀，故詩中及之也。我能未到說黃州。〔王註〕韓退之詩：潮陽未到吾能說，海氣昏昏水拍天。此身聚散何窮已，未忍悲歌學楚囚。〔王註〕《左傳·成公九年》：晉侯觀於軍府。見鍾儀，問之曰：「南冠

而縶者誰也？」有司對曰：「鄭人所獻楚囚也。」使稅之。《晉書·王導傳》：過江人士，每暇日相要，出，新亭飲宴。周顗中坐，歎曰：「風景不殊，舉目有河山之異。」皆相視流涕，惟導愀然變色，曰：「當共戮力王室，剋復神州，何至作楚囚相對泣耶？」衆收淚而謝之。

子由自南都來陳三日而別

〔查註〕宋州歸德軍，宋爲南京。《太平寰宇記》：自歸德軍西南至陳州二百八十里。

夫子自逐客，〔王註〕《史記·李斯傳》：秦宗室大臣，請一切逐客，斯亦在逐中。尚能哀楚囚。【誥案】二語破涕爲笑，若得之於不意中者，然真乃張皇失措不辨頭路時語也。公既就逮，家累方寄食於子由，至是，子由坐罪，亦欲就道，真乃城門失火殃及池魚之時。詩却以此十字，一齊捲過，下便自説自話矣。曉嵐謂起二句，施於兄弟不合，於朋友則可。此等見解，去蘇甚遠。奔馳二百里〔二〕，徑來寬我憂。〔王註〕杜子美《引水》詩：斗水何直百憂寬。【誥案】以上一節，凡波及子由事，皆於一寬字了之。相逢知有得，道眼清不流。〔合註〕《大般涅槃經》：我以道眼，明見此事。別來未一年，【誥案】公罷徐州，與子由別於宋。落盡驕氣浮。〔施註〕《史記·老子傳》：謂孔子曰：「去子之驕氣與多欲，態色與淫志，是皆無益於子之身。」嗟我晚聞道，款啓如孫休。〔施註〕《莊子·達生篇》：有孫休者，踵門而詫。今休，款啓寡聞之民也。註：款，空也。啓，開也。言所見之小。至言難久服〔三〕，〔王註〕《莊子·知北遊篇》：至言去言。放心不自〔四〕收。悟彼善知識，〔查註〕《法華經·本事品》：具善知識，能作佛事。妙藥應所投。〔施註〕《唐·程元振傳》：柳伉上疏曰：「良醫療疾，當病飲藥，藥不當病，猶無益也。」納之憂患場，磨以百日愁。冥頑雖難化，〔施註〕《韓退之集·祭鱷魚文》：冥頑不靈。鐫發亦已周。平時種種心，〔施註〕《左傳・昭公三年》：盧蒲嫳曰：「余髮如此種種，余奚能爲。」〔合註〕白樂天詩：銷盡平生種種心。次第去莫留。但餘無所還，永與夫子遊。【誥案】自「相逢知有得」句至此，爲中一大節，因子由以自鑑，故重言夫子以申明之，即宮師命名軾、轍之意也。此別何足道，大江東西州。畏蛇不下榻，〔王註〕韓退之《八月十五夜贈張功曹》詩：下牀畏蛇食畏藥，海氣濕蟄熏腥臊。睡足吾無求〔五〕。〔王註堯祖曰〕今齊安郡治，有睡足齋存焉。〔施註〕《佛遺教經》：煩惱毒蛇，睡在汝心，譬如黑蚖，在汝室睡，當以持戒之鉤，早併除之。睡蛇既出，乃可安眠。不出而眠，是無慚人。便爲齊安民，何必歸故丘。【誥案】末節自道別後之我，亦以寬子由也。通篇悉出兄弟至情，移作他人兄弟不得。

正月十八日蔡州道上遇雪，次子由韻二首〔六〕

〔查註〕《元和郡縣志》：蔡州。漢立汝南郡，隋自豫州移入懸瓠城，今理是也。大業二年，改蔡州。東北至陳州二百六十里，東至光州三百二十里。《九域志》：京西北路蔡州汝南郡淮康軍節度，領新蔡、新息等十縣。《一統志》：今汝寧府。又按《欒城集》原題云：次韻王適雪晴復雪二首。其首章用韻不同，先生所和，皆第二首韻也。

其一

蘭菊有生意，〔王註〕《烟花録》：陳後主問煬帝，麗華與蕭妃何如？帝曰：「春蘭秋菊，亦各一時之秀也。」微陽回寸根。【誥案】紀昀曰：是憂患後語。方憂集暮雪，〔施註〕《毛詩・小雅・頍弁》：先集維霰。復喜迎朝暾。〔施註〕杜子美《貽柳少府》詩：絶壁上朝暾。憶我故居室，浮光動南軒。〔王註〕按《志林》：先生元祐八年八月十一日，將朝，尚早，假寐，夢歸紗縠行宅，坐於南軒。既覺，惘然思久之。南軒，先君名曰來風者也。松竹半傾瀉，未數葵與萱。三徑瑤草合，〔王註〕江淹詩：瑤草正翕絶。一瓶井花〔七〕溫。〔查註〕杜子美《大雲寺贊公房》詩：兒童汲井花，慣捷瓶在手。至今行吟處，尚餘屐齒痕。〔施註〕孟東野《送李翺》詩：小時屐齒痕，有處應未消。一朝出從仕，永愧李仲元。〔施註〕《揚子》：或問：「子蜀人也，請人？」曰：「有李仲元者人也，不屈其意，不累其身。」曰：「是夷、惠之徒歟？」曰：「不夷不惠，可否之間也；仲元，世之師也。」晚歲益可羞，犯雪方南奔。〔施註〕韓退之詩：求官來東洛，犯雪過西華。山城買廢圃，槁葉手自掀。長使齊安人，指説故侯園。〔王註〕《前漢書》：召平者，故秦東陵侯。秦破，爲布衣，貧，種瓜長安城東。瓜美，故世謂東陵瓜。

其二

鉛膏染髭鬚，旋露霜雪根。不如閉目坐，丹府夜自暾。〔施註〕《文選》陸機《辨亡論》：磬丹府之愛。註：謂心也。誰知憂患中，方寸寓羲軒。大雪從壓屋，我非兒女萱。〔王註〕孟郊《百憂》詩：萱草兒女花，不解壯士憂。平生學踵息，〔施註〕《莊子·太宗師篇》：真人之息以踵，衆人之息以喉。坐覺兩鐙溫。〔合註〕鐙，字書皆作鐙。《廣韻》：鞍，鐙也。下馬作雪詩，滿地鞭箠痕。佇立望原野，〔施註〕《毛詩·邶風·燕燕》：瞻望弗及，佇立以泣。悲歌爲黎元。道逢射獵子，遥指狐兔奔。蹤跡尚可原〔八〕，窟穴何足掀。【誥案】此卽感恩念咎之意也。寄謝李丞相，〔王註次公曰〕李丞相指李斯，用其言「牽黃犬出上蔡東門」也。〔合註〕此借指李定也。【誥案】後公自文登召還，道出青社，李定爲盛會，極其迎款，不知彼時見面，又作何等語也。吾將反丘園。

過新息留示鄉人任師中

〔公自註〕任時知瀘州〔九〕，亦坐事對獄。〔查註〕《元和郡縣志》：漢新息縣，唐武德四年置息州，貞觀中廢爲縣。《太平寰宇記》：新息縣，在蔡州東南一百五十里。淮水自西流入，經縣南。《漢書註》：故息國。其後徙東，故加新云。《淮海集·瀘州使君任公墓表》：熙寧某年，其察訪熊本，薦伋知瀘州。元豐二年，納溪砦互市，有毆羅胡苟里夷人至死者。故事，漢人殺夷人，既論死，仍償其資，謂之骨價。時砦將欲勿與，夷人大恚，争譟而出。公馳至境上，具以禍福曉之，相與投兵請降。而轉運判官意與公異，公具奏使者欲貪功生事，使者即誣奏公：前反酋乞弟過江安，不即掩擊，疑有私謁。朝廷疑之，乃先免而下章於他郡，各窮究所考。未具而公卒。【誥案】使者即程之才，公表兄，又姊婿也。

昔年嘗羡〔一〇〕任夫子，卜居新息臨淮水。〔查註〕《欒城集》云：任師中，諱伋，世家眉山，吾先君子之友人也。始爲新息令，知其民之愛之，買田而居。 怪君便爾忘故鄉，稻熟魚肥信清美。竹陂雁起天爲黑，〔公自註〕小竹陂在縣北。 桐柏烟横山半紫。〔公自註〕桐柏廟在縣南。【誥案】紀昀曰：「竹陂」二句，寓言任之獄事，受人障蔽，以雁與烟比小人也。 知君坐受兒女困，〔施註〕《史記·淮陰侯傳》：吕后使武士縛信。信曰：「吾悔不用蒯通之計，乃爲兒女子所詐。」〔合註〕《續通鑑長編》：梓州路轉運判官程之才，與知瀘州任伋互論訟事。始，之才欲用兵討羅苟賊，伋以爲羅苟本熟户，因求骨價，侵擾境上，與生户反叛不同，可招納之，若遽加以兵，則邊患自此始矣。之才不聽。既而乞弟果入寇，之才遽劾伋不即掩擊，并他不法事，於是罷伋。元豐五年十一月，承議郎程之才銜替，坐與任伋交訟報上不實也。悔不先歸弄清泚。〔施註〕白樂天詩：行行弄雲水，步步近鄉國。塵埃我亦失收身，〔施註〕歐陽文忠公詩：何日早收身，江湖一漁艇。此行蹭蹬尤可鄙〔一〕。寄食方將依白足，〔施註〕《史記·淮陰侯傳》：數從南昌亭長寄食。附書未免煩黃耳。往雖不及來有年，詔恩〔二〕倘許歸田里。〔王註〕柳子厚詩：皇恩若許歸田去，晚歲當爲鄰舍翁。却下關山入蔡州，〔王註次公曰〕關山，則自蔡州所經由來黃州路。爲買烏犍三百尾。〔公自註〕黃州〔三〕出水牛。〔施註〕《說文》：犍，犗牛也。【誥案】結到任居，仍是過新息口吻，至其敦厚之旨，則靄然言外矣。紀昀曰：結語得體。

過淮

〔王註〕按《水經注》：淮水，出南陽平氏縣東北，過桐柏山，東過江夏平春縣北，又東逕新息縣南，又東過期思縣北、原鹿縣南，汝水注之。《山海經》云：淮水出餘山。註云：出義陽平氏縣桐柏山。

朝離新息縣，初亂一水碧。〔施註〕《尚書·禹貢》：亂於河。暮宿淮南村，〔查註〕《元和郡縣志》：淮水自西流入，經新息縣南，去縣五里。已度〔四〕千山赤。麏鼯號古戍，〔施註〕《文選》謝玄暉詩：飢鼯此夜啼。霧雨暗破驛。〔施註〕《楚辭·大招》：霧雨淫淫，白皓膠只。回頭梁楚郊，永與〔五〕中原隔。〔施註〕杜子美《成都》詩：中原杳茫茫。【誥案】紀昀曰：沉着語，不在深。黃州在何許，想像雲夢澤。〔王註厚曰〕雲夢澤，在安州安陸縣。〔任居實曰〕杜牧之《齊安郡》詩：雲夢澤南州。蓋齊安即黃州，而在雲夢澤之南。〔查註〕《太平寰宇記》：雲夢在安陸縣東南，闊數百里，南接荆州。按《左傳·宣公四年》：邔子之女，棄子於夢中。《史記》：楚令尹子文生時，父母棄雲中。羅子蒼《識遺》云：江北爲雲，今玉沙、監利、景陵等縣；江南爲夢，今公安、石首、建寧等縣。跨江南北，總謂之雲夢，乃二澤名。《禹貢》、《爾雅》皆言雲夢，並舉而言耳。舊《尚書》：雲夢土作乂。唐太宗得古本《尚書》，作「雲土夢作乂」，遂詔從古本。吾生如寄耳，初不擇所適。但有魚與稻，生理已自畢。獨喜小兒子，少小事安佚。相從艱難中，肝肺如鐵石。〔王註〕皮日休《桃花賦序》云：宋廣平貞姿勁質，疑其鐵腸石心，不解吐婉媚辭。〔施註〕《魏武故事》：長史王必，忠能勤事，心如鐵石。便應與晤語，何止寄衰疾。〔公自註〕時家在子由處，獨與兒子邁南來。

書黁公詩後并引〔一六〕

〔施註〕黁，音奴昆反，香也。《晉·傳五十七李暠傳》：太史令郭黁。〔合註〕《晉書·郭黁傳》：仕郡主簿，後爲散騎常侍、太常。不載其爲太史令事。

過加祿鎮南二十五里大許店，休馬〔一七〕於逆旅祁宗祥家。見壁上有幅紙題詩云〔一八〕：滿院秋光濃欲滴，老僧倚杖青松側。只怪高聲問不譍，嗔余〔一九〕踏破蒼苔色。其後題云滏水僧寶黁。【誥案】《山海經》：神囷之山，滏水出焉。註：滏水，今出臨水縣西滏口山。《郡縣志》：滏水出磁州滏陽縣西北四十二里鼓山，亦名滏山。《輿地廣記》：秦邯鄲地，後魏臨水，後周滏陽、磁州。《文選》左太沖《魏都賦》：北臨漳、滏。卽今彰德府臨漳縣也。宗祥謂余，此光黄間狂僧也。【誥案】光州與黄州接壤，故云光、黄間也。時曹演甫爲光州，由是納交於公，因與子由有婚姻之約。年百三十，死於熙寧十年，既死，人有見之者。宗祥言其異事甚多。作是詩以識之。廧公本名清戒，俗謂之戒和尚云。

廧公昔未化，來往淮山曲。壽逾〔二〇〕兩甲子，氣壓諸尊宿。但嗟濁惡世，〔施註〕《阿彌陀經》：五濁惡世。不受龍象蹴。〔王註〕《維摩經》：如龍象蹴踏，非驢所堪。我來不及見，悵望空遺躅。〔施註〕《文選》謝玄暉《別范零陵》詩：停驂我悵望。霜顱隱白毫，〔王註〕《法華經》：世尊放眉間白毫相光。〔施註〕《楞嚴經》：白毫宛轉五須彌。鎖骨埋青玉。〔施註〕《鄴侯家傳》：李泌每導引，骨節珊然有聲，人謂之鎖子骨。《晉·庾亮傳》：將葬，何充會之，歎曰：「埋玉樹於土中，使人情何能已。」皆云似達摩〔二一〕，隻履還西竺〔二二〕。〔王註厚曰〕達摩既入湼盤，葬熊耳山吴坂。三年後，有魏使宋雲自使西域回，見達摩於葱嶺，手攜隻履，翩翩獨遊，言吾歸西天。雲至言之，孝莊帝使人發塔開棺，惟隻履在耳。壁間餘清詩，字勢頗拔俗。〔合註〕《後漢書·仲長統傳》：達士拔俗。爲吟五字偈，一洗凡眼肉。〔施註〕《金剛經》：如來有肉眼不？

游淨居寺〔二三〕并敍〔二四〕

淨居寺〔二五〕，在光山縣南四十里大蘇山之南、小蘇山之北。〔查註〕《名勝志》：淨居山，在光山西南，山上有淨居寺。大蘇山，見《釋氏稽古略》。寺僧居仁爲余言：齊天保中，僧惠思〔二六〕過此，見父老，問其姓，曰蘇氏，又得二山名。乃歎曰〔二七〕：吾師告我，遇三蘇則住。遂留結菴。而父老竟無有，蓋山神也。〔查註〕《南嶽思大禪師行狀》：師諱惠思，武津李氏子，依北齊慧聞禪師，悟入法華三昧，時稱思大和尚。及領徒南邁，值梁之亂，暫止大蘇山，後居南嶽般若寺。其後僧智顗見思於此山而得法焉，則世所謂思大和尚智者大師是也。〔查註〕《續高僧傳》：智顗，字德安，姓陳氏。投相州果願寺出家，後詣光州大蘇山惠思禪師受業。思每歎曰：「昔在靈山同聽《法華》，今復來矣。」唐神龍中，道岸禪師始建寺於其地。廣明庚子之亂，寺廢於兵火，至乾興中乃復，而賜名曰梵天云。〔查註〕《高僧傳》：道岸，姓唐氏，世居潁川。永嘉南渡，遷於光州。出家後，居會稽龍興寺，時號大和尚。孝和皇帝召入朝，圖形於林光宮，御製像贊。後辭還光州，度人置寺，於是祇陀苑囿，鬱起僧坊。

十載遊名山，自製山中衣。〔王註〕《楚辭》：製芰荷以爲衣。願言畢婚嫁，〔王註次公曰〕韓退之詩：如今便可爾，何用畢婚嫁。〔施註〕白樂天《逸老》詩：女嫁男婚了，胸中一無事。又，《百日假滿》詩：向平無累畢婚姻。攜手老翠微。〔王註〕杜子美《重過鄭氏東亭》詩：華亭入翠微。〔施註〕《文選》陸佐公《石闕銘》：傍暎重疊，上連翠微。不悟俗緣在，失身蹈危機〔三八〕。刑名非夙學，〔王註〕《揚子》：刑名非道邪，何自然矣。〔施註〕《史記》：申不害之學，本於黄老，而主刑名。陷穽損積威。〔王註〕司馬遷《報任安書》：猛虎在深山，百獸震恐，及其在檻穽之中，摇尾而求食，積威約之漸也。遂恐生死〔三九〕隔，永與雲山違。【誥案】以上一節，乃憂患以前之我也。今日復何日，〔施註〕杜子美《贈衛八處士》詩：今夕復何夕，共此燈燭光。芒鞋自輕飛。稽首兩足尊，〔施註〕《法華經》：稽首兩足尊。又《行集經》：如來世尊福足、慧足，稱兩足尊。舉頭雙涕揮。靈山會未散，〔施註〕《法華經鈔》：世尊於靈山會上，爲諸大衆説二十八品，放眉間白毫相光，照三千大千世界。〔查註〕《釋氏稽古略》：智者大師，初謁大蘇山惠思禪師，悟法華三昧，見靈山一會，儼然未散。八部猶光輝。〔施註〕《解冤結經》：天龍八部，咸悉歡喜。〔查註〕《翻譯名義》：八部：一天、二龍、三夜叉、四乾闥婆、五阿修羅、六迦樓羅、七緊那羅、八摩睺羅。皆有大神力，能變形，在座聽法。願從二聖往，〔查註〕二聖，謂惠思與智顗。一洗千劫〔三〇〕非。【誥案】以上一節，乃憂患以後之我也，公自是進於德矣。徘徊竹溪月，〔王註〕杜子美《謁先祖廟》詩：竹送清溪月。空翠摇烟霏。鐘聲自送客，出谷〔三一〕猶依依。回首吾家山，〔王註子仁曰〕即序所謂大蘇山、小蘇山也。歲晚將焉歸？〔施註〕《左傳·昭公二十三年》：士彌牟曰：「邾君亡國，將焉歸？」【誥案】末節雖補游事，而終以回首之詞，蓋仍以起意作歸結也。

梅花二首〔三二〕

〔施註〕《齊安拾遺》云：關山岐亭路，有春風嶺，東坡有《梅花》詩。〔合註〕《一統志》：麻城縣有虎頭、黄土、木陵、白沙、大城五關。當即先生詩所云關山也。【誥案】公以正月二十日過關山，作此二詩。

其　一

春來幽谷〔三三〕水潺潺，的皪梅花草棘間。〔施註〕《漢·司馬相如傳》：宜笑的皪。郭璞曰：的皪，鮮明貌也。一夜〔三四〕東風吹石裂〔三五〕，半隨飛雪度關山〔三六〕。〔王註次公曰〕關山，則所往黄州之路。先生後有詩云：去年今日關山路，細雨梅花正斷魂。〔施註〕歐陽文忠公《山齋絶句》：正當年少惜花時，日日東風吹石裂。又，唐高適《塞上聽吹笛》詩云：借問梅花何處落？風吹一夜滿關山。

其　二

何人把酒慰深幽？開自無聊落更愁。〔施註〕《楚辭》王褒《九歌》：思君兮無聊。幸有清溪三百曲，〔施註〕李太白《寄元參軍》詩：三十六曲水回縈，一谿初入千花明。【誥案】從落字生情，奇幻。不辭相送到黄州。

萬松亭 并叙〔三七〕

麻城縣令張毅，植萬松於道周，以芘行者，且以名其亭。去未十年，而松之存者十不及三四。傷來者之不嗣其意也〔三八〕，故作是詩。〔查註〕《復齋漫録》：萬松嶺，在關山。《碧溪詩話》：麻城縣界有萬松亭，連日行清陰中，其亭館亦可愛，適當關山路。孔武仲詩註云：萬松，治平中張毅所植。《太平寰宇記》：麻城在黄州東北一百七十里，本漢西陵縣地。《名勝志》：石勒使其將麻秋所築。〔合註〕《元和郡縣志》：隋開皇十八年，改爲麻城縣。

十年栽種百年規，好德無人助我儀。〔公自註〕古語云〔三九〕：一年之計，樹之以穀；十年之計，樹之以木；百年之計，來之以德〔四〇〕。〔王註〕《詩·大雅·烝民》云：我儀圖之，愛莫助之。〔合註〕《復齋漫録》：崇寧以還，坡文方禁，故詩碑不復見，而過往題詠者，不可勝紀。鄱陽倪左司濤詩云：舊韻無儀字，蒼髯有恨聲。謂此也。縣令若同倉庾氏，亭松應長子孫枝。〔王註續曰〕《前漢書》：孝文時，國家無事，爲吏者長子孫，居官者以爲姓號。註：倉氏、庾氏是也。天公不救斧斤厄，野火解憐冰雪姿。爲問幾株能合抱，殷勤記取《角弓》詩。

戲作種松

我昔少年日，〔施註〕杜子美《奉贈韋左丞丈》詩：甫昔少年日，早充觀國賓。種松滿東岡。初移一寸根，瑣細如插秧。〔施註〕杜子美《太子張舍人遺織成褥段》詩：瑣細不足名。二年黄茅下，一一攢麥芒。〔施註〕《文選》潘安仁《射雉賦》：麥漸漸以擢芒。三年出蓬艾，滿山散牛羊。不見十餘年〔四一〕，想作龍蛇長。夜風〔四二〕波浪碎，朝露珠璣香。〔合註〕《漢書·東方朔傳》：垂珠璣。【誥案】公自種松東坡，已十四年矣。我欲食其膏，〔合註〕《本草》：松脂，別名松膏。已伐百本桑。〔公自註〕煮松脂法，用桑柴灰水。人事多乖迕，〔王註〕杜子美《新婚別》詩：人事多錯迕。神藥〔四三〕竟渺茫。朅來齊安野，夾路鬚髯蒼。會開龜蛇窟，〔王註纘曰〕松脂入土，千年爲茯苓，狀如龜蛇鳥獸者良。杜子美《寄楊員外》詩：翻動神仙窟，封題鳥獸形。不惜斤斧瘡〔四四〕。縱未得茯苓，且當拾流肪。〔合註〕《本草》：松脂，別名松肪。註云：松節、松心、松枝，在土不朽，流脂日久，變爲琥珀。釜盎〔四五〕百出入，〔合註〕《本草》註：松脂，先須用大釜，加水，置甑，白茅藉甑底，布松脂於上，炊以桑薪，候松脂盡入釜中，乃出之。投於冷水，既凝，又蒸，白如玉，然後入用。皎然散飛霜。〔施註〕《文選》張景陽《七命》：飛霜迎節。〔王註次公曰〕此言煮松脂之法也。槁死三彭仇，澡換五穀腸。青骨凝綠髓，丹田發幽光。白髮何足道，要使雙瞳方。却後五百年，騎鶴還故鄉。

張先生 并敍〔四六〕

先生不知其名，黄州故縣人，〔查註〕《九域志》：黄州麻城縣有岐亭、故縣等六鎮。本姓盧，爲張氏所養。陽狂垢汙，寒暑不能侵。常獨行市中，夜或不知其所止。往來者欲見之，多不能致。【誥案】本集《記張憨子》云：冬夏一布褐，三十年不易，然近之不覺有垢穢氣。其實如此。公在黄識異人者二：張憨子，則可見而不可接；趙貧子，則相從半年，可接而不可近。蓋此輩皆能全知，明知如公者可與人道，而終非彼道中人，故其相值僅如此也。余試使人召之，欣然而來。既至，立而不言，與之言，不應，使之坐，不可。但俯仰熟視傳舍堂中，久之而去。夫孰非〔四七〕傳舍者，是中竟何有乎？然余以有思維〔四八〕心追躡其意，蓋未得也。〔查註〕《欒城集・次韻子瞻贈張憨子》詩云：得罪南來正坐言，道人閉口意深全。天游本自有真樂，羿彀誰知定不賢。搆火暾暾初吐日，飛流滚滚旋成川。此心此去如灰冷，肯更逢人問復然。

熟視空堂竟不言，故應知我未天全〔四九〕。〔施註〕《莊子・達生篇》：一其性，養其氣，合其德，以通乎物之所造。若是者，其天守全，其神無郤。肯來傳舍人皆説〔五〇〕，能致先生子亦賢〔五一〕。〔施註〕《揚子》：叔孫通欲制君臣之儀，徵先生於齊魯，所不能致者二人。〔查註〕《後漢書・陳蕃傳》：郡人周璆，高潔之士，前後郡守招命莫肯致，惟蕃能致焉。脱屣不妨眠糞屋，〔王註堯卿曰〕本朝靳信者，得道之異人也。常汙垢佯狂，晝脱屣而行，夜眠糞屋中，人莫測之。〔施註〕《史記・漢武帝紀》：誠得如黄帝，視去妻子如脱屣耳。流澌争看浴冰川。〔王註〕楊文公《談苑》曰：郭忠恕大寒鑿冰而浴。〔施註〕《楚辭》屈原《九歌》：流澌紛兮將下來。士廉豈識桃椎妙，妄意稱量未必然。〔王註〕《唐書》：朱桃椎，益州人。被裘曳索，人莫測其所爲。高士廉爲長史，備禮以請，降階與之語，不答，瞪視而出。士廉拜曰：「祭酒其使我以無事治蜀耶？」乃簡條目，薄賦斂，州大治。

陳季常所蓄《朱陳村嫁娶圖》二首〔五二〕

〔施註〕陳季常，名慥。父希亮，字公弼。其先自京兆遷於眉。公弼知鳳翔，東坡始筮仕爲簽書判官，相從二年。公弼後家洛陽。季常少時慕朱家、郭解爲人，稍壯，折節讀書。晚乃遯於光、黄間，曰岐亭。不與世相聞，棄車馬，徒步往來山中，環堵蕭然，而妻子奴婢，皆有自得之意。東坡在岐下識之。至黄，季常數從之游。既爲公弼作《傳》，又爲季常作《方山子傳》。〔王註堯卿曰〕朱陳村，在徐州豐縣。去縣遠而官事少，處深山中。民俗淳質，一村惟朱、陳兩姓，世爲婚姻。民安其土，無羈旅行役之勤，故多壽考。白樂天有《朱陳村》詩。【誥案】此二詩，公過岐亭，作於陳季常家中。

其一

何年顧、陸丹青手，〔王註〕老杜逸詩：洛陽無限丹青手，還有工夫畫我無？謝赫評江左畫：顧長康、陸探微，皆爲上品。〔施註〕《歷代名畫記》：張懷瓘云：像人之美，顧得其神，陸得其骨。畫作《朱陳嫁娶圖》。〔施註〕《西川名畫録》：趙德元，雍京人。工畫車馬、人物、屋木、山水。天復中，入蜀，有《朱陳村》及《豐沛盤車》等圖，至今相傳。聞道一村惟兩姓，不將門户買崔、盧。〔施註〕《文中子·禮樂篇》：子謂任、薛、王、劉、崔、盧之昏，非古也，何以視譜？《唐·高士廉傳》：太宗以山東士人尚閥閱，嫁娶必多取貲，故人謂之賣昏。由是，詔士廉等爲《氏族志》。帝曰：「我於崔、盧、李、鄭無嫌，今謀士勞臣，何容納貨舊門，向聲背實，買昏爲榮耶？」

其二

我是朱陳舊使君〔五三〕，〔公自註〕朱陳村，在徐州蕭縣〔五四〕。勸農〔五五〕曾入杏花村。〔查註〕《名勝志》：朱陳村，距蕭縣東南百里。杏花村，與朱陳村相連。而今風物那堪畫，縣吏催租〔五六〕夜打門。〔王註〕韓退之《董生行》：門外唯有吏，日來徵租更索錢。

少年時，嘗過一村院。見壁上有詩，云：夜涼疑有雨，院靜似無僧。不知何人詩〔五七〕也。宿黃州禪智寺，寺僧皆不在，夜半雨作，偶記〔五八〕此詩，故作一絶

〔查註〕潘閬《夏日宿西禪寺》詩：此地絶炎蒸，深疑到不能。夜涼如有雨，院靜似無僧。枕潤連雲石，窗虛照佛燈。浮生多賤骨，時日恐難勝。全篇見《宋文鑑》。方回《瀛奎律髓》亦載之，今附錄。

佛燈漸暗飢鼠出，山雨忽來修竹鳴。【誥案】上聯全從潘句脱出，而面貌則非，此猶詩之魂也。知是何人舊詩句，已應知我此時情。

初到黃州

〔王註堯卿曰〕先生以元豐二年，自湖州守得罪，爲黃州團練副使。明年二月至黃州。〔查註〕《元和郡縣志》：齊安，春秋時邾國之地，後爲黃國之境。蕭齊於此置齊安郡。開皇三年，罷郡，置黃州。《太平寰宇記》：淮南道黃州齊安郡，唐中和五年，移於舊邾城南，與武昌對岸。東北至東京一千零九里〔五九〕，北至光州七百里。【誥案】自此詩起，以後皆黃州作。

自笑平生爲口忙，老來事業轉荒唐。〔王註次公曰〕李台嘏言韓昭曰：「韓八座事業，如拆襪線，無一條長者。」長江繞郭知魚美，好竹連山覺筍香。逐客不妨員外置，〔王註績曰〕唐左遷謫降官，授州刺史司馬者，皆員外置。〔施註〕《唐·百官志》：初，太宗省内外官，定制爲七百三十員，曰：「吾以此待天下賢材足矣。」然是時已有員外置，其後，又有特置，同正員，至於檢校、兼守、判、知之類，皆非本制。〔查註〕《宋史·職官志》：隋、唐以來，以省、臺、寺、監、府、衛分庶務，以品、爵、勳、階別羣才，復有員外之置。有檢校、試、攝、判、知及諸使之名，歷五季不廢。詩人例作水曹郎。〔王註厚曰〕梁何遜、唐張籍皆爲水部郎，以詩知名。〔次公曰〕王禹偁作《孟賓于詩序》云：古詩人有三水部，謂何遜、張籍及孟賓于是也。〔施註〕白樂天《寄張員外》詩：題詩寄與水曹郎。只慚無補絲毫事，尚費官家壓酒囊。〔公自註〕檢校官例折支，多得退酒袋。〔施註〕《說苑》：鮑白令之對秦始皇曰：天下官，則讓賢是也；天下家，則世繼是也。故五帝以天下爲官，三王以天下爲家。《漢·蓋寬饒傳》：《韓氏易傳》言：五帝官天下，三王家天下，家以傳子，官以傳賢。白樂天《秋居書懷》詩：況無治道術，坐受官家祿。〔合註〕《文獻通考》：文臣料錢，一分見錢，二分折支。《通考》載：楊億言，半俸三分之内，其二分以他物給之，鬻於市廛，十裁得其三。陸錫熊曰：自註所云折支者，謂以他物代錢也，退酒袋者，官法酒用餘之廢袋也。蓋宋時俸料，每以他物折抵。退酒袋，即折抵之物耳。【誥案】如無折支物，則累年不可常得，楊億所謂十得其三者，蓋鬻物既準市值，而其數又省錢也。

定惠院寓居月夜偶出〔六〇〕

〔施註〕此詩墨蹟在臨川黄掞家，嘗刻於婺女倅廳。〔查註〕《名勝志》：定惠院，在黄岡縣東南。

【誥案】紀昀曰：句句對仗，於後世爲別格，然却是齊、梁、唐人之舊格。

幽人無事不出門，偶逐東風轉良夜。〔施註〕《後漢・祭遵傳》：帝幸遵營，饗士卒，作黄門武樂，良夜罷。註云：良，猶深也。參差玉宇飛木末，〔施註〕《揚子》：參差不齊。《文選・楚辭・九歌》：搴芙蓉兮木末。繚繞香烟來月下。〔施註〕《文選》張平子《南都賦》：修袖繚繞而滿庭。江雲有態清自媚，〔施註〕杜子美《不離西閣》詩：江雲飄素練。竹露無聲浩如瀉。已驚弱柳萬絲垂，〔施註〕李太白《寄鄭明府》詩：河堤弱柳鬱金枝。孟東野樂府：楊柳織別愁，千條萬條絲。尚有殘梅一枝亞。清詩獨吟還自和，白酒已盡誰能借。不惜〔六一〕青春忽忽過，但恐歡意年年謝。自知醉耳愛松風，〔施註〕《南史・陶弘景傳》：特愛松風庭院，皆植松，每聞其響，欣然爲樂。會揀霜林結茅舍。浮浮大甑長炊玉，溜溜小槽如壓蔗。〔王註〕李賀詩：小槽酒滴真珠紅。飲中真味老更濃，醉裏狂言醒可怕。閉門〔六二〕謝客對妻子，〔施註〕《史記・申公傳》：公歸魯，終身不出門，復謝絶賓客。【誥案】時家累未至，詩乃自誡其將來耳。倒冠落佩從嘲罵。

次韻前篇

【誥案】紀昀曰：清峭不減前篇。

去年花落在徐州，對月酣歌美清夜。〔公自註〕去年徐州花下對月，與張師厚、王子立〔六三〕兄弟飲酒，作蘋字韻詩。〔王註〕陶淵明詩：佳人美清夜，達曙酣且歌。今年黄州見花發，小院閉門風露下。萬事如花不可期，餘年似酒那禁瀉。憶昔扁舟〔六四〕泝巴峽，〔施註〕《左傳・哀公四年》：泝江入郢。註云：逆流曰泝。【誥案】謂治平三年丙午事也。落帆樊口高桅亞。〔公自註〕樊口，在黄州南岸〔六五〕。〔王註〕韓退之詩：大帆夜劃窮高桅。長江衮衮空自流，白髮紛紛寧少借。〔王註子仁曰〕杜牧詩：公道世間惟白髮，貴人頭上不相饒。竟無五畝繼沮溺，空有千篇淩〔六六〕鮑、謝。至今歸計負雲山，未免孤衾眠客舍。〔施註〕杜子美《今夕行》詩：咸陽客舍一事無。少年辛苦真食蓼，〔施註〕白樂天詩：何異食蓼蟲，不知苦是苦。老境安閑〔六七〕如啖蔗。〔施註〕韓退之《答張徹》詩：初味猶啖蔗，遂通斯建瓴。饑寒未至且安居，憂患已空猶夢怕。穿花踏月飲村酒，免使醉歸官長罵。

安國寺浴

〔查註〕本集《黄州安國寺記》云：城南精舍曰安國寺，有茂林修竹，陂池亭榭。寺僧曰繼蓮。寺立於僞唐保大二年，始名護國，嘉祐八年，賜今名。堂宇齋閣，蓮皆新易之。嚴麗深穩，悦可人意，至者忘歸。

老來百事懶，身垢猶念浴。衰髮不到耳，〔王註〕杜子美《同谷七歌》詩：白頭亂髮不倒耳。尚煩月一沐。〔施註〕白樂天《因沐感髮》詩：沐稀髮苦落，一沐仍半禿。山城足薪炭，烟霧蒙湯谷〔六八〕。〔合註〕《山海經》：黑齒國有湯谷。郭註：谷中水熱焉。塵垢能幾何，翛然脱羈梏。〔施註〕《莊子·大宗師篇》：翛然而往，翛然而來而已矣。披衣坐小閣，〔施註〕庾信《賜酒》詩：阮籍披衣進。杜子美《漫成》詩：只作披衣慣。散髮臨修竹。心困萬緣空，〔施註〕白樂天《夢裴相公》詩：萬緣一成空。身安一牀足。〔王註〕盧仝詩：四肢安穩一張牀。豈惟忘淨穢〔六九〕，兼以洗榮辱。默歸毋多談，〔王註〕漢楊惲書云：方今盛漢之隆，願勉旃，毋多談。此理觀要熟。

安國寺尋春〔七〇〕

臥聞百舌呼春風，〔施註〕杜子美《百舌》詩：百舌來何處，重重祇報春。韋諷《宅馬》詩：龍媒去盡鳥呼風。起尋花柳村村同。〔王註〕杜子美《遭田父泥飲美嚴中丞》詩：步屧隨春風，村村自花柳。鮑明遠《行樂篇》：春風太多情，邨邨花柳好。城南古寺修竹合，小房曲檻攲深紅。看花歎老憶年少，〔施註〕顧況《饒江早春》詩：拭淚看花奈老何。孟東野樂府《雜怨》：送花人老盡，人悲花自開。歐陽文忠公《菊花》詩：種花不種兒女花，老大安能逐年少。【誥案】「兒女花」、「兒女萱」，皆有出處。前《蔡州道上雪》詩，用「兒女萱」，曉嵐謂爲生造，可發一笑。對酒思家愁老翁。〔王註〕杜子美《閿鄉姜七少府設鱠戲贈長歌》：徧勸腹腴愧年少，軟炊香飯緣老翁。〔施註〕歐陽文忠詩：棋罷不知人換世，酒闌無奈客思家。病眼不羞雲母亂，鬢絲强理茶烟中。遥知二月王城外，〔查註〕王城，指開封也。〔施註〕《春秋·昭公二十二年》：劉子、單子以王猛入於王城。玉仙、洪福花如海。〔施註〕呂希哲《家塾記》：玉仙觀，在京城宣化門外。有陳道士者，修葺亭臺，栽種花木，甚盛。洪福寺在京師。黄魯直有《同元明過洪福寺戲題》詩云：洪福僧園佛紺紗，舊題塵壁似昏鴉。春殘已是風和雨，更著遊人撼落花。〔查註〕《汴京遺跡志》：洪福寺有二，其一在開封城西金水河北，其一在東北沙窩岡。薄羅匀霧蓋新粧，〔施註〕李太白《越女詞》：新粧蕩新波。快馬爭風鳴雜佩。〔施註〕《南史·曹景宗傳》：騎快馬如龍，覺耳後生風，鼻頭出火。《毛詩·鄭風·女曰鷄鳴》：雜佩以贈之。玉川先生真可憐，一生耽酒終無錢。〔王註〕盧仝詩：天下薄夫苦耽酒，玉川先生也耽酒，薄夫有錢恣長樂，先生無錢養澹泊。有錢無錢俱可憐，百年驟過如流川。病過春風九十日，獨抱添丁看花發。〔施註〕盧仝《添丁》詩：春風苦不仁，呼逐馬蹄行人家。慚愧瘴氣却憐我，入我憔悴骨中爲生涯。數日不食强强行，何忍索我抱看滿樹花。

寓居定惠院之東，雜花滿山，有海棠一株，土人不知貴也

〔查註〕趙次公《和韻》詩云：化工妙手開羣木，酷向海棠私意獨。殊姿艷艷雜花裏，端似神仙在流俗。睡起胭脂懶未勻，天然膩理還豐肉。繁華增麗態度遠，婀娜含嬌風韻足。豈惟婉孌彤管姝，真同窈窕關雎淑。未能奔往白玉樓，要當貯以黄金屋。顧雖風暖欲黄昏，脈脈難禁倚修竹。可憐俗眼不知貴，空抱容光照山谷。此花本出西南地，李、杜無詩恨遺蜀。高才没世孰雕龍，後輩補亡難刻鵠。貂裘季子客齊安，相逢忽慰覊人目。當年甫、白君可繼，爲花重賦陽春曲。把酒因澆壘塊胸，搜句輒傾空洞腹。多情恐作絳雲收，兒童莫信來輕觸。

江城地瘴蕃草木，只有名花苦幽獨。嫣然一笑竹籬間，桃李漫山總麤俗。〔施註〕《杼情詩》王處詢《木蘭花》詩：桃李排門是俗材。也知造物有深意，故遣佳人在空谷。〔王註〕杜子美《佳人》詩：絶代有佳人，幽居在空谷。自然富貴出天姿〔七〕，〔施註〕《文選》潘正叔《贈河陽》詩：徒美天姿茂。杜子美詩：一種是春長富貴。不待金盤薦華屋。朱脣得酒暈生臉，〔施註〕《古樂府》鮑照《白紵歌》：朱脣動，素袖舉，洛陽少童邯鄲女。翠袖卷紗紅映肉。〔王註〕杜子美《寄呈蘇渙侍御》詩：憶子初尉永嘉時，紅顔白面花映肉。〔施註〕杜子美《佳人》詩：天寒翠袖薄，日暮倚修竹。《玉臺新詠》：皓腕卷輕紗。林深霧暗曉光遲，日暖風輕春睡足。〔施註〕《明皇

雜録》：上皇嘗登沉香亭，召妃子，妃子時卯酒未醒。高力士從侍兒扶掖而至。上皇笑曰：「豈是妃子醉耶？海棠睡未足耳。」雨中有淚亦悽愴〔七二〕，月下無人更清淑。〔合註〕蔡邕《崔君夫人誄》：翼此清淑。先生食飽〔七三〕無一事，〔王註〕歐陽永叔詩：飽食杜門無所事。【誥案】紀昀曰：初白謂讀前半，覺似《海棠曲》矣，妙在先生「食飽」一轉。此種詩境，從少陵《樂遊園》得來，同其神理，而化其畛畦，故爲絶作。散步逍遥自捫腹。〔施註〕孫真人《養生訣》：食了行百步，數以手摩肚。不問人家與僧舍，拄杖敲門看修竹。〔王註〕《南史・袁粲傳》：家居負郭，每杖策逍遥，當其意得，悠然忘返。郡南一家，頗有竹石，粲率爾步往，亦不通主人，直造竹所，嘯咏自得。〔施註〕《晉・王徽之傳》：吴中一士大夫家，有好竹，欲觀之，便出，坐輿造竹下，諷嘯良久。忽逢絶艷照衰朽，〔合註〕《文心雕龍》：驚采絶艷。江總詩：衰朽悉連章。歎息無言揩病目。陋邦何處得此花，無乃好事移西蜀。寸根千里不易致〔七四〕，銜子飛來定鴻鵠。〔施註〕世傳海棠性便糞壤。蜀之濯錦江爲多者，蓋以鳥雀啄吞其子，隨糞拋墮，往往叢生。天涯流落俱可念，爲飲一樽歌此曲。明朝酒醒還獨來，〔施註〕鄭嵎《津陽門》詩：平明酒醒各分散，今夕一樽翁莫違。雪落紛紛那忍觸。〔查註〕按魏淳甫《詩人玉屑》云：東坡《海棠》詩，辭格超逸，不復蹈襲前人。平生喜爲人寫，蓋人間刊石者，自有五六本云，軾生平得意詩也。【誥案】紀昀曰：純以海棠自寓，風姿高秀，與象微深，後半尤烟波跌蕩，此種真非東坡不能，東坡非一時興到亦不能。

次韻樂著作野步

〔查註〕《宋史》：樂京，荆南人。爲布衣時，鄉里稱其行義。嘉祐初，詔訪遺逸，以薦，得校書郎。神宗求言，京上疏以畏天保民爲請。知長葛縣。助役法行，京曰：「提舉常平官言不便。」使之條析，又不報，且不肯治縣事，自别丐去。提舉官劾之，詔奪著作佐郎，經十年乃復官。監黄州酒税，以承議郎致仕。元祐初，召赴闕，不至，終於家。先生至黄，正樂京監酒税時也。校書郎與著作郎，同隸祕書省。【誥案】此條查註，摘録《宋史》不當，爲補全之。

老來幾不辨西東，〔施註〕韓退之《南行朝賀歸》詩：略不知東西。秋後霜林且强紅。〔王註〕白樂天詩云：醉貌如霜葉，雖紅不是春。【誥案】句謂老狀，非道時敍也，故與後「春强半」無礙。眼暈見花真是病，〔王註〕佛書云：空本無花，病者妄見。耳虚聞蟻定非聰。〔合註〕皮日休詩：眼暈見雲母，耳虚聞海濤。酒醒不覺春强半，〔施註〕白樂天《冬夜對酒》詩：百年强半時。睡起常驚〔七五〕日過中。〔施註〕《揚子》：是以過中則惕。又云：聖人之道，譬猶日之中矣，不及則未，過則昃。植杖偶逢爲黍客，披衣閑詠舞雩風。仰看落蕊收松粉，〔合註〕《本草》註：松花上黄粉，及時拂取作湯，點之甚佳。俯見新芽摘杞叢。楚雨還昏雲夢澤，〔查註〕李商隱詩：楚雨含情皆有托。吴潮不到武昌宫。〔公自註〕黄州對岸武昌縣，有孫權故宫。〔施註〕《三國志·吴主孫權傳》：建安二十五年，自公安都鄂，改名武昌。〔查註〕《名勝志》：吴王城，在武昌縣東一里，周四百八十步，有五門，北臨大江，城内有安樂宫故基，今爲天王殿。相傳南樓即安樂宫端門，即今譙樓也。廢興古郡詩無數，寂寞閑窗《易》粗通。〔邵註〕按公用「粗」字，可通上聲。《寄劉孝叔》詩：問道已許談其粗。與組、覰叶。此詩：寂寞閑窗易粗通。亦作上聲，想必有據。【誥案】《廣韻》：徂古切，義同。〔查註〕先生在黄州著《易傳》九卷。解組歸來成二老，風流他日與君同。

王齊萬秀才寓居武昌縣劉郎洑，正與伍洲相對，伍子胥奔吴所

從渡江也

【詰案】王齊萬，字子辯，嘉州犍爲人，乃齊愈字文甫之弟。查註謂作一人。合註引《畫墁集》武昌王叟，亦混。且齊愈尚有兄齊雄也。皆删。〔查註〕《元和郡縣志》：武昌在鄂州東北一百七十里，三國吴改江夏縣，後爲武昌。《輿地廣記》：孫權都之，黄初三年，改爲武昌縣。《名勝志》：舊傳孫權迎蜀先主於此。或曰：舊名流浪。譌爲劉郎。《吴越春秋》：伍員奔吴，到昭關，追者在後。至江，有漁父乘船泝江而上。子胥呼之，曰：「漁父渡我。」子胥入船，漁父知其意，乃渡之於潯之津。既渡，解百金之劍以贈，漁父不受。《齊安拾遺》：伍洲與解劍亭相對，而《水經注》則云江中有五洲相接，故以爲名。宋孝武舉兵江州，建牙洲上，即是洲也。

君家稻田冠西蜀，擣玉揚珠三萬斛。〔合註〕張融《海賦》：揚珠起玉。塞江流柹〔七六〕起書樓，〔施註〕《晉·王濬傳》：武帝謀伐吴，濬造船於蜀，木柹蔽江而下。《唐·李磎傳》：聚書至萬卷，時人號李書樓。〔查註〕本集有《犍爲王氏書樓》詩，見第一卷。碧瓦朱欄照山谷。〔施註〕《杼情集》權審著《題山院》詩：曉霜浮碧瓦，薄日度朱欄。傾家取樂不論命，〔施註〕陶淵明《雜詩》：傾家持作樂，竟此歲月駛。杜子美《送人從軍》詩：好武寧論命。散盡黄金如轉燭。〔王註〕李太白《將進酒》云：天生我材必有用，黄金散盡還復來。杜子美《佳人》詩：萬事如轉燭。〔施註〕杜子美《寫懷》詩：鄙夫到巫峽，三歲如轉燭。惟餘舊書一百車，方舟載入荆江曲。〔王註〕《爾雅》云：大夫方舟。〔施註〕《毛詩·邶·谷風》：就其深矣，方之舟之。《莊子·山水篇》：方舟而濟於河。孟東野《忽不貧》詩：盧仝歸洛船，崔嵬但載書。江上青山亦何有，伍洲遥望劉郎藪。明朝寒食當過君，請殺耕牛壓私酒〔七七〕。〔王註〕《後漢書·董卓傳》：諸豪帥有來從之者，卓殺耕牛，與共宴樂。李太白《金陵酒肆留别》詩：吴姬壓酒唤客嘗。〔施註〕《文選》曹子建樂府：中厨辦豐膳，烹羊宰肥牛。【誥案】時黄州酒禁嚴甚，故并以殺牛爲戲，非真有其事也。與君飲酒細論文，酒酣訪古江之濆。仲謀、公瑾不須弔，〔王註厚曰〕周瑜以兵三萬，敗曹公於赤壁。赤壁山在鄂州蒲圻縣。〔援曰〕赤壁在武昌之西也。〔施註〕《三國志》：孫權，字仲謀；周瑜，字公瑾。孫策以瑜爲中護軍，領江夏太守。一酹波神英烈君。〔公自註〕杭州伍子胥廟封英烈王〔七八〕。〔王註續曰〕吴王殺子胥，浮江中，因爲波神。〔合註〕《玉篇》：酹，以酒祭地也。李華《含元殿賦》：波神作氣。

二月二十六日，雨中熟睡，至晚，强起出門，還作此詩，意思殊昏昏也〔七九〕

卯酒困三杯，〔施註〕白樂天詩：空腹三杯卯後酒。午餐便一肉。〔施註〕白樂天《閑放》詩：午餐何所有？魚肉一兩味。《漢·公孫弘傳》：身食一肉脱粟飯。雨聲來不斷，睡味清且熟。昏昏覺還卧，展轉無由足。〔施註〕《毛詩·周南·關雎》：展轉反側。《文選》潘安仁《秋興賦》：宵耿介而不寐兮，獨展轉於華省。强起出門行，孤夢猶可續。泥深竹雞語，〔王註〕《遯齋閑覽》云：白蟻聞竹雞之聲，盡化爲水，今在處山林多有之。其聲自呼爲「泥滑滑」者是也。村暗鳩婦哭。〔施註〕歐陽文忠公《鳴鳩》詩：天將陰，鳴鳩逐婦鳴中林，鳩婦怒啼無好音。明朝看此詩，睡語應難讀。

雨晴後，步至四望亭下魚池上，遂自乾明寺前東岡上歸，二首

〔查註〕《名勝志》：四望亭，在雪堂南高阜之上。

其一

雨過浮萍合，〔王註〕韓退之詩：緑槐萍合不可芟。蛙聲滿四鄰。海棠真一夢，梅子欲嘗新。拄杖閑挑菜，鞦韆不見人。〔施註〕梁宗懍《荆楚歲時記》：春節懸長繩於高木，士女咸集，炫服靚粧，坐立其上，共推引之以爲戲，名曰鞦韆。楚俗謂之施鉤，《涅槃經》謂之罥索。〔合註〕《古今藝術圖》云：鞦韆，北方山戎之戲，以習輕趫者。施鉤之戲，以緪作篾纜相罥，綿亘數里，鳴鼓牽之。《涅槃經》曰：鬬輪骨輪索，其秋遷之戲乎？鞦韆，亦施鉤之類也。殷勤木芍藥，〔王註厚曰〕唐開元中，禁中呼牡丹爲木芍藥。〔施註〕《開元天寶遺事》云：禁中呼木芍藥爲牡丹。獨自殿餘春。〔施註〕《論語・雍也》：奔而殿。註曰：在軍後曰殿。柳子厚《芍藥》詩：敧紅醉濃露，窈窕留餘春。【誥案】紀昀曰：寓意遲暮。

其二

高亭廢已久，下有種魚塘。〔施註〕段公路《北户雜録》：陶朱公《養魚經》云：凡種魚池，中有數洲，令魚循環無窮，如在江湖。暮色千山入，〔合註〕鮑照詩：傾輝引暮色。春風百草香。〔施註〕杜子美《絶句》：遲日江山麗，春風花草香。市橋人寂寂，〔施註〕杜子美《西郊》詩：市橋官柳細。《晉・桓温傳》：爲爾寂寂，將爲文、景所笑。古寺竹蒼蒼。鸛鶴來何處，號鳴滿夕陽。【誥案】紀昀曰：此章純乎杜意，結尤似。

雨中看牡丹三首

〔施註〕此詩墨蹟在玉山汪氏，嘗摹刻之，後題《黄州天慶觀牡丹三首》。墨蹟云「午景發濃艷」，集本作「濃麗」，今從墨蹟。【誥案】紀昀曰：三首一氣相生。

其一

霧雨不成點，〔王註〕《古列女傳·陶荅子妻》云：玄豹藏霧雨。映空疑有無。〔施註〕杜子美《雨不絶》詩：鳴雨既過漸細微，映空摇颺如絲飛。時於花上見，的皪走明珠。秀色洗紅粉，〔施註〕《文選·羅敷艷歌》：秀色若可餐。暗香生雪膚。〔施註〕白樂天《春夜直宿》詩：風簾飄暗香。黄昏更蕭瑟，〔施註〕《淮南子》曰：至於虞淵，是謂黄昏。《楚辭》宋玉《九辨》：悲哉，秋之爲氣也，蕭瑟兮。頭重欲相扶。〔施註〕杜牧之詩：醉頭扶不起，三丈日還高。

其二

明日雨當止，晨光在松枝。清寒入花骨，〔施註〕李賀《落珠》詩：長鬣張郎三十八，天遣裁詩作花骨。肅肅初自持。〔施註〕《文選》宋玉《神女賦》：頩薄怒以自持。午景發濃艷，〔一〇〕〔合註〕楊憑詩：便將濃艷鬭繁紅。一笑當及時。依然暮還斂，亦自〔一一〕惜幽姿。〔劉須溪曰〔一二〕看牡丹法，當在午前，過午則離披矣。〔施註〕《文選》謝靈運《登樓上亭》詩：潛虬媚幽姿。

其三

幽姿不可惜，後日東風起。酒醒何所見，金粉抱青子。〔合註〕温庭筠《牡丹》詩：曉來金粉覆庭莎。千花與百草，共盡無妍鄙。〔王註〕杜子美《白絲行》詩：萬草千花動凝碧。〔施註〕白樂天《李次雲窗竹》詩：千花百草凋零後，留向紛紛雪裏看。鮑照《蕪城賦》：千齡兮萬代，共盡兮何言。未忍污泥沙，牛酥煎落蕊。

次韻樂著作送酒

少年多病怯杯觴，老去方知此味長。萬斛羈愁都似雪，〔王註次公曰〕庾子山《愁賦》：惟將一寸心，貯此萬斛愁。一壺春酒若爲湯。〔王註〕《後漢書》：閻忠干説皇甫嵩曰：「摧强易於折枯，消堅甚於湯雪。」〔施註〕《孔子家語》：人之棄惡，如湯之灌雪焉。枚叔《七發》：小飯大歠，如湯沃雪。

次韻樂著作天慶觀醮

【誥案】宋時，凡州、軍皆有天慶觀，多以舊道觀改名，有司祝聖處也。據詩意，時因國事，有齋筵也，非居民之醮事。

濁世紛紛肯下臨，夢尋飛步五雲深。無因上到通明殿，只許微聞玉珮音。〔施註〕王欽若《翊聖保德傳》：建隆之初，鳳翔盩厔民張守真，游終南山，聞空中有召之者，曰：吾是玉帝輔神，受命衛時，乘龍降世。一日，守真朝禮玉皇大殿，覩其額曰通明殿，不曉其旨。真君曰：上帝在無上天，爲諸天之尊，常升金殿，殿之光明，照於帝身，身之光明，照於金殿，光明通徹，無所不照，故曰通明殿。諸天朝謁，仰視其殿，見在光明中，仙班既退，光明遍散諸天焉。

杜沂游武昌，以酴醾花菩薩泉見餉，二首

【誥案】本集：杜沂，乃君懿之子也。君懿，字叔元。善書，如李建中。嘗判宣州，世家於蜀中。杜沂當即杜道源，故公後與道源同游武昌寒溪西山，問其家事甚備。餘詳後詩註中。〔查註〕《詩話總龜》：酴醾，本酒名也。新開花木，以顏色似之，故名。山谷有「名字因壺酒，風流付枕幃」之句。本集《菩薩泉銘敍》云：今寒溪少西數百步，爲西山寺，有泉出嵌竇間，色白而甘，號菩薩泉。

其一

酴醾不争春，寂寞開最晚。青蛟走玉骨，〔合註〕《埤雅》：蛟骨青。王維詩：闌干玉骨齊。羽蓋蒙珠幰。〔合註〕張平子《東京賦》：羽蓋葳蕤。沈佺期詩：珠幰戴相風。不粧艷已絶，〔合註〕唐太宗《望雪》詩：不粧空散粉。無風香自遠。凄涼吴宮闕，〔公自註〕武昌有孫權故宮苑〔八三〕。紅粉埋故苑。至今微月夜，笙簫來翠巘〔八四〕。餘妍入此花，千載尚清婉。〔王註次公曰〕以武昌有孫權故宮，故特用吴宮嬪嬙之魂爲意耳。〔施註〕《毛詩·鄭風·野有蔓草》：有美一人，清揚婉兮。怪君呼不歸，定爲花所挽。昨宵雷雨惡，花盡君應返。【誥案】紀昀曰：此首以幻語生波。

其二

君言西山頂，〔查註〕《名勝志》：西山，即樊山也，在武昌縣西三里。世傳孫權嘗獵此山，見一姥，曰：「我樊噲母也。魏將伐吴，當助一戰。」後果有赤壁之捷，因立廟祀之，以名其山。按《春秋後語》云：鄂渚樊楚。則樊山之名，亦不起於三國矣。自古流白泉。上爲千牛〔八五〕乳，〔施註〕《莊子·養生主篇》：庖丁日所解數千牛矣。下有萬石鉛。不愧惠山味，但無陸子賢。〔施註〕《常州圖經》：惠山之側，有錫山，其山出錫。古謡云：有錫兵，無錫寧，故縣名無錫。《陸文學傳》云：陸羽品第天下水味，以惠山泉爲第二，刻石留山中，故名陸子泉，有祠堂在焉。願君揚其名，庶託文字傳。〔施註〕《文選》魏帝《與吴質書》：辭義典雅，足傳於後，此子爲不朽矣。寒泉比吉士，〔王註〕《詩·邶風·凱風》：爰有寒泉，在浚之下。〔施註〕《毛詩·大雅·卷阿》：藹藹王多吉士。清濁在其源〔八六〕。不食我心惻，於泉非所患。〔施註〕《周易·井卦》：井渫不食，爲我心惻。九五，井冽寒泉食。象曰，寒泉之食，中正也。王弼曰：井以不變爲德者也，居中，德位體剛，不撓不食不義，中正高潔，故寒泉然後食也。嗟我本何有〔八七〕，虚名空自纏。不見子柳子，餘愚污溪山。〔王註厚曰〕溪，本名冉溪。〔施註〕柳子厚《愚溪詩序》：山水之奇，以余故，咸以愚辱焉。

【誥案】昀紀曰：此首以議論見意，章法不苟。

五禽言五首并敍〔八八〕

梅聖俞嘗作〔八九〕《四禽言》。〔王註〕按《梅聖俞詩集·四禽言》，其下註，則竹雞也，婆餅焦也，提胡蘆也，杜鵑也。其詩一曰：泥滑滑，苦竹岡。雨蕭蕭，馬上郎。馬蹄凌兢雨又急，此鳥爲君應斷腸。其二曰：婆餅焦，兒不食。爾父向何之，爾母山頭化爲石。山頭化石可奈何，遂作微禽啼不息。其三曰：提胡蘆，酤美酒。風爲賓，樹爲友。山花撩亂目前開，勸爾今朝千萬壽。其四曰：不如歸去，春山雲莫。萬木兮參天，蜀天兮何處。人言有翼可歸飛，安用悲啼向高樹。余謫黃州，寓居定惠院〔九〇〕。遶舍皆茂林修竹，荒池蒲葦。春夏之交，鳴鳥〔九一〕百族，土人多以其聲之似者名之，遂用聖俞體作《五禽言》。

其一

使君向蘄州，更唱蘄州鬼。〔查註〕《宋史》：王禹偁，字元之，鉅野人。九歲能文，擢進士。真宗朝，歷知制誥。咸平初，出知黃州，四年徙蘄州。禹偁上表謝，有「宣室鬼神之問，不望生還；茂陵封禪之書，止期身後」之語。果至郡未踰月而卒，年四十八。所著名《小畜集》。《元和郡縣志》：漢爲蘄春縣地，後置郡。周平淮南，改曰蘄州。西至黃州二百三十里。我不識使君，寧知使君死。人生作鬼會不免，〔施註〕《晉・謝安傳》：恐不免耳。使君已老知何晚。〔公自註〕王元之自黃移蘄州，聞啼鳥，問其名。或對曰：「此名蘄州鬼。」元之大惡之，果卒於蘄。〔合註〕《續通鑑長編》咸平四年載云：初，黃州二虎鬬，其一死，食之半，羣雞夜鳴，仲冬震雷。王禹偁疏言，上命中使勞問醮禳。又詢於日官，言守土者當其咎。上命徙蘄，至，未逾月卒。

其二

昨夜南山〔九二〕雨，西溪不可渡。溪邊布穀兒，勸我脱破袴。不辭脱袴溪水寒，水中照見催租瘢。〔公自註〕土人謂布穀爲脱却破袴。

其三

去年麥不熟，挾彈規我肉。〔施註〕《漢・東方朔傳》：規以爲苑。〔合註〕《揚子・太玄經》：明珠彈肉，費不當也。

今年麥上場，〔合註〕王建《田家行》：麥收上場絹在軸。處處有殘粟。豐年無象何處尋，聽取林間快活吟。〔公自註〕此鳥聲云：麥飯熟，即快活。

其四

力作力作，蠶絲一百箔〔九三〕。〔王註〕《列女傳·秋胡妻》曰：采桑力作，不顧人之金。壠上麥頭昂，〔王註〕王元景《談藪》：元景嘗大醉，楊遵彦謂之曰：「何大低昂？」元景曰：「黍熟頭低，麥熟頭昂，黍麥俱有，所以低昂。」林間桑子落。願儂一箔千兩絲，繅絲〔九四〕得蛹飼爾雛。〔公自註〕此鳥聲云：蠶絲一百箔。〔合註〕《荀子·蠶篇》：蛹以爲母，蛾以爲父。《說文》：蛹，繭蟲也。

其五

姑惡，姑惡。姑不惡，妾命薄。〔施註〕《漢·孝成許后傳》：妾薄命，端遇竟寧前。君不見東海孝婦死作三年乾，〔施註〕《漢·于定國傳》：東海有孝婦，少寡，亡子，養姑甚謹。其後，姑自經死，姑女告吏，婦殺我母。具獄上府，于公以爲此婦養姑以孝聞，必不殺也。太守不聽，竟論殺孝婦。郡中枯旱三年。不如廣漢龐姑去却還。〔公自註〕姑惡，水鳥也。俗云婦以姑虐死，故其聲云。〔王註援曰〕「去却還」，又用前漢「東家棗完，去婦復還」之意。見《漢書·王吉傳》。

石芝并引〔九五〕

元豐三年五月十一日癸酉〔九六〕，夜夢遊何人家。開堂西門，有小園、古井。井上皆蒼石〔九七〕。石上生紫藤如龍蛇，枝葉如赤箭。主人言，此石芝也。余率爾折食一枝，衆皆驚笑。其味如雞蘇而甘，明日作此詩。

空堂明月清且新，幽人睡息來初匀。了然非夢亦非覺，有人夜呼祁孔賓。〔王註〕《晉書·祁嘉傳》：字孔賓。清貧好學，年二十餘，夜，忽窗中有聲呼曰：「祁孔賓，祁孔賓，隱去來，隱去來。修飾人世，甚苦不可諧。所得未毛銖，所喪如山崖。」旦而逃去。披衣相從到何許，朱欄碧井開瓊户。〔合註〕杜子美《銅瓶》詩：亂後碧井廢。宋之問詩：畫堂瓊户特相宜。忽驚石上堆龍蛇，玉芝紫笋生無數。鏘然敲折青珊瑚，〔王註〕《晉書·石崇傳》：武帝助王愷，以珊瑚樹示崇，崇以鐵如意擊之，應手而碎。〔施註〕杜子美《哀王孫》詩：腰下寶玦青珊瑚。〔合註〕陸龜蒙詩：玉芝敲折琤然墮。味如蜜藕和雞蘇。〔施註〕韓退之《古意》詩：開花十丈藕如船，冷比雪霜甘比蜜。〔查註〕《本草》：雞蘇，其葉辛香，可以烹雞，故名。《石門題跋》云：雞蘇，《本草》〔九八〕，龍腦薄荷也。東吴林下人，夏月多以飲客，而俗人不知，私議東坡誤用雞蘇爲紫蘇，可發一笑。主人相顧一撫掌，滿堂坐客皆盧胡。〔施註〕《孔叢子》：盧胡而笑。《闕子》：宋之愚人，得燕石藏之，以爲大寶。周客見之，掩口盧胡而笑。《金華子》：坐客聞之，莫不盧胡而笑。杜子美《徐卿二子歌》：滿堂賓客皆回頭。亦知洞府嘲輕脱，〔王註〕《太平廣記》：許碏遊廬江間，嘗醉吟曰：閬苑花前是醉鄉，踏翻王母九霞觴。羣仙拍手嫌輕脱，謫向人間作酒狂。〔施註〕《左傳·僖公三十三年》：王孫滿曰：「輕則寡謀，無禮則脱。」終勝嵇康羡王烈。〔查註〕《神仙傳》：王烈，字長休。嵇叔夜甚敬愛之。烈獨之太行山中，見山破，石裂數百丈，兩畔皆是青石，石中有一穴，青泥流出如髓。烈取泥試丸之，隨手堅凝，氣如粳米飯，嚼之。因攜少許與叔夜，叔夜取而視之，已成青石，擊之，琤琤如銅聲。叔夜卽與烈往視之，斷山已復如故。神山一合五百年，風吹石髓堅如鐵。〔王註續曰〕《神仙傳》：王烈語弟子曰：《神仙經》云，神山五百年輒開，其中石髓出，得而服之，壽與天相畢。

遊武昌寒溪西山寺

〔王註次公曰〕本朝樂史《寰宇記》於鄂州武昌縣下載：樊山亦曰樊岡，下有寒溪，中有蟠龍石云。〔查註〕《太平寰宇記》：樊山在鄂州西一百七十三里。【誥案】時杜道源首至黃州訪公，因與同游寒溪、西山，故詩有「相將踏勝絶」句，指道源也。道源非久赴官，然不詳何官，其子孟堅爲縣，亦至黃州。

連山蟠武昌，〔王註〕杜子美《鹿頭山》詩：連山西南斷。又《劍門》云：連山抱西南。翠木蔚樊口。〔查註〕《水經註》：江水右得樊口。《名勝志》：樊山下爲樊口，亦名樊港，控湖澤九十九泉，南匯入江。我來已百日，欲濟空搔首。坐看鷗鳥没，〔施註〕杜牧之《送孟遲》詩：寺樓最騫軒，坐送飛鳥没。夢逐麏麚（九九）走。〔施註〕《楚辭·招隱士》：白鹿麏麚兮，或騰或倚。今朝横江來，〔施註〕《漢·揚雄傳·反離騷》：横江湘以南往。李太白有《横江詞》。一葦寄衰朽。〔王註〕《詩·衞風·河廣》：誰謂河廣，一葦杭之。〔施註〕韓退之《左遷至藍關》詩：豈將衰朽計殘年。【誥案】紀昀曰：平敍，自然清脱。高談破巨浪，〔王註〕《南史》：宗慤云：「願乘長風破萬里浪。」飛屨輕重阜。去人曾幾何，絶壁寒溪吼。風泉兩部樂，松竹三益友。〔王註〕《文選》江淹詩：開徑望三益。〔施註〕元次山《丐論》：古人鄉無君子，則與雲山爲友；里無君子，則與松竹爲友；坐無君子，則與琴酒爲友。徐行欣有得，芝朮在蓬莠。〔王註〕《史記·封禪書》：蓬蒿藜莠。〔施註〕《唐文粹》李華《仙遊寺》詩：早窺神仙籙，願結芝朮友。西上九曲亭，〔王註〕子由《九曲亭記》：子瞻遷於齊安，齊安無名山，而江之南，武昌諸山中，有浮圖精舍，西曰西山，東曰寒溪。將適西山，行於松柏之間，羊腸九曲，而獲少平。有廢亭焉。其遺址甚狹，不足以席衆客，子瞻與客入山，相與營之，亭成而西山之勝始具。衆山皆培塿。〔王註〕《晉書·載記》：劉元海曰：「善。當爲重岡峻阜，何能爲培塿乎！」〔施註〕《左傳·襄公二十四年〔一〇〇〕》：子太叔曰：「培塿無松柏。」杜預曰：培塿，小阜也。杜子美《可嘆》詩：高山之外皆培塿。却看江北路，雲水渺何有。離離見吴宫，〔查註〕《名勝志》：吴王避暑宫，在寒溪上，今圓通閣是也。莽莽真楚藪〔一〇一〕。〔施註〕《離騷·九章》：滔滔孟夏兮，草木莽莽。空傳孫郎石，〔施註〕《三國志·孫策傳》：袁術嘗歎曰：「使術有子如孫郎，死復何恨。」《江表傳》：策時年少，雖有位號，而士民皆呼爲孫郎。無復陶公柳。〔王註〕《晉書》：陶侃鎮武昌，性纖密好問，頗類趙廣漢。嘗課諸營種柳。都尉夏施盜官柳，植之於己門。侃後見，駐車問曰：「此是武昌西門前柳，何因盜來此種？」施惶怖謝罪。爾來風流人，〔施註〕《北史·王昕傳》：母崔氏，生九子，皆風流醞藉，世號九龍。惟有漫浪叟。〔施註〕《唐·元結傳》：家瀼濱，乃自稱浪士。及有官，人以爲浪者亦漫爲官乎，呼爲漫郎。既客樊上，少長相戲，更曰聱叟。又：漫浪於人間，得非聱齖乎，公漫久矣，可以漫爲叟。買田吾已決，乳水況宜酒。〔王註次公曰〕乳水，即次山《抔尊銘序》所言「亭西乳泉」也。所須修竹林，深處安井臼。相將踏勝絶，〔合註〕權德輿《送靈澈上人序》：會稽山水，自古勝絶。【誥案】此處脱公自註，否則「相將」字無着。時杜道源同游，見本集《與陳季常書》中。更裹三日糗。〔施註〕《尚書·費誓》：峙乃糗糧。《唐韻》：糗，乾飯屑也。

武昌銅劍歌并引〔一〇二〕

供奉官鄭文，嘗官於武昌。江岸裂，出古銅劍，文得之〔一〇三〕以遺余。冶鑄精巧，非鍛治〔一○四〕所成者。〔合註〕《夢溪筆談》：東西頭供奉官，本唐從官之名。

雨餘江清風卷沙，雷公躡雲捕黄蛇。〔王註〕《廣異記》載：唐開元末，太原武勝之爲宣州司士，知静江軍事。忽然，灘中見雷公踐微雲，逐小黄蛇，盤繞灘上。静江之夫，戲以石投之，中蛇，鎗然作金聲。雷公乃飛去，使人往視之，得一銅劍，有文曰「許旌陽斬蛟第三劍」云。蛇行空中如枉矢，〔王註〕《晉・天文志》：枉矢，狀類大流星。蛇行，蒼黑，如有毛，目長數匹。電光〔一○五〕煜煜燒蛇尾。或投以塊鏗有聲，雷飛上天蛇入水。水上青山如削鐵，神物欲出山自裂。細看兩脅生碧花，猶是西江老蛟血。〔王註續曰〕許旌陽斬蛟於洪州。〔施註〕李賀《長平箭頭歌》：漆灰骨末丹水沙，淒淒古血生銅花。蘇子得之何所爲，蒯緱彈鋏詠新詩。〔王註援曰〕緱，音古侯反，劍首也。《史記》：馮驩躡履見，孟嘗君置傳舍十日。孟嘗君問傳舍長曰：「客何所爲？」答曰：「馮先生甚貧，猶有一劍耳。」又：蒯緱彈其鋏而歌。〔師曰〕註：蒯，苦怪切，如茅之類，可爲繩。言其劍把無物可裝，以小繩纏之。緱，謂把劍之處。君不見凌烟功臣長九尺，〔施註〕《唐・太宗紀》：貞觀十七年圖。腰間玉具〔一○六〕高拄頤。〔王註〕《漢・王莽傳》：玉具寶劍。〔施註〕《漢・匈奴傳》：單于朝天子於甘泉宮，賜以玉具劍。《後漢・馮異傳》：光武賜以乘輿七尺具劍。註云：《東觀記》作玉具劍。

今年正月十四日，與子由別於陳州，五月，子由復至齊安〔一○七〕，以詩迎之

【誥案】公既與子由別，子由還至南都，即般挈兩房家累，下汴泗渡淮。自廣陵泝江而上，歷金陵、寧國一路，以達九江。乃安泊史夫人等於舟中，自送同安君及迨、過等至黄，仍還至九江，自

赴筠州謫任。時子由債負山積，而困於道塗者，幾及半載，亦見其怳悴矣。

驚塵急雪滿貂裘，〔王註〕《戰國策》：蘇秦說秦王書十上，而說不行，黑貂之裘敝。〔施註〕杜子美《對雪》詩：急雪舞迴風。【誥案】七字寫盡陳州初面之情。淚灑東風別宛丘。〔施註〕《九域志》：陳州宛丘縣。【誥案】七字寫盡陳州遽別之狀。又向邯鄲枕中見，〔施註〕《異聞集》：開元中，道人呂翁常往來邯鄲，有書生姓盧，與翁同止逆旅。主人方烝黄粱，共待其熟。翁開囊中枕，以授盧曰：「枕此，當如願。」生俛首，但記身入枕中，遂至其家。未幾，登高第，歷臺閣，出入將相五十年。忽欠身而寤，黄粱猶未熟也。却來雲夢澤南州。暌離動作三年計，〔施註〕《漢・嚴助傳》：願奉三年計最。牽挽當爲十日留。〔施註〕《漢・陸賈傳》：約，過女，極欲，十日而更。早晚青山映黄髮，相看萬事一時休。〔公自註〕柳子厚《別劉夢得》詩云：皇恩若許歸田去，黄髮相看萬事休〔一〇八〕。【誥案】確是此詩結句。

曉至巴河口〔一〇九〕迎子由

〔查註〕《水經注》：巴水出雩婁縣之下，靈山即大別山也。亦或曰：巴山南歷蠻中，吴時，舊立屯於水側，引巴水以溉野，又南逕巴水戍南流，注於江，謂之巴口。〔合註〕《入蜀記》：巴河口，距黄州二十里，一市聚也。

去年御史府，〔施註〕《舊唐書・高元裕傳》：御史府，紀綱之地。舉動觸四壁。〔王註次公曰〕此蓋先生言其對吏時也。〔施註〕《漢・王莽傳》：定安公第，置門衛使者監領，敕阿乳母，不得與語，常在四壁中。幽幽百尺井，〔王註次公曰」百尺井，所以爲況也。此亦坐井觀天之義。仰天無一席。隔牆聞歌呼，〔施註〕韓退之《酬崔十六少府》詩：隔牆聞讙呼，衆口極鵝雁。自恨計之失。留詩不忍寫，苦淚漬紙筆。〔施註〕孟東野《送弟郢》詩：老人獨自歸，苦淚滿眼黑。餘生復何幸，〔合註〕謝靈運詩：餘生不歡嬉，何以竟暮歸。樂事有今日。江流鏡面淨〔二〇〕，烟雨輕冪冪。孤舟如鳧鷖，〔王註〕李白《登黄山凌歊臺送族弟溧陽尉濟充泛舟赴華陰》詩：小舟若鳧鷖。點破千頃碧。聞君在磁湖，〔查註〕《輿地廣記》：大冶縣有磁湖。《名勝志》：磁山在縣東四十里磁湖側，磁湖者，以傍岸多磁石，故名。《欒城集》云：舟次磁湖，以風浪留二日，即此地也。欲見隔咫尺。朝來好風色，〔施註〕盧仝《月蝕》詩：風色緊格格。旗脚〔二一〕西北擲。〔施註〕杜子美《復愁》詩：皀尾掣旗竿。劉禹錫詩：旗尾飄揚勢漸高。行當中流見，笑眼清光溢。此邦疑可老，〔施註〕《左傳·隱公十一年》：使營菟裘，吾將老焉。修竹帶泉石。欲買柯氏林，兹謀待君必。【誥案】謂欲買柯丘也，然此計竟未成，雪堂之作，則兆於此矣。

遷居臨皐亭

〔王註次公曰〕先生始至黄，寓居定惠院，後自定惠遷臨皐。本回車院，故有「全家占江驛」之句。〔查註〕許端夫《齊安拾遺》云：夏澳口之側，本水驛，有亭曰臨皐。《名勝志》：臨皐館在黄州朝宗門外。【誥案】即監司行衙也，時子由自宋移家累至，因遷居臨皐，故詩有「全家占江驛」句。

我生天地間，一蟻寄大磨。區區欲右行，不救〔二二〕風輪左。〔王註〕《晉·天文志》：《周髀》家云：天旁轉如推磨而左行，日月右行，隨天左轉，故日月實東行，而天牽之以西没。譬之於蟻行磨石之上，磨左旋而蟻右去，磨疾而蟻遲，故不得不隨磨以左迴焉。〔施註〕《楞嚴經》：覺明空昧相待成搖，故有風輪執持世界。雖云走仁義，〔施註〕《孟子·離婁下》：由仁義行。未免違寒餓〔一三〕。劍米有危炊，〔王註〕《晉·顧愷之傳》：桓玄在殷仲堪坐上，共作危語。玄曰：「矛頭淅米劍頭炊。」仲堪曰：「百歲老翁攀枯枝。」有一參軍云：「盲人騎瞎馬，夜半臨深池。」仲堪眇目，驚曰：「此太逼人。」針氊無穩坐。〔施註〕《晉·杜錫傳》：屢諫愍懷太子，太子患之，置針著錫常所坐氊中，刺之流血。豈無佳山水，借眼風雨過。〔施註〕岑參詩：渭上風雨過。歸田不待老，〔施註〕張平子有《歸田賦》。韓退之《示爽》詩：有路即歸田。勇決凡幾箇。〔施註〕杜子美《北征》詩：西方服勇決。幸兹廢棄餘，疲馬解鞍馱。〔合註〕孟郊詩：疲馬思解鞍。全家占江驛，絶境天爲破。飢貧相乘除，〔王註〕韓退之詩：無善名以聞，無惡聲以揚。名聲相乘除，得少失有餘。未見可弔賀。〔王註縯曰〕董仲舒曰：弔者在門，賀者在閭，言憂則恐懼，恐懼則福至。賀者在門，弔者在閭，言受福則驕奢，驕奢則禍至。〔次公曰〕《史記》：蘇秦見齊王，仰而慶，俯而弔。《劉表傳》云：受弔不受賀。〔施註〕《左傳·昭公八年》：史趙曰：可弔也，而又賀之。《史記·張儀傳》：羣臣皆賀，子獨弔，何也？澹然〔一四〕無憂樂，〔施註〕《莊子·刻意篇》：澹然無極，而衆美從之。苦語〔一五〕不成些。〔王註次公曰〕些，音四箇切，乃楚人之聲也。宋玉《招魂》，每句有些字。〔施註〕《文選》，宋玉哀屈原，作《招魂》楚些。〔邵註〕些，蘇箇切。《説文》：語詞也。沈存中云：今夔峽湖湘及南北江獠人，凡禁呪句尾，皆稱些，乃楚人舊俗。【誥案】紀昀曰：有兀傲之氣。

與子由同游寒溪西山

〔王註師民瞻曰〕寒溪西山，在武昌縣屬湖北路。

散人出入無町畦，〔施註〕《莊子·人間世篇》：彼且爲無町畦，亦與之爲無町畦，達之入於無疵。朝游湖北暮淮西。〔王註次公曰〕黄州，在淮南西道。高安酒官雖未上，〔王註〕按《潁濱遺老傳》云，子瞻以詩得罪朝廷，轍從坐謫監筠州鹽酒稅。〔查註〕《輿地廣記》：筠州自唐以前屬洪州，南唐李景置筠州，領高安等三縣。〔合註〕至宋紹興間，改高安郡。後避理宗諱，改瑞州。見《宋史》。「未上」，言未到任也。唐、宋時，凡謝上表，皆言以某月日到任上訖。兩脚垂欲穿塵泥。〔施註〕杜子美《九日寄岑參》詩：出門復入門，兩脚但如舊。所向泥活活，思君令人瘦。與君聚散若雲雨，〔施註〕劉禹錫《寄僚友》詩：故人雲雨散，滿目山川多。共惜此日相提攜。〔施註〕韓退之《贈張籍》詩：此日足可惜。千摇萬兀到樊口，【誥案】七字寫盡三楚剪江之狀。一箭放溜先鳧鷖。【誥案】句謂渡至對岸上游，其舟疾轉順流，而下箭餘地即收口也。七字寫盡舟工手忙脚亂之狀。層層草木暗西嶺，瀏瀏霜雪鳴寒溪。〔王註次公曰〕西嶺、寒溪，皆在黄州對岸。空山古寺亦何有，歸路萬頃青玻璃。〔王註次公曰〕萬頃玻璃，言水之色似之。先生又曰：共飲玻璃江。我今漂泊等鴻雁，江南江北無常棲。幅巾〔一六〕不擬過城市，〔施註〕杜子美《陪章留後侍御宴南樓》詩：不擬哭途窮。欲踏徑路開新蹊。〔公自註〕路有直入寒溪不過武昌者。〔施註〕《漢・李廣傳》：下自成蹊。顔師古曰：蹊，徑道也。〔查註〕《詩・大雅・緜》：行道兑矣。傳：兑，成蹊也。疏云：蹊者，先無行迹，初爲徑路之名。《名勝志》：萬松山，在樊山北，臨江，松陰夾道，特爲幽邃，有路直入寒溪，山下之捷徑也。却憂別後不忍到，見子行迹空餘悽。【誥案】二句力透紙背。吾儕流落豈天意，〔施註〕杜子美《病橘》詩：汝病豈天意。自坐迂闊非人擠。〔施註〕韓退之《柳子厚墓志》：一旦臨小利害，反眼若不相識，落陷穽，不一引手，反擠之，又下石焉。行逢山水輒羞歎，此去未免勤鹽虀。何當一遇李八百，〔公自註〕李八百宅在筠州，古老相傳，能拄拐日八百里〔一七〕。〔王註厚曰〕李八百，名脱，蜀人也。歷世見之，時人計之，年八百歲，因以爲號

《晉書》言脱妖術惑衆，爲王敦所殺。〔子仁曰〕《陳搏傳》言：有一人，青巾裋褐，叩陳希夷門。未報，倏去。追之，見老人衣鹿皮，曰：「此神仙李八百也，動則八百里。」〔施註〕《神仙傳》：李八百知唐公昉有志不遇明師，教授之。〔查註〕歐陽守道《碧落堂記》畧云：高安郡，於江西稱道院，相傳爲上古仙人李八百修煉之所。《至治瑞陽志》：仙洞在州治後圃，即李八百棲隱處。楊廷秀詩：李真宅子故依然，道院西偏古洞前。即此地矣。　相哀白髮分刀圭。【誥案】末三句，以子由至筠作結，並不重李八百也。各註凡引非筠州之李八百者皆誤，然已稍汰矣。

次韻答子由

〔合註〕子由詩題云：舟次磁湖，以風浪留二日，不得進，子瞻以詩見寄，作二篇答之，前篇自賦。〔查註〕原作詩云：慚愧江淮南北風，扁舟千里得相從。黄州不到六十里，白浪俄生百萬重。自笑一生渾類此，可憐萬事不由儂。夜深魂夢先飛去，風雨對牀聞曉鐘。

平生弱羽寄衝風，〔王註〕《史記·韓安國傳》：衝風之末，力不能漂鴻毛。　此去歸飛識所從。好語似珠穿一一，〔合註〕元微之詩：一一貫珠隨咳唾。　妄心如膜退重重。山僧有味寧知子，〔施註〕杜牧之《登第後過鄰居老僧》詩：家住城南杜曲傍，兩枝仙桂一時芳。山僧尚未知名姓，始羡空門氣味長。　瀧吏無言只笑儂。〔王註〕韓退之南遷，下樂昌瀧，作《瀧吏》詩：往問瀧頭吏，潮州尚幾里。行當何時到，土風復何似。瀧吏垂手笑，官何問之愚。譬如官京邑，何由知東吳。潮州底處所，有罪乃竄流。儂幸無負犯，何由到而知。　尚有讀書清淨業，〔施註〕陶淵明《五柳先生傳》：好讀書，不求甚解。《華嚴經》：即以利益諸衆生，而爲自行清浄業。　未容春睡敵千鍾。〔施註〕《家語》：孔子云：「季孫贈我千鍾也，而交益親。」

陳季常自岐亭見訪，郡中及舊州諸豪爭欲邀致之，戲作陳孟公詩一首〔二〇〕

〔查註〕《太平寰宇記》：岐亭河，在麻城西北八十里。唐武德三年，於縣置亭，州取此爲名。《九域志》：淮南西路黄州，治黄岡縣。麻城，在州北一百七十五里，四鄉有岐亭鎮。

孟公好飲寧論斗，〔王註次公曰〕此篇全用陳遵事比陳季常，別取他事足成之。論斗，如汝陽三斗，焦遂五斗，劉伶五斗，李白一斗，合自然是矣。〔施註〕杜子美《遭田父飲》詩：仍嗔問升斗。醉後關門防客走。〔王註〕《前漢書·游俠傳》：陳遵嗜酒，每大飲，賓客滿堂，輒關門，取客車轄投井中，雖有急，終不得去。不妨閑過左阿君，〔王註〕《前漢書》：遵爲河南太守。弟級，爲荆州牧，當之官，俱過長安富人故淮陽王外家左氏，飲食作樂。司直陳崇劾奏遵過寡婦左阿君，置酒歌謳，起舞跳梁，頓仆坐上。免歸。百謫終爲賢太守。〔王註〕《前漢書》：哀帝末，遵入公府，日出醉歸，曹事數廢。西曹以故事適之，侍曹輒詣寺舍白遵，曰：「陳卿今日以某事適。」遵曰：「滿百乃相聞。」故事，有百適者斥。滿百，西曹請斥。大司徒馬宫重遵，謂西曹：「此人大度士，奈何以小文責之？」老居閭里自浮沉〔一九〕，笑問伯松何苦心。〔王註〕《前漢書》：遵少與張竦伯松相親友。嘗謂竦曰：「足下諷誦經書，苦身自約，不敢差跌，而我放意自恣，浮沉俗間，官爵功名，不減於子，而差獨樂，顧不優邪？」忽然載酒從陋巷，爲愛揚雄作《酒箴》。〔王註次公曰〕揚雄作《酒箴》以諷諫成帝，具在《遵傳》。其中云：「酒何過乎？」遵大喜，謂張竦曰：「吾與爾猶是矣。」長安富兒求一過，千金壽君君笑唾。〔王註〕《文選》曹子建樂府：主稱千金壽。劉叉詩云：玉石共笑唾。《史記》：平原君以千金爲魯仲連壽，仲連笑却之。汝家安得客孟公，從來〔三〇〕只識陳驚坐。〔王註〕《前漢書》：遵所到，衣冠懷之，惟恐在後。時列侯有與遵同姓字者，每至人門，曰陳孟公，坐中莫不震動，既至而非，因號其人曰陳驚坐。

定惠院〔三一〕顒師爲余竹下開嘯軒

啼鴂催天明，喧喧相詆譙〔三二〕。〔施註〕《漢・樊噲傳》：譙讓項羽。顏師古曰：譙，責也。〔合註〕唐明皇詩：夕鳥喧喧入上林。《説文》：詆，訶也。暗蛩泣夜永，唧唧自相弔。〔王註次公曰〕《爾雅》：蟋蟀，蛬。陸璣《草木蟲魚疏》：幽州人謂之趨織。里語曰：趨織鳴，懶婦驚。京房《易占》曰：七月建申，律爲夷則蟋蟀鳴。〔施註〕孟東野樂府：暗蛩有虚織。〔合註〕《古樂府・木蘭詩》：唧唧復唧唧。飲風蟬至潔，長吟〔三三〕不改調。〔王註〕《月令》：仲夏之月，蟬始鳴，季夏之月，寒蟬鳴。〔施註〕傅玄《蟬賦》：美兹蟬之純潔兮，稟陰陽之微靈。吸瀣露之朝零，聆商風而和鳴。差羣吟以遞倡，似簫管之餘音。〔合註〕曹子建《蟬賦》：獨怡樂而長吟。食土蚓無腸，亦自終夕叫。〔王註〕《荀子》：蚓上食埃土，下飲黄泉，用心一也。崔豹《古今注》：蚓曰歌女。鳶貪聲最鄙，〔王註〕劉禹錫《飛鳶操》云：鳶飛杳杳青雲裏，鳶鳴蕭蕭風四起。〔施註〕《莊子・秋水篇》：鴟得腐鼠，鵷鶵過之，仰而視之，曰：「嚇。」《唐韻》云：鳶，鴟類也。鵲喜意可料〔三四〕。〔施註〕《西京雜記》：陸賈曰：眼瞤得酒食，燈花得錢財，蜘蛛集而百事喜，乾鵲噪而行人至。〔王註次公曰〕自首句至此，以禽蟲之物起意，蓋言物皆有聲，以不平而鳴也。皆緣不平鳴，〔王註〕韓退之《送孟郊序》：大凡物不得其平則鳴。慟哭等嬉笑〔三五〕。〔施註〕《戰國策》：長歌之哀，過於慟哭，嬉笑之怒，甚於裂眦。阮生已粗率，〔合註〕《南史・孔覬傳》：衣冠器用，莫不粗率。孫子亦未妙〔三六〕。道人開此軒，清坐默自照。銜風振河海，〔施註〕《莊子·齊物論篇》：風振海而不能驚。不能號〔一二七〕無竅。累盡吾何言，風來竹自嘯。〔王註〕《説文》：竹得風，其體夭屈，如人之笑。【誥案】紀昀曰：奇姿超妙，一掃恒徑。

和何長官六言次韻五首〔一二八〕

【誥案】此與黄岡縣詩也。名失考。

其一

作邑君真伯厚，去官我豈曼容。〔王註〕《漢·兩龔傳》云：琅邪邴漢，兄子曼容，養志自修，爲官不肯過六百石，輒自劾去。一廛願託仁政，六字難賡變風。〔施註〕卜子夏《詩序》云：《詩》有六義焉。至於王道衰，而變風、變雅作矣，故變風發乎情，止乎禮義。

其二

五噫已出東洛，三復願比南容。學道未逢〔一二九〕潘盎，〔公自註〕南海謂狂爲盎，潘近世得道者也〔一三〇〕。〔王註堯卿曰〕本朝皇祐中，廣南儂智高率衆陷邕州，又將襲廣南諸郡城。至梧州，有潘盎者，儂賊聞其異，召而問之，曰：「吾形貌如何？」盎曰：「汝一賊也，他無所類。」又問梧州幾日可陷？曰：「百年亦不可陷。」又曰：「吾欲據此城以有南越如何？」曰：「汝將斬頭，豈能有越耶？」賊怒，害之。〔查註〕潘盎事，見江少虞《事實類苑》中。草書猶似楊風。〔公自註〕楊凝式也〔一三一〕。

其三

石渠何須反顧，〔王註次公曰〕漢有石渠署，典校秘書，先生初直史館。〔施註〕《三輔故事》：石渠閣在未央大殿北，以藏秘書。《漢·劉向傳》：講論《五經》於石渠。《楚辭》屈原《離騷》：忽反顧以游目兮，將往觀乎四荒。水驛〔一三〕幸足相容。〔施註〕王昌齡《荆門送李三》詩：水驛駐舟使，漁歌摇楚吟。白樂天《送劉蘇州》詩：水驛路穿兒店月，花船掉入女湖春。〔查註〕水驛，即臨皋亭也。長江大欲見庇，探支八月涼風。〔王註次公曰〕「探支」字，是官物，官錢有此名，此亦戲言之矣。〔合註〕皮日休詩：鶴料符來每探支。

其四

清風初號地籟，〔施註〕《莊子·齊物論篇》：厲風濟則衆竅爲虚，地籟則衆竅是已。明月自寫天容。〔施註〕韓退之詩：天容與水色，此處皆緑淨。貧家何以娱客？但知抹月批風。〔王註次公曰〕饌食者，有批有抹，抹月批風，又戲言之。〔施註〕禪宗有薄批明月，細抹清風之語。〔合註〕見《傳燈録》。

其五

青山自是絶色〔一三〕，〔合註〕江文通《蓮華賦》：藥金光而絶色。無人誰與爲容。〔王註〕杜荀鶴詩：承恩不在貌，教妾若爲容？〔施註〕《毛詩·衛風·伯兮》：自伯之東，首如飛蓬。豈無膏沐，誰適爲容。説向市朝公子，何殊馬耳東風。〔施註〕李太白《答友人寒食》詩：吟詩作賦北窗裏，萬言不直一杯水。世人聞此皆掉頭，有如東風吹馬耳。

觀張師正所蓄辰砂

〔查註〕《玉壺清話》：丙午，訪辰帥張不疑師正，時方五十。熙寧丁巳，不疑帥鼎。著《括異志》、《倦遊録》。《事實類苑》云：師正，英宗朝爲荆州鈐轄。楊文公《談苑》：張師正本進士，換武爲遥郡防禦使，亦能詩。范成大《桂海志》：宜州出砂處，與湖北犬牙，山相連，北爲辰砂，南爲宜砂。《事實類苑》：辰州硃砂，佳者，出蠻峒錦州界老鴉井。其井廣深十丈。欲取，必先聚薪於井，令滿。以火燎之，石壁迸裂，入火者，既化爲烟，其偶存石壁者，方得之。【誥案】公《與王定國書》云：「近有人惠丹砂少許，光彩甚奇，其人教以養火，觀其變化，聊以悟神遣日。」當卽師正所蓄辰砂也。

將軍結髮戰蠻溪，〔王註〕《前漢・李廣傳》：結髮與匈奴大小七十餘戰。據《本草》：丹砂，生苻陵。苻陵，涪州也。又出武陵西川蠻夷中。今出辰州、錦州〔一三四〕。先生戰蠻夷之語，則指言辰州也。篋有殊珍勝象犀。漫説玉牀收箭鏃〔一三五〕，〔施註〕《圖經》：辰州出丹砂，其苗乃白石耳，土人謂之砂牀。箭鏃連牀者，色若鐵而瑩澈。〔查註〕《事實類苑》云：頑石有砂處，卽有小龕，中坐白石牀，如玉，牀上乃生丹砂，小者如箭鏃，大者如芙蓉。何曾金鼎識刀圭。近聞猛士收丹穴，〔王註〕《史記・貨殖傳》：巴蜀寡婦清，其先得丹穴，而擅其利數世。〔查註〕《宋史・神宗本紀》：熙寧九年，章惇招降五溪蠻，遂城下溪州。欲助君王鑄褭蹄。多少空巖人不見，自隨初日吐虹蜺。〔王註續曰〕日流於天，其氣之在地者，結爲丹砂。《大洞煉真寶經》云：上品光明沙者，受太陽，洞通澄明，正真之精氣，降結紅光，耀如日色。中品白馬牙沙者，受太陽，平和柔順，氣結白光，燦燦如雲母色。下品紫靈沙者，受太陽山澤之靈，結紅紫色。【誥案】本集小題大做之作，如《雪浪石》云：太行西來萬馬屯，勢與岱岳争雄尊。凡此類者，未易悉數，又豈止此詩乎。曉嵐主魏叔子之論，以小題大做，爲俗人得意之筆，又以魏爲洞見肺肝，宜其少所見而多所怪矣。

次韻子由病酒肺疾發

憶子少年時，肺病〔三六〕疲坐卧。喊呀或終日，〔合註〕《揚子法言》：喊，聲也。勢若風雨過。虚陽作浮漲，客冷仍下墮。〔王註次公曰〕《素問》有云：令人下墜。下墜卽下墮，言氣墮於下也。妻孥恐悵望，膾炙不登坐。〔王註〕韓退之詩：妻兒恐我生悵望，盤中不飣栗與梨。〔施註〕《左傳·隱公五年》：鳥獸之肉，不登於俎。「膾炙」引《孟子》。終年禁晚食，半夜發清餓。胃强鬲苦滿，〔合註〕《釋名》：膈，塞也。隔塞上下，使氣與食不相亂。肺斂腹輒破。三彭恣啖嚙，〔施註〕《宣室志》：僧契虚遇人導游稚川仙府，真人問曰：「爾絶三彭之仇乎？」對以未能。令速歸去。二豎肯逋播。〔施註〕《左傳·成公十年》：晉景公疾，求醫於秦，秦使醫緩爲之。未至，公夢疾爲二豎子，曰：「彼良醫也，懼傷我焉，逃之。」其一曰：「居肓之上，膏之下，若我何？」醫至，曰：「藥不至焉，不可爲也。」《尚書·大誥》：於伐殷，逋播臣。寸田可治生，誰勸耕黄糯。〔公自註〕新法方田謂黄糯爲上腴〔三七〕。探懷得真藥，不待君臣佐。〔王註〕《本草》：藥有君臣佐使，宜一君二臣，三佐五使。〔施註〕《檢仙經》：世俗諸方，亦不必皆爾。大抵養命之藥，則多君，養性之藥，則多臣，治病之藥，則多佐。初如雪花積，漸作櫻珠〔三八〕大。〔王註厚曰〕《老子節解》曰：唾者，溢爲醴泉，聚爲玉漿，流爲華池，散爲津液，降爲甘露。漱以咽之，既藏潤身，以流百脈，化養精神，支節毛髮，堅固長春。〔次公曰〕此唾咽漱法也。隔牆〔三九〕聞三嚥，隱隱如轉磨。自兹失故疾，陽唱陰輒和。〔施註〕《詩序》：昏姻之道缺，陽倡而陰不和，男行而女不隨。神仙多歷試，中路或坎坷。平生不盡器，〔施註〕《唐文粹》何諷《夢渴賦》：飲不盡器，枯腸已瘵。痛飲知無奈〔一四〇〕。舊人眼看盡，〔施註〕《尚書·盤庚上》：亦惟圖任，舊人共政。老伴餘幾箇。〔施註〕白樂天《贈晦叔》詩：老伴如君少，歡情向我偏。殘年一斗粟，待子同春簸。〔施註〕《漢·淮南厲王傳》：廢處蜀嚴道邛郵，不食而死。後，民歌之曰：「一尺布，尚可縫；一斗粟，尚可舂。兄弟二人不相容。」〔合註〕《魏書·崔亮傳》：亮雖歷顯任，其妻不免親事舂簸。云何不自珍，醉病又一挫。真源結梨棗，〔施註〕《真誥》：右英王夫人，授許長史曰：「火棗交梨之樹，已生君心中。猶有荆棘相雜，是以二樹不見。可剪荆棘，出此樹單生。」世味等糠莝。〔王註次公曰〕莝，音千卧切。註曰：斬芻也。《史記》：范睢坐須賈於堂下，置莝豆其前，令兩黥徒夾而馬食之。〔施註〕《漢·陳平傳》：亦食糠覈耳。耕耘當待穫，願子勤自課。相將賦《遠遊》，〔施註〕《楚辭》屈原《遠遊章》：悲時俗之迫阨兮，願輕舉以遠遊。仙語不用些。

鐵拄杖〔一四一〕并敍

柳真齡字安期，閩人也。家寶一鐵拄杖，如楖栗木，牙節宛轉天成，中空有簧，行輒微響。柳云〔一四二〕：得之浙中，相傳王審知以遺錢鏐，鏐以賜一僧〔一四三〕。柳偶得之以遺余，作此詩〔一四四〕謝之。〔王註次公曰〕王審知，字信通，光州固始人也。唐亡，梁太祖加拜審知中書令，封閩王，升福州爲大都督。〔查註〕《五代史·閩世家》：王審知兄潮，本縣吏。唐末爲福建觀察使，以審知爲副使。乾寧四年，潮卒，審知代立。唐以福州爲武威軍，拜審知爲節度使，封琅邪王。

柳公手中黑蛇滑，千年老根生乳節。忽聞鏗然爪甲聲，〔王註〕杜子美《桃竹杖》詩：憐我老病贈兩莖，出入爪甲鏗有聲。四坐驚顧知是鐵。〔王註〕杜子美《贈左僕射鄭國公嚴公武》詩：落筆四座驚。〔施註〕杜子美《夜聽許十誦詩》詩：四坐皆辟易。韓退之《歸彭城》詩：歸來戎馬間，驚顧似羇雌。含簧腹中細泉語，迸火石上飛星裂。〔合註〕吕洞賓《沁園春》詞：似石中迸火。公言此物老有神，自昔閩王餇吴越。不知流落幾人手，坐看變滅如春雪。忽然贈我意安在，兩脚未許甘衰歇。便尋轍迹訪崆峒，〔王註〕《老子》：善行無轍迹。《莊子·在宥篇》：黄帝聞廣成子在於崆峒之上，故往見之。〔施註〕《史記·黄帝紀》：披山通道，未嘗寧居，西至於空峒，登雞頭。徑渡〔一四五〕洞庭探禹穴。〔王註厚曰〕禹巡狩至會稽而崩，因葬焉。上有孔穴，民間云：「禹入此穴。」〔施註〕《漢·司馬遷傳》：南游江淮，上會稽，探禹穴。〔合註〕謝莊《宜貴妃誄》：循閶闔而徑渡。披榛覓藥採芝菌，刺虎鏦蛟擉蛇蝎。〔王註子仁曰〕《戰國策》：卞莊子刺虎。〔王註〕《漢書》：鏦殺吴王。鏦，音從容之從。又，《周禮·天官》：以時擉魚鼈龜蜃。會教化作兩錢錐，〔王註〕《説苑》：西閭過言，干將、莫耶，拂鐘不錚，試物不知，揚刃離金，斬羽契鐵。斧，此至利也，然以之補履，曾不如兩錢之錐。歸來見公未華髮。問我鐵君無恙否，〔施註〕《桂苑叢談》：李德裕贈僧方竹杖，及再見，問杖無恙否？曰：「已規而漆之矣。」公嗟惋久之。《風俗通》：恙，毒蟲也，喜傷人。古人草居露宿，故相勞問，必曰無恙。取出摩挲向公説。〔王註〕劉禹錫《淮陰行》曰：船頭大銅鐶，摩挲光陳陳。

卷二十校勘記

〔一〕水衡記　原作「永衡記」，據施乙、類本改。按，《周禮》卷十一《冬官考工記》有「衡者中水」之語。

「水衡」，意當爲衡水。據施乙、類本註文所引，《水衡記》乃記一年中各月雨水之特點並因以區分之書。又，宋陳元靚《歲時廣記》多處引本書，書名卽作《水衡記》。

〔二〕二百里　查註：「二」一作「三」。

〔三〕難久服　集本、施乙、類本作「雖久服」。

〔四〕不自　施乙作「自不」。

〔五〕無求　盧校：「何求」。

〔六〕正月十八日云云　類丙題下原註：「時元豐庚申」。

〔七〕井花　類本作「井水」。紀校：「花」當作「華」。

〔八〕尚可原　集本、施乙、類本作「尚可尋」。

〔九〕任時知瀘州　「任」原缺，據集甲、施乙補。

〔一〇〕嘗羨　施乙作「常羨」。

〔一一〕可鄙　合註：「可」一作「堪」。

〔一二〕詔恩　類本作「詔書」。

〔一三〕黃州　類丁作「蔡州」。

〔一四〕已度　集本、施乙、類本作「已渡」。

〔一五〕永與　類甲、類乙作「水與」。

〔一六〕并引　集本作「并敍」。

〔一七〕休馬　七集作「休焉」。
〔一八〕題詩云　類本無「詩」字。
〔一九〕嗔余　集本、施乙、類本作「瞋余」。
〔二〇〕壽逾　類本作「壽餘」。
〔二一〕達摩　集本、施乙、類甲作「達磨」。
〔二二〕西竺　集本、類本作「天竺」。
〔二三〕游淨居寺　類本「寺」作「院」。
〔二四〕并敍　施乙作「并引」。
〔二五〕淨居寺　集本、類本無「淨居」二字。施註：墨蹟今在湖州向氏，首有「淨居」二字。
〔二六〕惠思　集本、類本作「思惠」。
〔二七〕乃歎曰　類本無「乃」字。
〔二八〕蹈危機　原作「陷危機」，今從集本、類本。
〔二九〕生死　集本、類丙作「死生」。
〔三〇〕千劫　類丙作「萬劫」。
〔三一〕出谷　類甲、類乙作「幽谷」。
〔三二〕梅花二首　西樓帖有此詩第一首，題佚。宋岳珂《寶真齋法書贊》（以下簡稱《法書贊》）卷十二有此二詩之第一詩。參卷二十一「正月二十日……」條校記。又，《永樂大典》卷八百二十一引袁文

《甕牖閑評》（中華書局影印本在第七册）：「蘇東坡『春來幽谷水潺潺』，詩題目只作梅花，少年時讀，甚疑之。此蓋謫黄州時，路中作詩偶及之，初不專爲梅花。《東坡續帖》載之，甚詳。」集成卷二十四《泗州除夕……》題下引施註：自此詩以下至《書劉君射堂》凡七詩，墨迹刻於成都府治續帖中，卷二十五《書劉君射堂》題下引施註，有「續帖刻石」云云。此《東坡續帖》，當卽西樓帖。

〔三三〕幽谷　西樓帖、《法書贊》作「空谷」。（《法書贊》據武英殿聚珍版叢書本，下同。）

〔三四〕一夜　西樓帖、《法書贊》作「昨夜」。周必大《平園續稿》卷十《跋汪逵所藏東坡字》：「右蘇文忠公手寫詩詞一卷。《梅花二絶》，元豐三年正月貶黄州道中所作。『昨夜東風吹石裂』，集本改爲『一夜』。」按，見於西樓帖之詩，當卽《法書贊》及汪逵所藏之詩。

〔三五〕吹石裂　原作「破石裂」。今從集本、施乙、類本、《法書贊》、查註。合註作「破石裂」。「破」疑爲誤刊。

〔三六〕度關山　集本、施乙、類甲、西樓帖、《法書贊》作「渡關山」。

〔三七〕并敍　施乙作「并引」。

〔三八〕傷來者之不嗣其意也　類丙無「之」、「也」字。

〔三九〕古語云云　施乙引《史記·貨殖傳》，爲註文，非自註。

〔四〇〕來之以德　原作「樹之以德」。今從集本、類本。施乙引《史記》，亦作「來之以德」。

〔四一〕十餘年　類本作「十年餘」。

〔四二〕夜風　合註：「風」一作「雨」。

〔四三〕神藥　類本作「神物」。

〔四四〕斤斧瘡　類丙作「斤斧創」。紀校：「瘡」當作「創」。今仍從底本。

〔四五〕釜盎　類乙作「金盎」。

〔四六〕并敍　施乙作「并引」。

〔四七〕孰非　類本作「熟視」。合註謂一作「孰視」，誤。

〔四八〕思維　集本、施乙、類本作「思惟」。

〔四九〕天全　類甲、類乙作「全天」。

〔五〇〕説　查註：別本作「悦」者訛。

〔五一〕子亦賢　何校：「予亦賢」。

〔五二〕陳季常所蓄朱陳村嫁娶圖二首　集本、施乙、類本無「二首」二字。

〔五三〕使君　類本作「史君」。

〔五四〕朱陳村云云　施乙此註文無「東坡云」字樣。類本無此自註。

〔五五〕勸農　集本、施乙作「勸耕」。

〔五六〕催租　集本、施乙、類本作「催錢」。

〔五七〕何人詩　類本作「何人作」。

〔五八〕偶記　類丁作「尚記」。

〔五九〕黄州……東北至東京一千零九里　「九里」原作「九百里」，誤。清乾隆刊《元豐九域志》作「九里」，是。今校正。

〔六〇〕定惠院寓居月夜偶出　翁方綱《蘇詩補註》卷四云：方綱嘗見此詩初脱稿紙本真迹，在富春董蔗林侍郎誥家。前篇（按：即本詩）「不辭青春」二句，原在「一枝亞」之下；「清詩獨吟」二句，原在「年年謝」之下；以墨筆鉤轉，改從（「從」據合註加）今本也。「江雲抱嶺」塗二字（合註作：「江雲」句塗「抱嶺」二字），改「有態」。「不惜青春」，塗「惜」改「詞」（翁氏原註：施本「辭」，原作「詞」）。後篇（按：即《次韻前篇》詩）「十五年前真一夢」句，全塗去，改云「憶昔還鄉泝巴峽」。「長桅亞」「長」字未塗，旁寫「高」字。「白髮紛紛莫吾借」塗二字，改「寧少」。「自憐老境更貪生」句，全塗去，改云「至今歸計負雲山」。「老境向閑如食蔗」，「向」字塗去，改「安」字，又塗去，改「清」字；「食」字不塗，旁改「啖」字。「幽居□□已心甘」句，全塗去，改云「飢寒未至且安居」。「往事已空」，塗二字，改「憂患」。又，其與今本異者，次篇「落帆樊口」作「武口」，「長江袞袞空自流」，作「長江袞袞流不盡」。按：此詩作於元豐三年庚申春，先生年四十五。老蘇公之歸葬，在治平三年丙午，先生以護喪歸蜀，過黄州南岸，時先生年三十一，距此時正十五年。故曰「憶昔還鄉泝巴峽」也。其改定精密如此。

〔六一〕不惜　集甲、施乙、類本作「不詞」。合註：「惜」一作「辭」。

〔六二〕閉門　集本、類本作「但當」。施乙謂原作「但當」，墨蹟作「閉門」。

〔六三〕去年徐州……張師厚王子立　施乙無「徐州」二字。集本、類本「師厚」作「居厚」，集本、施乙、類本「子立」作「子中」。翁方綱《蘇詩補註》：公自註「張居厚、王子中兄弟」，「居」，邵註「君」，查註「師」，「中」，查註「立」。按，本集卷十八有《送蜀人張師厚赴殿試二首》。又，同卷《月夜與客飲杏花下》

詩，類註引《東坡詩話》云：僕在徐州，王子立、子敏皆館于官舍，蜀人張師厚來，過二王。查註、合註作「師厚」、「子立」，或以是。今姑仍查註、合註之舊。

〔六四〕扁舟　集甲、集乙、類本作「還鄉」。施乙原校：集本作「還鄉」，真迹作「扁舟」。

〔六五〕樊口在黄州南岸　集本、類甲、類丙無「樊口」二字。類丙「黄」作「廣」，誤。

〔六六〕淩鮑謝　集甲作「陵鮑謝」。

〔六七〕老境安閑　施乙原校：集本作「清閑」，真迹作「安閑」。集甲、集乙「安」作「清」。類本作「老景清閑」。

〔六八〕蒙湯谷　集甲作「濛湯谷」。類本作「濛暘谷」。

〔六九〕浄穢　類本作「清浄」，合註謂「清浄」訛。

〔七〇〕安國寺尋春　紀校：以後半篇文意推之，題下當有寄某人或懷某人字；東坡此時惟子邁隨行，無所謂「抱添丁」也。

〔七一〕天姿　類甲、類乙、類丁作「天資」。

〔七二〕悽愴　類本作「悽慘」。

〔七三〕食飽　合註：一作「飽食」。

〔七四〕不易致　集本、施乙、類本作「不易到」。

〔七五〕常驚　類本作「嘗驚」。

〔七六〕流柹　原作「流柿」。集甲作「流柹」。《集韻》：「柹」，俗作「柿」。今從集甲。集乙作「流株」。

〔七七〕私酒　盧校：「松酒」。

〔七八〕杭州云云　施乙此註文，無「東坡云」字樣。施註云：伍子胥封英烈王。

〔七九〕二月二十六日云云　西樓帖有此詩，題作「雨中一首」。

〔八〇〕濃艷　集本作「穠麗」。合註：「艷」一作「麗」。何校：「濃麗」。

〔八一〕亦自　類本作「亦似」。

〔八二〕劉須溪曰　「劉」上原有「王註」二字，誤，今據類丁校改。

〔八三〕武昌云云　集本無此條自註。施乙此註文無「東坡云」字樣。類本註文無註者姓氏，或爲自註（類甲「武昌」二字殘）。

〔八四〕翠巘　集甲作「絶巘」。

〔八五〕千牛　合註：「牛」一作「年」。何校：「千年」。

〔八六〕在其源　類本作「在其原」。

〔八七〕何有　原作「何用」，今從集本、施乙、類本、查註。合註亦作「何用」，不知所本。

〔八八〕五禽言五首并敍　集本、施乙無「五首」二字。施乙「并敍」作「并引」。

〔八九〕嘗作　類本無「嘗」字。

〔九〇〕定惠院　類本作「定慧院」。

〔九一〕鳴鳥　類本作「鳥鳴」。

〔九二〕昨夜南山　集本、施乙、類本作「南山昨夜」。

〔九三〕一百箔　類乙、類丙無「一」字。

〔九四〕繅絲　集乙作「練絲」。

〔九五〕并引　集本作「并敍」，類甲作「并序」。

〔九六〕十一日癸酉　類本無「癸酉」二字。

〔九七〕皆蒼石　類丙作「有蒼石」。

〔九八〕雞蘇本草　原脱「草」字，今校補。

〔九九〕麕麚　集本、類本作「麏麍」。施乙作「麕麍」。按，「麕」，《正字通》謂同「麇」；「麏」，《集韻》謂「麇」或從「君」；「麚」，段玉裁《説文解字注》謂俗作「麍」。則「麕麚」通「麏麍」、「麕麍」。

〔一〇〇〕襄公二十四年　原作「襄公十四年」，誤，今校改。

〔一〇一〕真楚藪　何校：「吞楚藪」。

〔一〇二〕并引　集本作「并敍」，類丙作「并序」。

〔一〇三〕得之　類本無「之」字。

〔一〇四〕鍛治　集本、施乙作「鍜治」。

〔一〇五〕電光　集本、類本作「雷公」。

〔一〇六〕玉具　何校：「玉貝」。合註：「具」一作「貝」。

〔一〇七〕復至齊安　集本、類本「安」後有「未至」二字。

〔一〇八〕柳子厚别劉夢得詩云皇恩若許歸田去黄髮相看萬事休　類本趙次公註：「先生本註，蓋自是兩詩。柳云：皇恩若許歸田去，晚歲當爲鄰舍翁。劉云：耦耕若便遺身世，黃髮相看萬事休。」合註：「先生自註，誤合二詩爲一也。施註引『耦耕』二句作柳子厚別劉夢得詩，亦誤。」施註此註文，無「東坡云」字樣。

〔一〇九〕巴河口　合註：一本無「河」字。清施本無「河」字。

〔一一〇〕鏡面淨　類丙作「鏡面靜」。

〔一一一〕旗脚　集本、施乙、類本作「旗尾」。「旗」原作「旂」，今從上各本。

〔一一二〕不救　原作「不捄」。集甲、類丙作「不救」，今從。按《漢書·董仲舒傳註》：「捄」，古「救」字。

〔一一三〕違寒餓　類本作「遲寒餓」。

〔一一四〕澹然　集甲、類丙作「淡然」。

〔一一五〕苦語　類甲作「古語」。

〔一一六〕幅巾　類本作「幅衣」。

〔一一七〕古老相傳能拄拐日八百里　「古老」，據施乙補。「古老相傳」云云十一字，集本、類本無。

〔一一八〕戲作陳孟公詩一首　施乙無「一首」二字。

〔一一九〕浮沉　集本作「浮湛」。

〔一二〇〕從來　類甲作「從事」。

〔一二一〕定惠院　集本、施乙無「院」字。

〔一二二〕相詆譙　查註、合註：「相」一作「更」。周必大《平園續稿》卷十《跋汪逵所藏東坡字》（以下二處簡稱「周跋」)：「右蘇文忠公手寫詩詞一卷。……定惠顒師爲松竹下開嘯軒，公詩云：『喧喧更詆誚』，『更』字下，註平聲。而集本改作『相詆誚』。」

〔一二三〕長吟　類甲、類乙作「畏吟」，疑誤。

〔一二四〕意可料　類甲、類乙作「竟可料」。

〔一二五〕嬉笑　查註、合註：「嬉」一作「嘻」。周跋引此作「嘻笑」。

〔一二六〕阮生已粗率孫子亦未妙　類甲、類乙無此一聯。類丙「粗率」作「粗狂」。查註、合註：「阮」一作「嵇」，「已」一作「既」。合註：「粗率」一作「疎狂」；何校：「疎狂」。周跋：「右蘇文忠公手寫詩詞一卷。……定惠院顒師爲松竹下開嘯軒，公詩……『嘻笑』之下，自添一聯云：『嵇生既粗率，孫子亦未妙。』今集本改作：『阮生已粗率，孫子亦未妙。』」按《阮籍傳》：遇孫登，與商略終古，及栖神導氣之術，登皆不應。籍長嘯而退，至半嶺間，聞有聲若鸞鳳，響振巖谷，乃登長嘯也。嵇康雖有『永嘯長吟，頤神養壽』之句，特言志耳，其用阮對孫無疑。」

〔一二七〕不能號　類乙作「留烏塺」。查《康熙字典》：塺，音枚，塵也，又音磨。

〔一二八〕和何長官六言次韻五首　施乙無「次韻五首」四字。集本「次韻」二字，爲題下原註，無「五首」二字。

〔一二九〕未逢　集本、施乙、類本作「未從」。

〔一三〇〕得道者也　施乙無「也」字。

〔一三一〕楊凝式也　施乙此註文，無「東坡云」字樣。施註引《法書苑》云：楊凝式善行草書，時人以楊風子呼之。
〔一三二〕水驛　類本作「水澤」。查註謂作「水澤」訛。
〔一三三〕絶色　類本作「絶世」。
〔一三四〕錦州　類丙註文作「錦川」。
〔一三五〕收箭鏃　類本作「分箭鏃」。
〔一三六〕肺病　集本、施乙、類本作「肺喘」。
〔一三七〕新法方田云云　類本無「新法」二字。
〔一三八〕櫻珠　施乙作「櫻桃」。
〔一三九〕隔牆　合註：「牆」一作「壁」。
〔一四〇〕無奈　合註：「奈」一作「那」。
〔一四一〕鐵拄杖　類丙作「鐵柱杖」。本詩敍文中之「拄杖」亦同。
〔一四二〕柳云　合註：一本無「柳」字。
〔一四三〕繆以賜一僧　「繆」字，據集本、施乙、類本補。
〔一四四〕此詩　集甲無「此」字，集乙有「此」字。
〔一四五〕徑渡　類本作「徑度」。

蘇軾詩集卷二十一

古今體詩八十六首

【誥案】起元豐四年辛酉正月，在檢校尚書水部員外郎黃州團練副使本州安置不得簽書公事貶所，至五年壬戌十二月作。

正月二十日，往岐亭，郡人潘、古、郭三人送余於女王城東禪莊院〔二〕

【誥案】公《與朱康叔書》云：某與潘丙解元至熟，最有文行。又《祭任師中文》云：進士潘丙。考丙字彥明，革之次子，鯁之弟，原之兄，大臨、大觀之叔也。家近東坡，公因是求得其地，并營雪堂。其後內遷，付彥明葺治之。古耕道椎魯無他長，家南陂之下，有修竹十畝。公嘗欲築堂三間一竈頭而未果。古能審音。郭遘，字興宗，僑居於黃者也。喜爲挽歌辭。好義，公以黃人溺兒，創爲育兒會，使與宗掌其出入。以上三人，皆朝夕相從者也。東坡詩下諸註紛亂，今先註明於此。〔查註〕《名勝志》：去黃州十里有永安城，俗謂之女王城。初，春申君相楚，受淮北十二縣之封，蓋楚王城之訛耳。在唐爲禪莊院。

十日春寒不出門，不知江柳已摇村。稍聞決決流冰谷，〔合註〕韋應物詩：決決水泉動。《水經注》：肅若冰谷。盡放〔二〕青青没燒痕。【誥案】一片空靈，奔赴腕下。數畝荒園留我住，半瓶濁酒待君温。去年今日關山路，細雨梅花正斷魂。〔王註次公曰〕先生集中《梅花》詩云：昨夜東風吹石裂，半隨飛雪度關山。集中但題云「梅花兩首」，而先生嘗自寫，則題云「正月二十日過關山作」。【誥案】此因赴岐亭而念關山也。但本意於末句暗藏路上行人四字，結住道中，讀者徒知讚歎，未見其奪胎之巧也。紀昀曰：一氣渾成。

岐亭道上見梅花，戲贈季常

〔王註任居實曰〕元豐四年辛酉，公在黄州，往岐亭作。

蕙死蘭枯菊亦摧，返魂香入嶺頭梅。〔王註縯曰〕李夫人死，漢武帝念之不已，乃令方士作返魂香燒之，夫人乃降。〔查註〕李石《續博物志》：返魂香，月氏國獻。《十洲記》：聚窟洲，有神鳥，山多大樹，名返魂樹。伐其根，於玉釜中煮，取汁，或名之爲反生香，聞數百里。死者聞香氣乃活，能起夭殘之死，更生之神丸也。數枝殘緑風吹盡，〔施註〕杜子美《楸樹絶句》：不如醉裏風吹盡。一點芳心雀啅開。野店初嘗竹葉酒，〔施註〕《文選》張景陽《七命註》云：竹葉青，宜城九醖酒也。江雲欲落豆稭灰。〔施註〕《文酒清話》：王勉秀才《上吉水縣大夫雪》詩：上天燒下豆稭灰，烏李須教做白梅。行當更向釵頭見，病起烏雲正作堆。〔王註子仁曰〕烏雲，謂鬟也。〔合註〕姚亢宗曰：兼用壽陽公主梅花粧事。

東坡八首并敍

〔查註〕陸游《入蜀記》：自州門而東，岡壟高下，至東坡，則地勢平曠開豁，東起一壟，頗高。

余至黃州〔三〕二年，日以困匱。故人馬正卿哀余乏食，〔查註〕馬正卿，名夢得，見本集。〔合註〕先生稱正卿爲馬髯，見尺牘中。爲於郡中請故營地數十畝，使得躬耕其中。地既久荒爲茨棘瓦礫之場，而歲又大旱，墾闢之勞，筋力殆盡。釋耒而歎，乃作是詩，自愍其勤，庶幾來歲之入以忘其勞焉。〔施註〕東坡在黃岡山下州治東百餘步。周益公《雜志》云：白樂天爲忠州刺史，有東坡、種花二詩。蘇文忠公不輕許可，獨敬白樂天，屢形詩篇。謫居黃州，始號東坡，其原蓋起於樂天忠州之作也。【詰案】紀昀曰：八章皆出入陶、杜之間，而參以本色，不摹古而氣息自古。

其一

廢壘無人顧，頹垣滿〔四〕蓬蒿。〔王註〕《莊子·庚桑楚篇》：妄鑿垣牆，而殖蓬蒿。誰能捐〔五〕筋力，歲晚不償勞。獨有孤旅人，天窮無所逃。〔施註〕《周禮·地官》：以保息六，養萬民。三日振窮。鄭氏曰：振窮，拼救天民之窮者也。又曰：拼，音拯。【詰案】紀昀曰：查初白謂沈鬱懇到。端來拾瓦礫，歲旱土不膏。〔王註〕《國語》云：土膏其動。崎嶇草棘中，欲刮一寸毛。〔王註〕《博物志》：地以草木爲之毛。喟然〔六〕釋耒歎，〔王註〕《唐文粹》：釋耒而歎。我廩何時高。〔施註〕《毛詩·周頌·豐年》：亦有高廩，萬億及秭。【詰案】紀昀曰：四句逼真少陵。

其二

荒田雖浪莽，〔王註〕陶淵明詩：浪莽林野娛。高庳各有適。下隰〔七〕種秔稌〔八〕，〔合註〕《尚書大傳》：下濕曰隰。東原蒔棗栗。〔合註〕《尚書·禹貢》：東原底平。江南有蜀士，〔王註次公曰〕蜀士謂王文甫。文甫，嘉州犍爲人，居於武昌。桑果已許乞。好竹不難栽，但恐鞭橫逸。〔王註〕贊寧《竹譜》曰：鞭多西南行，故謂之東家種竹西家理也。仍須卜佳處，規以安我室。家僮〔九〕燒枯草，走報暗井出。一飽未敢期，瓢飲已可必。〔合註〕謝靈運詩：瓢飲療朝飢。

其三

自昔有微泉，來從遠嶺背。穿城過聚落，〔施註〕《後漢·王扶傳》：少修節，行聚落，化其德。註云：小於鄉曰聚。《廣雅》曰：落，居也。流惡壯蓬艾。〔王註〕《左傳·成公六年》：有汾澮以流其惡。〔施註〕杜子美《大雨》詩：流惡邑里清。去爲柯氏陂，〔查註〕《名勝志》：柯山，在赤壁高寒亭之東。《圖經》云：柯山四望，南直高丘，故名柯丘。十畝魚蝦會。歲旱泉亦竭，枯萍黏破塊。〔施註〕《鹽鐵論》：周公時，雨不破塊。昨夜南山雲，雨到一犁外。〔施註〕唐王洞《雨》詩：入土一犁農父喜，損花終夜美人愁。泫然尋故瀆，知我理荒薈。【誥案】紀昀曰：無理有情，滄浪所謂詩有別趣，蓋指此種，惟標爲宗者則隘矣。泥芹有宿根，〔王註〕杜子美《崔氏東山草堂》詩：飯煮青泥坊底芹。一寸嗟獨在。雪芽何時動，春鳩行可膾。〔公自註〕蜀人貴芹芽膾，雜鳩肉爲之。

其四

種稻清明前，樂事我能數。毛空暗春澤，針水聞好語。〔公自註〕蜀人以細雨爲雨毛。稻初生時，農夫相語稻針〔一〇〕出矣。〔查註〕杜子美《荆南兵馬使太常卿趙公大食刀歌》詩：蜀江如線如針水，荆岑彈丸心未已。分秧及初夏，漸喜風葉舉。月明看露上，一一珠垂縷。〔施註〕《文選》江文通《別賦》：秋露如珠，秋月如珪。〔合註〕《楊升菴集》云：秧初立苗，後得風漸長。《吕氏春秋》所謂「央心中央，帥爲泠風」是也。又：秧苗得露，皆先潤其根，由根上節，至葉，稍垂一點，月明窺見其上。并引洪舜俞《平齋集》二詩爲註。秋來霜穗重，顛倒相撐拄。但聞畦隴間，蚱蜢如風雨。〔公自註〕蜀中稻熟時，蚱蜢羣飛田間，如小蝗狀，而不害稻。新春便入甑，玉粒照筐筥。〔王註〕《左傳·隱公三年》：筐、筥、錡、釜之器。〔施註〕《毛詩·召南·采蘋》：於以盛之，維筐及筥。我久食官倉，〔施註〕《朝野僉載》：諺云，官倉喝雀，猶是向公。紅腐等泥土。〔施註〕《漢·賈捐之傳》：孝武元狩六年，太倉之粟，紅腐而不可食。行當知此味，口腹吾已〔一一〕許。〔施註〕白樂天《游平泉》詩云：採摘助盤筵，芳滋盈口腹。【誥案】紀昀曰：忽作得意語，正是無聊之極語也。

其五

良農惜地力，〔施註〕《荀子》：良農不爲水旱輟耕。《周禮·地官》：以任地力。幸此十年荒。桑柘未及成，一麥庶可望。投種未逾月，覆塊已蒼蒼。農父〔一二〕告我言，勿使苗葉昌。君欲富餅餌，要須縱牛羊。〔查註〕賈思勰《齊民要術》：菅茅之地，宜縱牛羊踐之。周紫芝《竹坡詩話》：河朔土人言，河朔地廣，麥苗彌望。方其盛時，須縱牧其間踐蹂，令稍疎，則其收倍多。是縱牛羊所以富餅餌也。再拜謝苦言，〔施註〕杜子美《杜鵑》詩：我見常再拜。《史記・商君傳》：語有之矣，貌言華也，至言實也，苦言藥也，甘言疾也，夫子果肯終日正言，鞅之藥也。得飽不敢忘。

其六

種棗期可剥，〔王註次公曰〕剥之爲義，剥落而取之也。王介甫《新經》乃謂剥其皮而進之，誤矣。種松期可斲。〔王註〕《詩・商頌・殷武》：松柏丸丸，方斲是虔。事在十年外，吾計亦已慤。十年何足道，千載如風雹。舊聞李衡奴，〔王註〕《三國志・孫休傳註》引《襄陽記》：李衡，字叔平。入吳，爲丹陽太守。每欲治家，妻輒不聽，後密遣客十人於武陵龍陽氾洲上作宅，種甘橘千株。臨死，敕兒曰：「汝母惡我治家，故窮如是，然吾州里有千頭木奴，不責汝衣食，歲上一匹絹，亦可足用耳。」此策疑可學。我有同舍郎，〔施註〕《漢・直不疑傳》：誤持其同舍郎金去。官居在灊岳。〔公自註〕李公擇也。〔查註〕《爾雅註》：霍即天柱山，灊水所出。《漢書・郊祀志》：元封五年冬，南巡狩，登灊天柱山。應劭註云：灊，音潛。徐靈期《南嶽記》：衡山，南嶽也。至於軒轅，乃以灊霍之山爲副，故《爾雅》云，霍山爲岳。《九域志》：舒州灊山，漢之南岳。遺我三寸甘，〔施註〕《南史・彭城王義康傳》：時四方獻饋，皆以上品薦義康，而以次者供御。上嘗冬月噉甘，歎其形味並劣。義康在坐曰：「今年甘殊有佳者。」遣還東府，取甘，大供御者三寸。」杜子美《卽事》詩：一雙白魚不受釣，三寸黃甘猶自青。照座光卓犖。〔施註〕《文選・蜀都賦》：卓犖奇譎。百栽倘可致，當及春冰渥。想見竹籬間，青黃垂屋角。〔施註〕《楚辭・橘頌》：青黃雜糅，文章爛兮。杜子美《雨過蘇端》詩：紅稠屋角花。

其七

潘子久不調，沽酒江南村。〔王註子仁曰〕按先生《答秦太虛書》云：有潘生者，作酒店樊口，棹小舟，徑至店下。〔查註〕張耒《宛丘集·潘昌言墓志》：潘氏在唐，爲滎陽人。吉甫入本朝，終國子博士。生衢，爲屯田郎中。屯田嘗官於黄，遂居之。生處士革，隱德不仕。君諱鯁，字昌言，處士長子也。元豐己未進士，以宣德郎監漢陽軍酒税，遂以奉議郎致仕。男二人，大臨、大觀。本集《雜記》云：樊口有潘生，善釀酒醇美。疑卽昌言也。〔合註〕何焯曰：潘生，名丙，見《祭任師中文》。考《祭文》云：進士潘丙。又先生離黄後《與潘彦明書》云：酒坊果如意否，昌言令兄亦蒙惠書。則彦明乃邠老之叔。【誥案】《斜川集·王元直墓誌》云：舉進士不調。猶言舉而不解，未成其爲鄉貢者也。昌言已成進士，尚何不調之有？查註疑卽昌言，及王、施註指爲昌言之子邠老，皆謬。合註引何焯「潘生名丙」及考「彦明乃邠老之叔」等語，是矣。又謂：詩中潘子或指丙，或指彦明，或指昌言，究難確定，其説復轇轕矣。潘子，名丙，故其字爲彦明。樊口乃武昌所部，在江之南，而黄州在江北，丙必棹舟而往，故云「沽酒江南村」也。昌言乃彦明之兄，卽後《挽詞》題之潘推官也。查註併作一人，誤。諸註節出可存者存之，餘皆删。**郭生本將種，**〔王註〕《漢書·齊悼惠王傳》：朱虚侯劉章，侍高后宴，爲酒吏，請曰：「臣將種也，請以軍法行酒。」**賣藥西市**〔一三〕**垣。**〔施註〕郭生名遘，汾陽人。〔合註〕先生與彦明書中之郭興宗，當卽郭遘。【誥案】公載潘丙語，稱僑人郭氏，是施註汾陽之説，必有所據。查註不信此註，非也。賣藥無考。**古生亦好事，**〔施註〕古生名耕道，新平人。〔查註〕古耕道，黄州進士，見本集《祭任師中文》。【誥案】公《與王定國書》云：側左得荒地數十畝，躬耕其中。今歲旱，米貴甚，近日方得雨。日夜墾闢，欲種麥，雖勞苦却亦有味。鄰曲相逢欣欣，欲自號鏖糟陂裏陶靖節，如何？所謂鄰曲，卽此數人也。**恐是押牙孫。**〔王註厚曰〕古押牙，富平縣俠客也。盜取奉陵宫女無雙，以與王仙客爲妻，寃死者數人，押牙亦自刎。〔施註〕《麗情集》薛調《無雙傳》：劉振女曰無雙，許以妻王仙客。未果，而泚授朱泚僞官，無雙籍入掖庭。仙客怨慕不已，聞富平古押牙，人間有心人，以情告之。古生作奇法取之，使復爲夫婦五十年。家有一〔一四〕畝竹，【誥案】古耕道家南陂，多竹，公有記。無時容〔一五〕叩門。〔施註〕《呂氏春秋》：款門而謁。高誘註曰：款，叩也。我窮交舊絶，三子獨見存。從我於東坡，勞餉同一飧〔一六〕。可憐杜拾遺，事與朱、阮論。〔王註次公曰〕杜子美《絶句》詩：梅熟許同朱老喫，松高擬對阮生論。先生意自比老杜，以朱、阮比三子矣。吾師卜子夏，四海皆弟昆。

其八

馬生本窮士，〔王註〕《志林》云：馬夢得與僕同歲月生，少僕八日，是歲生者無富貴人，而僕與夢得爲窮之冠，卽吾二人而觀之，當推夢得爲首。從我二十年。【誥案】嘉祐辛丑，公簽判鳳翔，馬夢得已從公游，故至是爲二十年也。日夜望我貴，求分買山錢。〔施註〕《雲谿友議》：符載山人以青書抵于頔，乞買山錢百萬，與之。我今反累君〔一七〕，〔施註〕《後漢·列傳四十三序》曰：閔仲叔豈以口腹累安邑邪？借耕輟茲田。刮毛龜背上，何時得成氈。〔王註次公曰〕龜背上刮氈毛，乃諺語也。〔施註〕傅大士《金剛經頌》：如龜毛不實，似兔角無形。〔查註〕《翻譯名義》：兔角龜毛，皆況名假。【誥案】十字，公極自賞，嘗摘寄王定國云，此句可以發萬里一笑也。可憐馬生癡，至今夸我賢。衆笑終不悔，施一當獲千。〔王註次公曰〕八篇皆田中樂易之語，如陶淵明。

武昌酌菩薩泉送王子立〔一八〕

【誥案】時王子立自筠州回徐秋試，始至黄州。此詩施編不載，查註從外集補編上卷，誤。今改編。

送行〔一九〕無酒亦無錢〔二〇〕，勸爾〔二一〕一杯菩薩泉。何處低頭不見我，【誥案】此句從上文深進一層，猶言皆當以菩薩作如是觀。四方同此水中天。

任師中挽詞

〔施註〕任師中，名伋。兄遵聖，名孜。眉人敬之，號二任。大任，忠敏公之父也。小任即師中。師中爲新息令，民愛之，買田而居。後通判黄州，知瀘州，没。師中之孫諒，字子諒。年十四，冠鄉書，登高第，爲龍圖閣直學士，修國史。初，朝廷將有事於燕，子諒曰：「中國其有憂乎？」乃作朔書詒宰相，言利害。又策郭藥師必反，祐陵不聽，大臣以爲狂，出之。已而其言卒驗。曾孫希夷，字伯起，圖南，字伯厚，皆踵世科。伯起今爲將作少監太子侍講。〔查註〕師中之子，名大防，字仲微。見《淮海集·墓表》中。【誥案】仲微後見公於潁州，有詩。施註所謂忠敏，即伯雨也。餘詳總案中。〔案〕總案元豐四年四月，有「聞任伋訃爲文祭之」條。有「作任伋挽詞」條，云：此詞，施註原編《〔元豐〕六年正月》及《初秋》諸題之後，查註、合註從誤，今改編。

大任剛烈世無有，〔合註〕《後漢書·吴祐傳·論》：剛烈表性。疾惡如風朱伯厚。小任温毅老更文，聰明慈愛小馮君。兩任才行不須説，疇昔並友吾先人。相看半作晨星没，〔合註〕張華詩：廓落晨星稀。可憐太白配〔二二〕殘月。大任先去冢未乾，小任相繼呼不還。强寄一樽生死別，〔施註〕李太白《月下獨酌》詩：一樽齊生死，萬事固難審。樽中有淚酒應酸。〔施註〕白樂天《别》詩：送我和淚酒。〔施註〕《揚子法言》：「日昃不飲酒，酒必酸。貴賤賢愚同盡耳，〔王註〕白樂天詩：賢愚貴賤同歸盡，北邙冢墓高嵯峨。君今〔三〕不盡緣賢子。〔施註〕《左傳·昭公十六年》：季平子曰：「子服氏有子哉。」杜預曰：有賢子也。人間得喪了無憑，只有天公終可倚。

樂全先生生日，以鐵拄杖爲壽，二首

〔合註〕《續通鑑長編》：元豐二年七月，張方平致仕。

其一

先生真是地行仙，〔施註〕《楞嚴經》：有十種仙。堅固服餌，而不休息，食道圓成，名地行仙。皆於人中鍊心，不修正覺，別得生理，壽千萬歲。住世因循五百年。〔施註〕《法華經》：正法住世二十小劫，像法亦住二十小劫。每向銅人話疇昔，故教鐵杖〔三〕鬪清堅。〔合註〕陳琳《武軍賦》：清堅皓鍔。入懷冰雪生秋思，倚壁蛟龍護晝眠。〔王註〕韓退之《赤藤杖歌》：空堂晝眠倚牖户，飛電著壁搜蛟螭。遥想人天會方丈，〔施註〕《傳燈録》：佛爲人天師。衆中驚倒野狐禪。〔查註〕《古禪師語録》：永劫作野狐精。雪峰偈云：一條楖栗甚縱横，野狐跳入金毛隊。

其二

二年相伴影隨身，〔王註〕李太白《月下獨酌》詩：影徒隨我身。〔施註〕白樂天《思家》詩：抱膝燈前影伴身。踏遍江湖草木春。擿石舊痕猶在〔三五〕眼，閉門高節欲生鱗。畏途自衛真無敵，〔施註〕《莊子·達生篇》：畏塗者，十殺一人，則父子兄弟相戒也。必也盛卒徒，而後敢出焉。捷徑争先却累人。〔王註〕《唐書》：盧藏用始隱終南山，晚狥權利，嘗謂司馬承禎曰：「此中大有佳處。」承禎曰：「以僕視之，仕宦之捷徑耳。」〔施註〕《文選》鮑明遠《行藥至城東橋》詩：争先萬里途，各事百年身。遠寄知公不嫌重，筆端猶自斡千鈞。〔王註子仁曰〕先生嘗云：凡人作文字，須是筆頭下挽得數萬鈞起，方可以言文字。故歐陽文忠公詩云，與來筆下千鈞重。〔施註〕《列子·仲尼篇》：髮引千鈞。《揚子》：千鈞之輕，烏獲力也。

與潘三失解後飲酒

【誥案】潘原，字昌宗。失解卽不調也。據本集《與鄂州朱康叔書》云：有潘原秀才，以買撲事被禁〔三六〕。某與其兄潘丙解元至熟，原亦是佳士，有舉業，望賜全庇，暑月得早出爲幸。此人父母皆篤老，聞之憂畏百端，公以孝義名世，必能哀之。恃舊干瀆，不敢逃罪。據此以後《與潘彦明書》「昌言令兄」之語證之，是彦明爲昌言之弟，而原又爲彦明之弟，卽潘三也。公既去，以雪堂付彦明葺治，如公存日。此又至熟之證，可見丙卽彦明也。

千金敝帚人誰買？〔王註次公曰〕敝帚而比之千金，則自謂帚之適用，然奈人之不買何，此言己不合於人矣。半額蛾眉世所妍。〔王註厚曰〕《後漢·馬廖傳》：上疏長樂宮，曰：「長安語曰：城中好高髻，四方高一尺。城中好廣眉，四方且半額。城中好大袖，四方全匹帛。」顧我自爲都盹睬，〔王註〕《摭言》：我唐進士不捷，醉飽，謂之打盹睬。憐君欲鬭小嬋娟。〔王註次公曰〕《選》云垂條嬋娟、修竹嬋娟，而孟郊有月嬋娟，謂之三嬋娟。〔施註〕孟東野《嬋娟篇》：

花嬋娟，泛春泉。妓嬋娟，不長妍。〔合註〕《文選・南都賦》作「垂條嬋媛」，《嘯賦》作「蔭修竹之嬋娟」，孟郊詩尚有「竹嬋娟，籠曉烟，月嬋娟，真可憐」等句。青雲豈易量他日，〔施註〕《史記・范雎傳》：須賈曰：「不意君能自致青雲之上。」《摭言》：進士同年，宴於曲江亭子，盧象載妓，微服縱觀。主罰録事崔沆判罰曰：紫陌尋春，便隔同年之面；青雲得路，可知異日之心。黄菊猶應似去年。醉裏未知誰得喪，滿江風月不論錢。

太守徐君猷、通守孟亨之，皆不飲酒，以詩戲之〔二七〕

〔施註〕徐君猷，名大受，東海人。孟亨之，名震，東平人。舉進士。東坡來黄州，二君爲守倅，厚禮之，無遷謫意。君猷秀惠，列屋杯觴流行，多爲賦詞，滿去而殂。坡有祭文挽詞，意甚悽惻。亨之寓毗陵，坡自黄過常，有《同游僧舍》詩。【誥案】徐大受，字君猷。其弟大正，字得之。查註引《揮塵録》，謁作一人，固非；其云君猷乃韓子華婿，尤謬。據本集《與徐得之書》，君猷妻舅，乃張仲謨户部。時公方經紀君猷喪事，故云既葬之後，邑君與十三十四等可暫歸張家爲長策。即何薳《春渚紀聞》載君猷四姬事，亦云張夫人，不云韓夫人也。又，施註後引《閑軒記》稱東海徐君大正，二徐實建安人，可見此註不誤，查註謂陽翟人，亦誤也。

孟嘉嗜酒桓温笑，徐邈狂言孟德疑。公獨未知其趣爾，臣今時復一中之。【誥案】紀昀曰：查初白謂二聯兩兩分承，起句章法獨剏。風流自有高人識，〔施註〕《晉・孟嘉傳》：庾亮正旦，大會州府人士。褚裒問亮，聞江州有孟嘉，其人何在？亮曰：「在坐，卿自覓。」裒歷觀，指嘉曰：「此君小異，將無是乎？」亮欣然，喜裒得嘉，而奇嘉爲裒所得。通介寧隨薄俗移。〔王註〕杜子美詩：勿問通與介，徐公自有常。〔施註〕《三國志・魏・徐邈傳》盧欽著書稱邈曰，或問欽：「徐公當武帝時，人以爲通，自在涼州，及還京師，人以爲介，何也？」欽曰：「往者毛孝先、崔季珪用事，貴清素之士，於是皆變易車服，以求名高，而徐公不改其常，故人以爲通。比來天下奢靡，轉相倣效，而徐雅尚自若，不與俗同，故前日之通，乃今日之介也。是世人之無常，而徐公之有常也。」二子有靈應撫掌，〔王註次公曰〕二子指孟嘉與徐邈。〔查註〕《苕溪漁隱叢話》：東坡此詩，不止天生作對，其全篇用事親切，尤爲可喜，皆徐、孟二人事也。吾孫還有獨醒時。〔施註〕《史記·屈原傳》：舉世皆濁，而我獨清，衆人皆醉，而我獨醒。

聞捷〔二八〕

元豐四年十二月二十二日〔二九〕，謁王文父〔三〇〕於江南〔三一〕。坐上，得陳季常書報：是月四日〔三二〕，种諤領兵深入，破〔三三〕殺西夏六〔三四〕萬餘人，獲馬五〔三五〕千匹。衆喜忭唱樂〔三六〕，各飲一巨觥。

〔合註〕《續通鑑長編》：元豐四年九月丙午，种諤以七軍方陣而進。丁未，攻圍米脂寨。庚戌，賊兵八萬餘人，自無定川出。諤命諸軍前後擊之，賊奔潰。死者橫數十里，銀水爲之赤，獲首五千餘級，獲馬五千，孳畜、鎧甲萬計。十月己巳，諤入銀州。【誥案】此詩施編不載，查註從邵本補編。

聞説官軍〔三七〕取乞誾，〔合註〕《元和郡縣志》：銀州，漢圁陰縣，周保定二年置銀州，因谷爲名。舊有人牧驄於此谷。虜語，驄馬爲乞銀。又云：無定河自夏州界流入，則乞誾當作乞銀也。將軍旂鼓捷如神。故知無定河邊柳，〔馮註〕陳陶《隴西行》：可憐無定河邊骨，猶是深閨夢裏人。得共中原雪絮春。

聞洮西捷報〔三八〕

〔查註〕《老學菴筆記》：東坡在黄州《西捷》詩「漢家將軍一丈佛」者，王中正也。以此詩爲非東坡作耶？氣格如此，孰能辨之。以爲果東坡作耶？此老豈譽王中正者，蓋刺之也。〔合註〕此詩自係卽指元豐四年种諤之捷也。【誥案】此詩施編不載，查註從邵本補編。

漢家將軍一丈佛〔三九〕，〔馮註〕《漢武故事》：昆耶殺休屠王，以其衆來降，得其金人，置之甘泉宮。金人皆長丈餘。〔合註〕《漢武故事》：遣霍去病討匈奴折蘭過車延，獲祭天金人。詔賜天池八尺龍。〔合註〕《公羊傳·隱公元年註》：天子馬曰龍，高七尺以上。露布朝馳玉關塞，〔馮註〕《世說》：桓宣武北征，袁虎時從，會須露布文，喚袁倚馬前令作。手不輟筆，俄得七紙，殊可觀。虎，袁宏小字也。《北史》：後魏每戰克，書帛於漆竿上，名曰露布。《傅永傳》：帝每歎曰：「上馬能擊賊，下馬作露布，惟傅修期耳。」按，露布與檄文同體，聲罪曰檄，告捷曰露布，謂露板宣布其功也。《後漢·班昭傳註》：玉門關，屬燉煌郡，今沙州也。去長安三千六百里，關在燉煌縣西北。捷烽〔四〇〕夜到甘泉宮。〔馮註〕《漢·文帝紀》：三年，上幸甘泉。師古曰：甘泉在雲陽，本秦林光宮。似聞指揮築上郡，〔馮註〕上郡，秦置，屬并州。《漢·武帝紀》：遣因杅將軍公孫敖築塞外受降城。已覺談笑無西戎。〔馮註〕杜子美《觀安西兵過赴關中待命》詩：談笑無河北。放臣〔四一〕不見天顏喜，但驚〔四二〕草木回〔四三〕春容。

杭州故人信至齊安

【誥案】此卽王復、張弼、辯才、無擇諸人也。

昨夜風月清，夢到西湖上。〔王註子仁曰〕先生《答陳師仲書》云：軾於錢塘人，有何恩意，而其人至今見念，軾亦一歲率常四五夢至西湖上，此殆世俗所謂前緣者。此詩蓋紀實也。朝來聞好語，扣户得吴餉。輕圓白曬荔，〔施註〕蔡君謨撰《荔枝譜》云：福州舊貢紅鹽、蜜煎二種。慶曆初，知州沈邈以道遠不可致，減紅鹽之數，而增白曬者。脆釅紅螺醬。〔合註〕《嶺表録異》：紅螺類鸚鵡螺。又《周禮·天官》：鼈人，祭祀，供蠯、蠃、蚳，以授醢人。更將西菴茶，勸我洗江瘴。故人情義重，〔施註〕杜子美《病後遇王倚飲贈歌》詩：故人情義晚誰似。説我必西向。一年兩僕夫，千里問無恙。〔王註〕《風俗通》云：噬蟲曰恙，古者人多野宿，爲恙所囓，故早相見，必相勞問，曰：「無恙乎？」〔施註〕東方朔《神異經》：北方有獸，狀如獅子，食虎。吩人則痛疾口汁，吹人則死，名曰㺋。註云：俗問無恙，此之謂也〔四四〕。相期結書社，〔公自註〕故人相約醵錢僱僕夫〔四五〕。一歲再至黄。未怕供詩帳。〔公自註〕僕頃以詩得罪，有司移杭取境内所留詩，杭州供數百首〔四六〕，謂之詩帳。還將夢魂去，一夜到江漲。〔公自註〕江漲，杭州橋名。〔王註〕《圖經》云：錢塘縣江漲橋，去縣八里。〔查註〕《九域志》：仁和縣有江漲橋鎮。《咸淳臨安志》：江漲橋，在餘杭門外江漲税務東。【誥案】江漲橋，今猶存。

送牛尾貍與徐使君

〔公自註〕時大雪中。〔合註〕徐使君，即徐君猷也。

風捲飛花自入帷，〔施註〕韓退之《春雪》詩：故穿庭樹作飛花。一樽遥想破愁眉。泥深厭聽鷄頭鶻，〔公自註〕蜀人謂泥滑滑爲雞頭鶻。〔查註〕《本草》：竹雞，一名山菌子。註：蜀人呼爲雞頭鶻，南人呼爲泥滑滑。酒淺欣嘗牛尾貍。〔王註次公曰〕先生詩，有因題中三字而爲之對，如以「白芽薑」對「黃耳菌」，以「黃梅雨」對「舶趠風」，與今以「雞頭鶻」對「牛尾貍」同格。其意自貫，不害爲工。〔韓駒曰〕《酉陽雜俎》云：洪州有牛尾貍，肉甚美。〔查註〕《本草》註：南方有白面而尾似牛者，名牛尾貍。專上樹，食百果，冬月極肥，人多糟爲珍品。通印子魚猶帶骨，〔王註〕《遯齋閒覽》云：莆陽通應子魚，名著天下，蓋其地有通應侯廟，廟前有港，港中之魚最佳。今人必求其大可容印者，謂之通印子魚。《酉陽雜俎》曰：印魚長一尺三寸，額上四方如印，有字，諸大魚應死者，先以印封之。披綿黃雀漫多脂。〔施註〕黃雀出江西臨江軍，土人謂脂厚爲披綿。殷勤送去煩纖手，爲我磨刀削玉肌。

四時詞四首

其一

春雲陰陰雪欲落，東風和冷驚簾幙〔四七〕。〔合註〕陸士衡詩：蘭室接羅幕。漸看遠水綠生漪，未放小桃紅入萼。〔施註〕杜子美《早春》詩：紅入桃花嫩，青歸柳葉新。佳人瘦盡雪膚肌，眉斂春愁知爲誰。〔王註〕李太白《怨情》詩：美人卷朱簾，獨坐顰蛾眉。但見淚痕濕，不知心恨誰。〔施註〕白樂天《長安春》詩：滿眼春愁消不得。深院無人剪刀響，應將白紵〔四八〕作春衣。〔王註〕柳子厚詩：春衫裁白紵。〔施註〕《唐文粹》張籍《白紵歌》：皎皎白紵白且鮮，將作春衣稱少年。裁縫長短不能定，自持刀尺向姑前。

其二

垂柳陰陰日初永，〔施註〕羅隱《鷺鷥》詩：斜陽淡淡柳陰陰。蔗漿酪粉金盤冷。〔王註〕《漢·禮樂志·景星篇》有云：泰尊蔗漿析朝酲。註：蔗漿，取蔗汁以爲飲也。杜子美《入奏行》：蔗漿歸廚金盌凍，洗滌煩熱足以寧君軀。〔施註〕宋玉《招魂》云：濡鼈炰羔，有柘漿些。註：柘，藷蔗也。取藷蔗之汁，以爲漿飲也。**簾額低垂紫燕忙，**〔合註〕梁簡文帝詩：枝間留紫燕。**蜜脾已滿黃蜂靜。**〔王註〕李商隱詩：花房與蜜脾，蜂雄蛺蝶雌。〔施註〕歐陽文忠公《山齋絶句》：蜜脾未滿蜂採花。**高樓睡起翠眉嚬，**〔施註〕杜子美《解悶》詩：勞生重馬翠眉疎。**枕破斜紅未肯勻。**〔王註〕白樂天詩：斜紅不暈赬面女。**玉腕半揎雲碧袖，**〔施註〕《麗情集·真珠傳》：牛丞相婢曰真珠。盧肇賦詩曰：「知道相公憐玉腕，强將纖手整金釵。」**樓前知有斷腸人。**〔施註〕孟郊《莎栅聯句》：此處不斷腸，定知無斷處。

其三

新愁舊恨眉生綠，粉汗餘香在蘄竹。〔王註次公曰〕蘄，竹簟也。韓退之《鄭羣贈簟》詩：蘄州笛竹天下知，鄭君所寶尤瑰奇。擕來當晝不得卧，一府傳看黃琉璃。〔合註〕盧思道《採蓮曲》：妝消粉汗滋。**象牀素手熨寒衣，**〔施註〕杜子美《白絲行》：象牀玉手亂殷紅，萬草千花動凝碧。美人細意熨帖平，裁縫滅盡鍼線跡。《戰國策》：孟嘗君至楚，楚獻象牀。**爍爍風燈動華屋。**〔王註〕韓退之詩：紅燈爍爍綠盤龍。〔施註〕《文選》傅武仲《舞賦》：朱火曄其延起兮，燿華屋而熺洞房。**夜香燒罷掩重扃，香霧空濛月滿庭。抱琴轉軸無人見，門外空聞裂帛聲。**〔王註〕白樂天《琵琶行》云：轉軸撥弦三兩聲。四弦一聲如裂帛。

其四

霜葉蕭蕭鳴屋角，〔施註〕《文選》江文通《別賦》：風蕭蕭而異響。**黃昏斗覺**〔四九〕**羅衾**〔五〇〕**薄。**〔合註〕韓退之詩：斗覺霜毛一半加。張平子《同聲歌》：願爲羅衾幬。夜風摇動鎮帷犀，〔王註〕杜牧《杜秋孃》詩：虎睛珠絡褓，金盤犀鎮帷。酒醒夢回聞雪落。起來呵手畫雙鴉，〔王註〕杜《逸詩》：迎旦東風騎蹇驢，旋呵手暖凍髭須。〔施註〕《南部烟花記》：虞世南《嘲司花女袁寶兒》詩：學畫鴉兒半未成。醉臉輕勻襯眼霞。〔合註〕何焯曰：韓偓詩：媚霞横接眼波來。真態生香〔三一〕誰畫得，〔合註〕薛能詩：活色生香第一流。玉如〔三二〕纖手嗅梅花。〔査註〕《芥隱筆記》云：東坡《冬詞》「玉奴纖手嗅梅花」，真蹟作「玉如」，《墨莊》謂意方全。楊升菴亦云：東坡「玉如纖手嗅梅花」。俗改「玉如」作「玉奴」。今據此改正。

姪安節遠來夜坐三首

〔合註〕先生《跋所書摩利支經後》云：姪安節，於元豐庚申六月，大水中，舟行下峽，明年十二月，至黄州。與詩中「殘年」字合。【誥案】安節，乃公堂兄不疑之子也。餘詳後註及總案中。〔案〕總案云：中都公（案：指蘇涣，東坡伯父）有三子，次名不疑，能飲酒。公贈安節詩云：吾兄喜酒人，今汝亦能飲。一杯歸誦此，萬事邯鄲枕。據此詩，其父尚在也。子明之兄名不欺字子正者已故。子明之弟名不危字子安者，獨家居不仕，無飲酒之目。惟子明好飲，見於公之題跋。以證此詩，則安節爲子明之子信矣。

其一

南來不覺歲峥嶸，〔施註〕杜子美《贈鄭諫議》詩：旅食歲峥嶸。坐撥〔三三〕寒灰聽雨聲。〔施註〕白樂天《送兄弟回》詩：對雪畫寒灰。遮眼文書原不讀，〔施註〕《傳燈録》：有僧問藥山惟儼禪師：「和尚尋常不許人看經，爲什麽却自看？」師曰：「我只圖遮眼。」伴人燈火亦多情。〔施註〕韓退之《符讀書城南》詩：燈火稍可親。嗟予潦倒無歸日，〔施註〕《文選》嵇叔夜《絶交書》：足下舊知吾潦倒麤疏，不切事情。今〔五四〕汝蹉跎已半生。〔施註〕《文選》謝叔源《西池》詩：良夜長蹉跎。杜子美《寄高書記》詩：聞君已朱紱，且得慰蹉跎。免使韓公悲世事，白頭還對短燈〔五五〕檠。〔王註〕韓退之《短燈檠歌》云：長檠八尺空自長，短檠二尺便且光。〔查註〕《西溪詩話》：《古詩》「燈檠昏魚目」，讀檠爲去聲。《集韻》：檠，渠映切，有足，所以几物。又：檠，音平聲，榜也。〔翁方綱註〕按「燈檠昏魚目」，係唐彦謙詩。彦謙晚唐人，尚在韓文公《短燈檠歌》之後，而庾信《對燭賦》「蓮帳寒檠窗拂曙」，江淹《燈賦》「銅華金檠，錯質鏤形」，已皆作平聲矣。《前漢・蘇武傳註》顔師古曰：檠，音警，又巨京反。東坡作平聲押，蓋用《漢書註》也。

其　二

心衰面改瘦峥嶸，相見惟應識舊聲。永夜思家在何處，〔王註〕柳子厚詩：隱憂倦永夜。韓退之《示姪孫湘》詩：雲横秦嶺家何在。〔施註〕盧仝《茶》詩：蓬萊山，在何處？殘年知汝遠來情。〔王註〕韓退之《示姪孫湘》詩：知汝遠來應有意。畏人默坐成癡鈍，〔王註〕《顔氏家訓》曰：梁世有一侯，嘗對元帝飲謔，自陳癡鈍，乃成颸段。元帝答之云：颸異涼風，段非干木。問舊驚呼半死生。〔王註〕杜子美《贈衛八處士》詩：訪舊半爲鬼，驚呼熱中腸。夢斷酒醒山雨絶，笑看飢鼠上燈檠。

其　三

落第汝爲中酒味，〔施註〕唐李廓《落第》詩：氣味如中酒，情懷似别人。吟詩我作忍飢聲。〔王註〕秦韜玉《貴公子行》：却笑儒生把書卷，學得顔回忍飢面。便思絶粒真無策，〔施註〕《後漢·范丹傳》：有時絶粒。《漢·匈奴傳》：嚴尤曰：「周得中策，漢得下策，秦無策焉。」苦説歸田似不情。〔施註〕《漢·地理志》：齊土，言與行謬，虚詐不情。腰下牛閑方解佩，洲中奴長足爲生。大弨一弛何緣彀，〔王註〕韓退之詩：大弨挂壁無由彎。已覺翻翻不受檠。〔王註〕《揚子》曰：「見弓之張兮，弛，而不失其良兮。何謂也？」曰：「撤之而已矣。」註：撤，正弓之器。〔施註〕《漢·蘇武傳》：能網紡繳，檠弓弩。顔師古曰：檠，謂輔正弓弩也。

雪後到乾明寺遂〔五六〕宿

【誥案】宋時，凡州、軍皆有乾明寺，以舊院寺改名，浮屠祝國處也。

門外山光馬亦驚，〔合註〕何焯曰：韋莊詩：馬驚門外山如活。階前屐齒我先行。風花誤入長春苑，〔王註續曰〕吴王有長春苑。〔次公曰〕宋復古《河南志》：晉之宫内，有長春門。〔施註〕《太平寰宇記》：長春宫，在同州朝邑縣强梁原上。周武帝保定五年，宇文護所築，初名晉城，建德二年名長春宫。高祖起義兵，自太原赴京師，舍於此宫上，休甲養士。後牧此州者，多帶長春宫使。尉遲偓《中朝故事》：長春宫，園林繁茂，花木無所不有，芳菲長如三春節。雲月長臨不夜城。〔施註〕《漢·地理志》：不夜縣。註：師古曰：《齊地記》云，古有日夜出，見於東萊，故萊子立此城，以不夜爲名。《寰宇記》：不夜城，在登州文登縣。春秋時，萊子所置邑，以日出於東，故以不夜爲名。未許牛羊傷至潔，且看鴉鵲弄新晴。〔施註〕杜子美《晴》詩：久雨巫山暗，新晴錦繡文。更須攜被留僧榻，待聽摧簷瀉竹聲。〔王註〕杜子美《大雲寺贊公房》詩：雨瀉暮簷竹。

冬至日贈安節

〔查註〕《賓退録》：「《月令》，仲夏日，長至；仲冬日，短至。今人反謂冬至爲長至。崔浩《女儀》曰，婦人以冬至上履韈於舅姑，踐長至之義也。隋杜臺卿《玉燭寶典》曰，冬至，日極南，景極長，故有履長之賀。蓋《周禮》冬至日在牽牛，景長一丈三尺，日短而景長也。《月令》所謂短至，謂日之短，崔、杜所謂長至，謂景之長也。」

我生幾冬至，少小如昨日。〔王註〕《韓詩外傳》：昨日何生，今日何成？〔施註〕韓退之詩：少小聚嬉戲。當時事父兄，上壽拜脱膝。十年閱彫謝，白髮催衰疾。瞻前惟兄三，【誥案】《欒城集·伯父墓表》：子三人。不欺，官太子中舍；不疑，承議郎，通判嘉州；不危，家居不求禄仕。顧後子由一。〔王註〕《唐·孝友傳》：李華作《二孝贊》，顧後絶配，瞻前無鄰。〔施註〕《楚辭·離騷》：瞻前而顧後兮，相觀民之計極。近者隔濤江，〔施註〕韓退之詩：李翺觀濤江。歐陽永叔《蟠桃》詩：更欲呼子美，子美隔濤江。遠者天一壁。今朝復何幸，見此萬里姪〔五七〕。憶汝總角時〔五八〕，〔施註〕《説文》云：總，本文作揔。《晉·謝安傳》：及總角，神識沉敏，風宇條暢。啼笑〔五九〕爲梨栗。〔王註〕陶淵明《責子》詩：通子垂九齡，但見梨與栗。今來能慷慨，〔施註〕《漢·袁盎傳》：仁心爲質，引義慷慨。《後漢·馬援傳》：慷慨多大志。志氣堅鐵石。〔施註〕《唐·契苾何力傳》：心如鐵石。諸孫行復爾，世事何時畢。〔施註〕杜子美《從孫濟》詩：權門多噂喈，且復尋諸孫。又《北征》詩：憂虞何時畢。柳子厚詩：子孫日已長，世事還復然。詩成却超然，老淚不成滴。〔施註〕孟東野《送淡公》詩：徘徊相思心，老淚雙滂沱。杜子美《發同谷縣》詩：握手淚再滴。

伯父送先人下第歸蜀詩云：人稀野店休安枕，路入靈關穩跨驢。安節將去，爲誦此句，因以爲韻，作小詩十四首送之

【誥案】安節亦以下第歸蜀，故拈此二句，賦詩爲贈。

其一

索漢齊安郡，〔合註〕李太白《贈范金鄉》詩：只應自索漢。從來著放臣。〔王註次公曰〕齊安，卽黄州也。著放臣，則在唐如杜牧之，在本朝如王元之也。〔施註〕《文選》禰正平《鸚鵡賦》：故臣爲之屢歎。如何風雪裏，更送獨歸人。

其二

瘦骨寒將斷，〔施註〕杜子美《簡諸子》詩：長安苦寒誰獨悲，杜陵野老骨欲折。衰髯摘更稀。〔合註〕李中《漁父詞》：雪鬢衰髯白布袍。未甘爲死別，〔施註〕杜子美《垂老別》詩：孰知是死別。又曰：生離與死別。猶恐得生歸。〔合註〕《後漢書·班超傳》：願得生歸。【誥案】紀昀曰：妙不作決絕語。

其三

日上氣暾江，雪晴光眩〔六〇〕野。【誥案】二句是臨臯亭上景狀，城市中所不見也。記取到家時，鋤耰吾正

把。〔王註〕《前漢·賈誼傳》：借父耰鉏。註：耰，摩田器也。〔施註〕《漢·項籍傳》：賈生《過秦論》：鉏耰棘矜。

其四

月明穿破裘，霜氣澀〔六〕孤劍。【誥案】此章作法，全似上首，而用意則別。同此軀殼，非此魂魄。歸來閉户坐，默數來時店。〔施註〕韓退之《喜侯喜至》詩：依依夢歸路，歷歷想行店。崔豹《古今注》：肆，所以陳貨鬻之物；店，所以置貨鬻之物。

其五

諸兄無可寄，【誥案】謂子明、子安也。時子正已下世矣。一語會須酬。晚歲俱黄髮，相看萬事休。

其六

故人如念我，爲説瘦欒欒。〔王註〕《詩·檜風·素冠》：棘人欒欒。〔合註〕《毛傳》：瘠貌。鄭箋：形貌，欒欒然腴瘠也。尚有身爲患，〔施註〕《老子》：吾所以有大患者，爲吾有身。已無心可安。

其七

吾兄喜酒人，今汝亦能飲。一杯歸誦此，【誥案】子正、子明、子安三人之中，惟子明喜酒，見於本集，而子正已故。據此詩，安節確爲子明之子也。萬事邯鄲枕。

其八

東阡〔六二〕在何許，〔施註〕韓退之《孔戣墓志》：親戚之不仕與倦而歸者，不在東阡卽北陌，可杖屨來往也。寒食江頭路。〔施註〕杜子美《寒食》詩：寒食江頭路，風花高下飛。哀哉魏城君，宿草荒新墓。〔王註次公曰〕魏城君，乃先生之配王氏也。〔呂祖謙曰〕按《年譜》：至和元年甲午，先生年十九歲，始娶青城王方女，後封通義郡君。先生作《王氏墓志》云：生十有六歲，而歸於軾，至治平二年卒，年二十有七。〔合註〕考《古今姓氏書辨正》云：京兆王氏，畢公高之後，封魏。又《後漢書·王充傳》：其先自魏郡元城徙焉。未知是否？【誥案】通義君，本集亦稱崇德君，此云魏城君者。合註是。

其九

臨分亦泫然，不爲窮途泣。〔王註〕《晉·阮籍傳》：率意獨駕，不由徑路，車迹所窮，輒慟哭而返。王勃《滕王閣賦》：阮籍猖狂，豈效窮途之哭。東阡時一到，莫遣牛羊入。【誥案】《欒城集》有《歸告東塋文》，卽老翁泉葬地，通義君從葬之所也。施註於前詩引《孔戣墓志》，乃註字面耳。公詩屢言東阡，不專指通義君也。

其十

我夢隨汝去，東阡松柏青。却入西州門，〔王註〕《晉·謝安傳》：羊曇爲安所愛重，安薨後，輟樂彌年。嘗因石頭大醉，扶路唱樂，不覺至西州門，因痛哭而去。永愧北山靈。〔王註〕孔稚珪《北山移文》：其辭曰：鍾山之英，草堂之靈。

其十一

乞墦何足羨，〔王註次公曰〕此篇戒安節之詩也。負米可忘艱。〔施註〕《家語》：子路曰：「昔者由也，事二親之時，常食藜藿之實，爲親負米百里之外。親没之後，列鼎而食，願食藜藿，爲親負米，不可復得也。」莫爲無車馬，含羞入劍關。〔施註〕《華陽國志》：漢司馬相如，成都人。蜀有昇仙橋，相如出關，題其柱云，大丈夫不乘赤車駟馬，不過汝下也。後奉使入蜀。《九域志》亦云。《後漢·郭丹傳》：買符入函谷關，慨然歎曰：「丹不乘使者車，終不出關。」去家十二年，果乘高車出關。

其十二

我坐名過實，〔王註〕後漢崔瑗《座右銘》云：無使名過實，守愚聖所臧。〔施註〕《越絶書》：名過實者滅，故聖人不使名過實。謹諱自招損。〔王註〕《尚書·大禹謨》：益贊於禹曰：滿招損，謙受益。〔施註〕《漢·叔孫通傳》：竟朝置酒，無敢讙譁。汝幸無人知，莫厭家山穩。

其十三

竹笥與練裙，〔王註〕《後漢·逸民傳》：戴良有五女，疎裳布被，竹笥木屐以遣之。隨時畢婚嫁。無事若相思，征鞍還一跨〔六三〕。【誥案】此意必不可少。

其十四

萬里却來日，一菴仍獨居。〔施註〕《漢·匈奴傳》：孤僨獨居。應笑謀生拙，〔施註〕《尚書·盤庚上》：予亦拙謀。團團如磨驢。〔王註次公曰〕先生又有詩云：團團如磨牛，步步踏陳迹。

次韻陳四雪中賞梅

〔施註〕陳四，即季常。

臘酒詩催熟，〔施註〕杜子美《正月三日歸溪上》詩：蟻浮仍臘味。寒梅雪鬭新。杜陵休歎老，韋曲已先春。〔王註子仁曰〕子美詩中，自稱杜陵野老。《酬裴迪蚤梅》詩：江邊一樹垂垂發，朝夕催人自白頭。〔施註〕杜子美《陪鄭駙馬》詩：韋曲花無賴，家家惱殺人。綠尊須盡日，白髮好禁春。獨秀驚凡目，〔王註〕陳謝燮《早梅》詩云：迎春故早發，獨自不疑寒。畏落衆花後，無人別意看。《古樂府》云：花艷驚郎目。〔施註〕《楚辭》宋玉《招魂》：激楚之結，獨秀先些。遺英卧逸民。〔王註師民瞻曰〕以梅之標格孤高，譬逸民也。〔堯卿曰〕謂袁安雪中高卧耳。高歌對三白，〔王註次公曰〕西人語曰：要宜麥，見三白。言三次見雪也。〔施註〕吳中風俗，占臘月，見三白，田翁笑嚇嚇。遲暮慰安仁。〔王註〕《晉書》：潘岳，字安仁。作《閑居賦》曰：自弱冠涉於知命之年，八徙官，一進階，再免，一除名，一不拜，職遷者三而已矣。雖通塞有遇，抑亦拙之效也。其辭曰：人生安樂，孰知其他？

記夢回文二首〔六四〕并敍

十二月二十五日，大雪始晴。夢人以雪水烹小團茶，使美人歌以飲。余夢中爲作《回文》詩，覺而記其一句云：亂點餘花唾碧衫。意用飛燕唾花〔六五〕故事也。乃續之，爲二絶句云。

其一

酡顔玉盌捧攕攕，〔王註〕《楚辭》宋玉《招魂》：美人既醉，朱顔酡些。韓退之《會合聯句》：孟郊云：雪絃寂寂聽，茗盌纖纖捧。〔任居實曰〕「纖纖」當作「攕攕」〔六六〕，音師咸切，亦好手貌，乃與韻相叶，恐傳寫誤。亂點餘花唾碧衫。〔王註〕《趙飛燕外傳》：后與其妹倢伃坐，后誤唾倢伃袖。倢伃曰：「姊唾染人紺褎，正似石上花，假令尚方爲之，未能如此衣之華。」以爲石華廣袖。歌咽水雲凝静院，夢驚松雪落空巖。〔王註〕杜子美《謁真諦寺禪師》詩：晴雪落長松。〔施註〕《文選》顔延年《贈王太常》詩：山明望松雪。

其二

空花落盡酒傾缸，【誥案】此「空花」字借作雪解，猶言自空而落也。日上山融雪漲江。紅焙淺甌新火活，龍團小碾鬬晴窗。

三朵花 并敍

房州通判許安世，〔查註〕《水經注》：房陵郡，漢末所置。《元和郡縣志》：房山在房州西南四十三里，其山西南，有石室如房。漢初爲防，後改爲房，唐改房州。〔合註〕《續通鑑長編》：熙寧五年三月，權鄆州觀察推官許安世，爲著作佐郎集賢校理檢正中書吏房公事。七年七月，察訪荆湖路。八年七月，坐以鍛龍刀遺李士寧，與小處簽書判官。其通判房州，無考。《宋詩紀事》：安世，襄邑人。爲都官員外郎，卒於黄州。以書遺予言：「吾州有異人，常戴三朶花，莫知其姓名，郡人因以三朶花名之。〔查註〕《輿地紀勝》云：三花洞，在房陵福溪巖下。元豐間，有道者曰簪三花，游於市，頗能詩，知人未來禍福。東坡贈以詩，有「千年飽服長生藥，三朶長簪不老花」之句，與集本不同。〔合註〕《夷堅志》：房州異人，或云姓李氏，常戴紙花三朶，入市，郡人稱三朶花先生。能作詩，皆神仙意。又能自寫真，人有得之者。」許欲以一本見惠，乃爲作此詩。

學道無成鬢已華，〔施註〕盧綸《送元昱》詩：去矣謝親愛，知余鬢已華。不勞千劫漫烝砂。〔王註〕《楞嚴經》：佛云：若不斷淫，修禪定者，如烝砂石，欲其成飯，經百千劫，只是熱砂。歸來且看一宿覺，〔查註〕《傳燈録》：永嘉玄覺禪師，詣曹溪，初到振錫，繞六祖三匝，卓然而立，須臾告辭。祖曰：「返太速乎？」曰：「本自非動，豈有速乎？」祖歎曰：「少留一宿。」時謂一宿覺。未暇遠尋三朶花。兩手欲遮瓶裏雀，〔王註〕《法句經》云：精神居形内，猶雀藏瓶中，瓶破則雀去矣。藏經《大智度論》：頌云：鳥來入瓶中，羅縠掩瓶口，縠穿鳥飛去，神明隨業走。〔堯卿曰〕佛經：人身如瓶，神識如雀，五蘊既盡，則神識自去，以手遮之，且不可，況以羅縠遮之，可乎？四條深怕井中蛇。〔王註師民瞻曰〕佛書：人有逃死者，入井，則遇四蛇傷足，而不能下，上樹，則逢二鼠齩藤，而不能升。四蛇以喻四時，二鼠以譬日月，言四時日月，迫促大限，無所逃耳。畫圖要識先生面，〔施註〕杜子美《詠懷古跡》詩：畫圖省識春風面。【誥案】唐、宋時，凡全真道人，例稱先生。故如黄照道人、張憨子、姚丹元詩中，亦稱先生。試問房陵好事家。〔施註〕《九域志》：房州房陵郡。

正月二十日，與潘、郭二生出郊尋春，忽記去年是日同至女王城作詩，乃和前韻

【誥案】潘彥明、郭興宗也。自此詩起以下，皆元豐五年壬戌作。

東風未肯入東門，走馬還尋去歲村。人似秋鴻來有信，〔施註〕《禮記·月令》：季秋之月，鴻雁來賓。事如春夢了無痕。〔施註〕白樂天詩：來如春夢幾多時。【誥案】紀昀曰：三四深警。江城白酒三杯釅，野老蒼顏一笑溫。已約年年爲此會，故人不用賦《招魂》。〔王註次公曰〕《楚辭》：宋玉憐哀屈原，忠而斥棄，愁懣山澤，魂魄放佚，厥命將落，故作《招魂》。欲以復其精神，延其年壽，外陳四方之惡，內崇楚國之美，以諷諫懷王，冀其悔悟而還之也。

是日，偶至野人汪氏之居，有神降於其室，自稱天人李全，字德通。善篆字，用筆奇妙，而字不可識，云，天篆也。與予言，有所會者。復作一篇，仍用前韻

〔查註〕本集《雜記》云：黃人汪若谷家，神尤奇，以箸爲口，置筆口中，與人問答如響，曰，吾天人也。

酒渴思茶漫〔六七〕扣門，那知竹裏是仙村。已聞龜策通神語，〔施註〕《史記·龜策傳》：寫取龜策卜事。

〔查註〕《史記・龜策傳》：能得百莖蓍，并得其下龜以卜者，百言百當，足以決吉凶。更看龍蛇落筆痕。〔施註〕《法書苑》：仲尼書《吳季札墓志》，變化開合，若龍蛇盤據。色瘁形枯應笑屈，道存目擊豈非温。〔王註〕《莊子・田子方篇》：温伯雪子適齊，舍於魯，仲尼見之而不言，曰：「若夫人者，目擊而道存矣，亦不可以容聲矣。」歸來獨掃空齋臥，猶恐微言入夢魂。

浚井

〔王註吳憲曰〕先生《東坡八詩》云：家童燒枯草，走報暗井出。一飽未敢期，瓢飲已可必。《浚井》一篇，次第於黃州詩中，必是井也。

古井沒荒萊，不食誰爲惻。瓶罌下兩綆，蛙蚓飛百尺。腥風被泥滓，〔施註〕韓退之《叉魚》詩：腥風遠更飄。空響聞點滴。〔施註〕杜牧之《大雨行》：晚後點滴來蒼茫。上除青青芹，下洗鑿鑿石。沾濡愧童僕，杯酒暖寒栗。〔施註〕白樂天《酬劉五》詩：朝傾暖寒酒。《漢・義縱傳》：爲定襄太守，郡中不寒而栗。白水漸泓渟，〔合註〕柳子厚《萬石亭記》：寥廓泓渟。青天落寒碧。云何失舊穢，底處來新潔。井在有無〔六八〕中，〔查註〕《楞嚴經》：鑿井求水，出土一尺，於中則有一尺虛空，此空爲當，因土所出，因鑿所有，無因自生。無來亦無失。〔王註〕《易・井》：無喪無得，往來井井。

紅梅三首

〔查註〕《冷齋夜話》：紅梅，其種來自閩、湘，故有福州紅、潭州紅、邵武紅等名。

其一

怕愁貪睡獨開遲，自恐冰容不入時。〔合註〕王融詩：冰容慚遠鑑。故作小紅桃杏色，〔王註〕杜子美《江南有懷鄭典設》詩：點綴桃花舒小紅。〔施註〕杜子美《雨晴》詩：塞柳行疎翠，山梨結小紅。尚餘孤瘦雪霜姿。寒心未肯隨春態，〔合註〕白樂天詩：鉛黛凝春態。酒暈無端上玉肌。【誥案】以上逐句，並切紅梅，至第六句能以無端二字扣住，緊密之甚。詩老不知梅格在，〔施註〕孟東野《看花》詩：惟應待詩老，日日殷勤開。更看綠葉與青枝。〔公自註〕石曼卿《紅梅》詩云：認桃無綠葉，辨杏有青枝。【誥案】本集論詠物詩，以曼卿此聯爲至陋語，乃村學堂中體。合觀此詩，乃自詡其前六句，謂非曼卿之所知也。然入結愈見窘步，似又特意討巧，取其四字作收也。

其二

雪裏開花却是遲，〔施註〕齊己《蚤梅》詩：前村深雪裏，昨夜一枝開。何如獨占上春時。〔施註〕秦韜玉《牡丹》詩：獨把一春皆占斷，固留三月始教開。也知造物含深意，故與施朱發妙姿。〔施註〕《文選》宋玉《好色賦》：著粉太白，施朱太赤。《唐文粹》歐陽詹《寓興》詩：桃李有奇質，樗櫟無妙姿。細雨裛殘千顆淚，輕寒瘦損一分肌。不應便雜〔六九〕妖桃杏〔七〇〕，數點〔七一〕微酸已著枝。〔合註〕何焯曰：落句，正致光「調鼎何曾用不才」之意。

其　三

幽人自恨探春遲，不見檀心未吐時。丹鼎奪胎那是寶，〔公自註〕朱砂紅銀，謂之不奪胎色。玉人頩頰更多姿。〔王註次公曰〕頩，譜經切。《博雅》：頳，頩，怒色也，玉人怒則頰紅，故以比紅梅也。抱叢暗蕊初含子，落盞穠香已透肌。乞與徐熙畫新〔七二〕樣，〔施註〕沈存中《筆談》：國初江南布衣徐熙，長於畫花竹，以墨筆畫之，殊草草。略施丹粉，神氣迥出，別有生動之意。竹間璀璨出斜枝。〔合註〕孫綽《天台山賦》：琪樹璀璨而垂珠。

次韻子由寄題孔平仲草菴〔七三〕

〔合註〕施註、《宋史》本傳，孔平仲爲江東轉運判官提點江浙鑄錢。〔查註〕《東都事略》：孔平仲，字毅父，新喻人。元祐中入史館，出爲京西提刑，坐黨籍，謫知韶州。黃山谷詩，有「溢浦爐邊督數錢」之句。史容註云：時平仲監江州錢監。又，東坡帖云：數日前，毅父見過，此人錢監，得替當入京。

逢人欲覓安心法，到處先爲問道菴。盧子不須從若士，〔施註〕《神仙傳》：若士者，古之仙人也。燕人盧敖至蒙谷之山，而見若士焉，方踡龜殼，而食蟹蛤。蓋公當自過曹參。羨君美玉經三火，〔王註次公曰〕白樂天詩：大圭廉不割，利刀用不缺。當其斬馬時，良玉不如鐵。置鐵在洪爐，鐵消易如雪。良玉同其中，三日燒不熱。笑我枯桑困八蠶。〔王註〕左思《吴都賦》云：國税再熟之稻，鄉貢八蠶之綿。李賀《南園》詩：長腰健婦偷攀折，將餧吴王八繭蠶。俞益期箋曰：日南蠶八熟，繭軟而薄。〔施註〕劉欣期《交州記》：一歲八蠶，出日南。唐陳致雍《晉安海物異名記》：八蠶綿者，八蠶共作一綿。猶喜大江同一味，故應千里共清甘。〔施註〕《華嚴經》：譬如衆水，皆同一味，隨器異故，水有差別，水無念慮，亦可分別。

二蟲

君不見，水馬兒，〔施註〕杜子美《大曆三年春白帝城放船》詩：雁兒争水馬。〔合註〕《太平御覽》引《南方草木狀》云：海中有魚，似馬，或黄或黑，名作水馬。似非此水馬蟲也。步步逆流水，大江東流日千里，〔施註〕杜子美《石犀行》：天生江水向東流。此蟲趯趯長在此。〔施註〕《毛詩·召南·草蟲》：喓喓草蟲，趯趯阜螽。註云：趯趯，躍也。君不見，鷃濫堆，〔王註〕《方言》：阿如軋，亦名鷃濫堆。《韻語陽秋》云：阿濫堆，明皇御玉笛，採其聲翻爲曲，左右皆能傳唱。張祜詩云：至今風俗驪山下，村笛猶吹阿濫堆。決起隨衝風，〔施註〕《莊子·逍遥游篇》：蜩與鷽鳩笑之曰：「我決起而飛，搶榆枋。」隨風一去宿何許，逆風還落蓬蒿中。二蟲愚智俱莫測，〔王註〕《莊子·逍遥遊篇》：之二蟲又何知。江邊一笑無人識。

陳季常見過三首

其一

仕宦常畏人，退居還喜客。君來輒館我，未覺雞黍窄。東坡有奇事，已種十畝麥。但得君眼青，〔王註〕《晉書》：阮籍又能爲青白眼，見禮俗之士，以白眼對之。及見嵇喜，籍作白眼，喜不懌而退。喜弟康聞之，乃齎酒挾琴造焉，籍大悦，乃見青眼。由是禮法之士，疾之若仇。不辭〔七四〕奴飯白。

其二

送君四十里，只使一帆風。〔施註〕孟東野《送任齊秀才》詩：二客月中子，一帆天外風。江邊千樹柳，落我酒杯中。【誥案】句法奇幻，非意匠所及，此惟熟游三楚者知之。此行非遠别，此樂固〔七五〕無窮。但願長如此，來往一生同。

其三

聞君開龜軒，東檻俯喬木。人言君畏事，欲作龜頭縮。我知君不然，朝飯仰暘谷。〔王註次公曰〕暘谷，日所出也。龜噏日氣而壽，故養生者服日華，所以效之。〔施註〕《尚書·堯典》：分命羲仲，宅嵎夷，曰暘谷，寅賓出日，平秩東作。餘光幸分我，〔施註〕《史記·甘茂傳》：貧人女與富人女會績。貧女曰：「我無以買燭，而子之燭光幸有餘，子可分我餘光，無損子明，而得一斯便焉。」不死安可獨。

謝人惠雲巾方舄二首

〔馮註〕《釋名》：巾，謹也。二十成人，士冠，庶人巾，當自謹修於四教也。〔合註〕《炙轂子》：單底曰履，重底曰舄。《釋名》：複其下曰舄。【誥案】此二詩施編不載，查註從外集補編。

其一

燕尾稱呼理未便，〔馮註〕《傅子》：漢末王公多委正服，以幅巾爲雅素。袁紹、崔豹之徒，雖爲將帥，猶著縑巾。魏武惜財，擬古皮弁，裁縑帛以爲帢，帢卽帢也。先未有歧，荀文若巾之，行觸樹枝成歧，因而弗改。按，成歧蓋若燕尾云。〔合註〕《後漢書·輿服志》：却非冠青翅燕尾。剪裁〔七六〕雲葉却天然。〔王註〕杜子美《夏夜李尚書筵送宇文石首赴縣聯句》詩：雨稀雲葉斷。無心只是青山物，覆頂宜歸紫府仙。〔馮註〕《南史·齊和帝紀》：百姓皆著下屋白紗帽，而反裙覆頂。東昏曰：「裙應在下，今更在上，不祥。」命斷之。於是百姓皆反裙向下，此服妖也。按，反裙覆頂，今道士巾式，故云「宜歸紫府仙」也。轉覺周家新樣俗，〔公自註〕頭巾起後周〔七七〕。〔馮註〕《北堂書鈔》：頭巾之制，始於後周。〔查註〕俞琰《席上腐談》：幞頭起後周武帝，以幅巾裹頭，故名。畢仲詢《幕府燕閑録》：古之幞頭，唐馬周始制，四脚，二脚繫於上，二脚垂於後。葉廷珪《海録碎事》：趙、魏之間，通謂巾爲承露，用全幅向後幞髮，謂之頭巾。〔合註〕《隋書·禮儀志》：巾，俗人謂之襆頭，自周武帝裁爲四脚，今通於貴賤矣。皮日休《以紗巾寄魯望》詩：周家新樣替三梁。未容陶令舊名傳。〔馮註〕《宋書》：陶潛好酒，郡將候潛，逢其酒熟，取頭上葛巾漉酒，漉畢，還復著之。鹿門佳士勤相贈，黑霧玄霜合比肩。〔公自註〕皮襲美《贈天隨子紗巾》詩云：掩斂乍疑裁黑霧，輕明渾似帶〔七八〕玄霜。〔查註〕前一首賦雲巾。

其二

胡鞾短靿格麤疏，〔馮註〕《古今注》：鞾，本胡服也。趙武靈王好胡服，常服之。其制，短靿黃皮，閑居之服。至馬周改制長靿以殺之，加之以氈及絛，得著入殿省敷奏，取便乘騎也。〔合註〕《集韻》俗謂靴䩕曰靿。吴聲《讀曲歌》：麻紙語三葛，我薄汝麤疏。　古雅無如此樣殊。　妙手不勞盤作鳳，〔公自註〕晉永嘉中，有鳳頭鞋〔七九〕。〔合註〕蔡洪《圍碁賦》：命班倕之妙手。　輕身只欲化爲鳧。魏風褊儉堪羞葛，〔王註〕《詩·魏風·葛屨》，刺褊也。　楚客豪華可笑珠。〔馮註〕《史記·春申君傳》：其上客，皆躡珠履，以見趙使，趙使大慚。　擬學梁家名解脱〔八〇〕，〔王註續曰〕梁武帝作解脱履。〔合註〕《輟耕録》引《炙轂子》云：靸、鞋、舄，三代皆以皮爲之。晉永嘉元年，用黄草，始有伏鳩頭履子。梁天監中，武帝易以絲，名解脱履。　便於禪坐作跏趺。〔馮註〕《楞嚴經》：有佛化身，結跏趺坐。〔查註〕後一首賦方舄。

寒食雨二首〔八一〕

〔合註〕内府《三希堂法帖》，有此二首墨跡刻石。【誥案】公以三月初七日至沙湖，因游蘄水。據詩，公尚未出寒食，在初七日之前也。　查註引《蘄水志》，誤，已删。

其一

自我來黄州，已過三寒食。　年年欲惜春，春去不容惜。　今年又苦雨，兩月秋蕭瑟。　卧聞海棠花，泥污燕脂雪。〔王註〕杜子美《曲江對雨》詩：林花著雨燕脂濕。　暗中偷負去，夜半真有力。〔施註〕《莊子·大宗師篇》：藏舟於壑，藏山於澤，謂之固矣，然夜半有力者負之而走，昧者不知也。　何殊病少年，病起〔八二〕頭已白。

其二

春江欲入户，雨勢來不已〔三〕。小屋如漁舟，濛濛水雲裹。空庖煮寒菜，破竈燒溼葦。那知是寒食，但見〔四〕烏〔五〕銜紙。〔施註〕白樂天《寒食吟》：風吹曠野紙錢飛。〔合註〕《封氏聞見記》：紙錢，魏晉以來，始有其事。君門深九重，〔施註〕《楚辭》宋玉《九辨》：君之門兮九重。墳墓在萬里。〔王註次公曰〕此二句，言欲歸朝廷邪？則君門有九重之深，欲返故鄉邪？則墳墓有萬里之遠，皆以謫居而勢不可也。也擬哭途窮，〔施註〕杜子美《陪章留後侍御宴南樓》詩：此身醒復醉，不擬哭途窮。死灰吹不起。〔王註〕《前漢書》：韓安國坐法抵罪，獄吏田甲辱安國，安國曰：「死灰獨不復然乎？」曰：「然，則溺之。」〔施註〕《晉・律曆志》：計時日於晷度，效地氣於灰管，故陰陽和則景至，律氣應則灰飛，灰飛之通，吹而命之，則天地之中聲也。〔合註〕宋玉《風賦》：吹死灰。【誥案】詩乃從烏銜紙跟下，各註皆非是。

徐使君分新火

〔查註〕《迂叟詩話》：《周禮・夏官》：四時變國火。唐時惟清明取榆柳之火，以賜近臣。本朝因之。

臨皋亭中一危坐，〔施註〕《漢・東方朔傳》：捐薦去几，危坐而聽。三見〔六〕清明改新火。〔施註〕《周禮・夏官》：司爟掌行火之政令，四時變國火。韋愼微《咸鎬故事》：清明日，尚食，內園官小兒於殿前鑽新火。先進者，賜絹三匹，椀一口，尋以新火賜宰臣以下。溝中枯木應笑人，鑽斫〔七〕不然誰似我。〔施註〕盧仝詩：不堪鑽灼，與天下卜。【誥案】紀昀曰：寄託兀傲。黃州使君憐久病，分我五更紅一朵。從來破釜躍江魚，〔王註〕《後漢·范丹傳》：范丹，字史雲，陳留外黃人。嘗爲萊蕪長，後遭黨人禁錮，乃結草室而居焉。所止單陋，有時絶粒，閭里歌之曰：甑中生塵范史雲，釜中生魚范萊蕪。只有清詩嘲飯顆。〔王註〕《舊唐書》：李白譏杜甫齷齪，有飯顆之嘲誚。起攜蠟炬遶空室〔八八〕，〔王註汪彦章曰〕韓翃詩：日暮漢宫傳蠟燭。〔施註〕杜子美《陪章留後侍御宴南樓》詩：出號江城黑，題詩蠟炬紅。欲事烹煎無一可。〔施註〕韓退之《石鼎聯句》：刳中事煎烹。司馬相如《子虚賦》：二者無一可也。爲公分作無盡燈，照破十方昏暗鎖。〔查註〕《涅槃經》：一輪降世間，黑暗一日破。《傳燈録》：神光法師語唐明皇曰：論明則照耀十方。《瑜伽師地論》：日月星光及火珠燈炬等光，皆能破除昏暗，是名外光明。

次韻答元素并引〔八九〕

余舊有贈元素詞〔九〇〕云：天涯同是傷流落。元素以爲今日之先兆，且悲當時六客之存亡。六客蓋張子野、劉孝叔、陳令舉、李公擇及〔九一〕元素與余也。〔施註〕元素，姓楊氏，名繪。東坡在杭三年，將去，而元素來守杭，席上作《醉落魄》詞曰：分攜如昨，人生到處萍飄泊。偶然相聚還離索。多病多愁，須信從來錯。樽前一笑休辭却，天涯同是傷流落。故山猶負平生約。西望峨眉，長羨歸飛鶴。〔查註〕李公擇守湖州，先生自杭移密過之，與楊元素、張子野、劉孝叔、陳令舉會於碧瀾堂，子野作《六客詞》。〔合註〕《續通鑑長編》：熙寧十年五月，詔提舉在京諸司庫務翰林學士禮部郎中楊繪，責授荆南節度副使不簽書公事，坐受所監臨王永年供饋物也。則先生作詩，正元素在荆南時矣。時張先、劉述、陳舜俞皆卒。

不愁春盡絮隨風，〔王註〕劉禹錫詩：春盡絮飛留不得，隨風好去落誰家。但喜丹砂入頰紅。流落天涯先有讖，〔施註〕賈誼《鵩賦》：讖言其度。註云：讖，驗也，有徵驗之書也。摩挲金狄會當同。〔施註〕《漢晉春秋》：魏徙長安銅人，金狄或泣。蘧蘧未必都非夢，了了方知不落空。〔王註〕《傳燈録》：越州慧海禪師。有律師法明問，師曰：「禪師家多落空。」法明大驚曰：「何得落空？」師曰：「經論是紙墨文字空，設坐主執滯，豈不落空？」莫把存亡悲六客，已將地獄等天宮。〔王註〕《圓覺經》言地獄天宮，俱爲淨土。〔施註〕《等量經》：阿鼻地獄，與非非想天劫數苦樂等」，無有二。

蜜酒歌 并敍

〔王註〕《志林》載：蜜酒法，予作蜜格與真一水亂，每米一斗，用蒸麪二兩半，如常法，取醅液，再入蒸餅麪一兩釀之。三日嘗，看味當極辣且硬，則以一斗米炊飯投之。若甜軟，則每投，更入麪與餅各半兩。又三日，再投而熟，全在釀者斟酌增損也。入水少爲佳。

西蜀道士〔九三〕楊世昌，〔查註〕楊世昌，字子京，綿竹武都山道士。〔合註〕其名與字取《左傳》「卜世其昌，莫之與京」之義。善作蜜酒，絶醇釅。余既得其方，作此歌以〔九四〕遺之。〔施註〕先生爲楊道士書一帖云：僕謫居黄岡，綿竹武都山道士楊世昌子京，自廬山來過余。其人善畫山水，能鼓琴，曉星曆骨色及作軌革卦影，通知黄白藥術，可謂藝矣。明日當舍余去，爲之悵然。浮屠不三宿桑下，真有以也。元豐六年五月八日，東坡居士書。又一帖云：十月十五日夜，與楊道士泛舟赤壁，飲醉，夜半有一鶴自江南來，翅如車輪，嘎然長鳴，掠余舟而西，不知其爲何祥也。《次毅父韻》第三首載：西州楊道士，善吹洞簫。按《前赤壁賦》云：客有吹洞簫者。殆是楊也。《後赤壁賦》云：適有孤鶴，横江東來。觀此帖，蓋非寓言。夢一道士者，豈即世昌，姑托以夢耶？先生道大才高，不容於時，憂患半生，如陳季常、巢元修、張中、吴子野輩，獨相從流離困戹之中，其姓名遂不没於千載，今世昌藉此復有傳於後世，夫豈偶然。二帖書在蜀牋，筆畫甚精，宿嘗以入石云。

真珠爲漿玉爲醴，〔王註〕李賀詩：小槽酒滴真珠紅。〔王註〕《真誥》載：右英夫人《答許長史書》云：玉醴金漿，交梨火棗，此則騰飛之藥。六月田夫汗流泚。〔施註〕《孟子·滕文公上》：其顙有泚。趙氏云：泚，汗出泚泚然也。不如春甕自生香，蜂爲耕耘花作米。一日小沸魚吐沫，二日眩轉清光活。三日開甕香滿城，快瀉銀瓶不須撥。百錢一斗濃〔九四〕無聲，〔王註〕杜子美《偪仄行》詩：速宜相就飲一斗，恰有三百青銅錢。甘露微濁醍醐清。〔合註〕《楞嚴經》：酥酪醍醐，名爲上味。君不見南園采花蜂似雨，天教釀酒醉先生。〔施註〕庾信《和宇文內史》詩：花留釀蜜蜂。先生年來窮到骨，問人乞米何曾得。〔施註〕顏魯公《與李太保乞米帖》云：拙於生事，舉家食粥來已數月，今又罄竭，祗益憂煎，輒恃深情，故令投告，惠及少米，實濟艱勤。世間萬事真悠悠，蜜蜂大勝監〔九五〕河侯。

又一首答二猶子與王郎見和

【誥案】謂遲、适及王子立也。

脯青苔，炙青蒲，〔王註〕《文選》潘岳《西征賦》云：野蒲變而成脯。註云：趙高欲爲亂，先設驗以蒲爲脯，二世不覺，羣臣敢言蒲者，陰誅之。〔堯卿曰〕南人以青苔爲脯。爛蒸鵝鴨乃瓠壺。〔施註〕《盧氏雜説》：鄭餘慶召親朋官數人會食。呼左右曰：「處方廚家，爛蒸去毛，勿拗折項。」諸人相顧，以爲必鵝鴨之類。良久，就餐，每人前下粟飯一椀，蒸壺盧一枚。相國餐美，諸人先笑，强進而罷。煮豆作乳脂爲酥，高燒油燭斟蜜酒，〔合註〕馮延已《金錯刀辭》：高燒銀燭照流蘇。鮑照詩：歡至獨斟酒。貧家百物初何有。古來百巧出窮人，〔王註次公曰〕以苔爲脯，以蒲爲炙，以瓠爲鵝鴨，以豆爲乳，以脂爲酥，以油爲燭，以蜜爲酒，皆百巧之所爲也。搜羅假合亂天真。〔施註〕《文選》陸士龍《答張士然》詩：歡舊難假合。李太白《丹丘談玄》詩：假合作容貌。詩書與我爲麴糵，〔合註〕何焯曰：徐陵《與宗室書》：詩書甘於酒醴。醞釀老夫成搢紳。〔施註〕《左傳·隱公四年》：石碏曰：「老夫耄矣，無能爲也。」《史記·司馬相如傳》引《封禪書》：因雜搢紳先生之略術。《文選》張景陽《七命》：搢紳濟濟，軒冕藹藹。質非文是終難久，〔王註〕《揚子法言》：其文是也，其質非也，羊質而虎皮也。脫冠還作扶犂叟。〔施註〕《文選》謝靈運詩：歸客遂海隅，脫冠謝朝列。《洞仙傳》：郭璞曰：「吾昨夜夢在石頭外江中，扶犂而耕。」不如蜜酒無燠寒，冬不加甜夏不酸。老夫作詩殊少味，〔施註〕《後漢·馬援傳》：過是欲少味矣。愛此三篇如酒美。〔王註〕杜牧之詩：酒旗誇酒美。封胡羯末已可憐，不知更有王郎子。〔王註〕《晉書》：謝奕女道韞，初適王凝之，還，甚不樂。安曰：「王郎，逸少子，不惡，汝何恨也？」答曰：「一門叔父，則有阿大、中郎，羣從兄弟，復有封、胡、羯、末，不意天壤之中，乃有王郎。」封謂謝韶，胡謂謝朗，羯謂謝玄，末謂謝川，皆其小字也。〔次公曰〕唐王仙客，劉振之甥也。振有女曰無雙，小仙客數歲，皆幼稚，戲弄相狎，振妻常戲呼王仙客爲王郎子。正以比子由之壻王子立〔九六〕。

謝陳季常惠一揞巾〔九七〕

〔王註師民瞻曰〕揞，於感切，藏也。〔查註〕揞，《廣韻》：烏感切，手覆也。

夫子胸中萬斛寬，此巾何事小團團〔九八〕。半升僅漉淵明酒，二寸纔容子夏冠。〔施註〕《漢·杜欽傳》：字子夏。茂陵杜鄴與欽同姓字，俱以才能稱京師，而欽目偏盲，故衣冠謂欽爲盲杜子夏以相别。欽惡以疾見詆，乃爲小冠，高廣纔二寸，由是京師更謂欽爲小冠杜子夏。好戴〔九九〕黄金雙得勝，〔施註〕按世人巾裹，以黄金爲大環，雙繫其帶，謂之得勝環，疑用此事。休教〔一〇〇〕白苧一生酸。〔王註堯卿曰〕謂季常有文事，而又有武備。黄金得勝，乃戰陳得捷之人所戴也。吴有白紵巾。按《舊史》：白紵，吴地所出，白紵舞乃吴舞也。〔張栻曰〕《宋書·樂志》有白紵舞。《樂府解題·白紵曲》曰：質如輕雲色如銀，製以爲袍餘作巾，袍以光軀巾拂塵。臂弓腰箭何時去，直上陰山取可汗。〔施註〕《唐·李靖傳》：突厥寇太原，靖率勁騎三千，趨惡陽嶺。頡利可汗大驚，亡去，爲張寶相禽以獻。於是斥地自陰山北至大漠矣。《唐·突厥傳》：阿史那氏，蓋古匈奴北部也，居金山之陽，更號可汗，猶單于也。

贈黄山人

〔合註〕《墨莊漫録》引東坡《贈黄照道人》詩首二句，即此篇也。

面頰照人元自赤，眉毛覆眼見來烏。〔施註〕杜子美《寒雨視園樹》詩：鎖石藤梢元自落，倚天松骨見來枯。《舊唐書·毛若虚傳》：眉毛覆於眼。倦遊不擬談玄牝，〔王註〕《老子》：谷神不死，是謂玄牝，玄牝之門，是謂天地根。示病何妨出白鬚。絶學已生真定慧〔一〇一〕，〔王註〕《老子》：絶學無憂。〔施註〕《楞嚴經》：攝心爲戒，因戒生定，因定發慧，是名三無漏學。説禪長笑老浮屠。〔施註〕《後漢·楚王英傳》：晚節更喜黄老學，爲浮屠齋戒祭祀。註引袁宏《漢紀》云：浮屠，佛也，西域天竺國有佛道焉。佛者，漢言覺也，將以覺悟羣生。東坡若肯三年住，親與先生看藥爐。〔施註〕白樂天《天壇峰下》詩：河車九轉宜精練，火候三年在好看。〔合註〕韓偓詩：許到名山看藥爐。

問大治長老乞桃花茶栽東坡

〔王註堯祖曰〕大治縣屬興國軍。〔查註〕《九域志》：唐置大治青山場，南唐升爲縣。《名勝志》：桃花寺，在興國州南十五里桃花尖之下。寺有泉，甘美，用以造茶，勝他處，號曰桃花絶品。宋時，知軍事王琪《桃花茶》詩云：梅花既掃地，桃花露微紅。風從北苑來，吹入茶塢中。

周詩記茶苦，〔一〇二〕〔王註〕《詩・邶風・谷風》：誰謂茶苦？其甘如薺。又：《大雅・緜》：周原膴膴，堇荼如飴。茗飲出近世。〔王註次公曰〕晉、宋喫茶謂之茗飲。〔胡仔曰〕《爾雅》云：檟，苦荼。註：樹如梔子，今呼早採者爲荼，晚取者爲茗。一名荈，蜀人名之苦荼。杜子美《進艇》詩：茗飲蔗漿攜所有。〔施註〕《洛陽伽藍記》：齊王肅，初好茗飲，及歸魏，高祖問茗飲何如酪漿？肅曰：「茗不中與酪作奴。」高祖大笑，因號茗飲爲酪奴。〔查註〕皮日休《茶經序》：陸季疵以前，稱茗飲者，必渾而烹之，與瀹蔬而啜者無異也。《品茶要録》：前此茶事未甚興，靈芽真筍，往往委翳消腐，而人不知也。初緣厭粱肉，〔王註〕杜子美《醉時歌》詩：甲第紛紛厭粱肉。假此雪昏滯。〔施註〕《茶録》：昏俗塵勞，一啜而散。〔查註〕《茶經序》：飲者除痟而去癘，雖疾醫之不若也。嗟我五畝園，桑麥苦蒙翳。〔合註〕陸龜蒙《書李賀小傳後》：桑篠蒙翳。不令寸地閑，〔王註〕杜子美《洗兵馬》詩：寸地尺天俱入貢。更乞茶子蓺。飢寒未知免，已作太飽〔一〇三〕計。庶將通有無，〔施註〕《漢・食貨志》：金刀龜貝，所以分財布利通有無者也。農末不相戾。〔施註〕《漢・食貨志》：賈誼曰：今背本而趣末，食者甚衆，是天下之大殘也。顏師古曰：本，農業也；末，工商也。春來凍地裂，〔施註〕杜子美《簡咸華諸子》詩：青門瓜地新凍裂。紫筍〔一〇四〕森已鋭。〔王註王銍曰〕《唐國史補》：湖州有顧渚之紫筍，常州有義興之紫筍，皆茶也。〔施註〕《茶苑總録》：段成式《謝因禪師茶》云：忽惠荆州紫筍茶一角，寒茸擢筍，本貫含膏，嫩葉抽芽，方珍擣草。牛羊煩呵叱，〔施註〕《毛詩·大雅·行葦》：敦彼行葦，牛羊勿踐履。筐筥未敢睨。〔查註〕《茶經》：茶具，一曰籃，二曰籠，三曰筥，以竹織之，負以採茶者也。江南老道人，齒髮日夜逝。〔施註〕白樂天《夢仙》詩：齒髮日衰白。他年雪堂品，〔查註〕本集《雪堂記》略云：蘇子得廢圃於東坡之脅，築而垣之，作堂焉，號曰雪堂。堂以大雪中成，因繪雪於四壁之間。空記〔一〇五〕桃花裔。

西山戲題武昌王居士并引〔一〇六〕

【誥案】此詩施編在遺詩中，查註補編。

予往在武昌〔一〇七〕，西山九曲〔一〇八〕亭上有題一句云〔一〇九〕：玄鴻〔一一〇〕橫號黃槲峴。九曲亭〔一一一〕，卽吴王峴山，一山〔一一二〕皆槲葉，其旁卽元結陂湖也，荷花〔一一三〕極盛。因爲對云：皓鶴下浴〔一一四〕紅荷湖。座客皆笑，同請賦此詩〔一一五〕。〔李註〕《一統志》：樊山，卽西山也，山有九曲嶺，元結寒溪在其下。相傳有吴王避暑宫。

江干高居〔一一六〕堅關扃，犍耕〔一一七〕躬稼角挂經。〔李註〕《漢·兒寬傳》：帶經而鋤。《唐書·李密傳》：以蒲韉乘牛，挂《漢書》一帙角上，行且讀。按，經字係九青韻。篙竿〔一一八〕繫舸菰茭隔，笳鼓過軍雞狗驚。〔李註〕宋沈慶之詩：歸來笳鼓競。杜子美《述懷》詩：殺戮到雞狗。解襟顧景〔一一九〕各箕踞，擊劍賡歌幾舉觥。〔合註〕《史記·司馬相如傳》：學擊劍。「賡歌」，見《書經》。荆笄供膾〔一二〇〕愧攪聒〔一二一〕，〔合註〕《毛詩》：副笄傳笄者，編髮爲之。乾鍋更戛甘瓜羹。〔查註〕《漫叟詩話》：東坡作吃語詩，山谷亦有戲題詩。《外紀》云：古之口吃難言者，如周昌、韓非、鄧艾之徒，皆載史傳。東坡此詩，亦緣是善謔耳。〔合註〕《學齋佔畢》：余嘗觀唐姚合《蒲萄架》詩云：萄藤洞庭頭，引葉漾盈摇。皎潔鈎高掛，玲瓏影落寮。陰烟壓幽屋，濛密夢冥苗。清秋青且翠，冬到凍都凋。則此體已具矣。

次韻孔毅父久旱已而甚雨三首

〔施註〕孔毅父，名平仲。事見《次韻孔毅父集古人句見贈》詩註。〔查註〕按此題，《清江三孔集》中失原作。【詰案】紀昀曰：三首排宕兀傲，奇氣縱横，妙，俱從自己現境生情，不作應酬泛語。凡和詩最忌泛作應酬，人與己兩無交涉。

其一

飢人忽夢飯甑溢，〔施註〕白樂天《寄行簡》詩：渴人多夢飲，飢人多夢飡。《唐·杜牧傳》：初，夢人告曰：「爾應名畢。」復夢書「皎皎白駒」字。俄而飯甑裂，牧曰：「不祥也。」乃自爲《墓志》。夢中一飽百憂失。〔王註次公曰〕夢飽事出佛書。黄魯直亦云：飢人常夢飽，病人常夢醫。只知〔一二〕夢飽本來空，未悟真飢定何物。我生無田食破硯，〔王註次公曰〕此乃唐人云，以硯爲良田，舌耕而筆耒之意也。爾來硯枯磨不出。去年太歲空在酉，〔王註厚曰〕許然言：歲在金穰，水毁木飢火旱。太歲在酉，金穰之時也。〔查註〕元豐四年辛酉，大旱。見本集東坡詩敍。傍舍壺漿不容乞。〔王註〕《朝野僉載》云：歲在辛酉，乞漿得酒。言年豐也。〔施註〕馬總《意林》引袁準《正書》〔一三〕：太歲在酉，乞漿得酒，太歲在巳，販妻鬻子。則知災祥有自然之理。《史通略》及《朝野僉載》並云。今年旱勢復如此，歲晚何以黔吾突。青天蕩蕩呼不聞，〔王註〕《前漢·禮樂志》：天門開，詄蕩蕩。〔施註〕《後漢·

和熹鄧皇后紀》：嘗夢捫天，蕩蕩正青。《張焕傳》：凡人之情，寃則呼天，窮則扣心。今呼天不聞，扣心無益，誠自傷痛。況欲稽首號泥佛。〔查註〕《傳燈録》：趙州從諗禪師云：金佛不度爐，木佛不度火，泥佛不度水，真佛内裏坐。甕中蜥蜴〔二四〕尤可笑，跂跂脈脈何等秩。〔合註〕王融《獄中據答表》：等秩有差。陰陽有時雨有數，民是天民天自卹。我雖窮苦不如人，要亦自是民之一。形容可似〔二五〕喪家狗，〔王註〕《家語》：孔子適鄭，與弟子相失。孔子獨立東門。鄭人或謂子貢曰：「東門有人，其顙類堯，其項類皋陶，其肩類子産，然自腰以下，不及禹三寸，纍纍若喪家之狗。」子貢以實告孔子，孔子欣然，笑曰：「形狀未也，而似喪家之狗，然哉然哉。」未肯弭耳〔二六〕爭投骨。〔王註〕《史記》：應侯謂秦王曰：「大王之狗，卧者卧，起者起，行者行，止者止，毋相與鬭者。投之一骨，輕起相牙者，何則？有爭意也。」〔合註〕《廣韻》：弭，丁愜切，耳垂貌。又，《集韻》：陟革切，耳豎貌。倒冠落幘謝朋友，〔王註次公曰〕此則杜牧「倒冠落佩」之變也。獨與蚊雷共圭蓽。〔施註〕《漢・中山靖王傳》：衆呴漂山，聚蚊成雷。《左傳・襄公十年》：王叔之宰曰：「蓽門圭竇之人。」杜預曰：蓽門，柴門；圭竇，小户。穿壁爲户，上鋭下方，狀如圭也。故人嗔我不開門，君視我門誰肯屈。可憐明月如潑水，夜半清光翻我室。風從南來非雨候，〔王註〕《天官書》：風從南方來，大旱。且爲疲人洗蒸鬱。〔施註〕《帝王世紀》云：舜作五弦之琴，歌南風曰：南風之薰兮，解吾民之愠兮。褰裳一和快哉謡，〔施註〕《毛詩・鄭風・褰裳》：褰裳涉溱。未暇飢寒念明日。

其二

去年東坡拾瓦礫，自種黄桑三百尺。今年刈草蓋雪堂〔二七〕，〔王註子仁曰〕按先生《擬斜川》云：元豐壬戌之春，余躬耕於東坡，築雪堂居之。日炙風吹面如墨。〔王註〕杜子美《戲贈友》詩：骨折面如墨。〔施註〕白樂天《楊舍人林池》詩：風吹日炙不成凝。 平生懶惰〔一二八〕今始悔，老大勸農天所直。〔合註〕《漢書・高五王傳》：蒼天與直。 沛然例賜三尺雨，造物〔一二九〕無心怳難測。 四方上下同一雲，〔施註〕《毛詩・小雅・信南山》：上天同雲。 杜子美《秋雨嘆》詩：四海八荒同一雲。 甘霔〔一三〇〕不爲龍所隔。〔公自註〕俗有分龍日。〔査註〕陸佃《埤雅》：今俗五月，謂之分龍雨，曰隔轍，言夏雨暴至，龍各有分域，雨暘往往隔一轍而異也。《石林避暑録》：吴越之俗，以五月二十爲分龍日。 蓬蒿下濕迎曉耒〔一三一〕，燈火新涼催夜織。〔王註〕韓退之詩：新涼人郊墟，燈火稍可親。

老夫作罷得甘寢，卧聽牆東人響屐。 奔流未已坑谷平，折葦枯荷恣漂溺。 腐儒麤糲支百年，〔王註〕杜子美《有客》詩：百年麤糲腐儒餐。 力耕不受衆目憐。〔王註〕杜子美《贈第十五丈別》詩：不聞八尺軀，常受衆目憐。【誥案】紀昀曰：忽地跳出題外，仍是題中，筆力恣逸之至，若順手寫雨足景象一番作收，便是凡筆。

破陂漏水不耐旱，人力未至求天全。 會當作塘徑千步，横斷西北遮山泉。 四鄰相率助舉杵，人人知我囊無錢。 明年共看決渠雨，〔王註〕《漢書・溝洫志》：白公穿渠。民歌之曰：鄭國在前，白渠起後，舉臿爲雲，決渠爲雨。〔施註〕《文選》班孟堅《西都賦》：決渠降雨，荷鍤成雲。 飢飽在我寧關天。 誰能伴我田間飲，〔施註〕《漢・李廣傳》：嘗夜從一騎出，從人田間飲。 醉倒惟有支頭磚。〔施註〕韓退之《秀禪師房》詩：暫拳一手支頭卧。

其　三

天公號令不再出，〔施註〕《揚子法言》：鼓舞萬物者，其雷風乎？鼓舞萬民者，其號令乎？雷不一，風不再。《後漢・蔡邕傳》：風者，天之號令也。 十日愁霖併爲一。〔施註〕梁元帝《纂要》：久雨曰苦雨，亦曰愁霖。《文選》江文通《古別離》：愁霖貫秋序。韓退之《平淮西碑》：并爲一談，牢不可破。君家有田水冒田，我家無田憂入〔二二〕室。若楊道士無田則無室，空手一身，無所憂也。〔王註次公曰〕君家，指孔毅父，我家，先生自言。一則有田，一則有室。不如西州楊道士，萬里隨身惟兩膝。〔施註〕白樂天《思家》詩：抱膝燈前影伴身。沿流不惡泝亦佳，〔合註〕《左傳·定公四年》：左司馬戌謂子常曰：「子沿漢而與之上下。」註：沿，緣也。一葉扁舟任飄突〔二三〕。【誥案】紀昀曰：苦雨，却借一不苦雨者對面托出，用筆巧妙。若說如何苦雨，便是凡筆。山芎麥麴都不用，泥行露宿終無疾。〔施註〕《後漢·趙壹傳》：柴車草屏，露宿其傍。《晉·謝玄傳》：苻堅餘衆宵遁，草行露宿。夜來飢腸如轉雷，旅愁非酒不可開。〔施註〕庾信《愁賦》：細酌榴花一兩杯，蕩彼愁門終不開。楊生自言識音律，【誥案】紀昀曰：苦雨偏以豪語作收，是極力擺脫語。洞簫入手清且哀。〔王註次公曰〕前漢王褒有《洞簫賦》，註云：洞者，通也，簫之無底者，故曰洞簫。不須更待秋井塌，見人白骨方銜杯。〔王註〕杜子美《蘇端薛復筵簡薛華醉歌》詩：忽憶雨時秋井塌，古人白骨生蒼苔，如何不飲令心哀。【誥案】紀昀曰：此事天然湊泊，苦雨飲酒，兩邊俱到矣。

魚蠻子

〔查註〕《老學菴筆記》：張芸叟作《漁父》詩曰：家在耒江邊，門前碧水連。小舟勝養馬，大罟當耕田。保甲原無籍，青苗不著錢。桃源在何處？此地有神仙。蓋元豐中謫官湖湘時所作。東坡取其意爲《魚蠻子》云。【誥案】時張芸叟至黃州，公爲作此詞。

江淮水爲田，舟楫爲室居。魚蝦以爲粮，不耕自有餘。〔施註〕《漢·五行志》：吳地以船爲家，以魚爲食。異哉魚蠻子，本非左衽徒。連排入江住，竹瓦三尺廬。〔王註堯祖曰〕江南多以竹木爲排，浮水中，排上以葺竹瓦爲屋。又《黄州竹樓記》云：黄岡之地多大竹，竹工刳去其節，用代陶瓦。於焉長子孫，〔施註〕《漢・王嘉傳》：孝文時吏居官者，或長子孫。戚施且侏儒。〔王註次公曰〕《公羊傳・定公十年註》：孔子夾谷之會，誅侏儒。〔施註〕《國語》：戚施不可使仰，侏儒不可使援。擘水取魴鯉，〔施註〕劉禹錫《有獺吟》：下見盈尋魚，投身擘洪漣。易如拾諸途。破釜不著鹽，雪鱗芼青蔬。〔施註〕《禮記・昏義》：芼之以蘋藻。一飽便甘寢，何異獺與狙。人間行路難，〔王註〕《古樂府》有《行路難曲》。杜子美《偪仄行》詩：行路難行澁如棘。〔施註〕杜子美《將赴草堂》詩：信有人間行路難。踏地出賦租。〔王註縯曰〕魯宣公履畝而稅。《春秋・宣公十五年》書「初稅畝」。不如魚蠻子，駕浪浮空虛。〔合註〕杜子美《寄李十四員外布》詩：黄牛平駕浪。空虛未可知，會當算舟車。〔施註〕《漢・食貨志》：船有算，商者少，物貴。又：異時算軺車賈人之緡皆有差。蠻子叩頭泣，〔施註〕《漢・趙廣漢傳》：二人開户出，下堂叩頭。勿語桑大夫。〔王註〕《前漢書》：桑弘羊，洛陽賈人子，能以心計。年十二，爲武帝侍中。言利析秋毫。請非吏比者、三老、北邊騎士，軺車一算；商旅人軺車二算；船五丈以上一算。〔施註〕《漢・食貨志》：歲旱，上令百官求雨。卜式曰：縣官當食租衣稅而已，今桑弘羊令吏坐市列，販物求利。烹弘羊，天乃雨。弘羊嘗爲御史大夫。《揚子・寡見篇》或曰：弘羊榷利，而國用足，盍榷諸？曰：譬諸父子，爲其父而榷其子，縱利，如子何。卜式之云，不亦匡乎。【誥案】紀昀曰：香山一派，讀之宛然《秦中吟》也。

夜坐與邁聯句

【誥案】此詩施編附載，查註從外集補編。

清風來無邊，明月翳復吐。自〔一三四〕。〔合註〕自字，諸本俱作坡，今從七集本，蓋與子聯句，不應以坡稱也。下俱同。松聲滿虚空〔一三五〕，竹影侵半户。邁。暗枝有驚鵲，壞壁鳴飢鼠。自。露葉耿高梧，風螢落空廡。邁。微涼感團扇，〔王註〕班倢伃有《團扇歌》。古意歌白紵。自。〔合註〕此兩聯，諸本無邁、自二字，今從七集本。樂哉今夕遊，獲此〔一三六〕陪杖屨。邁。傳家詩律細，〔李註〕杜子美《遣悶戲呈路十九曹長》詩：晚節漸於詩律細。已自過宗武。〔王註程天祐曰〕杜子美有《示宗武》詩。宗武，少陵之子也。短詩膝上成，聊以感懷祖〔一三七〕。自。

次韻和王鞏六首〔一三八〕

〔查註〕《烏臺詩案》收蘇軾有譏諷文字不申繳入司者二十九人。王鞏名列第一。《淮海集》：元豐二年，眉陽蘇公，用御史言，文涉謗訕，責黄州團練副使。於是梁國張公、涑水司馬公等三十六人，素厚善眉陽，得其文字，不以告，皆罰金。而太原王定國，獨謫監賓州鹽税。定國相家子，少知名。一朝坐交游，斥海上，益自刻勵。晨起入局，視鹽税事，退則窮經著書，或詩酒自娱。〔王註次公曰〕王定國謫賓州，有詩寄先生，先生和之。

其一

君談陽朔山，〔查註〕唐吴武陵《陽朔廳壁記》：羣山發海嶠，頓伏騰，走千里而北，又發巫衡，千餘里而南，咸會於陽朔。孤崖絶巘，森聳駢植，蛇龜猿鶴，踔躍萬怪。《事實類苑》：桂州左右，山皆平地拔起數百丈，竹木蓊鬱，石如黛染，陽朔尤佳，四面峰巒騈立。〔施註〕《北夢瑣言》：王贊侍郎，中朝名士，有楊蘧者，曾至嶺外，見陽朔荔蒲山水，談不容口。嘗接琅邪，從容言曰：「侍郎曾見陽朔山水乎？」琅邪曰：「某未嘗打人脣綻齒落，安得而見？」蓋言非貶不去也。**不作一錢直。**〔施註〕《漢·灌夫傳》：平生毁程不識不直一錢。**巖藏兩頭蛇**〔一三九〕，〔施註〕《賈誼新書》：孫叔敖爲嬰兒出游，見兩頭蛇而埋之。韓退之《永貞行》：江氛嶺祲昏若凝，一蛇兩頭見未曾。**瘴落千仞翼。**〔施註〕本意用後漢馬援飛鳶事。柳子厚《述舊言懷》詩：渚行狐作孽，林宿鳥爲蹉。豈知千仞墜，祇爲一毫差。**雅宜驩兜放，**〔王註〕《書·舜典》云：放驩兜於崇山。註：崇山，南裔。疏云：禹貢無崇山，不知其處，蓋衡嶺之南也。**頗訝虞舜陟。**〔王註續曰〕九疑，在今道州寧遠縣。〔施註〕《尚書·舜典》：舜陟方乃死。註云：升道南方巡守，死於蒼梧之野。**暫來已可畏，覽鏡憂面黑。**〔施註〕白樂天《惻惻吟》：炎瘴靈均面黧黑。〔合註〕《戰國策》：蘇秦面目黧黑。**況子三年囚，苦霧變飲食。**〔施註〕《文選》鮑明遠《鶴賦》：嚴嚴苦霧，皎皎悲泉。〔查註〕李商隱詩：三年苦霧巴江月，不爲離人照屋梁。**吉人終不死，仰荷天地德。**〔施註〕《周易·繫辭下》：天地之大德曰生。**我來黄岡**〔一四〇〕**下，**〔查註〕《名勝志》：漢西陵故城，南齊之南安縣，即齊安郡治也。隋改曰黄岡，因以縣置黄州。**攲枕江流碧。江南武昌山，**〔王註次公曰〕武昌縣，在黄州之對岸，屬鄂州。**向我如咫尺。春蔬黄土軟，凍筍蒼崖坼**〔一四一〕。**兹行**〔一四二〕**我累君，**〔查註〕《東都事略》：王定國從蘇軾問學，能爲文章，爲祕書省正字，坐累貶賓州。**乃反得安宅。**〔施註〕《毛詩·小雅·雁》：之子于垣，百堵皆作。雖則劬勞，其究安宅。**遥知丹穴近，爲劚勾漏**〔一四三〕**石。**〔王註吴少雲曰〕先生《與王定國書》云：賓去桂不甚遠，朱砂差易致，不可不留意也。**他年分刀圭，名字挂仙籍。**〔公自註〕君許惠桂州〔一四四〕丹砂。

其二

少年帶刀劍，〔王註〕《前漢書》：淮陰少年侮韓信曰：「雖長大好帶刀劍，怯耳。」但識從軍樂。〔王註〕王粲有《從軍》詩五篇，其一曰：從軍有苦樂，但問所從誰。〔施註〕韓退之《會李正封聯句》：從軍古云樂，談笑青油幕。老大服犂鋤，〔施註〕杜子美《江亭送眉州辛別駕昇之》詩：別離傷老大。又云：老大意轉拙。解佩付鎔鑠。雖無獻捷功，〔王註〕《左傳·莊公三十一年》：齊侯來獻戎捷。〔施註〕《春秋·僖公二十一年》：楚人使宜申來獻捷。會賜力田爵。〔施註〕《漢·文帝紀》：遣使勞賜孝、弟、力田，置三老孝弟力田常員。敲冰春搗紙，刈葦秋織箔。櫟林斬冬炭，〔施註〕《周禮·地官》：仲冬斬陰木，仲夏斬陽木。〔合註〕張籍《樵客吟》：秋來野火燒櫟林。竹塢收夏籜。〔施註〕白樂天詩：紫籜折故錦。〔合註〕李德裕《平泉源》詩：逶迤過竹塢。四時俯有取，〔施註〕《史記·貨殖傳》：邴氏以鐵冶起，富至巨萬，然家自父兄子孫約，俯有拾，仰有取。一飽天所酢。君生〔一四五〕紈綺〔一四六〕間，〔王註〕《廣絶交論》：綺紈公子。〔施註〕漢班固《敘傳》：在於綺襦紈袴之間，非其好也。劉禹錫《送李友路》詩：生長紈袴內，辛勤筆硯間。欲學非其脚。〔王註孫綽曰〕事有非素所謂習而謾爲之。諺云不是脚。此語蓋使方言耳。左右玉纖纖〔一四七〕，〔王註次公曰〕玉攕攕，言手也。《詩·魏風·葛屨》：摻摻女手。攕與摻同，音師咸切。束薪誰爲縛。勿令聞此語，翠黛頩將惡。〔王註次公曰〕頩，音普經切。《楚辭·遠遊章句》云：玉色頩以豔顏兮，精神粹而始壯。又，柳子厚《謫龍說》云：澤州郊亭，有奇女，墜地光曄然，少年駭且悅之，稍狎焉，奇女頩爾怒。笑我一間茅，〔施註〕韓退之詩：一間茅屋祭昭王。婦姑紛六鑿。

其　三

欲結千年實，先擢〔一四八〕二月花。故教窮到骨，〔施註〕杜子美《呈吳郎》詩：已訴徵求貧到骨，正思戎馬淚盈巾。要使壽無涯。〔施註〕韓退之《和杜相公太清宮》詩：垂祥紛可録，俾壽浩無涯。久已逃天網，〔王註〕《老子》：天網恢恢，踈而不失。何須服日〔一四九〕華。〔施註〕《内景經》：吞日月華法，自有五色流霞入口中。《真誥》：東華真人服日月之象，上法云：男服日象，女服月象，日一不廢，使人聰明朗徹，五臟生華。賓州在何處，〔查註〕《元和郡縣志》：嶺南道賓州，漢鬱林郡之領方縣也，至隋不改。貞觀五年，析澄川等三縣，置賓州。《名勝志》：賓州以賓江而名，今屬柳州，在府南一百三十里。爲子上棲霞。〔公自註〕樓名。〔王註子仁曰〕閭丘太守孝終公顯嘗守黄州，作棲霞樓，爲郡中之絶勝。〔施註〕許端夫《齊安拾遺》云：棲霞樓在郡城最高處，江淮絶境也。〔查註〕陸游《入蜀記》：棲霞樓，下臨大江，烟樹微茫，遠山數點，亦佳處也。【誥案】本集《與王定國書》云：重九日，登棲霞樓，望君淒然歌《千秋歲》。滿坐識與不識，皆懷君。

其　四

鄰里有異趣，何妨傾蓋新。殊方君莫厭，〔施註〕《文選》班孟堅《西都賦》：殊方異類，至於萬里。杜子美《雙燕》詩：吾亦離殊方。數面自成親。〔王註〕陶淵明《答龐參軍詩序》：諺云：數面成親舊。況其情過此者乎。默坐無餘事，回光照此身。〔施註〕《廣燈録》：古德云：若能回光反照，直下承當，則千足萬足。他年赤墀下〔一五〇〕，〔施註〕《漢・梅福傳》：登文石之陛，涉赤墀之塗。《唐・上官儀傳》：御史供奉赤墀下。白樂天《寫真》詩：何事赤墀上，五年爲侍臣。玉立看垂紳。〔王註〕杜子美《謝太常卿趙公大食刀歌》：趙公玉立高歌起，攬環結佩相終始。〔施註〕《文選》桓子元《薦譙元彥表》：抗節玉立，誓不降辱。歐陽文忠公《晝錦堂記》：垂紳搢笏。

其五

平生我亦輕餘子，晚歲人誰念此翁。〔施註〕杜子美《題鄭十八著作》詩：可念此翁懷直道。又《東坡詩話》云：吾在黃州作詩云：平生我亦輕餘子，晚歲人誰念此翁。蓋記原父語也。【誥案】本集《記劉原父語》原文，詳卷三總案公至長安與劉敞劇飲條下。〔案〕總案云：本集《記劉原父語》云：昔爲鳳翔幕官，過長安，見劉原父，留吾劇飲數日。酒酣，謂吾曰：「昔陳季弼告陳元龍曰：聞遠近之論，謂明府驕而自矜。元龍曰：夫閨門雍穆，有德有行，吾敬陳元方兄弟；淵清玉潔，有禮有法，吾敬華子魚；清修嫉惡，自識有義，吾敬趙元達；博聞强記，奇逸卓犖，吾敬孔文舉；雄姿傑出，有霸王之畧，吾敬劉玄德。所敬如此，何驕之有，餘子瑣瑣，亦安足録哉！」因仰天太息。此亦原父之雅趣也。巧語屢曾遭薏苡，〔王註〕《後漢書》：馬援初在交阯，嘗餌薏苡實，用能輕身省慾，以勝瘴氣。援欲以爲種。軍還，載之一車。及卒後，有上書譖之者，以爲前所載還皆明珠文犀。〔施註〕《毛詩·小雅·巧言》：巧言如簧，顔之厚矣。廋詞聊復託芎藭。〔王註〕《左傳·宣公十二年》：冬，楚子伐蕭，遂傅於蕭。還無社與司馬卯言，號申叔展。叔展曰：有麥麴乎？曰：無。有山鞠窮乎？曰：無。河魚腹疾奈何？〔次公曰〕按杜預註云：麥麴、鞠窮，所以禦溼，欲使無社逃泥水中，無社不解，故曰無，軍中不敢正言，故謬語。今所謂廋辭。廋者，隱也，鞠窮，卽芎藭也。〔施註〕《國語》：晉范文子曰：「有秦客廋詞於朝。」子還可責同元亮，〔王註次公曰〕陶潛，一字元亮。妻却差賢勝敬通。【誥案】本集《題和王鞏六首詩後》云：僕文章雖不逮馮衍，而慷慨大節，乃不愧此翁。衍逢世祖英睿好士而獨不遇，流離擯逐，與僕相似。而衍妻妒悍甚，僕少此一事，故有勝敬通之句。查註以此條爲公自註，非是，今改正。〔王註次公曰〕《後漢書》：馮衍，字敬通，妻悍。衍有書與妻弟，絶之。而劉孝標《自序》云：予自比敬通，而有同之者三。節亮慷慨，一同也；擯斥當年，二同也；敬通有忌妻，身操井臼，予有悍室，家道坎軻，三同也。若問我貧天所賦，不因遷謫始囊空。〔施註〕白樂天《琵琶行引》：是夕，始覺有遷謫意。

其六

君家玉臂貫銅青，〔王註次公曰〕銅青，所染衣服顏色之名。〔孫倬曰〕《本草》：銅青，銅器上緑色，是以銅青爲臂飾耳。〔查註〕梅堯臣詩自註：銅青，謂衣色也。〔合註〕楊升菴亦作衫色解。下客何時見目成。〔王註〕屈原《九歌・少司命》曰：滿堂兮美人，忽獨與予兮目成。註：獨與我睨而相視，成爲親親也。〔合註〕《史記・范雎傳註》：食以下客之具。勤把鉛黄記宫樣〔一三一〕，〔合註〕鉛黄，言鉛黛額黄也。莫教弦管作蠻聲。〔施註〕《世説》：郝隆作詩云：娵隅躍清池。桓温問娵隅是何物？答曰：「蠻名魚也。」温曰：「何以作蠻語？」隆曰：「千里投公，始得蠻府參軍，那得不作蠻語。」熏衣漸歎銜香少，〔王註〕《香譜》載唐化度寺及雍文徹郎中二銜香法。擁髻遥憐夜語清。〔王註堯卿曰〕《伶元傳》：字子于。買妾樊通德，有才色，頗能言趙飛燕姊妹故事。子于閒居，命言之，厭厭不倦。記取北歸攜過我，南江風浪雪山傾〔一三二〕。〔公自註〕君自南江〔一三三〕赴任，不一過我。

弔李臺卿并敘

李臺卿，字明仲，廬州人。〔查註〕《九域志》：淮南西路廬州廬江郡保信軍節度使，治合肥縣。貌陋甚，性介不羣，而博學强記，罕見其比。好《左氏》，有史學，考正同異，多所發明。知天文律曆，千歲〔一五四〕之日可坐數也。軾謫居黄州，臺卿爲麻城主簿，〔查註〕《元和郡縣志》：麻城縣，南至黄州一百十里。《九域志》：黄州領縣三，麻城其一也。始識之。既罷居於廬，而曹光州演甫〔一五五〕【誥案】本集《記朱元經》云：光州有朱元經道人者，百許歲，聞其死，故人曹九章適爲光守，斂葬之。又《記神清洞》云：蘇轍之壻曹煥。又《欒城集·祭曹演父文》云：始於朋友，求我婚姻。匪我知公，我兄實知。以上合詩敍觀之，皆曹光州名九章字演甫之確證，而其子則煥也。查註云曹光州曹煥九章之父，誤。應駁正。以書報其亡。臺卿，光州之妻黨也。

我初未識君，人以君爲笑。垂頭老鸜雀〔一五六〕，烟雨霾七竅。〔施註〕《莊子·應帝王篇》：儵與忽謀報渾沌之德，曰：「人有七竅，以視聽食息，此獨無有，嘗試鑿之。」敝衣來過我，危坐若持釣。〔王註〕《莊子·秋水篇》：釣於濮水，楚王使大夫二人往見焉，莊子持竿不顧。〔合註〕《莊子·田子方篇》：非持其釣，有釣者也。【誥案】紀昀曰：寫照如生。褚裒〔一五七〕半面新，〔王註〕《後漢書》：應奉見造車匠門間半面，他日路逢而識之。鬷蔑一語妙。〔王註〕《左傳·昭公二十八年》：叔向適鄭，鬷蔑惡，欲觀叔向，從使之收器者。而往，立於堂下，一言而善。叔向將飲酒，聞之，曰：「必鬷明也。」下，執其手以上，曰：「子若無言，吾幾失子矣。」遂如故知。徐徐涉〔一五八〕其瀾，極望不可〔一五九〕徼。〔查註〕《詩·周頌·噫嘻》：終三十里。疏：人目所望三十里，而天地合，三十里外，不復見之，是爲極望也。〔合註〕《史記·司馬相如傳》云：南至牂牁爲徼。註：徼，塞也。先生詩，取不可窮極意。却觀元嫵媚，士固難輕料。〔王註〕《史記·范雎傳》：侯嬴曰：「人固未易知，知人亦未易。」看書眼如月，〔邵註〕《世説》：支道林曰：「北人看書，如顯處視月；南人學問，如牖中窺日。」鏬隙靡不照。我老多遺忘，〔王註〕《南史》：劉杳，字士深。博綜羣書，沈約、任昉以下，每有遺忘，皆訪問焉。得君如再少。從橫通雜藝，甚博且知要。〔施註〕《漢·司馬遷傳》：儒者博而寡要。《唐·蕭德言傳》：太宗詔哀次經史百代帝王所以興衰者上之，帝愛其書博而要。所恨言無文，〔施註〕《左傳·襄公二十五年》：孔子曰：「言之無文，行之不遠。」至老幽不耀。〔施註〕《老子》：聖人直而不肆，光而不耀。其生世莫識，已死誰復弔。【誥案】紀昀曰：十字沉痛。作詩遺故人，庶解〔一六〇〕俗子誚。〔施註〕《漢·高祖紀》：樊噲因誚讓羽。顏師古曰：誚讓，以辭相責也。

曹既見和復次韻〔一六一〕

造物本兒嬉〔一六二〕，〔王註〕《唐書》：杜審言病，武平一等省候，答曰：「甚爲造化小兒相苦。」風噫雷電笑〔一六三〕。〔王註〕《神仙傳》：木公與玉女投壺梟而脫誤不接者，天爲之笑。〔施註〕《神異經》註：笑，電光也。誰令妄驚怪，失七號萬竅。人人走江湖，一一操網釣。偶然連六鼇，便謂〔一六四〕此手妙。〔施註〕《列子·湯問篇》：龍伯之國，有大人舉足，不盈數步，而暨五山之所，一釣而連六鼇。空令任公子，三歲蹲海徼。〔施註〕《莊子·外物篇》：任公子爲大鉤巨緇，五十犗以爲餌，蹲乎會稽，投竿東海，旦旦而釣，期年不得魚。長貧固不辭，一死實未料。〔王註〕杜子美《龍門閣》詩：百年不敢料。〔施註〕《晉·載記》：卜崇曰：「所欠惟一死耳。」難將蓍草算，除用佛眼照。〔施註〕《金剛經》：如來有佛眼否？傅大士頌云：佛眼如千日照，異體還同。何人嗣家學，〔施註〕劉禹錫《徐袁州竹書箱》詩：知傳家學與青箱。恨子兒尚少。嗟我與曹君〔一六五〕，衰老世〔一六六〕不要。空言今無救，〔施註〕《漢・司馬遷傳》：子曰：我欲載之空言，不如見之於行事之深切著明也。奇志後必耀。〔王註〕《博物志》：人有奇志立飛閣于查上，多齎糧，乘槎而去。〔施註〕《莊公二十二年》：陳厲公生敬仲。其少也，陳侯使周史筮之，遇《觀之否》，曰：是謂觀國之光，此其代陳有國乎？非此其身，在其子孫，光遠而自他有耀者也。吟君〔一六七〕五字詩，義重千金弔。收藏慎勿出，免使羣兒譙。

弔徐德占并引

〔查註〕《東都事略》：徐禧，字德占，洪州分寧縣人。熙寧初，吕惠卿領修撰經義，禧以進士充檢討，又上治兵策。召對，除御史裏行，歷中丞。王師伐西夏，鄜延帥沈括請城永樂，詔禧往相其事。城成，禧與括俱還米脂砦。明日，賊數千騎趨新城，禧急往視。或説禧曰：「本奉詔相城，禦寇非職也。」禧不聽，比至永樂拒戰，不利，城陷，俱没。神宗哀之，賜謚忠愍。禧爲人，疎狂而有膽氣，好言兵，惠卿以此力引之。先是惠卿在延州，首以邊事迎合朝廷，沈括繼之。陝西、河東，騷然困弊，復請城永樂，以圖進取。禧既入賊境，寡謀輕敵，以至於敗。自是神宗始知邊臣不可信，厭兵事矣。《宋史・夏國趙秉常傳》：元豐五年五月，沈括議築永樂城，种諤等極言不可，徐禧率諸將竟城之。賜名銀州砦。永樂接宥州，附横山，夏人必争之地。九月，夏人來攻禧，乃挾李舜舉來援。夏兵至者，號三十萬，禧師敗績，城遂陷，禧死於亂兵。是役也，死者將校數百人，士卒夫役三十餘萬。夏人乃耀兵米脂城下而還。按，徐德占，黄山谷外兄也。山谷稱其以才略出於深山窮谷，而揭日月於萬夫之上，年四十，大命殞傾，令人短氣。而曾南豐《兵問》詩，至斥爲傾險小人，以萬人之生，徼幸一身之利。其恃才寡謀，亦大概可見矣。蓋宋自熙寧以來，用兵西陲，所得葭蘆、吴保、義合、米脂、浮圖、塞門六砦而已。靈州永樂之役，官軍、熟羌死者，前後約六十萬人，雖其後復通和好，而中國財力，耗弊已極，追原禍首，皆自喜功好事諸臣致之。公於德占之没，不一及邊事，其喪師辱國之罪，固隱然言外矣。〔合註〕《續通鑑長編》：元豐五年九月戊戌，永樂城陷，徐禧、李舜舉皆死，李稷爲亂兵所殺。或云禧實不死，有自敵還者見之。【誥案】邵伯温《聞見録》云：徐禧或云降蕃。張芸叟言，有自西夏歸見之者，舜舉自經死，或云李稷以酷虐乘亂爲官軍所殺。《欒城集·論吕惠卿狀》云：徐禧本惠卿自布衣保薦，遂付邊政，敗衄始聞，震動宸極，循致不豫，初實由此。本集《吕惠卿責詞》云：力引狂生之謀，馴至永樂之禍。興言及此，流涕何追。蓋神宗聞變，當宁痛哭，自是不豫，以致大漸。故兩公罪之如此。其後紹興中思陵確嗜黄山谷楮墨，以其譽之之故，復召其子師川，付以邊政。師川戇而無謀，多與宰執争議，遂有讀父書之譏矣。王註內有師川註。

余初不識德占，但聞其初爲〔一六八〕吕惠卿所薦，以處士用。元豐五年三月〔一六九〕，偶以事至蘄水〔一七〇〕。〔查註〕《太平寰宇記》：淮南蘄春郡領縣四，其一蘄水，在州西北，本漢蘄春縣地。唐武德四年，改曰蘭溪，天寶中改蘄水。德占聞余在傳舍，惠然見訪，與之語，有過人者。是歲十月，聞其遇禍〔一七一〕，作詩弔之。

美人種松柏，欲使低映門。栽培雖易長，流惡〔一七二〕病其根。哀哉歲寒姿，骯髒誰與論〔一七三〕。竟爲明〔一七四〕所誤，〔王註〕柳子厚《孤松》詩：不以險自防，遂爲明所誤。不免刀斧痕。一遭兒女污，始覺山林尊。從來覓棟梁，未省〔一七五〕傍籬落。南山隔秦嶺，千樹〔一七六〕龍蛇奔。大廈若畏〔一七七〕傾，萬牛何足言〔一七八〕。〔王註〕杜子美《古柏行》云：大廈如傾要梁棟，萬牛回首丘山重。不然老巖壑〔一七九〕，合抱枝生孫〔一八〇〕。死者不可悔，吾將遺〔一八一〕後昆。〔合註〕通首傷德占之聰明自誤，小材大任，以致此也。

李委吹笛并引

【誥案】此詩施編不載，查註從邵本補編。

元豐〔一八二〕五年十二月十九日，東坡生日〔一八三〕。置酒赤壁磯下，〔查註〕《江夏辨疑》云：江漢之間，指赤壁者三焉。一在漢水之側，竟陵之東；一在齊安郡之步下；一在江夏西南二百里。本集《雜記》云：黄州少西山麓，斗入江中，石色如丹，相傳所謂赤壁者。或曰非也。曹公敗歸，由華容路，今赤壁少西對岸，即華容鎮，庶幾是也。然岳州亦有華容縣，不知孰是？踞高峰，俯鵲巢〔一八四〕。酒酣，笛聲起於江上。客有郭、古〔一八五〕二生，頗知音，【誥案】即郭興宗，古耕道也。謂坡曰：「笛聲有新意，非俗工〔一八六〕也。」使人問之，則進士李委，聞坡生日，作新曲曰〔一八七〕《鶴南飛》以獻。呼之使前，則青巾〔一八八〕紫裘腰笛而已〔一八九〕。既奏新曲，又快作數弄，嘹然有穿雲裂石之聲。坐客皆〔一九〇〕引滿醉倒。委袖出嘉紙〔一九一〕一幅，曰：「吾無求於公，得一絕句足矣。」坡笑而從之。

山頭孤〔一九二〕鶴向南飛，載我南游到〔一九三〕九疑。下界何人也吹笛，〔馮註〕《風俗通》：笛，漢武帝時丘仲所作也。笛，滌也，所以蕩滌邪穢，納之雅正也。長一尺四寸，六孔。〔查註〕鄭嵎《津陽門》詩註：葉法善引明皇入月宮，聞樂歸，但記其半，以笛寫之。可憐時復犯龜茲。〔馮註〕元稹《連昌宮辭》：逡巡大遍梁州徹，色色龜茲轟録續。按詞曲之名，有破有犯，破則唐樂府中入破第一疊、入破第二疊之類是也；犯則詞譜所載二犯、尾犯之類是也。〔查註〕《西清詩話》：嘗觀唐人《西域記》言，龜茲國王與臣庶知樂者，於大山間，聽風水之聲，均節成音，後翻入中國，如伊州、涼州、甘州，皆龜茲來也。《前漢·地理志》：龜茲，音丘慈。《太平寰宇記》：丘慈，亦曰屈茨，東去長安七千五百里。苻堅遣呂光討之，獲龜茲樂，自此與中國不通。《學林新編》：龜茲，當音作鳩慈。

蜀僧明操思歸書龍丘子壁〔一九四〕

【誥案】此詩施編不載，查註從邵本補編。

久厭〔一九五〕勞生能幾日，莫將歸思擾〔一九六〕衰年。片雲會得無心否？〔查註〕《傳燈録》：惠忠國師，自受心印。肅宗上元二年赴京，帝問師在曹溪得何法？師曰：「陛下見空中一片雲麽？」南北東西只一天。〔馮註〕《禮記·檀弓》：丘也，東西南北之人也。

卷二十一校勘記

〔一〕正月二十日往岐亭郡人潘古郭三人送余於女王城東禪莊院　施註：「此詩墨迹，刻石成都府治。題云：正月二十一日出城至虎跑。虎跑在黄州北二十餘里。」西樓帖有此詩。西樓帖當即施註所云之「刻石」。西樓帖佚題。《法書贊》卷十二有《蘇文忠二詩帖》，題下原註：「兩詩，行書，八行。」此二詩，一爲此詩，一爲卷二十《梅花二首》中之第一首。岳珂帖後有跋，云：「右東坡先生《梅花》二詩真蹟一卷。信筆而寫故詩，是謂雜書。此帖皆雜書也。前一詩，按先生集，謂元豐四年正月二十日，往岐亭，郡人潘、古、郭三人，送于女王城東禪莊院所作。而顧、施二氏注，謂成都嘗有墨迹刻本，題以『正月二十一日，出城到虎跑』。蓋在黄州北二十餘里。是時先生尚在雪堂。予謂豈特一篇爲然，使皆考同異，訂是非，蓋有不勝辨者矣，惟當取其意可也。」又，七集續集重收此詩，題作：代書寄桃山居士張聖可。施乙「二十」作「廿」。施乙「岐」作「歧」，下並同。查註「二十日」作「二十一日」。

〔二〕盡放　七集續集作「漸見」。

〔三〕余至黄州　集本、類本無「州」字。

〔四〕滿蓬蒿　章校：《鑑》作「長蓬蒿」。

〔五〕捐筋力　查註、合註：「捐」一作「損」。

〔六〕喟然　類本作「喟焉」。

〔七〕下隰　類本作「下濕」。

〔八〕秔稌　集乙作「秔秠」。章校：《鑑》作「秔稻」。

〔九〕家僮　集本、類本作「家童」。

〔一〇〕稻針出矣　集甲、類丙作「稻針水矣」。

〔一一〕吾已　類甲作「已我」。查註、合註：一作「已吾」。

〔一二〕農父　類甲作「農夫」。

〔一三〕西市　類本作「市西」。

〔一四〕一畝　集甲、類甲、類丙作「十畝」。

〔一五〕容叩門　合註：「容」一作「客」。

〔一六〕一飧　類乙、類丙作「一飡」。集甲作「一餐」。

〔一七〕累君　集本、類本作「累生」。

〔一八〕武昌酌菩薩泉送王子立　外集題作：「武昌贈別王子立」。

〔一九〕送行　外集作「贈行」。

〔二〇〕亦無錢　外集作「又無錢」。

〔二一〕勸爾　外集作「覿子」。「覿」，疑爲「勸」之誤。

〔二二〕配殘月　集本、類本作「與殘月」。

〔二三〕君今　集本、類丙作「君家」。類甲作「君子」，疑誤。

〔二四〕鐵杖　合註：「杖」一作「柱」。

〔二五〕猶在眼　集本、類本作「猶作眼」。

〔二六〕以買撲事被禁　原作「買樸被禁」。今從《永樂大典》卷一一三六八所引《東坡書簡》及七集續集。

〔二七〕太守徐君猷通守孟亨之皆不飲酒以詩戲之　集本、類甲、類丁無「詩」字。類丙無「酒」、「詩」字。集本、類甲「戲之」作「戲之云」。

〔二八〕聞捷　七集以此二字爲題，以元豐四年云云爲引，今從。

〔二九〕十月二十二日　類本、外集「十月」作「十二月」，「二十二日」作「二十日」。
〔三〇〕王文父　七集「父」後有「齊愈」二字，查註、合註有「齊萬」二字。
〔三一〕江南　類本、外集「南」後有「岸」字。
〔三二〕四日　類本、外集「日」後有「陝西奏」三字。
〔三三〕深入破　類本、外集作「入界」。
〔三四〕六萬　合註：「六」一作「五」。
〔三五〕五千　類本作「六十」，外集作「六千」。
〔三六〕喜抃唱樂　七集無「唱樂」二字。
〔三七〕官軍　七集作「將軍」。
〔三八〕聞洮西捷報　外集作「聞捷」。
〔三九〕一丈佛　外集作「一丈拂」，疑誤。
〔四〇〕捷烽　七集作「捷書」。何校：《老學庵筆記》作「捷烽」。
〔四一〕放臣　七集作「牧臣」。
〔四二〕但驚　何校：《老學庵筆記》「驚」作「覺」。
〔四三〕回春容　七集作「放春容」。七集原校：「放」，一作「皆」。外集作「皆春風」。何校：《老學庵筆記》「放」作「皆」。
〔四四〕東方朔神異經云云　《太平御覽》卷九一三引東方朔《神異經》云：「北方有獸焉，其狀如師子，食虎食人，吹人則病（原註：口中吹人），名曰猺（原註：猺，音羔）。」與註文之「名曰猺」者不同。

〔四五〕僕夫　集乙作「僕未」。

〔四六〕供數百首　類丙作「共數百首」。

〔四七〕東風和冷驚簾幙　類本作「東風吹冷驚羅幙」。集本「簾幙」作「羅幙」。

〔四八〕白紵　盧校：「白苧」。

〔四九〕斗覺　原作「陡覺」。今從集本、類甲。又，註文引韓退之詩作「斗覺」。

〔五〇〕羅衾　類本作「羅裳」。查註、合註：「衾」一作「衣」。

〔五一〕生香　七集作「香生」。

〔五二〕玉如　集本、類本作「玉奴」。《墨莊漫録》卷七：東坡《四時・冬詞》云：真態生香誰畫得，玉奴纖手嗅梅花。每疑「玉奴」字殊無意味，若以爲潘淑妃小字，則當爲玉兒，亦非故實。劉延仲嘗見東坡手書本，乃作「玉如纖」。方知上下之意相貫，愈覺此聯之妙也。

〔五三〕坐撥　原作「夜撥」。今從集本、類本。

〔五四〕今汝　原作「令汝」。今從集本、類乙。

〔五五〕短燈檠　類丙作「短長檠」。

〔五六〕遂宿　類甲作「逐宿」，疑誤。

〔五七〕萬里婭　集甲作「萬里妋」。「婭」、「妋」，通。

〔五八〕憶汝總角時　此句下，施註註文有「《説文》云：總，本文作揔」八字。陳漢章《蘇詩註補》：「施引《説文》大誤。《説文》系部，總，從系，悤聲，聚束也。案，《説文》總字下，徐鉉等曰：今俗作摠，（案，即揔）非是。」今仍存施註。

〔五九〕啼笑　原作「啼哭」。今從集本、類本。

〔六〇〕光眩野　合註：「眩」一作「炫」。

〔六一〕澀　集乙作「涉」。

〔六二〕東阡　類本作「東遷」，疑誤。

〔六三〕無事若相思征鞍還一跨　「若」原作「苦」，今從集甲、類本。合註謂「若」訛。按，此乃東坡送其姪安節回蜀詩，意謂若相思卽可再至也，「若」意勝。

〔六四〕記夢回文二首　類丙無「記」字。

〔六五〕飛燕唾花　「唾花」二字，據集本、類本加。

〔六六〕纖纖當作攕攕云云　集甲本詩作「纖纖」，本卷《次韻和王鞏六首》其二「左右玉纖纖」，集甲「纖纖」作「攕攕」。參看本卷〔一四七〕「纖纖」條校記。

〔六七〕漫扣門　類本作「謅叩門」。

〔六八〕有無　集本作「無有」。

〔六九〕便雜　原作「便作」，今從集本、類本。

〔七〇〕妖桃杏　原作「夭桃杏」。今從集本。

〔七一〕數點　集本、類本作「半點」。

〔七二〕晝新　集本作「新晝」。

〔七三〕次韻子由寄題孔平仲草菴　集本、類本「次韻」作「和」。集本題下原註：次韻。類本「菴」字後有「次韻」二字。

〔七四〕不辭　集甲、類本作「不詞」。

〔七五〕固無窮　類本作「故無窮」。

〔七六〕剪裁　外集作「剪成」。

〔七七〕頭巾起後周　類丙爲程縯註文，非自註。

〔七八〕帶玄霜　外集作「戴玄霜」。

〔七九〕晉永嘉中有鳳頭鞋　外集無此條自註。

〔八〇〕擬學梁家名解脱　七集、外集此句下有自註，註云：武帝作解脱履。

〔八一〕寒食雨二首　三希堂石刻詩後書：「右黄州寒食二首。」查註題下原註：壬戌三月以至蘄，徐德占見訪，遊清泉，作此。查註並謂「清泉寺在蘄水」；又謂「壬戌」云云，從《蘄水志》抄出。

〔八二〕病起　類本作「疾起」。

〔八三〕不已　查註、合註：「不」一作「未」。

〔八四〕但見　原作「但感」。今從集本、類本、三希堂石刻。清施本查慎行校：「感」字改「見」字，更穩亮。

〔八五〕烏銜紙　合註：「烏」一作「鳥」。

〔八六〕三見　類本作「三月」。

〔八七〕鑽斫　類本作「鑽灼」。

〔八八〕空室　集本、類本作「空屋」。

〔八九〕次韻答元素并引　集本、類本無「并引」二字，以此題及此詩之引「余舊有」云云爲題文。

〔九〇〕贈元素詞　集本、類本無「詞」字。

〔九一〕及元素　類本無「及」字。

〔九二〕西蜀道士楊世昌　施乙在缺卷中。清施本「士」作「人」，未知是否依據施甲，待查。

〔九三〕以遺之　集本、類本無「以」字。

〔九四〕濃無聲　何校：「醲無聲」。按，《康熙字典》謂「醲」與「濃」通。

〔九五〕監河侯　七集作「鹽河侯」，疑誤。

〔九六〕唐王仙客云云　原註有缺文，今據類丙補足。類丙卷十八《張安道見示近詩》「蕭然王郎子」句下，類註引此文，謂出《太平廣記》。合註卷十七《張安道見示近詩》施註引此文，謂出《麗情集·無雙傳》。

〔九七〕謝陳季常惠一揞巾　查註、合註引施註：黄州有公所書此詩石刻，先生爲陳季常作《方山子傳》，……是詩猶戲之也。

〔九八〕團團　類甲作「團圓」。

〔九九〕好戴　集甲、集乙、類本作「好帶」。查註：集本「戴」作「帶」，石刻作「戴」。合註引施註：集本作「帶」，石刻作「戴」。

〔一〇〇〕休教　查註：集本作「可憐」，石刻作「休教」。合註引施註：集本作「可憐」，石刻作「休教」。集甲、集乙作「可憐」。

〔一〇一〕定慧　集本、類本作「定惠」。

〔一〇二〕茶苦　集本、類本作「苦茶」。陳漢章《蘇詩註補》引徐鉉曰：茶，卽古之茶字。又謂蘇嫌「茶」字不古，借周詩之「茶」，以溯其源；並謂作「苦茶」，非是。

〔一〇三〕太飽　合註：「太」一作「大」。

〔一〇四〕紫筍　集甲作「紫荀」，疑誤刊。

〔一〇五〕空記　類本作「尚記」。

〔一〇六〕西山戲題武昌王居士　施乙無「題」字。外集題作：「九曲亭戲題」。

〔一〇七〕予往在武昌　外集無「予往在」三字。

〔一〇八〕西山九曲　合註：一作「九曲西山」。

〔一〇九〕一句云　七集無「云」字。

〔一一〇〕玄鴻　施乙作「玄鵠」。

〔一一一〕九曲亭　施乙無「亭」字。外集「亭」下有「下」字。

〔一一二〕一山皆槲葉　外集無「一山」二字。

〔一一三〕荷花　七集作「黄花」。

〔一一四〕下浴　施乙、外集作「下浣」。

〔一一五〕同請賦此詩　外集作「因請賦詩云」。

〔一一六〕高居　外集作「郊居」。

〔一一七〕犍耕　外集作「耕犍」。

〔一一八〕篙竿　施乙作「篙干」。

〔一一九〕顧景　原作「顧影」，據七集改。查註本吴批：「顧影」二字當作「〔顧〕景」，蓋傳刻之訛。按此乃雙聲詩，亦謂之一字韻也。六朝最精此學，宋人自東坡外，罕有知之者。

〔一二〇〕供膾　外集作「供鱠」。

〔一二一〕攪聒　施乙作「擾聒」。

〔一二二〕只知　類本作「久知」。

〔一二三〕意林引袁準正書　「袁準」原作「袁雅」。周廣業輯《意林》佚文，「袁雅」作「袁准」。李遇孫據宋本輯補《意林》佚文，「袁雅」作「袁準」，今從。

〔一二四〕蜥蜴　集甲作「蜴蜥」。

〔一二五〕可似　原作「雖是」。今從集本、類本。

〔一二六〕聑耳　類甲作「彌耳」，集甲、類乙、類丙作「弭耳」。按，《集韻》：弭，通彌。《漢書·王莽傳上》師古註：彌讀曰弭，止也。

〔一二七〕今年刈草蓋雪堂　類丙此句下原註：元豐辛酉請營地耕墾，始號東坡居士。

〔一二八〕惰　集甲作「憻」。「惰」、「憻」通。

〔一二九〕造物　集本、類本作「造化」。

〔一三〇〕甘霔　集甲作「甘霔」。按，《集韻》：「霔」，本作「澍」，時雨。或作「霔」。

〔一三一〕曉耒　何校：「耒」，是「來」字。合註：「耒」一作「來」。

〔一三二〕入室　合註：「入」一作「無」。

〔一三三〕飄突　集本、類本作「漂突」。

〔一三四〕自　類本、外集作「坡」，下數句同。施乙作「自」。合註謂除七集外諸本俱作「坡」，蓋未見施乙補遺耳。

〔一三五〕滿虛空　施乙作「過虛室」。

〔一三六〕獲此　施乙、七集作「復此」。

〔一三七〕感懷祖　施乙作「慰懷祖」。

〔一三八〕次韻和王鞏六首　集甲、類本作「和王鞏六首並次韻」。

〔一三九〕兩頭蛇　集甲、類本作「兩頭虺」。

〔一四〇〕黃岡下　類本作「黃崗下」。何校：「黃崗下」。

〔一四一〕蒼崖坼　集乙、類本作「蒼崖拆」。按，《康熙字典》引《九經字樣》：「坼」、「拆」，通。「坼」、「拆」以後不重出。

〔一四二〕玆行　集本、類本作「此行」。

〔一四三〕句漏　集甲、類本作「岣嶁」，合註謂「岣嶁」誤。

〔一四四〕桂州丹砂　類丙無「桂州」二字。

〔一四五〕君生　類本作「君非」。

〔一四六〕紈綺　類甲作「紈扇」。

〔一四七〕纖纖　集本、類本作「攕攕」。按：《説文》：攕，好手貌。段玉裁《説文解字註》：「纖」，本作「攕」。

〔一四八〕先摧　類本作「先催」。查慎行《初白菴詩評》：「摧」當作「催」。

〔一四九〕日華　類丙作「月華」。

〔一五〇〕赤墀下　合註：「下」一作「上」。

〔一五一〕宫様　原作「空様」。今從集甲、類丙。「宫様」與下句「蠻聲」對。又，查註亦作「宫様」。合註作「空様」，殆誤刊。

〔一五二〕南江風浪雪山傾　類丙作「江南風雪浪山傾」。

〔一五三〕南江　類丙作「江南」。

〔一五四〕千歲　集本作「千載」。

〔一五五〕演甫　類丙作「寅甫」。

〔一五六〕老鸛雀　集甲、類本作「老鸛鶴」。集甲原校：「鶴」，一作「雀」。集乙作「若病鶴」。

〔一五七〕褚裒　集甲作「褚褎」。《詩·邶風·旄丘》：褎如充耳。《經典釋文》卷五：「褎」，本亦作「裒」。然褚裒爲人名，《晉書》有傳。未知「裒」、「褎」於人名相通否？待考。

〔一五八〕涉其瀾　查註：施本「涉」作「步」，訛。清施本「涉」作「步」。

〔一五九〕不可　集本、類本作「不得」。
〔一六〇〕庶解　類本作「庶免」。
〔一六一〕曹既見和復次韻　集本、類本「韻」前有「其」字。
〔一六二〕兒嬉　七集作「兒戲」。
〔一六三〕雷電笑　集乙作「雷電哭」。
〔一六四〕便謂　清施本作「便爲」。查註、合註謂「爲」訛。
〔一六五〕曹君　集甲、類本作「曹公」。
〔一六六〕老世　類本作「世老」。
〔一六七〕吟君　集本、類本作「吟公」。查註、合註：「君」一作「工」。
〔一六八〕聞其初爲　類本、外集無「初」字。
〔一六九〕三月　類本、外集作「二月」。
〔一七〇〕蘄水　類本作「蘇水」，外集作「蘇州」。合註謂「蘇」訛。
〔一七一〕遇禍　類本、外集作「遇害」。
〔一七二〕流惡　類本作「源惡」，外集作「原惡」。
〔一七三〕誰與論　七集作「誰與倫」。查註、合註：「論」一作「言」。
〔一七四〕爲明　外集作「爲名」。
〔一七五〕未省　七集作「未免」。

〔一七六〕千樹　類本、外集作「千歲」。
〔一七七〕畏傾　類本、七集作「果傾」。
〔一七八〕何足言　類本作「何足論」。外集作「何足掄」，誤。
〔一七九〕巖壑　類本、外集作「巖谷」。
〔一八〇〕枝生孫　類本、外集作「依山樊」。
〔一八一〕遺後昆　類本、外集作「貽後昆」。
〔一八二〕元豐　七集作「元祐」。查註：「豐」一作「符」，訛。外集作元豐。
〔一八三〕東坡生日　七集、外集「日」後有「也」字。
〔一八四〕俯鶻巢　七集、查註、合註作「俯鵲巢」。外集作「俯瞰鵲巢」。
〔一八五〕郭古　七集作「郭石」。
〔一八六〕俗工　外集作「俗士」。
〔一八七〕曰鶴南飛　查註、合註：「曰」一作「白」。外集無「曰」字。
〔一八八〕青巾　外集作「青布」。
〔一八九〕而已　外集作「而來」。
〔一九〇〕皆引滿　外集無「皆」字。
〔一九一〕出嘉紙　外集無「出」字，「嘉」作「佳」。
〔一九二〕孤鶴　合註：「孤」一作「鴟」。

〔一九三〕到九疑　外集作「過九疑」。

〔一九四〕書龍丘子壁　七集作「龍丘子書壁」。外集無此五字。

〔一九五〕久厭　七集作「更厭」。

〔一九六〕擾衰年　七集作「損衰年」。

蘇軾詩集卷二十二

古今體詩四十一首

【誥案】起元豐六年癸亥正月，在責授檢校尚書水部員外郎黄州團練副使本州安置不得簽書公事貶所，至七年甲子三月作。

正月〔一〕三日點燈會客

【誥案】此題王、施、查三註，皆作二月，合註作三月，據詩乃正月作，此集本之譌也。註家未有發明之者，今改定移編。餘詳後註。

江上東風浪接天，〔施註〕白樂天《襄陽舟中》詩：寒浪連天白。苦寒無賴〔二〕破春妍。【誥案】首二句，皆正初江上氣象，二三月，非「苦寒無賴破春妍」時也，亦不得如合註以追憶論也，今首定爲正月作。試開雲夢羔兒酒，〔王註次公曰〕即今之羊羔酒。快瀉錢塘藥玉船。〔王註子仁曰〕藥玉船，蓋以藥煮石而似玉者也，可作酒杯。先生又有《獨酌試藥玉船》詩。蠶市光陰非故國，〔王註次公曰〕蜀中春月，村市聚爲歡樂，謂之蠶市。〔施註〕《成都記》：蠶叢氏每春，勸民農桑，但鬻蠶具，謂之蠶市云。【誥案】《欒城集》題有《記歲首鄉俗寄子瞻二首》，其一《蠶市》。《九城志》

云：梓州有蠶絲山，每歲上春七日，士女游此以祈蠶絲。據此，則蜀中風俗，皆以人日作蠶市也。此詩作於正月三日，故云「蠶市光陰」。馬行燈火記當年。〔王註次公曰〕馬行者，東京繁華之處，夜市燈火最盛。〔施註〕馬行，在汴京舊城之東北隅，蓋鬻馬之區，百賈之所會也。冷烟濕雪梅花在，留得新春作上元。〔合註〕此詩末韻通用。【誥案】結二句，顯係正月初三日所作。合註謂追憶當年景事。此詩並無本年當年界限，若如其說，則前四句皆屬追憶，而次聯乃指會客情事，與題不類。註詩但斷章取義，註上元二字，可乎？今刪。

六年正月二十日，復出東門，仍用前韻

【誥案】四年正月二十日，公有《游女王城》詩，五年正月二十日，《出郭尋春和韻》，至是正月二十日，復用前韻，故標六年以別之，非六年詩起於此首也。〔邵註〕陸游解舊巢二字甚詳。愚意必作如是解，毋乃太固，後人穿鑿之病，所以不免也。〔查註〕此段註脚，確不可易。【誥案】解杜與解蘇不同，杜無考，故易，蘇事事有考，故難。邵註爲此書，首以錢箋爲藍本，此乃惟知相沿前明陋習，自謂如是，足以迄事，而不知於此集，失之遠甚。

亂山環合水侵門，身在淮南盡處村。五畝漸成終老計，九重新埽舊巢痕。〔陸放翁施註序云〕昔祖宗以三館養士，儲將相材，及官制行，罷三館。而東坡蓋嘗直史館，然自謫爲散官，削去史館之職久矣，至是史館亦廢，故云「新埽舊巢痕」。其用事之嚴如此。而「鳳巢西隔九重門」，則又李義山詩也。〔合註〕《文獻通考》：元豐三年，廢館職，以崇文院爲祕書省。《續通鑑長編》：元豐四年十一月，廢編修院，入史館。五年四月，詔自今更不除館職。至「九重」句，翻用李義山詩「安巢復舊痕」也。何焯曰：「舊巢痕」三字，本義山《越燕》詩，此老可謂之無一字無來處也。【誥案】公後以

追憶罷制科取士，再作《王中甫哀辭》云：堪笑東坡癡鈍老，區區猶記刻舟痕。其押「痕」字，與此詩用意一轍，可爲陸説之證。豈惟見慣沙鷗熟，已覺來多釣石温。長與東風約今日，暗香先返玉梅魂。〔合註〕何焯曰：韓致光《湖南梅花一冬再發偶題》，其三四云：玉爲通體依稀見，香號返魂容易迴。結云：夭桃莫倚東風勢，調鼎何曾用不才。詩意本此。蓋公之在黄，猶致光之阸於崔昌遐而在湖南然。時相雖力擠之，而神宗獨爲保全，亦猶致光之見知於昭宗。「先返玉梅魂」，蓋以神宗之必不忍絶棄也，而語意渾然，恰是收足「復出東門」意，此老詩誠非淺人所能讀也。【誥案】公《歷陳仕跡狀》云：「先帝復對左右，哀憐奬激，意欲復用，而左右固争，以爲不可，臣雖在遠，亦具聞之。」此段語適當其時，正此句之本意所謂「暗香先返」者也。義門雖比擬迂遠，不能指出確據，而所見與詩近，以方求仁者流，則已日月至焉矣。

次韻孔毅父集古人句見贈五首〔三〕

〔施註〕孔毅父家世，見父《長源挽詞》註。毅父，第進士，又應制科。元祐間，用吕正獻薦，爲祕書丞，集賢校理，歷使江浙京西。紹聖中，言者詆其在元祐時附會譏毀，削校理，知衡州。又爲提舉常平董必所劾，徙知韶州，安置英州。祐陵時，爲户部郎中，提點永興路刑獄，知慶州。黨論再起，奉祠，遂卒。

其一

羡君戲集他人〔四〕詩，指呼市人如使兒。〔王註次公曰〕「市人」字，亦驅市人而戰之意。〔合註〕見《史記·淮陰傳》。天邊鴻鵠不易得，便令作對隨家雞。〔王註堯卿曰〕集古詩，前古未有，王介甫盛爲之，多者數十韻。

蓋以誦古人詩多，或坐中率然而成，往往對偶親切。其後，人多有效之者，但取數十部詩，聚諸家之集耳。故公此詩美之，亦微以譏之耳。蓋市人不可使之如兒，鴻鵠不可與家雞爲對，猶古人詩句有美惡工拙，其初各有思致，豈可混爲一律邪？〔查註〕傅咸作《七經》詩，其《毛詩》一篇云：聿修厥德，令終有俶。勉爾遁思，我言維服。此乃集句詩之祖也。　退之驚笑子美泣，問君久假何時歸。〔施註〕韓退之《送楊疑》詩：公今此去何時歸。　世間好句世人共，〔王註子仁曰〕東坡嘗對歐陽文忠公誦文與可詩。歐公云：「此非與可詩，世間原有此句，與可拾得耳。」【誥案】子仁所指與可詩，乃「美人却扇坐，羞落庭下花」一聯也。　明月自滿千家墀。

其二

紫駝之峰人莫識，〔王註〕《漢書》：大月氏出一封橐駝。顔師古曰：脊上有一封，隆高，俗呼封牛。　雜以雞豚真可惜。　今君坐致五侯鯖，〔王註〕《西京雜記》：五侯不相能，賓客不相往來。婁護、豐辨傳會五侯間，各得其歡心，競致奇膳，護乃合以爲鯖，世稱五侯鯖，以爲珍味。〔邵註〕《漢書》作「樓護」。　盡是猩脣〔五〕與熊白。〔王註次公曰〕張協《七命》曰：封熊之掌，翰音之跖，燕髀猩脣，髦殘象白。熊白，卽如謂象白也。〔師曰〕李賀《大堤曲》：郎食鯉魚尾，妾食猩猩脣。〔施註〕《呂氏春秋》：伊尹説湯曰：「肉之美者，猩猩之脣，髦象之約。」〔查註〕熊白，熊肪也。　路傍拾得半段槍〔六〕，〔王註〕《談賓録》：唐哥舒翰捍吐蕃，賊衆三道，從山相續而下。翰持半段折槍，當前擊之，無不披靡。【誥案】二比落想奇絶。　何必開爐鑄矛戟。　用之如何在我耳，入手當令君喪魄〔七〕。〔合註〕李德林《爲周帝敕詔》：羣醜喪魄。

其三

天下幾人學杜甫，〔施註〕杜子美《戲爲雙松圖歌》詩：「天下幾人畫古松。」誰得其皮與其骨？〔王註厚曰〕《傳燈録》：達摩欲西返天竺，謂道副曰：「汝得吾皮。」謂尼總持曰：「汝得吾肉。」謂道育曰：「汝得吾骨。」最後慧可依位而立，師曰：「汝得吾髓。」乃付法。〔次公曰〕《晉史》言學書云：胡昭得張芝骨，索靖得其肉，韋誕得其筋。【誥案】此二句，乃從古學杜者定讞。劃如太華當我前，跛牂欲上驚崷崒。〔王註〕《韓非子》：太山之高百仞，而跛牂牧其上，淩遲故也。〔施註〕《史記·李斯傳》：城高五丈，而樓季不輕犯也；太山之高百仞，而跛牂牧其上。夫樓季也而難五丈之限，豈跛牂也而易百仞之高哉，陗塹之勢異也。〔合註〕班固《西都賦》云：巖峻崷崒。【誥案】此二句乃從古學杜者結局。名章俊語紛交衡，〔施註〕李太白《上裴長史書》云：名章俊語，絡繹間起。無人巧會當時情。【誥案】恢諧得妙。前生子美只君是，信手拈得俱天成。〔王註〕韓退之《上于頔書》：渾然天成，無有畔岸。〔施註〕《傳燈録》：洛普和尚頌云：入荒田不揀，信手拈來草。觸目未嘗無，臨機何不道。

其四

詩人雕刻閑草木，〔王註〕《莊子·天道篇》：覆載天地，刻雕衆形。〔施註〕《揚子》：或問雕刻衆形者，匪天歟？搜抉肝腎神應哭。〔王註〕《淮南子》：蒼頡作書，鬼夜哭。〔施註〕韓退之《贈崔立之》詩：勸君韜養待徵招，不用雕琢愁肝腎。《古詩話》：賀知章見李白《烏棲曲》，曰：「此詩可泣鬼神矣。」〔查註〕神應哭，謂詩人搜抉肝腎，自傷其神明，故神應哭也。不如默誦〔八〕千萬首，左抽右取談笑足。〔施註〕《毛詩·鄭風·清人》：左旋右抽，中軍作好。夜吟石鼎聲悲秋，可憐好事劉與侯。〔王註〕韓退之《石鼎聯句序》：劉師服、侯喜與道士軒轅彌明同宿。喜夜與師服説詩，視彌明若無人。彌明忽軒衣張眉，指爐中石鼎曰：「子云能詩，能與我賦此乎？」劉即援筆，題其首句，傳於喜。道士啞然笑，卽袖手竦肩高吟。初不似經意，詩旨有似譏喜。二子每嘗度欲出口吻，聲鳴益悲，竟亦不能奇。何當一醉百不問，我欲眠矣君歸休。

其　五

膏明蘭臭俱自焚，象牙翠羽戕其身。〔王註〕《左傳・襄公二十四年》：象有齒以焚其身，賄也。《洛神賦》云：或拾翠羽。〔施註〕《異物志》：翠鳥形似燕，翡赤而翠青，人取其羽以爲飾。《唐文粹》吴筠《玄猨賦》：小則翡翠，殞於羽毛，大則犀象，殘於齒革。多言自古爲數窮，〔王註〕《老子》：多言數窮，不如守中。微中有時堪解紛。癡人但數羊羔兒，不知何者是左慈。〔王註〕《後漢・左慈傳》：曹操欲收殺之，逢慈於陽城山頭，遂走入羊羣。操知不可得，乃令就羊中告之曰：「不復相殺，本試君術耳。」忽一老羝，屈前兩膝，人立而言曰：「遽如許。」卽競往赴之，而羣羊數百，皆變爲羝，並屈兩膝人立云：「遽如許。」遂莫知所取焉。千章萬句卒非我，〔合註〕白樂天詩：萬句千章無一字。急走捉君應已遲。

食　甘〔九〕

一雙羅帕未分珍，〔王註次公曰〕故事：賜近臣黄柑，以黄羅包之，人賜二枚。〔子仁曰〕《唐史・蕭嵩傳》：荆州進黄甘，帝以紫帉包賜之。〔施註〕《柳氏舊聞》云：以素羅包其二，賜嵩。林下先嘗愧逐臣。〔施註〕薛逢《謝西川相公賜甘子》詩：滿合新甘破鼻香，相公恩重賜先嘗。《文選》陸機《君子行》：逐臣尚何有。李太白《龍山飲》詩：九日龍山飲，黄花笑逐臣。露葉霜枝剪寒碧，金盤玉指破芳辛。〔合註〕梁武帝《子夜歌》：玉指弄嬌絃。清泉蔌蔌先流齒，香霧霏霏欲噀人。〔查註〕劉孝標《送橘啓》云：采之風味照座，擘之香霧噀人。坐客殷勤爲收子，千奴一掬奈吾貧。

大寒步至東坡贈巢三〔一〕

〔施註〕巢三，名谷，字元修，眉山人。嘗舉進士京師，見舉武藝者，心好之，業成而不中第。游秦、鳳、涇、原間，友其秀桀。東坡責黃州，谷走江淮，因與之遊。此詩墨蹟，刻石成都府治。「一瓢酒」作「一尊酒」，乃元祐間所書也。〔查註〕《宋史・卓行傳》：巢谷初名穀。棄其舊學，習騎射，韓存寶教之兵書。存寶號熙河名將。存寶得罪，自度必死，謂谷曰：「死非所惜，妻子不免寒餓，橐中有銀數百兩，非君莫可使遺之者。」谷許諾，即變姓名，懷銀，步往授其子，逃避江淮間。蘇軾謫黃州，與谷同鄉，因與之游。【誥案】《宋史・本紀》：韓存寶坐逗留無功，伏誅。在元豐四年七月內。是巢穀逃避江淮，僅年餘之事，其至黃，正在變姓名時也。公館之雪堂，使迨、過二子受業，逾年歸蜀。《年表》謂穀來從公學，《年譜》謂公已遷居雪堂，皆可笑。非久，參寥即至，而琴客崔誠老亦止其中，東坡只五間屋也。施註及《宋史》皆抄襲《欒城集・巢谷傳》，而子由原傳作於龍川，亦缺後截，已分詳僭耳內渡各案矣。此註分別存删。〔案〕總案元符二年有「子由報巢谷自眉徒步奔赴由循起程」條，引《欒城集・巢谷傳》，及谷將復見東坡於海南事。又，總案元符三年有「聞巢谷爲蠻隸困死，稾葬新州，公大慟，爲書告楊濟甫，使資其子蒙以來，至永，當更資之，俾迎喪歸」條，引《欒城集・巢谷傳》、本集《與程懷立書》。

春雨如暗塵〔一一〕，〔王註〕唐崔櫓《華清宮》詩：濕雲如夢雨如塵。春風吹倒人。東坡數間屋，巢子誰與〔一二〕鄰。空牀斂敗絮，〔施註〕《南史·陶潛傳》：敗絮自擁，何慚兒子。破竈鬱生薪。〔施註〕杜荀鶴詩：時挑野菜和根煮，旋斫生柴帶葉燒。【誥案】施註引生柴不誤。句謂欲以火禦寒，而柴澀不可燒，徒有烟而無火也，下鬱字之意如此。曉嵐以薪爲新，謂不火故如新，此與氣如霄相類，似當時相尚爲字説者之吐屬也。諸本無作新字者，其説非是。相對不言寒，哀哉知我貧。〔王註〕《史記》：管仲曰：「吾始困時，嘗與鮑叔賈，分財利，多自與，鮑叔不以我爲貪，知我貧也。」【誥案】紀昀曰：沉着之言，不傷忠厚。我有一瓢〔一三〕酒，獨飲良不仁。未能頳我頰，聊復濡子脣。故人千鍾祿，〔施註〕《史記·魏世家》：魏成子食祿千鍾。杜子美《狂夫》詩：厚祿故人書斷絶。〔查註〕黄山谷《跋東坡嘲巢三》云：此詩蓋嘲蒲傳正，傳正請於先帝，欲寄金賙巢。先帝笑曰：「鄉黨親舊，同朝僚友，以有餘助不足，縣官當怒之耶？」馭吏〔一四〕醉吐茵。〔王註〕《前漢·丙吉傳》：吉馭吏嗜酒，數逋蕩，嘗從吉出，醉嘔丞相車上。西曹主吏白，欲斥之。吉曰：「以醉飽之失去士，使此人將復何所容？西曹第忍之，此不過污丞相茵耳。」那知我與子，坐作寒螿呻〔一五〕。努力莫怨天〔一六〕，〔施註〕《古樂府·長歌行》：少壯不努力，老大徒傷悲。【誥案】德日進矣。我爾皆天民。行看花柳動，共享〔一七〕無邊春。

元修菜 并叙

菜之美者，有吾鄉之巢。故人巢元修嗜之，余亦嗜之。元修云：使孔北海見，當復云吾家菜耶？因謂之元修菜。余去鄉〔一八〕十有五年，思而不可得。元修適自蜀來，見余於黄。乃作是詩，使歸致其子，而種之東坡之下云。〔王註次公曰〕《世説》：梁國楊氏子，九歲，甚聰慧。孔君平詒其父，父不在，乃呼兒出。爲設果，果有楊梅。孔指以示兒曰：「此是君家果。」兒答曰：「未聞孔雀是夫子家禽。」〔合註〕《太平御覽》引《金樓子》作楊周。〔查註〕《韻語陽秋》：「蜀中食品，南方不知其名者多矣。東坡所謂『贈君木魚三百尾，中有鵝黄子魚子』者，櫻筍也；所謂『豆莢圓且小，槐芽細而豐』者，巢菜也。是二物，蜀中甚貴重。」陸龜蒙《詩序》：蜀菜有兩巢，大巢即蛇豆之不實者，小巢生豆稻畦中，一曰野蠶豆。〔合註〕何焯曰：趙景和《雲麓漫抄》云：「巢菜即豌豆苗。」恐非是。若豌豆，即不當云「春盡苗葉老，耕翻烟雨叢」也。

彼美君家菜，鋪田緑茸茸。〔合註〕令狐楚詩：細髯緣領緑茸茸。豆莢圓且小，〔合註〕《博雅》：豆角謂之莢。槐芽細而豐。〔合註〕《本草》：槐初生，嫩芽可食，亦可作飲。種之秋雨餘，擢秀繁霜中。〔施註〕《文選》趙景真《與嵇茂齊書》：植根芳苑，擢秀清流。欲花而未萼，一一如青蟲。〔王註次公曰〕此篇紀敍爲詳，頗爲形容之工。巢菜，蜀人皆識之，內地人非親見巢菜者，不知其工也。〔合註〕梁簡文帝詩：珠檕雜青蟲。【誥案】紀昀曰：質而不俚，細而不瑣，此由筆力不同。是時青裙女，採擷何悤悤。〔施註〕杜子美《嘆庭前甘菊花》詩：採擷細瑣升中堂。烝之復湘之，〔王註〕《詩·召南·采蘋》：于以湘之。註：烹也。香色蔚其饛。〔王註次公曰〕饛，盛器滿貌。《詩·小雅·大東》云：有饛簋飧。點酒〔一九〕下鹽豉，縷橙芼薑葱。〔王註〕韓退之詩云：芼以椒與橙。〔施註〕《毛詩註》云：芼，擇也。那知雞與豚，但恐放箸空。〔王註〕杜子美《詠魚膾》云：落碪何曾白紙濕，放箸未覺金盤空。春盡苗葉老，耕翻烟雨叢。潤隨甘澤化，暖作青泥融。始終不我負，力與糞壤同。〔合註〕《維摩經》：糞壤之地，乃能滋茂。我老忘家舍，楚音變兒童。此物獨嫵媚，〔施註〕陶淵明《閑情賦》：神儀嫵媚，舉止詳妍。終年繫余胸。君歸致其子，囊盛勿函封。張騫移苜蓿，〔王註〕《漢·大宛傳》：大宛馬嗜苜蓿，張騫始爲武帝言之。遣使持千金，請宛善馬。采苜蓿種歸，種離宮館傍，極望焉。適用如葵菘。〔王註次公曰〕苜蓿亦可爲菜茹，故云如葵菘。馬援載薏苡，羅生等蒿蓬。〔合註〕宋玉《高唐賦》：芳草羅生。【誥案】紀昀曰：有襯貼，便不單窘，否則，收不住一篇長詩。懸知東坡下，埆鹵化千鍾。長使齊安民〔三〇〕，指此說兩翁。

日日出東門

日日出東門，〔王註子仁曰〕《東坡圖》云：東門，近東坡之門也，在乾明寺前五十步，今無矣。步尋東城游。城門抱關卒，笑我此何求。我亦無所求，【誥案】此種手法，公少作已有之。紀昀曰：接法入古。駕言寫我憂。〔王註〕先生《詩話》言：吾有詩「步尋東城游」、「駕言寫我憂」。章子厚謂參寥曰：「前步而後駕，何其上下紛紛也？」僕聞之，曰：「吾以尻爲輪，以神爲馬。何曾上下乎？」參寥曰：「子瞻文過有理，似孫子荆，所以枕流欲洗其耳，所以漱石欲礪其齒。」意適忽忘返，路窮乃歸休。【誥案】此種鉤勒，在處皆是，誥所謂本家筆也。紀昀曰：渾渾有古致。懸知百歲後，父老說故侯。古來賢達人，此路誰不由。百年寓華屋，千載歸山丘。何事羊公子，不肯過西州。

寄周安孺茶

【誥案】此詩王註本、七集本皆載，施編不載，邵本在續補遺中。查註以爲漫不可考者，仍列入卷四十七續採詩中。今考定爲黃州作，補編於此。紀昀曰：此東坡第一長篇，一氣滔滔，不冗不雜，亦是難事。

大哉天宇內，植物知幾族。〔查註〕《周禮·地官》：一曰山林，其植物，宜皁物；二曰川澤，其植物，宜膏物；三曰丘陵，其植物，宜覈物；四曰墳衍，其植物，宜莢物；五曰原隰，其植物，宜叢物。靈品獨標奇，迥超凡草木。名從姬旦始，〔馮註〕《爾雅》：檟，苦茶。爾雅始於周公，故曰名從姬旦始。漸播《桐君録》。〔查註〕《桐君藥録》曰：巴東有真香茗茶，煎飲，令人不眠。賦咏誰最先？厥傳惟杜育。〔馮註〕育當作毓。晉杜毓《荈賦》：焕如積雪，燁若春敷。〔查註〕皮日休《茶經序》云：晉杜育有《荈賦》。《吴興掌故集》載杜育《荈賦》。新刻補註：育當作毓。不知何據？唐人未知好，論著始於陸。〔馮註〕《雲溪友議》：陸羽，字鴻漸，唐人。著《茶經》三卷，造茶具二十四事。時鬻茶者，以陸羽爲茶神。常、李亦清流，〔馮註〕《芝芸叟談》：貞元中，常衮爲建州刺史，始蒸焙而研之，謂之研膏茶。《中朝故事》：李德裕有親知授舒州牧。李曰：「到郡日，天柱峰茶，可惠三四角。」〔查註〕《唐書·陸羽傳》：羽嗜茶，著經三篇。有常伯熊者，因羽論，復廣著茶之功。御史大夫李季卿，宣慰江南，知伯熊善煮茶，召之。伯熊執器前，季卿爲再舉杯云。〔合註〕《魏志·陳羣傳》：有清流雅望。當年慕高躅。遂使天下士，嗜此偶於俗。〔合註〕《後漢書·吴良傳》：良每處大議，輒據經典，不希旨偶俗，以徼時譽。豈但中土珍，兼之異邦鬻。〔馮註〕《國史補》：常魯公使西番，烹茶帳中。贊普問何物？魯公曰：「滌煩療渴，所謂茶也。」贊普曰：「我此亦有。」命出之，以指示曰：「此壽州者，此舒州者，此顧渚者，此蘄門者，此昌明者，此灉湖者。」鹿門有佳士，博覽無不矚。邂逅天隨翁，篇章互賡續。〔馮註〕《唐書》：皮日休，字襲美，襄陽人。以詩文著。隱鹿門山中，自號間氣布衣，與華亭陸龜蒙友善。陸號天隨子。《松陵集》有皮日休《茶人》詩云：生於顧渚山，老在漫石塢。陸龜蒙詩云：且共薦皐盧，何勞傾斗酒。開園頤山〔二〕下，〔查註〕《名勝志》：頤山在宜興縣東南，連靈洞諸峰，屬於蜀山。屏跡松江曲。〔合註〕鮑照詩：屏跡勤躬稼。《唐書·陸龜蒙傳》：居松江甫里。有興即揮毫，粲然〔三〕存簡牘。伊予素寡愛，嗜好本不篤。粤自少年時，低徊〔三三〕客京轂。雖非曳裾者，〔合註〕《漢書・鄒陽傳》：何王之門不可曳長裾乎。庇廕或華屋。頗見紈綺〔三四〕中，齒牙厭粱肉。小龍得屢試，糞土視珠玉。〔合註〕《左傳・僖公二十八年》：況瓊玉乎，是糞土也。團鳳與葵花，〔查註〕《北苑貢茶録》有蜀葵、花䴵等名。碔砆雜魚目。〔合註〕《韓詩外傳》：魚目似珠。《論衡》：珠樹魚目，非真味也。貴人自矜惜，捧玩且緘櫝。未數日注卑，定知雙井辱。於兹事研討〔三五〕，至味識五六。自爾入江湖，尋僧訪幽獨。高人固多暇，探究亦頗熟。聞道早春時，攜籯赴初旭。〔合註〕《東溪試茶録》：凡採茶，必以晨興，不以日出，日出露晞，茶不鮮明。驚雷未破蕾，〔馮註〕《茶譜》：蒙山中頂日上清峰，茶最艱得，俟雷發聲，採之。〔查註〕《苕溪漁隱叢話》：北苑官焙造茶，常在驚蟄後一二日，興工採摘。是時茶芽已將一槍，蓋閩中地暖如此。〔合註〕《東溪試茶録》：建溪茶，歲多暖，則先驚蟄十日即芽，歲多寒，則後驚蟄五日始發。采采不盈掬。旋洗玉泉蒸，〔查註〕《東溪試茶録》：濯之必潔，蒸之必香，火之必良，一失其度，俱爲茶病。芳馨豈停宿。須臾布輕縷，火候謹盈縮。不憚頃間勞，經時廢藏蓄。髹筒淨無染，〔合註〕《史記・貨殖傳註》：髹，漆也。箬籠匀且複。〔馮註〕《茶録》：藏茶，宜蒻葉而喜温燥，故收藏之家，以蒻葉封裹入焙中，兩三日一次，用火常如人體，温温然以禦濕潤。苦畏梅潤侵，〔合註〕皮日休詩：梅潤侵束杖。暖須人氣燠。有如剛耿性，不受纖芥觸。〔合註〕《後漢書・董扶傳》：貶纖芥之惡。又若廉夫心，難將微穢瀆。晴天敞虚府，石碾破輕緑。永日遇閑賓，乳泉發新馥。〔查註〕《建寧志》：鳳凰山有龍焙泉，宋時貢茶，取此水濯之。其麓即北苑。香濃奪蘭露，色嫩欺秋菊。閩俗競傳誇，豐腴面如粥。〔查註〕《東溪試茶録》：壑源茶生山陰，厥味甘香，厥色青白。及受水，則淳淳光澤，謂之冷粥面，視其面，涣散如粟。自云葉家白，〔查

註〕《學林新編》：茶之佳品，其色白若碧綠者，皆常品也。《東溪試茶録》：建茶之名有七，一曰白葉茶，出於近歲，芽葉如紙，民間以爲茶瑞。出壑源之大窠者六，葉仲元、葉世萬、葉世榮、葉勇、葉世積、葉相。出壑源巖下者一，葉務滋；出源頭者二，葉團、葉肱；出壑源後坑者一，葉久；出壑源嶺根者三，葉公、葉品、葉居。皆以葉家著名。 頗勝中山醁。好是一杯深，午窗春睡足。清風擊兩腋，去欲凌鴻鵠。嗟我樂何深，水經亦屢讀。陸子〔二六〕咤中泠，〔馮註〕《中朝故事》：李德裕居廟廊日，有親知奉使京口。李曰：「還日，金山下揚子江中泠水，取置一壺來。」其人忘之，舟上石頭城，方憶及，汲一瓶歸京獻之。李飲後，歎訝非常，曰：「江南水味，有異於頃歲，此頗似建業石頭城下水。」其人謝過，不敢隱。唐張又新《煎茶水記》載：陸羽品天下二十水，揚子南零水第七。 次乃康王谷。〔馮註〕《南康記》：谷簾泉，在府城西。泉水如簾布，巖而下者三十餘派，陸羽品其茶，爲天下第一。《廬山記》：康王谷，楚康王照爲秦王翦所窘，匿此。桑喬《山疏》云：在康王谷中，故名谷簾。 蟆培〔二七〕頃曾嘗，【誥案】嘉祐己亥，公過蝦蟆培，有詩。 瓶罌走僮僕。如今老且嬾，細事百不欲。美惡兩俱忘，誰能强追逐。薑鹽拌白土，稍稍從吾蜀。尚欲外形骸〔二八〕，安能徇口腹〔二九〕。由來薄滋味，日飯止脫粟。外慕既已矣，胡爲此羈束。【誥案】以上句「自爾入江湖」合此聯觀之，信爲黃州詩也。 昨日散幽步，偶上天峰麓。〔合註〕天峰未知何地。【誥案】天峰雖不詳，然惠州其地不類，而黃州雪堂，則蹊徑相似，且公每歲與徐君猷攜茶竹間亭，又嘗借陳季常茶臼作樣，與下數句採製皆合，可以互證。 山圃正春風，蒙茸萬旂簇。〔馮註〕張又新《煎茶記》：粉槍末旂，蘇蘭薪桂。《茶譜》：蘄州團黃茶，有一旂二槍之號，言一葉二芽也。 呼兒爲招客〔三〇〕，采製聊亦復。地僻誰我從，包藏置廚簏〔三一〕。〔合註〕《南史·崔慰祖傳》：在廚簏，可檢寫之。 何嘗較優劣，但喜破睡速。況此夏日長，人間正炎毒。幽人無一事，午飯飽蔬菽。【誥案】此十字亦遷謫時語也。 困臥北窗風，風微動窗

竹。乳甌十分滿，人世眞局促。意爽飄欲仙，頭輕快如沐。昔人固多癖，我癖良可贖。爲問劉伯倫，胡然枕糟麯。〔馮註〕劉伶《酒德頌》：奮髯箕踞，枕麯藉糟。無思無慮，其樂陶陶。〔查註〕別本自「幽人無一事」以下十二句俱脱去，今補成篇。〔合註〕王本脱去，七集本有之，查氏當據補施註本也。【誥案】此十二句不補，其詩直是不全，必不可少也。

南堂五首

〔施註〕《齊安拾遺》云：夏澳口之側，本水驛，有亭曰臨皐。郡人以驛之高陂上築南堂，爲先生游息。【誥案】南堂，乃公同年轉運蔡承禧所建。施註誤。詳總案中。〔案〕總案元豐六年五月「南堂成」條下，引本集《與蔡景繁書》云：臨皐南畔，竟添却屋三間，極虚敞，便夏，蒙賜不淺。又書云：近葺小屋，强名南堂。暑月少舒，蒙德殊厚，小詩五絶乞不示人。又此條下誥案云：書有「竟添却屋三間」語，乃景繁使有司增葺之確證。故云「蒙賜不淺」。此不但正郡人「築堂居公」之語，且以證公之並未遷居雪堂也。

其一

江上西山半隱堤，此邦臺館一時西。南堂獨有西南向，〔王註〕《東坡圖》云：南堂在州治南一里，俯臨大江。卧看千帆落淺溪。〔施註〕杜枚之《送孟遲》詩：千帆美滿風。

其二

暮年眼力嗟猶在，多病顛毛却未華。故作明窗書小字，更開幽室養丹砂。〔王註〕先生《與王定國書》：近有人惠丹砂少許，光采甚奇，固不敢服，然其人教以養火，觀其變化，聊以悦神度日。

其三

他時夜雨〔三二〕困移牀，坐厭愁聲點客腸。〔王註次公曰〕點字亦猶李賀詩「吴霜點歸鬢」也。一聽南堂新瓦響，似聞東塢小荷香。

其四

山家爲割千房蜜，〔施註〕《杼情詩》韓補闕《憶山泉》云：情多不似山家水。杜子美《秋野》詩：風落收松子，天寒割蜜房。稚子新畦五畝蔬。〔施註〕《文選》潘安仁《寡婦賦》：鞠稚子於懷抱。孟東野《立德新居》詩：獨治五畝蔬。更有南堂堪著客〔三三〕，不憂門外故人車。

其五

掃地焚香〔三四〕閉閣眠，簟紋如水〔三五〕帳如烟。〔王註〕李太白《烏夜啼》詩：碧紗如烟隔窗語。〔施註〕李商隱《惆悵》詩：水紋簟滑鋪牙牀。又《小亭》詩：水紋簟上琥珀枕。尉遲偓《中朝故事》：路巖籍没，有蚊幮一頂，輕密如烟，人疑其鮫綃也。客來夢覺知何處，挂起〔三六〕西窗浪接天。〔查註〕《王直方詩話》：邢敦夫云：「東坡此詩，嘗題余扇，山谷初讀，以爲劉夢得所作。」【誥案】紀昀曰：此首興象自然，然以爲劉夢得則未似，不知山谷何所見也？

次韻子由種杉竹

〔王註〕案子由《東軒記》云：闢聽事堂之東爲軒，種杉二本、竹百箇，以爲宴休之所。〔查註〕《欒城集·予初到筠，即於酒務庭中，種竹四叢，杉二本，及今三年，二物皆茂，秋八月，洗竹培杉，偶賦短句呈同官》。

吏散庭空雀噪簷，〔施註〕白樂天《解印出府》詩：百吏放爾散。閉門獨宿夜厭厭。〔施註〕《毛詩·小雅·湛露》：厭厭夜飲。〔邵註〕引《詩註》：安也。似聞梨棗同時種，應與杉篁刻日添。〔查註〕陸龜蒙詩：杉篁左右供餘清。糟麴有神熏不醉，〔王註續曰〕懷寶至楊羔舅家，賜熏肌酒一杯，曰：「此酒柏葉草所造，亦云千歲虆也。」〔合註〕元微之詩：七月調神麴。雪霜誇健巧相沾。先生坐待清陰滿，〔施註〕陶淵明《和郭主簿》詩：藹藹堂前林，中夏貯清陰。空使人人歎滯淹。〔施註〕《左傳·文公六年》：出滯淹。《文選》枚叔《七發》：淹滯永久而不廢。

孔毅父妻挽詞

結褵記初歡〔三七〕，〔王註〕《詩·東山》：親結其褵，九十其儀。其新孔嘉，其舊如之何。〔施註〕《毛詩·東山》四章，樂男女之得及時也。毛萇傳曰：褵，婦人之褘。褘，香纓也。同穴期晚歲。〔施註〕《毛詩·大車》，刺周大夫禮義陵遲，男女淫奔。云：穀則異室，死則同穴。擇夫得温嶠，〔王註〕《世説》云：晉温嶠姑有女，屬嶠覓昏。嶠自有昏意，答曰：「佳壻難得，如嶠云何？」姑曰：「何敢希汝比也。」後日，嶠報姑云：「已得壻矣。門地壻身不減嶠。」因下玉鏡臺一枚，姑大喜。既交昏禮畢，姑女以手披紗扇，撫掌大笑曰：「我固疑是老奴，果如所卜。」生子勝王濟。高風相賓友，〔施註〕《左傳・僖公三十三年》曰：季使過冀，見冀缺耨，其妻饁之，敬相待如賓。《後漢・龐公傳》：夫妻相敬如賓。《晉・何曾傳》：與妻相見，皆正衣冠，相待如賓。《古樂府・焦仲卿妻詩》：結髮同枕席，黄泉共爲友。古義仍兄弟。〔王註〕《詩・邶風・谷風》：宴爾新昏，如兄如弟。〔施註〕《毛詩・女曰雞鳴》：陳古義以刺今不説德而好色也。從君吏隱中，窮達初不計。云何抱沉疾，俯仰便一世。幽陰凄房櫳，芳澤在巾袂。〔施註〕《楚辭・大招》：粉白黛黑，施芳澤只。百年縱得滿，〔王註〕韓退之詩：百年未滿不得死，且可勤買抛青春。〔施註〕《文選・古詩》：人生不滿百。此路行亦逝。那將有限身，長瀉無益涕。〔施註〕韓退之《歐陽生哀詞》：哭泣無益兮。君文照今古，不比山石脆。當觀千字誄，〔施註〕鄭玄《周禮註》云：誄，謂積累生時德行。寧用百金瘞。〔施註〕《漢・朱建傳》：母死，辟陽侯奉百金祱。〔邵註〕《傳註》：祱，贈終者之衣被。

初秋寄子由

百川日夜逝，物我相隨去。惟有宿昔心，〔施註〕鮑照《白頭吟》：何慙宿昔意，猜恨坐相仍。依然守故處。〔施註〕《文選》江文通《别賦》：惟世間兮重别，謝主人兮依然。【誥案】紀昀曰：發端深警。憶在懷遠驛，〔施註〕懷遠驛，在汴京麗景門河南岸。按，東坡嘉祐六年與子由同奉制策，寓懷遠驛。〔查註〕孟元老《東京夢華録》：諸蕃國朝貢使，多在懷遠驛。閉門秋暑中。藜羹對書史，〔王註〕《笠澤叢書》載陸龜蒙《復友生論文書》云：讀古聖人書，每涵泳義味，獨坐日昃，案上一杯藜羹，如五鼎大牢，饋於左右。揮汗與子同。西風忽凄厲，〔合註〕陶淵明詩：秋日凄且厲。落葉〔三八〕穿户牖。子起尋裌衣，感歎執我手。朱顏不可恃，〔施註〕歐陽永叔《會飲聖俞家》詩：須知朱顏不可恃，有酒當飲且相屬。此語君莫疑〔三九〕。別離恐不免，功名定難期。當時已悽斷，況此兩衰老。失途既難追，學道恨不早。〔施註〕《唐書·裴度傳》：上巳宴羣臣曲江，度不赴。帝賜詩曰：注想待元老，識君恨不早。買田秋已議，築室春當成。〔施註〕歐陽永叔詩：築室買田清潁尾。雪堂風雨夜，已作對牀聲。【誥案】紀昀曰：音節似香山《桐花》詩，但收斂謹嚴耳。

和黄魯直食筍次韻〔四〇〕

〔查註〕黄魯直《食筍》詩云：洛下斑竹筍，花時壓鮭菜。一束酬千錢，掉頭不肯賣。我來白下聚，此族富庖宰。繭栗戴地翻，觳觫觸牆壞。饑饞入中廚，如償食竹債。甘葅和菌耳，辛膳胹薑芥。烹鵝雜股掌，炮鼈亂裙介。小兒哇不美，鼠壞有餘嘬。可貴生于少，古來食共噫。尚想高將軍，五溪無人采。

飽食有殘肉，〔施註〕《漢·霍去病傳》：既還，重車餘棄粱肉，而士有饑者。飢食無餘菜。〔施註〕《毛詩·秦風·權輿》：於我乎夏屋渠渠。今也每食無餘。杜子美《草堂》詩：食薇不敢餘。紛然生喜怒，似被狙公賣。〔合註〕《史記·范雎傳》：須賈大驚，自知見賣。爾來誰獨覺，凜凜白下宰。〔公自註〕太和，古白下。〔王註次公曰〕按魯直是時爲吉州太和縣宰。先是魯直作《食筍》詩寄先生，其序云：太和諸生，窘於用韻，而先生次其韻。《寰宇記》：白下禾山有浮筍，九月末，人得食之。〔查註〕《名勝志》：白下驛，建自隋時，在太和縣東門外，近驛有白口城。《黄山谷年譜》：元豐三年，授吉州太和縣，在任凡三年。《食筍》詩，元豐六年作。〔合註〕山谷《大孤山》詩石刻云：元豐六年癸亥，十有二月，余自太和移德平。則作詩時尚在太和也。一飯在家僧，〔查註〕《名勝志》：元豐四年，魯直令太和，嘗出東郊勸農，歸登快閣隱卧，夢飯鮓魚，及覺，猶若在口也。起散步，行林中，見一老嫗哭墓下，前置飯鮓。試詢之，則曰：「只有此女，死若干年矣。」訊其月日，即庭堅所生之辰。因自贊曰：似僧有髮，似俗無塵。非夢中夢，無身外身。至樂甘不壞。〔施註〕《淮南子》：孟孫至樂不壞。多生味蠹簡，〔施註〕《穆天子傳》：暴蠹書於羽林。註云：暴書中蠹蟲，因云蠹書也。【誥案】紀昀曰：巧不傷雅。食筍乃餘債。〔查註〕《楞嚴經》：償其宿債。蕭然映樽俎，未肯雜菘〔四二〕芥。君看霜雪姿，童稚已耿介。〔施註〕《楚辭》屈原《離騷》：彼堯舜之耿介。《語林》：孫休好射雉，羣臣諫之。答曰：「雖爲小物，耿介過人，所以好也。」胡爲遭暴横，〔合註〕《後漢書·馮異傳》：今諸將多暴横。三嗅不忍嘬。〔施註〕《禮記》：毋嘬炙。朝來忽解籜，勢迫風雷噫。尚可餉三閭，飯筒纏五采。〔合註〕三閭，自喻也。【誥案】紀昀曰：忽然自寓，不粘不脱，信手無痕，而玲瓏四照。

聞子由爲郡僚所捃，恐當去官

〔合註〕《續通鑑長編》：元豐六年七月，國子司業朱服言：筠州學策題三道，乖戾經旨。於是禮部言權教授監本州酒稅蘇轍，乞令本路别差官兼管勾。從之。先生詩或即指此事，故云爲所捃也。

少學不爲身，〔施註〕柳子厚《冉谿》詩：少時陳力希公侯，許國不復爲身謀。宿志固有在。〔合註〕《後漢書·列女傳》：奈何忘宿志而慚兒女子乎？雖然敢自必，用舍置度外。〔施註〕《後漢·隗囂傳》：帝曰：「且當置此兩子於度外。」天初若相我，發跡造宏大。〔施註〕《毛詩·大雅·生民》：而式弘大。《莊子·山木篇》：廣己而造大也。〔合

註〕司馬相如《封禪文》：公劉發跡於西戎。豈敢負所付，捐軀欲投會。〔施註〕《文選》曹子建《三良》詩：誰言捐軀易，殺身誠獨難。《唐書》：投機之會。寧知事大謬，〔王註〕《莊子·繕性篇》：時命大謬。舉步得狼狽。〔施註〕荀悅《漢紀·論》曰：周勃狼狽失據，塊然囚執。《文選》潘安仁《西征賦》：亦狼狽而可愍。《酉陽雜俎》：狼狽是兩物，狽前足絶短，每行，常駕於狼，失狼則不能行。故世言事乖者，謂之狼狽。我已無可言，〔施註〕《後漢·張步傳》：負負，無可言也。墮甑〔四二〕難追悔。子雖僅自免，〔施註〕《左傳·昭公十九年》：叔孫昭子曰：「楚其僅自完也。」《史記·樂毅傳》：僅以身免。雞肋安足賴。〔王註〕《晉書》：劉伶嘗醉，與俗人相忤，其人攘袂奮拳而往。伶徐曰：「雞肋不足以安尊拳。」其人笑而止。〔施註〕《後漢·楊修傳》：曹操欲討劉備，而不得進，欲守之，又難爲功。於是出教，唯曰雞肋而已。外曹莫能曉。修獨曰：「夫雞肋，食之則無所得，棄之則如可惜，公歸計決矣。」乃令外白稍嚴，操於此迴師。低回畏罪罟，〔施註〕《楚辭》屈原《九歌》：心低回兮顧懷。《毛詩·小雅·出車》：豈不懷歸，畏此罪罟。黽勉〔四三〕敢言退。〔施註〕《毛詩·小雅·十月之交》：黽勉從事，不敢告勞。若人疑或使，爲子得微罪。時哉歸去來，〔施註〕《尚書·泰誓上》：時哉弗可失。共抱〔四四〕東坡耒。

次韻王鞏南遷初歸二首

〔合註〕《續通鑑長編》元祐六年六月註載：劉摯云，鞏奇俊有文詞，然不就規檢，喜立事功，往往犯分，躁於進取。坐事，竄南荒三年，安患難，一不戚於懷，歸來，顔色和豫，氣益剛實，此其過人遠甚，不得謂無人於道也。元祐初，司馬光甚悦之，以爲宗正寺丞。意欲有功名，不免時復上書，又有犯分之舉。通判揚州，在任，皎皎當事，府賴以治。更謝景溫、王安禮二守，皆相歡甚，於是有少年之過。代還，除知海州，不滿，意有所干請。呂大防愛其才，憐其有志，改與密州。言者交攻，乃下淮南考按。轉運使張修言有狀，然不指其實迹，乃罷密州，時到官數月矣。還京，索寞久之，用恩例，乞得太平觀，復除宿州。言者交攻之，再下本州考按。林積之意，以爲無事，而其言媕婀不堅決。言者劾積罔上，請再體量，於是中書具坐。諫官鄭雍、姚勔章疏，下淮東提點刑獄王桓按實。鞏曰：「是必欲取其有罪而後已，不可留矣。」乃去南京，以待官期。摯與鞏實連姻，言者攻鞏不釋，意有在也。摯季子蹟，實娶鞏女。又元祐元年十一月《長編》載蘇軾論王鞏奏議，亦云：竄逐萬里，偶獲生還，而容貌如故，志氣愈厲。餘已載先生文集，不多録。

其一

問君謫南賓，野葛〔四五〕食幾尺。〔王註縯曰〕曹操枕刀習毒，啖野葛，至一尺。〔查註〕嵇含《南方草木狀》云：冶葛，毒草也。實毒者，多以生蔬進之。有蕹菜者，南方之奇蔬，以汁滴野葛苗，立時萎死。世傳魏武啖冶葛至一尺，云：「先食此菜。」據此，野亦作冶。逢人瘴髮黃，入市胡眼碧。〔王註堯卿曰〕嶺南人，瘴癘所感，則鬢髮皆黃，其眼，皆作胡人碧色，風土使然也。〔施註〕《北夢瑣言》：嶺南黃茅瘴，患者髮落。三年不易過，【誥案】秦少游《淮海集》：王鞏以元豐七年放歸。但據此句，施編六年並未誤也。坐睨倚天壁。〔王註師曰〕倚天壁，謂村嶺也。歸來貌如故，〔合註〕白樂天詩：容顏盡怪長如故。妙語仍破鏑。〔施註〕《漢・賈捐之傳》：字君房。楊興曰：「君房下筆，言語妙天下。」〔合註〕《世説》：劉尹至王長史許清言。既去，長史曰：「韶音令辭不如我，往輒破的勝我。」詩雖作「鏑」字，而意同也。那能廢詩酒，亦未妨禪寂。〔王註〕維摩詰云：以善方便毘耶離，一心禪寂，攝諸亂意。〔施註〕白樂天《新昌新居》詩：語默不妨禪。願爲尚書郎，還賜上方〔四六〕舄。

其二

江家舊池臺，修竹圍一尺。〔王註〕劉禹錫詩：青松鬱成塢，修竹盈尺圍。歸來萬事非，惟見秦淮碧。〔施註〕山謙之《丹陽記》：始皇鑿金陵，斷方山爲瀆，令淮水貫城中入大江，謂之秦淮。〔查註〕秦淮水有二源，一出句容華山，一出溧水東廬山，合流入方山埭，經石頭城入江。劉禹錫《江總宅》詩：南朝詞臣北朝客，歸來惟見秦淮碧。池臺竹樹三畝餘，至今人道江家宅。《名勝志》：梁江總居青溪旁，園林第宅，冠於一時。平生痛飲處，遺墨鴉棲壁。西來故父客，〔施註〕《漢·吳王濞傳》：周亞夫問故父絳侯客。《史記·張耳傳》：外黃富人女，亡其夫，去抵父客。金印雜鳴鏑。〔施註〕《漢·百官表》：相國丞相，金印紫授。《晉·周顗傳》：殺諸賊奴，取金印如斗大繫肘。曹子建樂府：攬弓捷鳴鏑。三槐老更茂，〔施註〕《周禮·秋官》：朝士，面三槐，三公位焉。東坡《三槐堂銘叙》云：故兵部侍郎晉國王公，嘗手植三槐於庭曰：「吾子孫必有爲三公者。」已而其子魏國文正公相真宗，享福禄榮名者十有八年。其子懿敏公，事仁宗，出入侍從將帥三十餘年。鞏，懿敏子也。花絮春寂寂。〔施註〕徐彥伯《詠雪》詩：花絮落殘機。杜子美《春江》詩：寂寂春將晚，欣欣物自私。中微未可料，〔施註〕《史記·楚世家》：其後中微，或在中國，或在蠻夷。杜子美《泊岳陽城下》詩：圖南未可料。家廟藏赤舄。〔王註援曰〕《詩·豳風·狼跋》：赤舄几几。言周公也。定國，相門之後。〔施註〕《唐·禮樂志》：諸臣之享其親，廟室、服器之數，視其品。開元十二年著令，一品、二品，四廟；三品、三廟；五品，二廟；嫡士，一廟。四品、五品有兼爵，亦三廟。天寶十載，京官正員四品清望及四品五品清官，聽立廟，勿限。廟之制，三品以上九架，廈兩旁。三廟者五間，中爲三室，左右廈一間。室皆爲石室。三品以上有神主，五品以上有几筵。《毛詩·大雅·韓奕》：王錫韓侯，玄衮赤舄。

孔毅父以詩戒飲酒，問買田，且乞墨竹，次其韻

酒中真復有何好，孟生雖賢未聞道。醉時萬慮一埽空，醒後紛紛如宿草。十年揩洗見真妄，〔合註〕《北史·盧同傳》：進則防揩洗之僞。詩意則言拂拭洗滌也。石女無兒焦穀槁。〔施註〕《維摩經》：文殊師利問維摩詰言：菩薩云何觀於衆生？維摩詰言：如焦穀芽，如石女兒。此身何異貯酒瓶，滿輒予人空自倒。武昌痛飲豈吾意，性不違人遭客惱。〔合註〕嵇康《幽憤》詩：性不違物，頻致怨憎。君家長松十畝陰，借我一庵聊洗心。〔合註〕孔平仲有草庵，見前詩。我田方寸耕不盡，〔施註〕《列子·仲尼篇》：方寸之地虛矣。何用百頃糜千金。枕書熟睡〔四七〕呼不起，〔施註〕白樂天《祕書省後廳》詩：白頭老監枕書眠。好學憐君工雜擬。〔王註次公曰〕《文選》有《雜擬詩》，如陸士衡《擬古詩》、何楊源有《效古詩》也。〔施註〕《文選·雜擬詩註》云：雜謂非一類，擬比古志，以明今情。且將墨竹換新詩，潤色何須待東里。

子由作二頌，頌石臺長老問公：手寫《蓮經》，字如黑蟻，且誦萬遍，脇不至席二十餘年。予亦作二首

〔查註〕問公，成都吴氏子，棄俗出家，手書《法華經》，雖老而精進不倦。詳見《欒城集》。

其一

眼前擾擾黑蚍蜉，〔施註〕《爾雅》：蚍蜉，大蟻也。口角霏霏〔四八〕白唾珠。〔王註〕《莊子·秋水篇》：子不見夫唾者乎？噴則大者如珠，小者如霧。〔施註〕李義山詩：口角流沫右手胝。《後漢·趙壹傳》：咳唾自成珠。要識吾師無礙處，〔王註師曰〕文殊師利言：維摩詰智慧無礙。〔合註〕《維摩經》：辨才無礙，游戲神通。試將燒却看嗔無〔四九〕。

其二

眼睛心地兩虚圓，脇不沾牀二十年。〔王註〕《傳燈録》：震旦第四祖道信大師，攝心無寐，脇不至席，僅六十年。〔施註〕《傳燈録》：第十祖本名難生，後值伏馱尊者執侍左右，未嘗睡眠，謂其脇不至席，號脇尊者。誰信吾師非不睡，睡蛇已死得安眠。〔王註子仁曰〕先生《戲吳子野》詩云：飢火盡時無内熱，睡蛇死後得安眠。又《午窗坐睡》云：睡蛇本亦無，何用鉤與手。《次韻定國夜飲》云：且倒餘樽盡今夕，睡蛇已死不須鉤。皆用此也。

鄧忠臣母周氏挽詞〔五〇〕

〔施註〕鄧忠臣，字脊思，潭州湘陰人。第進士，以工於賦頌，爲祕書省正字。憂去，再入館，出倅瀛州。後爲吏部考功郎，祕書少監。有詩十三卷，名《玉池集》。〔翁方綱註〕《玉池集·考校同文館》詩自註：忠臣癸亥六月，以家艱去國，丁卯四月還省。〔合註〕本集《跋鄧慎思石刻》云：軾在黃州，見鄧愼思學士扶護先太夫人喪歸葬長沙。

微生眞草木，無處謝天力。〔合註〕《漢書·霍光傳》：乃天力也。慈顏如春風，不見桃李實。古今抱此恨〔五一〕，有志俯仰失。〔施註〕《文選》陸士衡樂府：眷我耿介懷，俯仰媿古今。公子豈先知，戰戰常惜日〔五二〕。吾君日月照，〔施註〕《莊子·天道篇》：舜曰：「天德而出寧，日月照而四時行。」委曲到肝鬲〔五三〕。〔施註〕《後漢·仲長統傳》：古來繞繞，委曲如瑣。哀哉人子心，吾何愛一邑。〔查註〕曾子固《元豐類藁》，有《鄧忠臣母周氏封縣太君制詞》。《王介甫集·周氏封永嘉縣君》詩中所云一邑，卽永嘉也。家庭拜前後，〔王註〕《公羊傳·文公十三年》曰：周公何以稱太廟於魯？封魯公，以爲周公也。周公拜乎前，魯公拜乎後。〔施註〕《書·洛誥》：王命周公後作册《逸誥》。孔氏傳云：伯禽封命之書皆同在。烝祭之日，周公拜前，魯公拜後。《漢·王莽傳》：子父俱延拜而受之。粲然發笑色。豈比黃壤下，〔施註〕白樂天《過顏處士墓下》詩：厚夜肯教黃壤曉。焚瘞千金璧。〔施註〕《莊子·山木篇》：棄千金之璧，負赤子而趨。若人道德人，視此亦戲劇。〔施註〕《五代史·南唐李景傳》：便議班旋，眞同戲劇。聊儐曾、閔意，遽與仙佛寂。孤纍臥江渚，〔施註〕《漢·揚雄傳》：欽弔楚之湘纍。李奇註曰：諸不以罪死曰纍。〔邵註〕按，孤纍，公自謂也。永望墳墓隔。作詩相楚挽，〔施註〕譙周《法訓》曰：挽歌者，高帝召田横，至尸鄉自殺，從者悲歌，以寄其情。後續之，爲《薤露》、《蒿里》以送喪。至李延年分爲二等，《薤露》送王公貴人，《蒿里》送士大夫庶人，使挽柩者歌之，因呼爲挽歌。見《文選註》。《文選》謝希逸《宋貴妃誄》云：鏘楚挽於槐風。註云：楚，辛楚也。感動〔五四〕淚再滴〔五五〕。〔施註〕杜子美《發同谷縣》詩：臨岐別數子，握手淚再滴。〔合註〕先生先丁成國太夫人艱，此詩首尾，似因鄧母而感觸也，故末句云然。

和蔡景繁海州石室

〔王註堯卿曰〕名承禧。與公同年登第。〔查註〕《撫州舊志》：蔡承禧，臨川人。嘉祐二年進士。〔合註〕《續通鑑長編》：元豐五年正月，蔡承禧由開封府推官出使淮南。〔施註〕東坡在黄，有《答景繁帖》云：朐山臨海石室，信如所諭，前某嘗攜家一游。時有胡琴婢，就室中作《濩索》、《涼州》，凜然有冰車鐵馬之聲。婢去久矣，因公復起一念，若果游此，必有新篇，當破戒奉和也。景繁時爲淮南轉運副使，置司楚州，楚與海之朐山相對，一葦可航，景繁往游，既賦詩，坡爲屬和。前所述，皆指石曼卿「後車仍載胡琴女」云云。蓋皆帖中所云前年開閤，即所謂「婢去久矣，因公復起一念」，用此帖爲證，而詩乃粲然。「因公復起一念」，實用陳鴻《長恨傳》，楊妃語也。〔查註〕《名勝志》：石室，一名錦巖。

芙蓉仙人舊遊處，〔公自註〕石曼卿也。〔查註〕《宋史．文苑傳》：石延年，字曼卿，幽州人。後家於宋。爲文勁健，於詩最工。《六一詩話》：曼卿自少以詩酒豪放自得，氣貌偉然，詩格奇峭，又工於書，體兼顔、柳。曼卿卒後，故人有見之者，恍惚如夢中。言我今爲鬼仙也，所主芙蓉城。欲呼故人往游，不得，憤然騎一驢去如飛。戲將桃核裹黄泥，石間散擲如風雨。坐令空山出錦繡〔五六〕，倚天照海花無數。蒼藤翠壁初無路。〔施註〕《歐陽公詩話》：石曼卿通判海州。以山嶺高峻，人路不通，了無花卉點綴映照，使人以泥裹桃核爲彈，拋擲於山嶺之上。一二歲間，花發滿山，爛如錦繡。花間石室可容車，流蘇寶蓋窺靈宇。〔王註〕龎元英《文昌録》：流蘇五采，錯雜而垂之。摯虞《決疑要注》曰：凡下垂爲蘇。〔施註〕張平子《東京賦》：樹翠羽之高蓋，飛流蘇之騷殺。庾信《燈賦》：翡翠珠被，流蘇羽帳。〔合註〕蔡邕《胡栗賦》：樹遐方之嘉木兮，於靈宇之前庭。何年霹靂起神物，玉棺飛出王喬墓。〔王註〕《後漢·王喬傳》：喬爲葉令，天降玉棺於堂前，吏人推排，終不摇動。喬曰：「天帝獨召我耶？」乃沐浴寢其中，蓋便立覆。宿昔葬於城東，而土自成墳。當時醉卧動千日，至今石縫餘糟醑。〔王註〕范傳正作《李太白墓銘》云：至今尚疑其醉在千日。〔施註〕《博物志》：昔劉元石於中山酒家酤酒，酒家與千日酒，而忘言其節度。歸至家，當醉，家人以爲死，權葬之。酒家計千日滿，往視之，開棺，始醒。仙人〔五七〕一去五十年，花老室空誰作主。手植數松今偃蓋，〔施註〕《玉策記》云：千載松樹，四邊披起，上杪不長，望而視之，有如偃蓋。蒼髯白甲低瓊户。〔王註次公曰〕自首句至此，皆以言石曼卿也。我來取酒酹先生，後車仍載胡琴女。〔施註〕《楚辭·惜誓章》：載玉女於後車。一聲冰鐵散巖谷，〔施註〕白樂天《五絃彈歌》：鐵擊珊瑚一兩曲，冰瀉玉盤千萬聲。海爲瀾翻松爲舞。【誥案】紀昀曰：只四語而淋漓酣足。爾來心賞復何人，〔施註〕《文選》鮑明遠《白頭吟》：心賞猶難恃。持節中郎醉無伍。〔王註次公曰〕此以言蔡景繁爲使來海州也。蔡邕嘗爲左中郎將。〔施註〕《漢·韓信傳》：生乃與噲等伍。蔡景繁時漕淮南，故云持節中郎。獨臨斷岸呼日出〔五八〕，〔施註〕杜子美《稻畦水歸》詩：決渠當斷岸。紅波碧巘相吞吐。〔施註〕韓退之《陸渾山火》詩：山狂谷狠相吞吐。徑尋我語覓餘聲，拄杖彭鏗叩銅鼓。〔施註〕《後漢·馬援傳》：得駱越銅鼓，鑄爲馬式。長篇小字遠相寄，一唱三歎神悽楚。江風海雨入牙頰，〔王註〕《松陵詩集·添漁具詩序》云：江風海雨，槭槭生牙頰間，真世外漁者之才也。【誥案】紀昀曰：鈎心鬬角，觸手玲瓏。似聽石室胡琴語。我今老病不出門，海山巖洞知何許。門外桃花自開落，牀頭酒甕生塵土。〔施註〕白樂天《贈吴丹》詩：酒甕在床頭。前年開閤放柳枝，〔王註〕白樂天《不能忘情吟序》：樂天既老，又病風，乃録家事，會經費，去長物。妓有樊素者，年二十餘，綽綽有歌舞態。善唱《楊枝》，人多以曲名名之。由是名聞洛下，籍在經費中，將放之。素慘然立且拜，婉孌有辭，辭畢，泣下。予愍默不能對，且命反袂，飲素酒，自飲一杯，快吟數十聲，因自哂，題其篇，曰《不能忘情吟》。今年洗心歸佛祖〔五九〕。夢中舊事時一笑，坐覺俯仰成今古。願君不用刻此詩，東海桑田真旦暮。〔王註〕《神仙傳》：麻姑謂王方平曰：「接待以來，已見東海三爲桑田，向到蓬萊，水淺於往日，會時畧半也，豈將復爲陵陸乎？」方平笑曰：「聖人皆言海中復揚塵也。」

喜王定國北歸第五橋〔六〇〕

【誥案】此詩施編不載，查註據外集，補編卷二十六元豐八年十二月《次韻王定國謝韓子華過飲》詩前，已誤，又編《次韻王定國得潁倅》詩後，尤非。考是年，上書言朝政得失者，凡五千人。宜仁付司馬光詳較，光獨取王定國、魯元翰二人。據此，則簾聽之初，定國已在京矣。三月六日，公在南都，聞神宗遺制，有《與定國書》。四月十七日，定國以書寄滕元發報公再起事，並見本集，皆三月前鞏已還京之證也。查註考公事跡，僅能較邵註稍優，故從外集編詩弗疑，亦疎漏之甚矣。今改列此卷內，庶與定國情事爲合。而前有《和定國南遷回見寄》詩，亦足以爲依據云。

白露凄風洗瘴烟，【誥案】七字寫盡南遷之狀。夢回相對兩凄然。雀羅廷尉非當日，鳩杖先生愈少年。〔馮註〕《漢・禮儀志》：杖端刻鳩形。鳩者，不噎之鳥，欲老人不噎。《周禮・夏官》：羅氏獻鳩以養國老。按，漢無羅氏，故作鳩杖以扶老，而《風俗通》乃謂漢高敗於京索，遁叢薄中，鳩正鳴其上，追者以鳥在無人，遂得脫。及即位，異此鳥，故作鳩杖以賜老者。恐未可據。〔合註〕皆見《藝文類聚》。世事飽諳思縮手〔六一〕，主恩未報恥歸田。誰憐第五橋邊水〔六二〕，獨照台州老鄭虔。〔馮註〕《唐·鄭虔傳》：安禄山反，授虔僞職，賊平，貶台州司户參軍。又杜子美《懷台州鄭十八司户》詩：天台隔三江，風浪無晨暮。鄭公縱得歸，老病不識路。

徐君猷挽詞

〔查註〕本集代巢元修所作《遺愛亭記》云：東海徐君猷，以朝散郎爲黄州，每歲之春，與子瞻游安國寺，飲酒於竹間亭。公既去郡，寺僧請名，子瞻名之曰遺愛。據此，則君猷之没，在去黄州之後，但其去郡後，蹤跡無可考耳。〔合註〕先生有《好事近》詞，題云：黄州送君猷。則非終於黄。施氏前註云滿去而殂，蓋離黄未久即卒也。【誥案】徐君猷以六年四月罷任，代者楊君素也。餘並詳總案中。此詩首句，已明言卒於道矣，王、施註之誤，查、合註之辨，皆蛇足也。今酌量分别删存。〔案〕總案元豐六年十一月，有「徐大受卒於道，喪過黄州，公拊棺一慟，爲文祭之」條；有「爲經紀其喪」條；有「作徐大受挽詞」條，條下云，詩有「雪後獨來栽柳處」句，君猷喪過黄州，當在十一月也。

一舸南游遂不歸，〔施註〕《輶軒使者絶代方言》：江湘，船大者謂之舸，小舸謂之艖。【誥案】君猷委家而去，期以半年之别，故詩云遂不歸也。清江赤壁照人悲。〔施註〕《荆州記》：蒲圻縣，沿江一百里，南岸名赤壁。【誥案】此條非是，當引本集《赤壁記》，今載總案中。〔案〕總案元豐三年九月「作游赤壁記」條云：本集《赤壁記云〔六三〕》：黄州守居之數百步爲赤壁。請看行路無從涕，〔王註〕《禮記·檀弓上》：孔子之衛，遇舊館人之喪，入而哭之哀，出曰：「子惡夫涕之無從也。」盡是當年不忍欺。〔施註〕《史記·滑稽傳》：子産治鄭，民不能欺；子賤治單父，民不忍欺；西門豹治鄰，民不敢欺。雪後獨來栽柳處，〔合註〕先生《醉蓬萊》詞，題云：謫居黄州，三見重九，歲與徐君猷會棲霞樓。今年，公將去，乞郡湖南，故作是詞。中云「摇落霜風，有手栽雙柳」，此詩蓋紀實也。首句南遊，即指赴湖南。【誥案】乞郡湖南，無赴湖南乞之理，此説非是。竹間行復采茶時。山城散盡樽前客，舊恨新愁只自知。〔施註〕李後主《秋夕》詩：往愁新恨有誰知。杜子美《解悶》詩：紅顆酸甜只自知。

橄欖

〔查註〕段公路《北户雜録》：橄欖子八九月熟。《廣志》：有大如雞子者。高涼有銀坑橄欖子，細長，味美於他郡產者。江鄰幾《雜志》：橄欖木并花如樗。【誥案】嶺外橄欖，小於閩中，無雞子之説也。此果味在回甘，而其俗通以鹽漬之，名曰鹹欖，失諫果之義矣。

紛紛青子落紅鹽，〔王註次公曰〕江南有紅鹽橄欖，樹高，以紅鹽塗其樹，而子自落。見范景仁《東齋記》。〔沈曰〕《物類相感志》：橄欖、酸棗，皆高數丈。其子深秋熟，但刻其根下方寸許，内鹽於刻痕中，其子皆自然落也。〔施註〕《歸叟詩話》：范景仁云：橄欖木高大難採，以鹽擦木身，則實自落。〔查註〕江鄰幾《雜志》云：將采其實，剥其皮，以薑汁塗之，則盡落。胡仔《苕溪漁隱叢話》辨之曰：余在嶺南七年，見土人采橄欖，未嘗以鹽擦樹身，只以梯采之，或以杖擊之。東坡語，蓋自别出小説也。正味森森苦且嚴。〔施註〕《莊子·齊物論篇》：孰知正味？待得微甘〔六四〕回齒頰，已輸崖蜜十分甜。〔施註〕《本草》：崖蜜又名石蜜，别有土蜜、木蜜。〔顧禧註〕記得《小説》：南人誇橄欖於河東人云：「此有回味。」東人云：「不若我棗。比至你回味，我已甜久矣。」棗，一作柹。〔查註〕《演繁露》云：蜂之釀蜜，即峻崖懸置其窠，是名崖蜜。〔合註〕何焯曰：班固《終南頌》，蜜房留其巔。左思《蜀都賦》：蜜房郁毓被其阜。即所謂崖蜜也。

東　坡〔六五〕

雨洗東坡月色清，市人行盡野人行。【誥案】紀昀曰：風致不凡。莫嫌犖确坡頭路，自愛鏗然曳杖聲。【誥案】此類句出自天成，人不可學。

生日，王郎以詩見慶，次其韻，幷寄茶二十一片

【誥案】王郎乃子由壻王子立也。

《折楊》新曲萬人趨，〔施註〕《莊子·天地篇》：大聲不入於俚耳，《折楊皇華》，則嗑然而笑。獨和先生《于蔿于》。〔施註〕《唐·元德秀傳》：玄宗酺五鳳樓下，命三百里縣令、刺史，各以聲樂集。河内太守輦優伎數百，瓌譎光麗。德秀時爲魯山令，惟樂工數十人，聯袂歌《于蔿于》。《于蔿于》者，德秀所爲歌也。帝聞異之，歎曰：「賢人之言哉，河内人其塗炭乎？」乃黜河内，德秀益知名。但信櫝藏終自售，豈知盌脱本無橅。〔施註〕唐張鷟《朝野僉載》：武后時，宮中謡曰：「杷推侍御史，盌脱校書郎。」揭從冰叟來游宦，〔王註〕《世説》：衛玠妻父樂廣，有重名，議者以爲婦翁冰清，女壻玉潤。〔施註〕《史記·韋玄成傳》：韋玄成復自游宦而起至丞相。肯伴臞仙亦號儒。〔王註〕司馬相如《大人賦序》：以爲列仙之儒，居山澤間，形容甚臞，此非帝王之仙意也。乃作《大人賦》。棠棣並爲天下士，〔王註〕《詩·常棣》：燕兄弟也。《史記》：新垣衍再拜，謝魯仲連曰：「始以先生爲庸人，乃今日知先生爲天下之士也。」〔施註〕《毛詩·小雅·常棣》：常棣之華，鄂不韡韡。凡今之人，莫如兄弟。〔查註〕《常棣》謂王郎之兄子高、弟子敏。芙蓉曾到海

邊〔六六〕郛。〔施註〕胡微之《芙蓉城傳》：爲迥子高作也。〔查註〕先生在湖州，有《與王郎昆仲遶城觀荷花》詩，詩句卽指此事。施註引芙蓉城，與王子立無涉，爲辨正。不嫌霧谷霾松柏〔六七〕，〔合註〕王勃《上武侍極啓》：馳魂霧谷。終恐虹梁荷棟桴。〔王註厚曰〕桴，屈棟也。班固《西都賦》：因瓌材而究奇，抗應龍之虹梁。列棼橑以布翼，荷棟桴而高驤。班彪《王命論》亦云：粢棁之材，不荷棟梁之任。高論無窮如鋸屑，〔王註〕《晉·胡母輔之傳》：字彦國。王澄嘗與人書曰：「彦國吐佳言，如鋸木屑，霏霏不絶。」小詩有味似連珠。〔王註次公曰〕連珠，文章一種名。晉傅玄敍《連珠》云：所謂連珠者，興於漢章之世，班固、賈逵、傅毅三子受詔作之，而蔡邕、張華之徒又廣焉。其文體，詞麗而言約，不指説事情，必假喻以達其旨，而賢者微悟，合於古詩勸興之義，欲使歷歷如貫珠，易覩而可悦，故謂之連珠也。感君生日遥稱壽，祝我餘年老不枯。未辦報君青玉案，〔王註〕張衡《四愁》詩：美人贈我錦繡段，何以報之青玉案。建溪新餅截雲腴。〔合註〕皮日休詩：味似雲腴美。

和秦太虛梅花〔六八〕

〔查註〕《黄魯直集》：花光仲仁出秦、蘇詩卷。兩國士不可復見，開卷絶歎。因花光爲我作梅數枝，及畫烟外遠山，追少游韻記卷末。秦觀《淮海集·和黄法曹憶建溪梅花同參寥賦》詩云：「海陵參軍不枯槁，醉憶梅花愁絶倒。爲憐一樹傍寒溪，花水多情自相惱。清泪斑斑知有恨，恨春相逢苦不蚤。甘心結子待君來，洗雨梳風爲誰好。誰云廣平心似鐵，不惜珠璣與揮掃。月没參橫畫角哀，暗香消盡令人老。天分四時不相貸，孤芳轉盼同衰草。要須健步遠移歸，亂插繁華向晴昊。

西湖處士骨應槁，只有此詩君壓倒。〔施註〕歐陽文忠公《歸田録》：處士林逋，居於杭州西湖之孤山，善爲詩。自逋之卒，湖山寂寞，未有繼者。《摭言》：寶曆中，楊嗣復宴諸生於新昌里第。元、白俱在，賦詩，惟楊汝士詩後成而最佳。元、白歎服。汝士醉歸語子弟曰：「我今日壓倒元、白。」東坡先生心已灰，爲愛君詩被花惱。〔施註〕杜子美《絶句》：江上被花惱不徹，無處告訴只顛狂。多情立馬待黄昏，殘雪消遲月出早。江頭千樹春欲闇，竹外一枝斜更好。〔王註〕林和靖詩：屋簷斜入一枝低。〔查註〕《詩人玉屑》云：東坡《吟梅》詩「竹外一枝斜更好」，語雖平易，頗得梅之幽獨閑静之處。凡詩人詠物，雖平淡巧麗不同，要能以隨意造語爲工。【誥案】紀昀曰：實是名句，在和靖「暗香」、「疎影」一聯上，故無愧色。孤山山下醉眠處，點綴裙腰紛不掃。〔施註〕白樂天《杭州春望》詩：誰開湖寺西南路？草緑裙腰一道斜。註云：孤山寺在湖洲中，草緑時，望如裙腰。萬里春隨逐客〔六九〕來，十年花送佳人老。【誥案】紀昀曰：悲壯似高、岑口吻。去年花開我已病，今年對花還草草。不知〔七〇〕風雨捲春歸，〔施註〕歐陽文忠公《鎮陽園》詩：落絮風卷盡，春歸不留迹。收拾餘香還畀昊。〔王註〕《詩·小雅·巷伯》：投畀有昊。〔施註〕《後漢·光武紀》：不能收拾。

再和潛師

〔查註〕《參寥集·次韻少游和子理梅花》詩云：朔風蕭蕭方振槁，雪壓茅齋欲攲倒。門前誰送一枝梅，問訊山僧少病惱。强將筆力爲君寫，麗句已輸何遜蚤。碧桃丹杏空自妍，嚼蕋嗅香無此好。先生攜酒傍玉叢，醉裏雄辭驚電掃。東溪不見謫仙人，江路還逢少陵老。我雖不飲爲詩牽，不惜山衣同藉草。要須陶令插花歸，醉臥春風軼軒昊。化工未議蘇羣槁，先向寒梅一傾倒。〔施註〕杜子美《奉贈射洪李四丈》詩：心胸已傾倒。江南無雪春瘴生，爲散冰花除熱惱。〔査註〕《翻譯名義》：梵言胡蘇多，此云除一切鬱蒸熱惱。風清月落無人見，〔王註〕唐皮日休《白蓮》詩：無情有恨何人見，月曉風清欲墮時。洗妝自趁霜鐘早。〔王註〕杜子美《西閣三度期嚴明府》詩：金吼霜鐘散。〔施註〕柳子厚《龍城録》：隋開皇中，趙師雄遷羅浮。一日憩於松林間，見一女，淡妝出迓。因與之叩酒家門，相與飲。頃之，醉寢，師雄亦懵然。久之，東方已白，起視，乃在大梅樹下。上有翠羽，啾嘈相須，月落參橫，但惆悵而已。李賀詩云：今朝畫眉早，不待景陽鐘。惟有飛來雙白鷺，〔施註〕杜子美《銅官渚》詩：飛來雙白鷺，過去杳難攀。〔合註〕《古今樂録》：吳王夫差時，有雙白鷺，飛出鼓中入雲。玉羽瓊枝鬭清好。〔合註〕鮑照《舞鶴賦》：振玉羽而臨霞。《楚辭》：折瓊枝以爲羞兮。【誥案】紀昀曰：先着四語，人參寥，便覺有情。吳山道人心似水，〔王註〕《漢書》：鄭崇曰：「臣門如市，臣心如水。」眼淨塵空無可埽。故將妙語寄多情，橫機欲試東坡老。〔王註〕《列子·黄帝篇》：是殆見吾衡氣機也。東坡習氣除未盡，〔施註〕《華嚴經》：斷除一切煩惱習氣。時復長篇書小草。且撼長條餐落英〔七〕，忍飢未擬窮呼昊。〔王註〕《史記·屈原傳》：太史公言：人窮則反本，故勞苦倦極未嘗不呼天也。〔施註〕《爾雅》：夏爲昊天。

海　棠

〔施註〕先生嘗作大字如掌書，此詩似是晚年筆札。與本集不同者，「娟娟」作「渺渺」，「霏霏」作「空濛」，「更」作「故」。墨蹟在秦少師伯陽家，後歸林右司子長。今從墨蹟。

東風〔七二〕嫋嫋〔七三〕泛崇光，〔王註〕《楚辭》宋玉《招魂》：光風轉蕙，泛崇蘭些。【誥案】施註既以嫋嫋爲渺渺，卽不當以白樂天「青雲高渺渺」句釋詩。雲高可見，風高不可見也。《楚辭》「嫋嫋兮秋風」，謂風細而悠揚也。公《赤壁賦》「餘音嫋嫋，不絕如縷」，其命意正同。由是推之，則此句正用《楚辭》也。空濛可從，渺渺必不可從。香霧空濛月轉廊。只恐夜深花睡去，故燒高燭〔七四〕照紅妝。〔合註〕家大人註李義山詩「客散酒醒深夜後，更持紅燭賞殘花」二句云：東坡詩「更燒高燭照紅妝」，從此脫出也。

次韻曹九章見贈

〔查註〕《范忠宣集》中有《和浮光曹九章大夫》詩。此詩當是元豐甲子作，公年四十九，故用蘧伯玉事及《周易・繫辭》語。施註原編自徐移湖卷中，今改正。【誥案】曹九章，卽前卷《弔李臺卿詩敍》內所稱曹光州演甫也。本集《朱元經爐藥記》云：故人曹九章，其子煥爲子由壻。《欒城集》有《祭親家曹演甫文》，敍述公在齊安，因與結姻之事，而作合者，則李公擇也。光、黃接壤，光州卽浮光，九章正守光州，故往還密熟。查註於人父母子女壻倫常之重者，率任意亂註，不知其非，此處又云曹九章名煥，子由壻也。曹煥游嵩山，乃元祐末事，與此題尤無涉，合註從誤，今並刪。其改編此詩甚當，所引范集浮光之句，正是改編確據，卽又不知浮光爲何物，可謂空入寶山矣。

蘧瑗知非我所師，流年已似手中蓍。〔王註縯曰〕手中蓍，謂四十九也。〔施註〕《周易・繫辭上》：大衍之數五十，其用四十有九，按世之明易占者，以蓍四十九揲之而成象。〔查註〕《乾鑿度》：蓍，一百歲方生，四十九莖，足承天地數，聖人采之，而用四十九，運天地之數。正平獨肯從文舉，〔施註〕《後漢·禰衡傳》：字正平。惟善孔融及楊修，融亦深愛其才，上疏薦之。融，字文舉。中散何曾斬孝尼。〔施註〕《晉·嵇康傳》：將刑東市，顧視日影，索琴彈之曰：「昔袁孝尼嘗從吾學《廣陵散》，吾每靳固之，《廣陵散》於今絕矣。」康仕魏爲中散大夫。袁淮，字孝尼。賣劍買牛真欲老，得錢沽酒更無疑。雞豚異日爲同社，〔王註〕韓退之詩：願爲同社人，雞豚燕春秋。應有千篇唱和詩。

上巳日，與二三子攜酒出游，隨所見輒作數句，明日集之爲詩，故辭無倫次

〔王註〕先生《志林》云：黃州定慧院東小山上，有海棠一株，特繁茂。每歲盛開時，必爲置酒，已五醉其下矣。今年，復與參寥及二三子訪焉。則園已易主，主雖市井人，然以余故，稍加培治。山上多老枳木，花白而圓，香色皆不凡，以余故，亦得不伐。既飲，復憩於尚氏之第，尚所居竹林花木皆可喜。醉卧閣上，稍醒，聞坐客崔成老彈雷琴，作悲風曉角，錚錚然，意謂非人間也。晚乃步出城東，入何氏、韓氏竹園，遂置酒竹陰下，興盡乃徑歸。元豐七年三月初三日也。【誥案】此題不作轉韻體，亦見其才之崛强矣。詩家天骨開張，真乃一生受用不盡。

薄雲霏霏不成雨，杖藜曉入千花塢。〔施註〕杜子美《絕句漫興》詩：杖藜徐步立芳洲。柯丘海棠吾有詩，〔王註〕《黃州東坡圖》：柯山四望，直南高丘，故亦名柯丘。東西隅，海棠一株甚茂。獨笑〔七五〕深林誰敢侮。〔施註〕

《三國志·蜀·譙周傳》：誦讀典籍，欣然獨笑。三杯卯酒人徑醉，〔王註〕韓退之詩：三杯取醉不復論，一生長恨春何許。一枕春眠〔七六〕日亭午。竹間老人不讀書，留我閉門誰教汝。〔王註〕《晉·王徽之傳》：吳中士大夫家有竹，欲觀之。便出造竹下，嘯詠良久。主人掃灑請坐，徽之不顧。將出，主人閉門，徽之賞之，盡懽而去。出簷藜〔七七〕枳十圍大，寫真素壁千蛟舞。〔王註〕《東坡圖》：柯丘南尚氏家，有叢枳甚大，公嘗自爲圖之。〔施註〕《南史·顧歡傳》：弟子鮑靈綬，門前有一株樹，大十餘圍。韓退之《山石篇》：時見松櫟皆十圍。東坡作塘今幾尺，〔王註仔曰〕塘在東坡雪堂下，先生詩：會當作塘徑千步。攜酒一勞農工苦。〔施註〕《漢·楊惲傳》：田家作苦，斗酒相勞。却尋流水出東門，壞垣古塹花無主。〔施註〕元微之《崔徽歌》：中垂綬帶花無主。〔合註〕《後漢·光武帝紀》：在壞垣毀屋之下。喻鳧詩：微風古塹花。臥開桃李爲誰妍，對立鵁鶄相媚嫵。〔王註〕鄭文寶詩：日暖鳧驚行哺子，溪深桃李卧開花。〔合註〕《爾雅·釋鳥》：鳽，鵁鶄。郭註：似鳧，脚高，毛冠。《禽經》：鵁鶄睛交而孕。開樽〔七八〕藉草勸行路，〔施註〕白樂天《洛陽春》詩：藉草開一樽。不惜春衫污泥土〔七九〕。〔施註〕庾信《詠畫屏風》詩：春衫拭酒杯。白樂天《約心》詩：青袍塵土涴。褰裳共過春草亭，扣門却入韓家園。〔王註〕《東坡圖》：春草亭、韓家園，皆在東門外。〔施註〕《晉·阮修傳》：意有所思，率爾褰裳，不避晨夕。〔查註〕《名勝志》：春草亭，在黄州東門。《齊安志》：門外有春草亭故基，是也。轆轤繩斷井深碧，〔王註〕盧仝詩：三入寺，曦未來，轆轤無繩井百尺，渴心歸去生塵埃。〔施註〕李賀《美人梳歌》：轆轤咿啞轉鳴玉。秋千〔八〇〕挂索〔八一〕人何所。〔合註〕《古今藝術圖》：鞦韆，本作秋千。映簾空復小桃枝，乞漿不見應門女。施註引《傳奇》裴航事。南上〔八二〕古臺臨斷岸，雪陣翻空迷仰俯。故人饋我玉葉羹，〔查註〕本集《雜記》云：步出城東，入何氏、韓氏竹園，遂置酒竹陰下。有劉唐年主簿者，饋油煎餅餌，其名爲甚酥，味極美。水冷烟消誰爲煮。崎嶇東緼〔八三〕下荒徑，婭姹〔八四〕隔花聞好語。〔施註〕歐陽永叔《莫登樓》詩：婭姹扶欄車兩頭，髧髦垂鬟嬌未羞。更隨落景〔八五〕盡餘樽，〔施註〕杜子美《客至》詩：隔籬呼取盡餘杯。却傍孤城得僧宇。主人勸我洗足眠，〔施註〕《吴志·吕蒙傳註》：上岸擊賊，洗足入船。倒牀不必〔八六〕聞鐘鼓。〔王註〕杜子美《偪仄行》詩：睡美不聞鐘鼓傳。明朝門外泥一尺，〔施註〕白樂天《秋霖》詩：雨暗三秋日，泥深一尺時。始悟三更雨如許。平生所向無一遂，〔施註〕《漢·司馬遷傳》：所以自惟，四者無一遂。茲游何事天不阻。固知我友不終窮，豈弟君子神所予。〔王註〕《詩·大雅·旱麓》：豈弟君子，神所勞矣。〔施註〕韓退之《薦士》詩：微詩公勿誚，豈弟神所勞。【誥案】紀昀曰：此冰叔所謂一林亂石，天然位置者也。其法始自元、白，而筆力則非元、白所及也。

劉監倉家煎米粉作餅子〔八七〕，余云〔八八〕爲甚酥。潘邠老家造逡巡酒，余飲之，云〔八九〕：莫作醋，錯著水來否？後數日，攜家飲郊外〔九〇〕，因作小詩戲劉公，求之〔九一〕

〔查註〕劉監倉，名唐年，時爲黄州主簿。張文潛《宛丘集·潘大臨文集序》云：大臨，字邠老。故閩人，後家黄州。嘗舉於有司，無知其才而力振之於困者。後客死於蘄春。《潘子真詩話》：潘邠老，唐太僕卿季荀之後，衢之曾孫，鯁之子，寓居齊安。得句法於東坡，年未五十，殁。【誥案】潘大臨，乃革之孫，昌言之長子也。查註所引詩話、文序，與《昌言墓誌》同。此詩施編載遺詩中，查註補編。

野飲花間百物無，杖頭惟挂一葫蘆。〔合註〕《太平御覽》引崔豹《古今注》云：瓠，壺蘆也。已傾潘子錯著水〔九二〕，更覓君家爲甚酥。〔合註〕《竹坡詩話》：東坡在黄州時，嘗赴何秀才會，食油果甚酥。因問主人，此名爲何，主人對以無名。東坡又問爲甚酥？坐客皆曰：「是可以爲名矣。」又：潘長官以東坡不能飲，每爲設醴。坡笑曰：「此必錯著水也。」他日忽思油果，作小詩求之。

贈楊耆 并引〔九三〕

西蜀楊耆，二十年前，見之甚貧，今見之亦貧〔九四〕。所異於昔者，蒼顔華髮〔九五〕耳。女無美惡，富者妍；士無賢不肖，貧者〔九六〕鄙。使其〔九七〕逢時遇合，豈減〔九八〕當世〔九九〕之士哉。頃宿扶風〔一〇〇〕驛舍，聞泣者甚怨。問之，乃昔富而今貧者，乃作一詩。今以贈楊君〔一〇一〕

〔查註〕引石刻題云：余三十年前，雨過扶風。夜半，逆旅有歌者，其聲悲甚。起問之，蓋昔富今貧者，余亦爲悽然。因飲之以酒，而作此詩。今日寒雨不止，忽憶其事，且念楊君之棲遲，與逆旅者何異，故出以與之。〔合註〕全集有《與楊耆秀才醵錢帖》，則其貧可知矣。【誥案】此詩施編不載，查註從邵本編卷五罷鳳翔作，誤。以罷鳳翔時推之，三十年前，公猶未墮地也。今以《醵錢帖》乃黄州作，而年月無考，因改附此卷之末。餘已詳卷五案中。〔案〕總案治平元年十二月十七日，有「罷〔鳳翔〕簽判任」條，時東坡二十九歲。

孤村微雨送秋涼〔一〇二〕，逆旅愁人怨夜長。不寐相看惟櫪馬，〔馮註〕杜子美《守歲》詩：盍簪喧櫪馬。悲歌〔一〇三〕互答有寒螿。〔合註〕《方言註》：寒蜩，螿也。似小蟬而色青。天寒滯穗〔一〇四〕猶横畝〔一〇五〕，〔馮註〕《詩·小雅·大田》：彼有遺秉，此有滯穗。歲晚空機任倚牆〔一〇六〕。〔合註〕柳子厚詩：機杼空倚壁。勸爾一杯聊復睡〔一〇七〕，〔馮註〕孫晧《爾汝歌》：昔與汝爲隣，今與汝爲臣。上汝一杯酒，令汝壽萬春。《晉·孝武帝紀》云：末年長星見，帝心甚惡之。於華林園，舉酒祝之曰：「長星勸汝一杯酒，自古何有萬歲天子耶？」人間貧富海茫茫。

卷二十二校勘記

〔一〕正月　集本、類本作「二月」。

〔二〕無賴　查註、合註：「賴」一作「奈」。

〔三〕次韻孔毅父集古人句見贈五首　集甲無「五首」二字。集乙「五首」二字爲題下原註。類本「句作「詩」。

〔四〕他人　類本作「古人」。

〔五〕猩脣　合註：「脣」一作「紅」。

〔六〕半段槍　集甲作「半斷槍」。

〔七〕喪魄　類丙原註：「喪」，去聲。

〔八〕默誦　類本作「嘿誦」。按，「嘿」，同「默」。

〔九〕食甘　集甲、類丙作「食柑」。

〔一〇〕大寒步至東坡贈巢三　西樓帖有此詩，詩後書：「右調巢生一首」。施註所云「此詩墨蹟，刻石成都府治」，當即西樓帖。

〔一一〕暗塵　西樓帖作「細塵」。

〔一二〕誰與　合註：一作「與誰」。「破竈」句下「詰案」「柴濕」，「濕」疑爲「濕」之誤。

〔一三〕一瓢　西樓帖作「一樽」。查註、合註：「瓢」一作「尊」。按：合註引施註註文作「尊」。

〔一四〕馭吏　西樓帖作「御吏」。

〔一五〕寒螿呻　類本作「寒螿聲」。合註謂「聲」譌。

〔一六〕莫怨天　西樓帖作「勿怨天」。

〔一七〕共享　西樓帖作「共饗」。

〔一八〕菜之美者……有吾鄉……故人……余去鄉　類丙無「之」、「有」、「故人」、「鄉」等字。

〔一九〕點酒　盧校：「酥酒」。

〔二〇〕齊安民　集本、類本作「齊安人」。

〔二一〕頤山　七集作「顧山」。

〔二二〕粲然　七集作「燦然」。

〔二三〕低徊　七集作「低回」。
〔二四〕紈綺　七集作「綺紈」。
〔二五〕事研討　七集作「自研討」。
〔二六〕陸子　七集「子」缺字。
〔二七〕蟀培　查註、合註：「培」一作「碚」。
〔二八〕形骸　七集作「形體」。
〔二九〕口腹　七集作「心腹」。
〔三〇〕招客　七集作「佳客」。
〔三一〕置廚籠　查註、合註：「置」一作「付」。
〔三二〕夜雨　集本、類丙作「雨夜」，類甲、類乙作「夜雨」。查註：一作「雨後」。
〔三三〕堪著客　查註：別本「客」作「處」者訛。
〔三四〕焚香　集本、類本作「燒香」。
〔三五〕如水　查註、合註：「如」一作「似」。
〔三六〕挂起　七集「挂」字模糊，似「拄」字，繆荃孫覆刻明成化本作「拄」。
〔三七〕記初歡　類本作「託初歡」。
〔三八〕落葉　類本作「落日」。
〔三九〕莫疑　集本、類本作「勿疑」。

〔四〇〕和黃魯直食筍次韻　查註無「次韻」二字。

〔四一〕菘芥　查註、合註：「菘」一作「松」，訛。

〔四二〕墮甑　集乙作「墜甑」。

〔四三〕黽勉　集本作「黽俛」。

〔四四〕共抱　查註、合註：「抱」一作「把」。

〔四五〕野葛　集本作「冶葛」。集甲原校：「冶」一作「野」。類甲作「治葛」，「治」當爲「冶」之誤。

〔四六〕上方　集本、類本作「尚方」。

〔四七〕熟睡　原作「睡熟」。今從集本、類本。

〔四八〕霏霏　類本作「紛紛」。

〔四九〕看瞋無　集乙作「看嗔無」。

〔五〇〕鄧忠臣母周氏挽詞　集本、類本無「氏」字。合註：一本無「周氏」二字。

〔五一〕抱此恨　集乙作「把此恨」。

〔五二〕常惜日　類本作「嘗惜日」。

〔五三〕肝鬲　集本、類本作「肝膈」。《正字通》：「鬲」，通「膈」。

〔五四〕感動　集本、類本作「感慟」。

〔五五〕再滴　七集作「載滴」。

〔五六〕出錦繡　原作「作錦繡」。今從集本、類本。

〔五七〕仙人　查註：一本「仙」作「山」者訛。

〔五八〕呼日出　集本、類丙作「呼出日」。類甲、類乙「呼」作「無」，類丁「呼」作「撫」；「無」疑爲「撫」之誤。

〔五九〕歸佛祖　集本、類本作「參佛祖」。

〔六〇〕喜王定國北歸第五橋　七集題作「第五橋」。

〔六一〕縮手　合註：「縮」一作「束」。

〔六二〕橋邊水　七集作「橋東水」。外集作「橋邊月」。

〔六三〕本集赤壁記云　查《東坡七集》中之前集、後集、續集，無《赤壁記》。《津逮祕書》本《東坡題跋》卷六有此文，題作《記赤壁》。又此文亦見《東坡志林》卷四，題作《赤壁洞穴》。

〔六四〕微甘　查註、合註：「微」一作「餘」。

〔六五〕東坡　類丙「坡」字後有「一首」二字。

〔六六〕海邊　查註、合註：「海」一作「水」。

〔六七〕靈松柏　類本作「埋松柏」。

〔六八〕和秦太虛梅花　《法書贊》卷二十六有《張安國書坡詩帖》，所書坡詩，卽此詩。

〔六九〕逐客　《法書贊》作「遠客」。

〔七〇〕不知　集本作「不如」。

〔七一〕餐落英　類本作「飧落英」。

〔七二〕東風　類甲、類丙作「東方」。

〔七三〕嫋嫋　查註作「嬝嬝」。合註作「渺渺」。按，《康熙字典》引《六書故》：「嫋」，俗作「嬝」。

〔七四〕故燒高燭　集本、類甲、類乙作「更燒高燭」。類丙作「高燒銀燭」。

〔七五〕獨笑　類丙作「獨秀」。

〔七六〕春眠　集本、類本作「春睡」。

〔七七〕藂　合註：一作「聚」，訛。

〔七八〕開樽　集本、類本作「開瓶」。

〔七九〕污泥土　集乙、類甲作「汙泥土」。

〔八〇〕秋千　集甲、類本作「鞦韆」。參「秋千」句下合註。

〔八一〕挂索　集本、類本作「索挂」。

〔八二〕南上　查註、合註：「南」一作「山」，查云「山」訛。

〔八三〕緼　集甲作「蘊」。按，《漢書·蒯通傳》王先謙補註：「緼」與「藴」通。

〔八四〕姹　集甲作「奼」。按《集韻》：「奼」，《説文》，少女也。或作「姹」。

〔八五〕落景　原作「落影」。今從集本、類本。

〔八六〕不必　集本、類本作「不復」。

〔八七〕劉監倉家煎米粉作餅子云云　施乙、七集此題有二詩。其第一詩「一杯連坐兩髯棋」云云，外集入卷六，題爲「春日與閑山居士小飲」；查註、合註收入補編中。

〔八八〕余云　施乙作「東坡云」。外集作「坡名」。

〔八九〕余飲之云　施乙「余」作「東坡」，外集作「坡」。七集無「云」字。

〔九〇〕數日攜家飲郊外　施乙「數日」二字，在「外」字下。七集「數日」後有「余」字，外集有「坡」字。

〔九一〕求之　七集「之」字後有「二首」二字。

〔九二〕著水　外集作「看水」。

〔九三〕贈楊耆并引　原無此五字，今據類本加。類本以「西蜀楊耆二十年前」云云爲引，今從。外集題作「扶風驛舍聞歌者」，以「西蜀楊耆二十年前」云云爲跋文。「西蜀楊耆二十年前」云云爲七集之題。

〔九四〕今見之亦貧　類本、外集作「今復見之益貧」。

〔九五〕華髮　類本、外集作「白髮」。

〔九六〕貧者　類本、外集作「窮者」。

〔九七〕使其　外集作「使者」。

〔九八〕豈滅　類本、外集作「豈必滅」。

〔九九〕當世　外集作「當時」。

〔一〇〇〕扶風　七集作「長安」。

〔一〇一〕聞泣者甚怨問之乃昔富而今貧者乃作一詩今以贈楊君　類丙作「夜半逆旅有歌者，其聲悲甚，起問之，蓋昔富今貧者，余亦爲悽然，因飲之以酒而作此詩，今日寒雨不止，忽憶其事，且念楊君之栖遲，與逆旅者何異，故出以與之」。類甲「栖遲」作「栖屑」，外集「且」墨釘，餘皆同類丙。

〔一〇二〕微雨送秋涼　原作「漸雨逐秋涼」。今從類本、外集。盧校：「漸」，當作「微」；「逐」，當作「送」。

七集作「漸雨逐秋涼」，原校：「漸」，一作「微」。

〔一〇三〕悲歌　七集作「愁吟」，七集原校：一作「悲歌」。

〔一〇四〕滯穗　查註：石刻「穗」一作「穟」。按：《經典釋文》：「穗」，本亦作「穟」。

〔一〇五〕横畝　查註、合註：「横」一作「棲」。盧校：「横」，當作「棲」。今仍依底本。

〔一〇六〕任倚牆　類本、七集作「尚倚牆」。

〔一〇七〕復睡　外集原校：「睡」一作「飲」。

蘇軾詩集卷二十三

古今體詩四十四首

【誥案】起元豐七年甲子三月，責授檢校尚書水部員外郎汝州團練副使本州安置不得簽書公事，四月，離黃州，五月赴筠，七月至金陵作。

別黄州

〔合註〕《續通鑑長編》：自黄移汝，在七年正月二十一日。蓋紀有命之日也。【誥案】自此詩起以下，皆乞常道中作。

病瘡老馬不任鞿，〔王註〕杜子美《瘦馬行》詩：日莫不收烏啄瘡。〔施註〕《漢・刑法志》：以鞿而御駻突。顔師古曰：馬絡頭曰鞿。猶向君王得敝幃〔一〕。〔王註任居實曰〕《曲禮》：敝帷不棄，爲埋馬也。〔次公曰〕《曲禮》乃是「帷」字，在支字韻，今微字韻中「幃」字註云：單帳也。今豈乃單幃之義乎？【誥案】《玉篇》：帷，幕也，帳也。《説文》：帷在上曰幕。《廣雅》：幕，帳也。《玉篇》：帳，帷也，張也。《史記・高帝紀》：復留止張飲三日。註：張幃帳也。又，《文帝紀》：令幃帳不得文繡。《詩・衛風・氓》：漸車帷裳。傳：帷裳，童容也。疏：童容，以幃障車之傍，如裳，以爲容飾，故或謂之幃裳。凡此，「帷」、「幃」義並通。但經傳少用幃字，故如《禮・檀弓》帷堂、《左傳》帷裹之類，皆從帷。卽「敝帷不棄，爲埋馬也」，二句，亦出《檀弓》。王註謂出《曲禮》者，並誤，均應駁正。桑下豈無三宿戀，〔施註〕《四十二章經》：沙門日中一食，樹下一宿，慎勿再矣。《後漢·襄楷傳》：浮屠不三宿桑下，不欲久生恩愛，精之至也。樽前聊與一身歸。〔施註〕牛僧孺《贈汝州劉中丞》詩：休論世上升沉事，且鬬樽前見在身。長腰尚載撑腸米，〔查註〕《韻語陽秋》：長腰米，楚人語也。濶領先裁蓋瘦衣。〔王註〕《韻語陽秋》云：汝人多苦瘦。故歐陽公《汝瘦》詩云：傴婦垂甕盎，嬌嬰包卵觳。無由辨肩頸，有類龜縮殼。梅聖俞詩云：女慙高掩襟，男衣闊裁領。投老江湖終不失，〔王註〕《晉書》：王羲之曰：懷祖投老，可得僕射。【誥案】神宗手詔，有「人才實難，不忍終棄」之語，此句之本意也。紀昀曰：已邀量移，似乎漸可自遂，故有此句。來時莫遣故人非。【誥案】紀昀曰：來時作將來解，非字作非譏解。

和參寥

〔查註〕《參寥集·留別雪堂呈子瞻》詩云：策杖南來寄雪堂，眼看花絮又風光。主人今是天涯客，明日孤帆下淼茫。【誥案】此詩施編不載，查註從邵本補編上卷之末，今改編於此。

芥舟只合在坳堂，〔馮註〕《莊子·逍遥遊篇》：覆杯水於坳堂之上，則芥爲之舟，置杯焉則膠，水淺而舟大也。紙帳心期老孟光。不道山人今忽去，曉猨〔二〕啼處月茫茫。

過江夜行武昌山上〔三〕，聞黄州鼓角

〔合註〕《梁溪漫志》：東坡去黄，夜行武昌，回望東坡，聞黄州鼓角，淒然泣下。【誥案】黄州在江

北，公自此往游廬山，并視子由於筠，故渡江而南也。

清風弄水月銜山，〔王註〕李太白《烏棲曲》詩：青山猶銜半邊日。幽人夜度吴王峴。〔王註任居實曰〕吴王峴，在武昌西山九曲亭下。〔汪信民曰〕《志林》云：孫仲謀泛江，自樊口鑿山通道歸武昌，今猶謂之吴王峴。黄州鼓角亦多情，〔施註〕吴兢《樂府古題要解》：横吹曲有鼓角。舊説云，蚩尤氏帥魑魅與黄帝戰，帝始命吹角，爲龍鳴以禦之。其後，魏武北征烏丸，越涉沙漠，軍士聞之，悲而思歸，於是減爲半鳴，尤更悲矣。唐樂令，諸道行軍應給鼓角者，三萬人已上，角十四具，鼓二十四面；二萬已上，角八，鼓十四；萬人以上，角六，鼓十；不滿萬人，臨時量給，三分減一。送我南來不辭遠。【誥案】紀昀曰：語特深秀。江南又聞出塞曲，〔王註〕《晉書·劉疇傳》：曾避亂塢壁，賈胡百數欲害之，疇無懼色。援笳而吹之，爲《出塞》、《入塞》之聲，以動其游客之思。於是羣胡皆垂泣而去。〔施註〕《古今樂録》：横吹，胡樂也。張騫入西域，傳其法於長安，李延年因之，更造新聲。後漢以給邊將，萬人將軍得之。有《黄鵠》、《隴頭》、《出塞》、《入塞》等十曲。見《班超傳註》。半雜江聲作悲健。〔王註〕杜子美《閣夜》詩：五更鼓角聲悲壯。誰言萬方聲一槩，〔王註〕杜子美《秦州雜詩》：鼓角緣邊郡，川原欲夜時。萬方聲一槩，吾道竟何之？鼉憤龍愁爲余變。我記江邊枯柳樹，【誥案】紀昀曰：縈拂有致。未死相逢真識面。〔施註〕杜子美《奉贈韋左丞丈》詩：李邕求識面，王翰願卜隣。他年一葉泝江來，還吹此曲相迎餞。【誥案】紀昀曰：結本位，密。

岐亭〔四〕五首并敍〔五〕

【誥案】公此敍及第五詩，作於初至九江，查註改編甚當。餘詳案中。〔案〕總案云：公至九江，即與季常贈别。乃施註原編至筠州、至廬山而後編此五首於九江，是季常守候至六月矣。詩有

「吾非固多矣，君豈無一缺」句，臨别似此相勉，必不去後遽戲其久死之妻。

元豐三年正月，余始謫黄州。至岐亭北二十五里山上，有白馬青蓋來迎者，則余故人陳慥季常也。爲留五日，賦詩一篇而去。明年正月〔六〕，復往見之，季常使人勞余於中途。余久不殺，恐季常之爲余殺也，則以前韻作詩，爲殺戒以遺季常。季常自爾〔七〕不復殺，而岐亭之人多化之，有不食肉者。其後數往見之，往必作詩，詩必以前韻〔八〕。凡余在黄四年，三往見季常，季常七來見余〔九〕，蓋相從百餘日也。七年四月，余量移〔一〇〕汝州，自江淮徂洛，送者皆止慈湖，而季常獨至九江。乃復用前韻，通爲五首〔一一〕以贈之。

其一

昨日雲陰重，東風融雪汁。〔合註〕《禮記·月令》：天時雨汁。註：雨汁者，水雪雜下也。遠林草木暗，近舍〔一二〕烟火濕。〔王註〕孟郊《聯句》：儒宫烟火濕。鄭谷《雪中》詩：亂飄僧舍茶烟濕。下有隱君子，〔施註〕《史記·老子傳》：老子，隱君子也。嘯歌方自得。〔施註〕陶淵明《飲酒》詩：嘯傲東軒下，聊復得此生。知我犯寒來，〔合註〕沈約詩：春色犯寒來。呼酒意頗急。〔施註〕韓退之《醉贈張祕書》詩：今日到君家，呼酒持勸君。撫掌動鄰里，遠村捉鵝鴨〔一三〕。〔施註〕杜子美《成都草堂》詩：不教鵝鴨惱比鄰。【誥案】客有過韻山堂舉此句者，云：後篇戒殺，此句何不禁捕耶？答曰：本集尚有「殺盡西村鷄」句，亦多有殺牛之語，此即《詩·大雅·雲漢》「周餘黎民，靡有孑遺」之意，不以辭害義也。且此乃敍初至季常家，舉家欣動之情，已見其妻不妬。要知客在堂而内妬，欲求甘旨不失飪者鮮矣。後詩戒殺，乃明年重到所作，正以其前此多殺故也，與此尤可參看。房櫳鏘器聲，〔王註〕《魏志》：曹操過呂伯奢，聞其食器聲，以爲圖己，遂夜殺之。蔬果照巾冪。〔施註〕《周禮·天官》：冪人，掌其巾冪。久聞蔞蒿美，〔合註〕《爾雅》：蔞，蒿也。初見新芽赤。洗盞酌鵝黄，磨刀削熊白。須臾我徑醉，坐睡落巾幘。〔施註〕《晉·庾敳傳》：頽然而醉，幘墮几上。醒時夜向闌，唧唧銅瓶泣。【誥案】紀昀曰：「泣」字押得生而穩。黄州豈云遠，但恐朋友缺。〔施註〕《詩序》：伐木廢則朋友缺矣。我當安所主，君亦無此客。朝來静菴〔四〕中，【誥案】岐亭，乃季常所居之地也，静菴，乃季常所居之名也。此句「静菴中」一作「坐菴中」，誤。曉嵐以「坐」字爲是，蓋疑静字亦作虚字用，故以爲不若坐字也。其説不可從。惟見峰巒集。〔施註〕杜子美《龍門鎮》詩：古鎮峰巒集。【誥案】公以元豐庚申正月二十五日，初至岐亭，遇季常，留静菴五日，乃作此詩時也。紀昀曰：結得超遠。

其二

我哀籃中蛤，閉口護殘汁。〔合註〕《東坡題跋》云：去年下獄得脱，自此不殺一物，有餉蟹蛤者，皆放之江中。卽此詩意也。又哀網中魚，開口吐微濕。〔施註〕《莊子·大宗師篇》：魚相呴以濕，相濡以沫，不如相忘於江湖。刳腸彼交病，〔施註〕《莊子·外物篇》：神龜知能七十二鑽，而無遺筴，不能避刳腸之患。陶淵明《歸去來序》：飢凍雖切，違己交病。過分我何得。〔合註〕白樂天詩：榮寵尋過分。相逢未寒温，〔施註〕《唐·武攸緒傳》：親貴來謁，道寒温外，默無所言。相勸此最急。不見盧懷慎，烝壺似烝鴨。坐客皆忍笑，髡然發其冪。〔王註次公曰〕據《盧氏雜説》：烝壺是鄭餘慶，而先生指爲盧懷慎，豈懷慎事同此，而别有出處耶？〔施註〕《唐·盧懷慎傳》云：清儉不營産業，既屬疾，宋璟、盧從愿候之，日晏，設烝豆兩器，菜數杯而已。不見王武子，每食刀几〔一五〕赤。琉璃載烝豘〔一六〕，中有人乳白。〔王註〕《晉・王濟傳》：字武子。性豪侈，麗服玉食。武帝嘗幸其宅，供饌甚豐，悉貯琉璃器中。烝豘甚美，帝問其故。答曰：「以人乳烝之。」帝色甚不平，食未畢而去。濟死，年四十六歲。盧公信寒陋，〔合註〕《北齊書・樊遜傳》：門族寒陋。衰髮得滿幘。〔王註次公曰〕衰髮滿幘，言其壽也。而新、舊唐史並不見其死之年歲，惟鄭餘慶則云，死年七十六也。武子雖豪華，未死神已泣。〔王註〕《黄庭經》：長生至慎房中急，何謂死作令神泣。【誥案】公極自賞此句，嘗以告之王定國。紀昀曰：五字自警策。先生萬金璧，護此一蟻缺。〔王註〕《抱朴子》：以蟻鼻之缺，損無價之淳鈞。一年如一夢，百歲真過客。〔王註〕李太白《桃李園序》云：天地者，萬物之逆旅；光陰者，百代之過客。又按李太白《擬古》詩：生者爲過客，死者爲歸人。君無廢此篇，嚴詩〔一七〕編杜集。〔王註次公曰〕嚴，謂嚴武；杜，謂杜甫。杜詩集載嚴武詩數篇。【誥案】元豐辛酉正月二十日，重赴岐亭，潘丙、古耕道送至女王城，止於東禪。二十一日，宿團風鎮，二十二日至岐亭，乃作此詩時也。紀昀曰：純是香山門徑。

其　三

君家蜂作窠，歲歲添漆汁。〔王註〕《物類相感志》云：蜂窠極大者，圍一二尺，其綴不過小索許大，云是十姑樹汁，猶漆類，故綴牢耳。〔合註〕二句似喻其屋小而人增也，與下添丁意合。我身牛穿鼻，〔王註〕《莊子・秋水篇》：牛馬四足，是謂天。落馬首，穿牛鼻，是謂人。卷舌聊自濕。一年三過君，此行真得得。〔王註〕韓退之詩：上去無得得，下來亦悠悠。愛君似劇孟，扣門知緩急。〔王註〕《漢・爰盎傳》：雒陽劇孟嘗過盎，盎善待之。安陵富人有謂盎曰：「劇孟博徒，將軍何自通之？」盎曰：「劇孟雖博徒，然母死，客送喪車千餘乘，此亦有過人者。且緩急人所有，夫一旦扣門，不以親爲解，不以在亡爲辭，天下所望者獨季心、劇孟。今公陽從數騎，一旦有緩急，寧足恃乎？」家有紅頰兒，〔施註〕韓退之《晚秋聯句》：青娥翳長袖，紅頰吹鳴籥。能唱《綠頭鴨》。〔王註次公曰〕《綠頭鴨》，曲名。行當隔簾見，〔施註〕《南史》：夏侯亶有妓妾十數人，並無被服姿容，每有客，常隔簾奏伎。花霧輕冪冪。〔施註〕韓退之《叉魚》詩：蓋江烟冪冪。爲我取黄封，親拆官泥赤。〔施註〕京師官法，酒以黄紙或黄羅絹封冪瓶口，名黄封酒。仍須煩素手，自點葉家白。〔王註次公曰〕葉家白，建谿茶名。〔賈巖老曰〕按《北苑拾遺録》云：北苑之地，以谿東葉布爲首稱，葉應言次之，葉國又次之。凡隸籍者，一千餘户。〔施註〕《茶録》：建州葉氏多茶山，每歲貢焉。樂哉無一事，〔施註〕杜子美《今夕行》詩：咸陽客舍一事無。十年不蓄犢。閉門弄添丁，哇笑〔一八〕雜呱泣。〔施註〕《尚書·益稷》：禹曰：「啓呱呱而泣，予弗子，惟荒度土功。」西方正苦戰，誰補將帥缺。披圖見八陣，〔王註〕獨孤及作《風后八陣圖記》，其要云：夫八宫之位正，則數不惑神不忒，故八其陣所以定位也。衡抗於外，軸布於內，風雲附其四維，所以備物也。虎張翼以進，蛇向敵而蟠，飛龍翔鳥，上下其勢，所以致用也。至若疑兵以固其餘地，游軍以案其後列，門具將發，然後合戰。弛張則二廣迭舉，犄角則四奇皆出。必使陷堅陣，拔深壘，若星馳天旋，雷動山破。合散更主客。〔集本、施乙原註〕更，平聲〔一九〕。〔施註〕《老子》云：用兵有言，吾不敢爲主而爲客。不須親戎行，〔施註〕《左傳·成公二年》：韓厥曰：「屬當戎行，無所逃隱。」杜子美《壯游》詩：涿鹿親戎行。坐論教君集。〔施註〕《周禮·冬官考工記》：國有六職，百工與居一焉。或坐而論道，或作而行之。《唐·侯君集傳》：始，太宗命李靖教君集兵法。既而奏靖且反，兵之隱微，不以示臣。帝以讓靖。靖曰：「方中原無事，臣之所教，足以制四夷，而求盡臣術，此君集欲反耳。」【誥案】元豐辛酉十一月，李公擇自龍舒出，按行抵浮光，相約會於岐亭。十二月初一日，公發黄州，宿於團風鎮，初二日晚，至岐亭，乃作此詩時也。

其四

酸酒如虀湯，甜酒如蜜汁。〔合註〕白樂天詩：户大嫌甜酒。三年黄州城，飲酒但飲濕。〔查註〕飲酒一作乏酒，見張耒《宛丘集註》中。【誥案】「乏酒」非是，據陸務觀記秦少游語云：此先生「飲酒但飲濕」而已。正用此詩全句也。我如更揀擇，一醉豈易得。幾思壓茅柴，〔王註續曰〕南方有茅柴酒。〔次公曰〕茅柴，乃村落所釀醨薄酒也。【誥案】謂飲之一熱便過，遽熄如茅柴也。禁網日夜急。〔王註續曰〕酒禁嚴也。〔施註〕《漢·循吏傳序》：禁網疏闊。西鄰椎甕盎〔三〇〕，〔王註〕《漢書·趙廣漢傳》：守京兆尹，至霍光子博陸侯禹第，直突入其門，廋索私屠酤，椎破盧罌。醉倒猪與鴨。〔施註〕韓退之《紅芍藥》詩：花前醉倒歌者誰。君家大如掌，破屋無遮羃。〔王註〕《方山子傳》：其家環堵蕭然，而妻子奴婢，皆有自得之意。何從得此酒，冷面妒君赤。〔施註〕俗諺有「無錢喫酒，妒人面赤」之語。定應好事人，〔施註〕陶淵明《飲酒》詩：時賴好事人，載醪袪所惑。千石供李白。〔施註〕李太白《贈韋南陵》詩：愁來飲酒二千石，寒灰重暖生陽春。山翁醉後能騎馬，別是風流賢主人。爲君三日醉，〔施註〕《漢·高祖紀》：張飲三日。蓬髮不暇幘。〔施註〕《漢·揚雄傳》：頭蓬不暇梳。夜深欲踰垣，卧想春甕泣。〔王註次公曰〕春甕泣，以言酒熟而泣泣然也。兩句之意，暗使《畢卓傳》「比舍郎酒熟，夜至其甕間竊取」也。君奴亦笑我，鬢齒行禿缺。三年已四至，歲歲遭惡客。人生幾兩屐，莫厭頻來集。〔施註〕《晉·王羲之傳·蘭亭序》：少長咸集。【誥案】公自元豐庚申至壬戌，凡四至岐亭，皆其妻存日也。下年癸亥，柳氏病没，而公適有疾，自此亦不更至，以是知以杖擊壁之説誣也。是年春初，公作雪堂，既而相田至沙湖，遂游蘄水，有《報季常書》，未嘗至岐亭也。其四至，當在秋冬間，而集無考。本案附載十二月杪。紀昀曰：此首亦真樸。

其五

枯松强鑽膏，槁竹欲瀝汁。〔合註〕竹瀝，見《本草》。兩窮相值遇，相哀莫相濕。〔合註〕相濕用《莊子》，見前第二篇。不知我與君，交游竟何得。心法幸相語，〔施註〕白樂天《夢裴相公》詩：自我學心法，萬緣成一空。頭然未爲急。〔王註〕《梵網經序》：當求精進，如救頭然。但念無常，慎勿放逸。願爲穿雲鶻，〔施註〕杜子美《送程録事》詩：莫作翻雲鶻，聞呼向禽急。莫作將雛鴨。〔合註〕《宣和畫譜》：易元吉有《雛鴨圖》。我行及初夏〔二〕，【誥案】此公與季常以四月别於九江之證也。煮酒映疏羃。〔施註〕《周禮·天官》：羃人，以疏布巾羃八尊。故鄉在何許，西望千山赤。兹游定安歸，東泛萬頃白。一歡寧復再，起舞花墮幘。將行〔三〕出苦語，不用兒女泣。〔施註〕《後漢·來歙傳》：謂蓋延曰：「呼巨卿，欲相屬以軍事，而反效兒女子涕泣乎？」吾非固多矣，君豈無一缺。【誥案】紀昀曰：此古人臨别贈言之意，不似後來，但以好語相媚。各念别時言，閉户謝衆客。【誥案】紀昀曰：更歷憂患之言。空堂淨掃地，〔施註〕白樂天《閑居》詩：深閉竹間扉，淨掃松下地。虚白道所集。〔施註〕《莊子·人間世篇》：虚室生白。又，《庚桑楚篇》：宇泰定者，發乎天光。【誥案】此詩本年四月，作於九江，季常辭歸，公即與參寥入廬山。若仍施編，季常當守候至六月矣。

初入廬山三首

〔查註〕《水經注》：王彪之《廬山賦序》，廬山，彭澤之山也。周景式《廬山記》云：匡俗廬於此山，世稱廬君，故山取號焉。《元和郡縣志》：廬山本在潯陽縣東三十二里，名鄣山。昔匡俗，字子孝，隱淪於此。《太平寰宇記》：匡俗結廬於此山，仙去，空廬尚在，故曰廬山。

其一

青山若無素，〔施註〕《漢·張禹傳》：忽忘雅素。偃蹇不相親。〔王註次公曰〕先生詩又云：青山偃蹇如高人。又曰：登臨不得要，萬象各偃蹇。要識廬山面，他年是故人。〔公自註〕山南山面也。

其二

自昔懷清賞，〔合註〕謝朓詩：江垂得清賞。神游杳靄間。〔施註〕李太白《大鵬賦序》：余昔於江陵，見天台司馬子微，謂余有仙風道骨，可與神游八極之表。如今不是夢，真箇在廬山〔三〕。〔施註〕韓退之詩：老翁真箇是童兒。

其三

芒鞋青竹杖，自挂百錢游。可怪〔四〕深山裏，人人識故侯。〔王註子仁曰〕先生《詩話》云：僕初入廬山，山谷奇秀，平日所未見，殆應接不暇，遂發意不欲作詩。已而見山中僧俗皆云，蘇子瞻來矣，不覺作一絕云：「芒鞋青竹杖」云云。既而哂前言之謬，復作兩絕句云：「青山若無素」云云。按《詩話》，則今第三篇爲首篇矣。

世傳徐凝《瀑布》詩云：一條界破青山色。至爲塵陋。又僞作樂天詩稱美〔五〕此句，有「賽不得」之語。樂天雖涉淺易〔六〕，然豈

至是哉！乃戲作一絶

〔查註〕《太平寰宇記》：瀑布在廬山東，亦名布水，源出高峰，挂流三百丈許，遠望如匹布，有徐凝題詩。〔王註〕先生《詩話》云：僕初入廬山，有以陳令舉《廬山記》見寄者，且行且讀，見其中有徐凝、李白之詩，不覺失笑。開先寺主求詩，爲作此一絶。

帝遣銀河一派垂，古來惟有謫仙詞。〔王註〕李太白《望廬山瀑布》詩：日照香爐生紫烟，遥看白布挂長川。飛流直下三千丈，疑是銀河落九天。飛流濺沫知多少，〔合註〕孫綽《游天台山賦》：瀑布飛流以界道。張九齡《廬山望瀑布》詩：濺沫驚飛鳥。不與徐凝洗惡詩。〔王註〕《全唐詩話》：白居易刺杭州，張祜自負詩名，以解頭爲己任。徐凝後至，誦所作《瀑布》詩，祜愕然，居易遂以凝爲首薦。李肇《國史補》：德宗晚年尤工詩，臣下莫及。杜太保在淮南進崔叔清詩百篇，帝謂使者曰：「此惡詩，何用進。」

圓通禪院，先君舊游也。四月二十四日〔二七〕晚，至，宿焉。明日，先君忌日也〔二八〕。乃手寫寶積獻蓋頌佛一偈，以贈長老僊公。僊公〔二九〕撫掌笑曰：「昨夜夢寶蓋飛下，著處輒出火，豈此祥乎！」乃作是詩。院有蜀僧宣，逮事訥長老，識先君云

〔查註〕《廬山紀事》：甘泉口西爲圓通山，山南有圓通寺，本潯陽人侯氏之居。李後主取爲功德院，初名崇聖寺。宋太祖朝，賜名圓通崇勝禪寺。歐陽永叔所作《蘇明允墓志》：公卒於治平三

年四月戊申。〔合註〕《續通鑑長編》，治平三年四月甲申朔。老蘇公之卒日，爲戊申，則是二十五日先一日，當是二十四日也。〔查註〕《維摩經》：爾時毘耶離城，有長者子名曰寶積。與五百長者子，俱持七寶蓋來詣佛所。頭面禮足，各以其蓋，共供養佛。佛之威神，令諸寶蓋，合成一蓋，徧覆三千大千世界。《圓通紀勝集》：可僊禪師，諱真覺，嶺南人。東坡先生訪之，師先一夕，見空現一寶蓋，霞光匝地，繞獻師前。次日，公果至，作詩，其敘云：圓通乃先君舊游地，追念音容，蔑以爲悼，謹書寶積菩薩獻蓋一首，綵幡一對，以資冥助。《寶僧傳》：居訥，梓州東川蹇氏子。出家，游廬山，道望日重，南康守程師孟請住圓通。皇祐元年，京師新建淨因禪院，召往住持，稱目疾，固辭不起。《欒城集》云：先君嘗游廬山，過圓通，見訥禪師。

石耳峰頭路接天，〔查註〕《廬山志》：馬耳峰西南，爲石耳峰，其峰峭厲，後山尤聳拔。〔合註〕王梅溪《題訥菴詩》自註：石耳、馬耳，圓通二高峰也。梵音堂下〔三〇〕月臨泉。〔查註〕《圓通事實》：寺中有夜話亭、清音亭，歐陽永叔與居訥談道處。或云，梵音堂即清音亭。此生初飲廬山水，他日徒參雪竇禪。〔王註子仁曰〕雪竇師，諱仲顯，字隱之。遂州李氏子。出家參隨州智門祚和尚，後居四明之雪竇，賜號明覺。〔施註〕《傳燈録》：雪竇師，諱重顯。雪竇山，在明州。有《雪竇禪師語録》。袖裏寶書猶未出，夢中飛蓋已先傳。何人更識嵇中散，野鶴昂藏未是仙。〔合註〕白樂天《歎病鶴》詩：可憐風貌甚昂藏。

子由在筠作《東軒記》，或戲之爲東軒長老。其壻曹煥往筠，余作一絶句送曹以戲子由。曹過廬山，以示〔三一〕圓通愼長老。愼欣然亦作一絶，送客出門，歸入室，趺坐化去。子由聞之，乃作〔三〕二絶，一以答余，一以答慎。明年余過圓通，始得其詳〔三三〕。乃追次慎韻〔三四〕

〔王註〕「東軒長老未相逢，已見黄州一信通。何必揚眉資目擊，須知千里事同風。」公自註：慎老和余詩。「東軒只似虛空樣，何處人家籠解盛。縱使盛來無處著，雪堂自有老師兄。」公自註：子由答余詩。「擔頭挑得黄州籠，行過圓通一笑開。却到山前人已寂，亦無一物可擔回。」公自註：子由答慎詩。【誥案】以上三詩，今仍附録〔三五〕。

其一

君到高安幾日回，一時斗擻〔三六〕舊塵埃。〔施註〕白樂天《游悟真寺》詩：斗擻塵埃衣，禮拜冰雪顔。贈君一籠牢收取，盛取東軒長老來。〔公自註〕予送曹詩〔三七〕。

其二

大士何曾有生死〔三八〕，〔王註次公曰〕指言慎長老。〔合註〕《傳燈録》：釋迦牟尼佛，亦名護明大士。小儒底處覓窮通。偶留一吷千山上，散作人間萬竅風。〔公自註〕予次慎韻〔三九〕。

余過温泉，壁上有詩云：直待衆生總無垢，我方清冷混常流。問人，云：長老可遵作。遵已退居圓通，亦作一絶

〔查註〕周景式《廬山記》：温泉穴口，圍丈許。沸泉湧出如湯。《廬山紀事》：隘口東南，爲黄龍山。北麓有二池，水曰温泉。井尚有存者，皆没於水中。其無井處有沸泉，東一池尤熱，西池水稍深，又有他水來雜之，故其冷者三之一。〔合註〕《老學菴筆記》：可遵詩本凡惡，偶以「無垢」句爲坡所賞，大自矜詡，追坡至前途，自言有一絶，欲題三峽之後。遂朗吟曰：君能識我湯泉句，我却愛君三峽詩。道得可嚥不可漱，幾多詩將竪降旗。坡悔賞拔之誤，且惡其無禮，促駕去。遵徑至栖賢，欲題所舉絶句，寺僧方礱石刻坡詩，大詬而逐之，山中傳以爲笑。

石龍有口口無根，〔查註〕《廬山紀事》：温泉寺，僧常鑿石爲龍首以出泉，今廢。自在流泉誰吐吞。若信衆生本無垢，此泉何處覓寒温。〔王註〕先生《詩話》：游湯泉，覽留題百餘首，獨愛遵師一偈云：禪庭誰作石龍頭，龍口湯泉沸不休。其下二句，即題中所載。

書李公擇白石山房

〔查註〕《淮海集·李公擇行狀》云：皇祐中進士甲科，神宗、哲宗兩朝，累官御史中丞。少時讀書於白石菴，後雖出仕，而書藏山中，每得異書輒益之，至九千卷。《廬山紀事》：含鄱口西爲寶陀巖，有僧舍，曰楞伽院，内有白石菴，即李公擇讀書處也。公擇在朝時，以詩寄菴端老曰：煩師爲

掃山中石，待請歸時欲醉眠。然竟不克。

偶尋流水上崔嵬，〔施註〕《毛詩·卷耳》：陟彼崔嵬。漢司馬相如《上林賦》：崇山矗矗，巃嵸崔嵬。五老蒼顏一笑開。〔施註〕李白《望五老峰》詩：廬山東南五老峰，青天削出金芙蓉。〔查註〕《太平寰宇記》：五老峰，在廬山東，懸崖突出，如五人羅列之狀。《商丘漫語》：自下望之，勢如離立，其上相距甚遠，不連屬也。軒軒然如人箕踞而窺重湖，又如五雲翩翩欲飛。若見謫仙煩寄語，匡山〔四〇〕頭白早歸來。〔查註〕《廬山紀事》：舊名匡廬山，避宋太祖諱，改康山。杜子美《不見》詩：匡山讀書處，頭白好歸來。【誥案】紀昀曰：本地風光，點染殊妙。

廬山二勝并敍〔四一〕

〔查註〕先生於四月初離黄州，先游廬山，後至筠州，詩題日月，歷歷可據。施編廬山詩於筠州以後，今改正。

余游廬山，南北得十五六奇勝〔四二〕，殆不可勝紀。而懶不作詩，獨擇其尤佳者〔四三〕作二首。

開先〔四四〕漱玉亭

〔邵註〕黄庭堅《開先禪院修造記》，畧曰：南唐中主，年少好文，無經世意。慕物外之名，問舍五老峰下，有野夫獻地，買之萬金，以爲書堂。及即位，以爲寺。以野夫獻地，爲已有國之祥，故名開先。後遷洪都。蓋嘗弭節，故榻與畫像存焉。【誥案】後十八年，公重游廬山，與《胡洞微書》云：

棲賢、開先之勝，殆忘其半。可爲詩題開先之證。邵註此條誤駁王註，以開先爲開元之説，合註已正之，今皆刪。紀昀曰：與《三峽橋》詩，俱奇警，此首近太白，《三峽橋》詩近昌黎。查初白謂《三峽橋》似杜，未然。

高巖下赤日，〔施註〕杜子美《喜雨》詩：日色赤如血。深谷來悲風。〔施註〕《文選》陸士衡詩：頓轡倚高巖，側聽悲風響。杜子美《李尊師歌》：時危慘澹來悲風。擘開青玉峽，飛出兩白龍。〔施註〕《述征記》：華山、首陽本一山，巨靈擘開，以通河流。〔查註〕《山疏》云：漢陽峰之頂，多濆泉，趵突播流，西爲谷簾泉，東爲開先之二瀑。二瀑同源異流，其在東北者，瀉出鶴鳴、龜背二峰之間，曰馬尾水；其在西南者，則自山頂下注雙劍峰背，匯爲大龍潭，下注大壑，懸挂數百丈，曰瀑布水。循壑東北，與馬尾水合流，出兩山峽中，下注石潭。石碧而削，水練而飛，潭紺而淵，爲開先佳境。因名其峽曰青玉峽，潭曰龍池，二瀑俱奇觀，而西瀑尤勝。亂沫散霜雪，古潭搖清空。餘流滑無聲，快瀉雙石谼〔四五〕。〔施註〕《唐韻》：谼，大壑也。我來不忍去，月出飛橋東。蕩蕩白銀闕，沉沉水精宮。〔王註〕任昉《述異記》：闔閭造水精宮。〔施註〕《逸史》：盧杞嘗騰上碧霄，見宮闕樓臺，皆以水晶爲牆。有女子謂曰：「此水晶宮也。」【誥案】此二句挺得濶大，故能折出後四句。願隨琴高生，脚踏赤鯶公。〔王註〕《列仙傳》：琴高，趙人。以鼓琴爲宋康王舍人，行涓彭之術。浮游冀州涿郡間二百餘年，後辭入涿水中。取龍子與弟子期至日，皆潔齋俟於水旁，設祀。果乘赤鯉，來坐祠中，且有萬人觀之。留一月，復入水去。〔施註〕《酉陽雜俎》：國朝律，取得鯉魚，卽宜放，號赤鯶公。賣者杖六十，言鯉爲李也。手持白芙蕖，跳下清泠〔四六〕中。〔施註〕《莊子·讓王篇》：舜以天下讓其友北人無擇，無擇因自投於清泠之淵。【誥案】此詩前亦易辨，後四句陡然便住，有非神工鬼斧所及，他人縱來得，亦了不得也。紀昀曰：未必定有深意，直是氣象不同。

棲賢三峽橋

〔查註〕《廬山紀事》：七尖山東北，有大谷，是爲棲賢谷。值含鄱口之南，三峽澗水出焉。萬壽寺東南行，龜峰之末，衆水所會也。凡迤東，團山、黄石諸水，迤西，桃林、長壠諸水，大小支流，九十有九，皆入於三峽澗。玉淵之南有棲賢橋，卽三峽橋也。作於祥符間，横絶大壑，締構偉壯，從橋上俯視澗底，可百餘尺。

吾聞太山石，積日穿綫溜。〔施註〕《漢·枚乘傳》：太山之霤穿石，單極之統斷幹，水非石之鑽，索非木之鋸，漸靡使之然也。況此百雷霆，萬世與石鬬。【誥案】二句總括，下乃分疏。深行九地底，〔王註次公曰〕《兵書》：行於九地之下。〔任曰〕善攻者，動於九天之上；善守者，藏於九地之下。險出〔四七〕三峽右。〔施註〕杜子美《醉歌行》詩：詞源倒流三峽水。長輸不盡溪，〔王註〕韓退之詩：高浪駕天輸不盡。欲滿無底竇。〔王註〕《列子·湯問篇》：渤海之東，有大壑焉，實惟無底之谷，名曰歸墟。【誥案】紀昀曰：此種皆韓句。跳波翻潛魚，震響落飛狖。〔合註〕《漢·揚雄傳註》：狖，似猴，音弋授反。清寒入山骨，〔王註〕韓退之《李花》詩：清寒瑩骨肝膽醒。草木盡堅瘦。〔施註〕白樂天《游悟真寺》詩：巖崿無撮土，樹木多瘦堅。【誥案】五字瘦勁，確是三峽橋草木。紀昀曰：十字絶唱。空濛烟靄間，〔施註〕杜子美《渼陂西南臺》詩：空濛辨魚艇。〔合註〕杜子美《萬丈潭》詩：側身下烟靄。澒洞金石奏。〔施註〕杜子美《留崔子二學士》詩：青冥連澒洞。彎彎飛橋出，〔合註〕皮日休詩：彎彎向身曲。瀲瀲半月彀。〔合註〕韓退之《祭李使君文》：見秋月之三彀。玉淵神龍近，〔王註〕賈誼《弔屈原》云：襲九淵之神龍。〔施註〕

左思《吴都賦》：不窺玉淵者，未知驪龍之所蟠也。〔查註〕《廬山紀事》：棲賢寺東，爲玉淵潭，在三峽澗中。諸水奔注，潭中驚涌噴空。潭上有白石，横亘中流，故名玉淵。雨雹亂晴晝。垂瓶得清甘，可嚥不可漱。〔施註〕韓退之《題合江亭》詩：緑淨不可唾。

贈東林總長老

〔查註〕《廬山志》：繙經臺南下爲東林寺，晉沙門慧遠之道場，本律寺也。《高僧傳》：時惠永居在西林，要遠同止。永謂刺史桓伊所棲，褊狹不足相處。桓乃爲遠於山東更立房殿，即東林也。〔王註堯卿曰〕江州廬山，在州之南三十里，東林又在山之南五里許，小嶺可到，兩寺相鄰。晉道永、道遠所居，規制廣袤，若一大縣，水石深怪，古蹟無窮。東林三門内，有小渠，名曰虎溪。西林，即永法師所居，規制稍不及東林。東林舊爲房居，其後朝旨改爲禪寺，命僧常總者住持。總生南劍州尤溪。元豐三年，詔革江州東林律居爲禪席，觀文殿學士王公韶出守南昌，欲延寶覺禪師，寶舉總自代。總知之，宵遁去。王公檄諸郡必得之，竟獲於新淦深山窮谷中，遂應命事。見《僧寶傳》。

溪聲便是廣長舌，〔王註〕《法華經》：世尊見大神力，出廣長舌，清淨法身。〔施註〕《阿彌陁經》：出廣長舌相，遍覆三千大千世界。山色豈非清淨身。〔王註次公曰〕佛言三身：曰法身者，清淨無相之身也；曰化身者，受生示現之身也；曰報身者，功德莊嚴之身也。〔施註〕《千佛名經》：清淨法身，毗盧遮那佛。夜來八萬四千偈，〔施註〕《楞嚴經》：等八萬四千清淨寶目，八萬四千爍迦囉首，八萬四千母陁羅臂，皆記佛法門之數。《南史·顧歡傳》：吴興孟景翼造

《正一論》云：物有八萬四千行，說有八萬四千法，法乃至於無數，行亦達於無央。韋三教《樂師經序》：八萬四千法門，門門利濟。他日如何舉似人。〔合註〕《傳燈録·省念禪師傳》：到處舉似人。

題西林壁

〔王註子仁曰〕《廬山記》云：乾明寺，舊名西林，與國中賜今額。〔查註〕《廬山紀事》：遠公塔西北爲香谷，南下爲西林寺，故沙門竺曇現之禪室也。竺死，其徒惠永自太行至潯陽就居之，陶範爲立寺，曰西林。事詳歐陽詢《西林寺碑》。惠永，姓繁，河內人。

橫看成嶺側成峰，遠近高低總〔四八〕不同〔四九〕。【誥案】凡此種詩，皆一時性靈所發，若必胸有釋典，而後鑪錘出之，則意味索然矣。合註、施註以《感通録》、《華嚴經》坐實之，詩皆化爲糟粕，是謂顧註不顧詩。今皆刪。不識廬山真面目，只緣身在此山中。

自興國往筠，宿石田驛南二十〔五〇〕五里野人舍

〔查註〕《九域志》：江南西路有興國軍。《五代史·職方考》：筠州，南唐置，割洪州之高安、上高、萬載、清江四縣爲屬，而治高安。陸游《南唐書》：元宗保大十年，陞洪州高安縣爲筠州。《太平寰宇記》：筠州北至奉新縣一百五里。《名勝志》：石田驛，在興國州治南。

溪上青山三百疊，快馬輕衫來一抹。倚山修竹有人家，〔合註〕《吴禮部詩話》：東坡自黄移汝，别子由於高安，過瑞昌亭子山，題字崖石，點墨竹葉上，至今環山之竹，葉葉有黑點。景定中，王景琰主瑞昌簿，移植廳事，扁其堂

曰景蘇。蓋簿廳，東坡夜宿處也。考瑞昌與興國，往筠經由之路，因公詩句附於此。【誥案】《詩話》過當。橫道清泉知我渴。【誥案】紀昀曰：恰如人意，謂之知可也。東坡詩「知我理荒畬」同意。芒鞋竹杖自輕軟，〔合註〕竟陵王子良淨行法門云：氣候清爽，復須輕軟服御。蒲薦松牀亦香滑。〔合註〕《本草綱目》引唐蘇恭《本草》：青、齊間人謂蒲薦爲蒲席。庾信碑文：或布被松牀。夜深風露滿中庭，惟見〔三〕孤螢自開闔。【誥案】紀昀曰：結亦妙絕。

過建昌李野夫公擇故居

〔施註〕李野夫名莘，公擇之兄，嘗爲江西轉運副使。〔合註〕《續通鑑長編》：公擇於元豐六年七月在禮部侍郎任，爲南郊禮儀使。野夫雖已於二年銜替，亦必官他處，故題云故居也。〔查註〕《元和郡縣志》：建昌縣，北至洪州一百二十二里，即昌邑王賀所封。《太平寰宇記》：南康軍領縣三，其一爲建昌，本海昏縣地。後漢永元中，分海昏立建昌縣，在南康軍南二百里。〔合註〕《鶴林玉露》：修水深山間有小溪，其渡曰來蘇，以東坡過此得名。

彭蠡東北源，〔查註〕《太平寰宇記》：彭蠡湖，在德化縣東南，與都昌縣分界，周圍四百五十里。廬阜西南麓。【誥案】二句拓出大勢，公之待野夫、公擇，可謂厚矣。何人修水上，〔查註〕《水經注》：修水在艾縣南，東流屈曲六百三十八里，出建昌城，又百二十里，入於彭蠡。以其流長，故曰修。《名勝志》：修水源出寧州幕阜山。《江西舊志》：土人稱修水爲西河。種此一雙玉。〔王註次公曰〕雙玉以言公擇昆仲。《神仙傳》：陽翁伯有飲馬者，以白石一升與之，令種，當生美玉。果生白璧，長二尺者數雙。〔施註〕劉禹錫《桃源行》：因嗟隱身來種玉。思之不可見，破宅餘修竹。

四鄰戒莫犯，十畝森似束。〔王註〕元稹《連昌宮詞》詩：連昌宮中滿宮竹，歲久無人森似束。【詁案】紀昀曰：二李之爲人可知，若直作贊詞，卽是凡筆。我來仲夏初，解籜呈新緑。幽鳥向我鳴，野人留我宿。徘徊不忍去，微月挂喬木。【詁案】紀昀曰：亦寫二李，非寫月也。遥想他年歸，解組巾一幅。對牀老兄弟，夜雨鳴竹屋。〔王註〕唐房千里《竹室記》云：環堵所棲，率用竹以結其四周，植者爲柱楣，撑者爲榱桷。卧聽鄰寺鐘，書窗有殘燭〔三〕。【詁案】紀昀曰：查初白謂有此一段，方知野夫兄弟宦游未歸，不然，竟是弔故宅矣。此論固是，然東坡之意，只爲補寫二李生平，以虛筆托出，前路隱隱躍躍，未明言爲何如人也。

將至筠，先寄遲、适、遠三猶子

〔合註〕李心傳《建炎以來繫年要録》載：建炎元年五月，尚書工部員外郎蘇遲守右司員外郎，六月，直祕閣知高郵軍，徙知婺州。四年六月，爲中書門下省檢正諸房公事，九月，直龍圖閣知泉州，十月，爲太常少卿。紹興三年九月，以集英殿修撰權刑部侍郎。五年，引年告老，以權工部侍郎充徽猷閣待制提舉江州太平觀。二十五年，三月，卒。可補《宋史》所畧。《欒城集·遺适歸祭東塋》文云：崇寧三年八月，遣第二男承事郎監東嶽廟适。又有《送遜監淮南酒》詩。遠之名，後改爲遜。〔查註〕《欒城集·次韻子瞻特來高安相別，先寄遲、适、遠，却寄邁、迨、過、遯》詩云：老兄騎驢日百里，據鞍作詩若翻水。忽吟春草思惠連，因之亦夢添丁子。羣兒競長堪一笑，老馬卧餐何日起。聞兄盡室皆舊人，見面未曾惟遯耳。遲年最長二十六，已能幹父窮愁裏。豫兒揚眉稍剛勁，黨子温純無慍喜。我兄憔悴我亦窮，門户久長真待爾。但令戢戢見頭角，顛倒囊空定何耻。家藏萬卷須盡讀，此外一簪無所恃。船中未用廢詩書，閉窗莫看江山美。【誥案】公詩寄遲、适、遠，故子由和詩寄邁、迨、過、遯，又以遯初生未見，故先有「因之亦夢添丁子」、「見面未曾惟遯耳」等句。其下遞數邁、迨、過，不應以己子遲夾雜其中。迨字仲豫，故云「豫兒揚眉稍剛勁」。過字叔黨，故云「黨子温純無慍喜」。由是推之，其「遲年最長二十六」句，乃「邁年最長二十六」之譌也。此句邁之生年所繫，必當復考。誥前於卷一總案，定邁生年，考《斜川集》，邁長於迨者十一年，而公以明年起知文登，自云迨年十六，以是知迨生熙寧三年庚戌。由庚戌加十一年，定邁生於嘉祐四年己亥，并以是駁正合註邁生嘉祐二年、迨生熙寧二年之誤。今更以時地證之，由己亥數至是年甲子，邁年正二十六，而遲方弱冠，非幹父時也。查註編唱和詩，多去原題，改爲原作和作，合註并此詩不載，故其得失，均無由知。今據《欒城集》補全之，而不改其譌字，俾凡讀者觀之，題爲邁、迨、過、遯，而詩爲遲、迨、過、遯，有此理乎否也？

露宿風餐〔三三〕六百里，〔王註〕杜子美《舟中》詩：風餐江柳下。〔倬曰〕《晉文類》中詩「阻風餐柳下，值雨坐篷窗」，句法妙絶，不知誰詩。東坡與魯直讀至此，疑杜子美亦法此二句而作也。〔施註〕鮑明遠《升天行》：風餐委松柏，雲卧恣天行。明朝飲馬南江〔三四〕水。〔施註〕《左傳·宣公十二年》：將飲馬於河而歸。〔查註〕《高安志》：蜀江一名錦江，水自袁州萬載縣發源。子由詩：朝來榷酒江南寺，日暮歸爲江北人。未見豐盈犀角兒，〔施註〕《國語》：史伯曰：「今王惡角犀豐盈，而近頑童窮固。」先逢玉雪王郎子。〔公自註〕時道逢王郎於建昌，方北行也。〔合註〕王郎，指言子由壻王子立也。【誥案】紀昀曰：借襯非正文。對牀欲作連夜語，〔施註〕白樂天《寄元八》詩：要語連夜語，須眠終日眠。念汝還須戴星起。〔施註〕《呂氏春秋》：宓子賤治單父，彈鳴琴，身不下堂，而單父治。巫馬期戴星出入，日夜不居，而單父亦治。巫馬期問其故，宓子曰：「我之謂任人，子之謂任力，任力者故勞，任人者故逸。」【誥案】紀昀曰：隨手撇過，隨手急入，此「汝」字不指王郎也。夜來夢見小於菟，〔公自註〕遠小名虎兒。猶是髧髦垂兩耳。〔王註〕《詩·鄘風·柏舟》：髧彼兩髦。《華岳靈姻傳》：雲髻垂耳。〔施註〕賈誼賦：騣垂兩耳。憶過濟南春未動，三子出迎殘雪裏。我時移守古河東，〔查註〕按《潁濱遺老傳》及《年譜》，熙寧九年，子由爲齊州掌書記，時先生自密州就差知河中府，明年正月過濟南，故云「我時移守古河東」，時尚未聞改徐州命也。【誥案】公罷密，赴河中，過濰、青二州，大雪，有詩。至濟南，子由已委家而去，故惟三子出迎殘雪之中。此因追維往事，而且有盛衰之感，是作詩本旨也。查註並不誤，但其所見者低，完不出只有三子出迎之故耳。合註以古河東指徐州，誤，已刪。又是時遠僅四齡，未必出迎殘雪之中，詩乃該其全也。酒肉淋漓渾舍喜。〔施註〕韓退之《寄盧仝》詩：渾舍驚怕走折趾。而今憔悴一羸馬，〔施註〕韓退之《贈李大夫》詩：羸馬鳴且哀。逆旅擔〔三三〕夫相汝爾。〔王註〕杜子美《醉時歌》云：忘形到爾汝。〔施註〕《左傳·僖公二年》：今虢爲不道，保於逆旅。《唐·李白傳》：張旭見公主擔夫争道，而得筆法。張騭《文士傳》：禰衡少與孔融作爾汝交云。【誥案】真有此種情事。出城見我定驚嗟，身健窮愁不須恥。我爲乃翁留十日，〔施註〕《漢·張良傳》：迺公自行耳。顏師古曰：迺公，汝父也。掣電一歡何足恃。〔王註次公曰〕掣電，言疾也，禪家有掣電之機。惟當火急作新詩，〔施註〕柳子厚詩：顧君火急添工用，趁取當時二妙聲。〔查註〕《唐詩紀事》載武后詩云：明朝游上苑，火急報春知。一醉兩翁勝酒美。【誥案】公過齊，方在盛時，此三子之所見也。自此別去八年，今當重見，而憔悴若此，故此詩獨寄三子也。

端午游眞如，遲、适、遠從，子由在酒局

〔查註〕《至治瑞陽志》：大愚山，在州治東南，有眞如寺，本大愚禪師所居，亦名大愚寺。寺中有松林。子由時尚監筠州酒税。【誥案】子由監鹽酒時，西江鹽法甚密。《東軒記》所謂朝出暮歸，昏然終日者，可見其困於風塵之狀矣。又，公在黄《與王定國書》云：子由在筠，甚苦局中煩碎。可以互證。

一與子由别，却數七端午。〔施註〕周處《風土記》：仲夏，端午烹鶩角黍。註云：端，始也，謂五月五日。【誥案】公之意，謂以端午論，與子由别已七度矣，若己未正月之别於陳州，六月之别於齊安，皆不在此內論也。先是熙寧十年丁巳四月，子由從公至徐，過中秋始去，是端午同一處也。其後自元豐戊午至癸亥，已越六端午，今年同一處矣，又以其困於下僚，不能同游，而酒務在江口，距城內廨宇甚遠，朝出暮歸，不復能見，故并是以别爲論，則七端午矣。此乃戲之之詞，却是作詩本旨，其下寫至終篇，皆申明此意，並不重游眞如也。身隨綵絲繫，〔王註任曰〕五月五日以五綵絲繫臂，辟兵及鬼，令人不病瘟，名長命縷。〔合註〕《荆楚歲時記》云：一名長命縷，一名續命縷，一名辟兵繒，一名五色絲，一名朱索。心與昌歜苦。〔王註〕《周禮·天官》：醢人。昌本麋臡。註曰：昌本，昌蒲根，切之四寸爲菹〔三六〕。《藥性論》：昌蒲味辛苦。〔施註〕《左傳·僖公三十年》：王使周公閱來聘，饗有昌歜。杜預曰：菖蒲菹也。按世俗端午，以菖蒲泛酒飲之。《荆楚歲時記》、《秦中歲時記》、《玉燭寶典》、《歲華記麗》皆不載，未詳所自。〔合註〕《事文類聚》引《歲時雜紀》：端午，以菖蒲或縷或屑泛酒。今年匹馬來，〔施註〕杜子美《曲江》詩：短衣匹馬隨李廣。佳節日夜數。〔施註〕《文選》謝靈運《九日從宋公》詩：聖心眷佳節。兒童喜我至，典衣具雞黍。水餅既懷鄉，〔查註〕《南史·何戢

傳》：高帝好水引餅，戢每設上焉。【誥案】此句道蜀中端午事。飯筒仍愍楚。謂言必一醉，快作西川語。寧知是官身，糟麴困熏煮〔五七〕。〔王註次公曰〕言子由之爲酒官也。獨攜三子出，古刹訪禪祖。〔合註〕徐陵詩：燕山對古刹。高談付梁羅，〔公自註〕梁、羅、遲、适小名也〔五八〕。詩律到阿虎。歸來一調笑，〔施註〕《文選》謝靈運詩：調笑輒酬答，嘲謔非慙沮。慰此長齟齬。

別子由三首兼別遲〔五九〕

〔施註〕宿守都梁，得東平康師孟元祐二年三月刻二蘇公所與九帖於洛陽，坡書別子由第二詩，而題其後云：元豐七年，余自黃遷汝，往別子由於筠，作數詩留別，此其一也。其後雖不過洛，而此意未忘，因康君郎中歸洛，書以贈之。元祐元年三月十日，軾書。水南卜築吾豈敢，集本作「卜宅」；想見茅簷照水開，集本作「遥想茅軒」。今皆從石刻。師孟醫士，能刻兩公簡札，託名不朽，有足嘉者。遂得以正集本三字之誤云。【誥案】紀昀曰：三首語皆真至，雖短幅而情理曲愜。

其一

知君念我欲別難，我今此別非他日。風裏楊花雖未定，雨中荷葉終不濕。三年磨我費百書，一見何止得雙璧。願君亦莫嗟留滯〔六〇〕，〔施註〕《漢·司馬遷傳》：天子始建漢家之封，太史公留滯周南，不得與從事，發憤且卒。六十小劫風雨疾。〔王註〕《蓮華經》有言六十小劫。〔查註〕《法華經》：佛所護念六十小劫，不起於座。【誥案】公至黃，嘗謂杜子美在困窮之中，一飲一食，未嘗忘君，詩人以來一人而已，僕不肖，亦庶幾髣髴於此。今讀是詩，而知其終身行之者，蓋無地不然矣。

其二

先君昔愛洛城〔六一〕居，〔施註〕按子由《卜居賦敘》云：昔余先君，以布衣學四方，嘗過洛陽，愛其山川，慨然有卜居意，而貧不能遂。〔查註〕《韻語陽秋》：東坡兄弟，以仕宦久，不得歸蜀，懷歸之心，屢見於篇詠。嘉祐丙申，老蘇在京師，嘗有意嵩山之下，洛水之上，買地築室而居。故爲詩曰：岷山之陽土如腴，江水清清多鯉魚。古人居之富者衆，我獨厭倦思移居。是時鄉人陳景回自蜀居蔡，故以是詩告之〔六二〕。則是二蘇欲歸蜀，而老蘇欲出蜀也。厥後，老蘇葬於蜀，治命指其墓旁庚壬地，爲二子之藏，而二子終不得歸，信知人事之不可期也。我今亦過嵩山麓。水南卜築〔六三〕吾豈敢，〔王註續曰〕溫造隱居洛水之南，烏重胤辟河陽幕。又，韓退之詩曰：水南山人又繼往，車馬僕從塞閭里。試向伊川買修竹。〔施註〕《唐·地理志》：河南府本洛州。註：有川三十九，其一曰伊川。〔查註〕《元和郡縣志》：洛陽三川，伊、洛、河也。伊水，西自陸渾縣界，流入伊闕，東北過洛陽縣，南入於洛。又聞緱山〔六四〕好泉眼，〔王註〕杜子美有《太平寺泉眼》詩。《河南志》：緱氏山有佛光寺，又有甘泉。〔施註〕《漢·地理志》：河南緱氏，有仙人祠。〔查註〕《元和郡縣志》：緱氏山，王子晉得仙處。傍市穿林〔六五〕瀉冰玉。遥想茅軒照水開，〔合註〕杜子美《水檻》詩：茅軒駕巨浪。兩翁相對清如鵠。

其三

兩翁歸隱非難事，惟要〔六六〕傳家好兒子。〔施註〕《後漢·鄭玄傳》：以書戒子益思，曰：「按之典禮，便合傳家。」《晉・宣穆張后傳》：帝曰：「老物不足惜，慮困我好兒耳。」憶昔汝翁如汝長，〔施註〕杜子美《示宗武》詩：明年共我長。【誥案】以遠生甲寅合此句推之，是時遲年約在十有五六之間，故云「汝翁如汝長」也。子由年十九，成進士，年二十三，登制科，計其「筆頭一落三千字」之時，亦在年十五六之間也。若遲年果有二十六，卽不作此語矣。誥前論子由詩誤「邁」爲「遲」，尚何疑乎。筆頭一落三千字。世人聞此皆大笑，〔施註〕《老子》：下士聞道大笑之。愼勿生兒兩翁似。不知樗櫟薦明堂，〔王註次公曰〕言不材者進用。何似鹽車壓千里。〔王註次公曰〕《荀子》：驥一日而千里，今謂以千里之騰躍而困壓於鹽車也。

初別子由至奉新作

〔查註〕《輿地廣記》：奉新，新吳縣地，漢中平中置，屬洪州。《太平寰宇記》：漢南昌縣地，唐改爲奉新，在洪州西一百五十里。【誥案】謂還至奉新也，故詩有「却渡來時溪」句。

雙鵠先我來〔六七〕，飛上東軒背。〔王註次公曰〕東軒，子由在筠州官居所建。【誥案】《欒城集・次韻》云：四年候公書，長視飛鴻背。書隨好夢到，〔合註〕陸龜蒙詩：好夢經年說。人與佳節會。〔王註次公曰〕佳節，指言端午相會也。〔施註〕韓退之《幽懷》詩：適與佳節會，士女競光陰。一歡難把玩，回首了無在。却渡來時溪，斷橋號淺瀨。〔施註〕《漢・揚雄傳》：何必湘淵與濤瀨。顏師古曰：瀨，急流也。茫茫暑天闊，靄靄〔六八〕孤城背。〔查註〕孤城背，讀作倍，與起韻有別。【誥案】《欒城集・次韻》云：心開忽自得，語異竟非背。自註：音倍。此查註之所本也。青山眊矂中，〔查註〕《輿地廣記》：奉新縣有華林山、大雄山。落日淒涼外。【誥案】有景有人，一幅絕妙畫圖。盛衰豈我意〔六九〕，〔施註〕《文選・古詩》：盛衰各有時。離合非所礙。〔施註〕《呂氏春秋》：萬物盛則毀，合則離。何以解我憂，粗了一事大。〔王註次公曰〕禪家語，謂了死生也。【誥案】凡此類語，皆以詩無出路，借作歇手也。若認真當一事看，即爲所紿。凡言理學者，指此類爲贓證，皆如癡兒爲所紿也。紀昀曰：曲折深至，語語警策。

白塔鋪歇馬〔七〇〕

〔合註〕《名勝志》：江西南康府星子縣城西二十五里，有歸宗寺。王羲之卜居廬山之南，時耶舍尊者來自西域，羲之捨宅處之，即歸宗也。耶舍歸寂後，葬於鐵塔寺，現舍利白光，俗呼白塔，當即此白塔鋪也。〔查註〕白塔鋪無考，因起句有廬阜相望之語，又，晚蠶斷葉，早稻移秧，皆五月景物。據外集本，題上有筠州還三字，今移編。【誥案】此詩施編不載，查註從外集補編。

甘山廬阜鬱相望〔七一〕，〔合註〕甘山無考，惟《名勝志》九江府德化縣引《圖經》云：甘泉水，在縣南，今通遠驛，恐非此也。【誥案】詩乃遠眺之詞，廬阜亦在德化，既見廬阜，即見甘山，當即甘泉水之山也。山爲廬阜所該，故不著耳，《志》並不誤。林隙熹微〔七二〕漏日光。吳國晚蠶初斷葉，占城蚤稻欲移秧。〔馮註〕《一統志》：占城，古越裳氏界。秦爲象郡林邑縣，漢改象林縣，屬日南郡，唐曰占城。其俗粒食稻米。〔查註〕王溥《五代會要》：占城國，前世多未與中國通，周顯德五年，始入貢。《本草》：秈，一名占稻，又曰蚤稻，粳之先熟者。羅願《爾雅翼》：秈比於粳小，其種甚早，今人號秈爲早稻，土人謂之占城稻云。始是占城國有此種，宋真宗聞其耐旱，遣以珍寶求其種，始植於後苑。後，在處播之。【誥案】今粵中猶以上米爲占米，亦以通洋米故也。迢迢澗水隨人急〔七三〕，〔合註〕張九齡《望瀑布泉》詩：萬丈洪泉落，迢迢半紫氛。冉冉巖花撲馬香。望眼儘從飛鳥〔七四〕遠，白雲深處是吾鄉。

同年程筠〔七五〕德林求先墳二詩

〔合註〕郭功甫《青山集》有《寄題程信叔朝散先墳思成堂歸真亭》二首。《續通鑑長編》元符二年七月載：權提點江南西路刑獄程筠知鄂州。

思成堂

〔施註〕《毛詩・商頌・烈祖》：賚我思成。註云：神靈來至，我致齋之，所思則用成。

宰樹連山谷，〔王註〕《公羊傳・僖公三十三年》：秦伯將襲鄭，百里子與蹇叔子諫，秦伯怒，曰：「若爾之年者，宰上之木拱矣，爾曷知！」師出。註：宰，冢也。〔施註〕劉禹錫《宣明二帝碑堂》詩：先行宰樹荆州道。又，《王思道碑堂》詩：蒼蒼宰樹起寒烟。祠堂照路隅。養松無觸鹿，〔王註〕《晉書》：許孜二親没，宿墓所。列植松柏，亘五六里，時有鹿犯其松栽，孜悲歎曰：「鹿獨不念我乎？」明日，忽見鹿爲猛獸所殺，置所犯栽下。自後，樹木滋茂，而無犯者。〔施註〕《唐・褚無量傳》：母喪，廬墓左。鹿犯所植松柏。無量號訴曰：「山林不乏，忍犯吾塋樹耶？」自是羣鹿馴擾，不復棖觸，無量爲終身不御其肉。助祭有馴烏。〔王註〕《晉書・成公綏傳》：有孝烏，每集其廬舍，綏謂有反哺之德，作賦美之。〔施註〕《北史・蕭祇傳》：祇卒，子放居喪以孝聞。所居廬前，有二慈烏來集，每臨時，舒翅悲鳴，全似哀泣，家人則之〔七六〕，未嘗有闕。歸夢先寒食，兒啼到白鬚。遥知鄰里化，〔施註〕《後漢・劉平傳》：琅琊王望所居之處，邑里化之。醉叟道争扶。

歸眞亭

〔施註〕《述異記》：盧府君墓在館陶，銘曰：盧府君歸真之室。【誥案】施註釋歸真字。

舊笑桓司馬〔七七〕，今師鄭大夫。〔王註〕《晉·杜預傳》：遺言：邢山上有冢，云是鄭大夫祭仲，或云子產墓。連山體南北之正而邪東北，向新鄭城，意不忘本。隧道惟塞其後，而空其前，不填之，示藏無珍寶，不取於重深也。山多美石，不用，必取洧水自然之石，以爲冢藏，貴不勞工巧，而此石不入世用也。君子尚其有情，小人無利可動，吾自表營洛陽城東首陽之南爲將來兆域。儀制，取法於鄭大夫，欲以儉自完耳。不知徂歲月，〔施註〕杜子美《今夕行》詩：今夕何夕歲云徂。空覺老楸梧〔七八〕。〔施註〕《文選》潘安仁《懷舊賦》：巖巖雙表，列列行楸。祭禮傳家法，阡名載版圖。〔王註〕《前漢·原涉傳》：初，武帝時，京兆尹曹氏葬茂陵，民謂其道爲京兆阡。涉慕之，乃買地開道立表，署曰南陽阡。人不肯從，謂之原氏阡。〔施註〕《周禮·天官》：司會掌國之百物財用，凡在書契版圖。會看千字誄，木杪見龜趺。〔王註續曰〕龜趺，碑制也。喪葬令，五品以上，螭首龜趺。王直方《詩文發源》云：龜趺，碑座也。〔施註〕劉禹錫《吳司空神道碑》：螭首龜趺，德輝是紀。

陶驥子駿佚老堂二首〔七九〕

〔查註〕陶驥，字子駿，九江人。以宣德郎致仕，見《參寥集》。〔合註〕郭功甫《青山集》有《寄題九江陶子駿佚老堂》詩。【誥案】二詩，乃公至佚老堂作也。

其一

文舉與元禮，尚得稱世舊。〔王註〕《後漢書》：孔融，字文舉。年十歲，隨父詣京師。時河南尹李膺以簡重自居，不妄接士賓。敕外自非當世名人及與通家，皆不得白。融欲觀其人，故造膺門。語門者曰：「我是李君通家子弟。」門者言之，膺請融，問曰：「高明祖父嘗與僕有舊乎？」曰：「然。先君孔子與君先人李老君，同德比義，而相師友，則融與君累世通家。」衆座莫不歎息。〔施註〕李膺，字元禮。淵明吾所師，夫子乃其後。【誥案】紀昀曰：無情處生情，善於用筆。挂冠不待年，〔施註〕《文選》謝靈運詩：謝病不待年。亦豈爲五斗。我歌《歸來引》，〔公自註〕余增損淵明《歸去來》，以就聲律，謂之《歸來引》〔〇〕。〔施註〕東坡《歸來引》，世歌之，曲名《哨遍》是也。千載信尚友。相逢黃卷中，〔王註〕《唐書》：狄仁傑曰：「黃卷中方與聖賢相對。」《顏氏家訓》曰：黃卷《五經》，赤軸《三史》。《遯齋閒覽》曰：古人寫書，皆用黃紙，以檗染之，所以辟蠹也，故謂之黃卷。〔施註〕《晉・褚陶傳》：嘗謂所親曰：「聖賢備在黃卷中，舍此何求。」何似一杯酒。〔王註〕《晉書》：張翰曰：「使我有身後名，不如卽時一杯酒。」君醉我且歸，明朝許來否。

其二

我從廬山來，目送孤飛雲。〔施註〕《文選》嵇康詩：手揮五絃，目送飛鴻。《唐・狄仁傑傳》：登太行山，反顧，見白雲孤飛，謂左右曰：「吾親舍其下。」瞻悵久之，雲移乃得去。路逢陸道士，〔查註〕《廬山紀事》：宋陸修静，吴興人。少懷虛素。元嘉末，游京都，還入廬山，隱居簡寂觀。《太平寰宇記》：觀在江州東南一百四十里。知是千歲人。【誥案】紀昀曰：亦是無中生有。試問當時友，虎溪已埃塵。〔施註〕《廬山記》：遠公十八賢同修淨土，結白蓮社。山有虎溪，遠師送客過此，虎輒號鳴。嘗與陶淵明、陸修淨道士語，不覺過虎溪，因相語大笑，故作《三笑圖》。〔查註〕《東林志》：虎溪在東林寺前。似聞佚老堂，知是幾世孫。能爲五字詩，仍戴漉酒巾。人呼小靖節，自號葛天民。〔王註〕杜子美《晦日尋崔戢李封》詩：上古葛天民，不貽王屋憂。〔施註〕陶潛《五柳先生傳》：酣暢賦詩，以樂其志，無懷氏之民歟，葛天氏之民歟？

和李太白〔一〕并敍〔二〕

李太白有《潯陽紫極宮感秋》詩。紫極宮，今天慶觀也。〔查註〕《太平寰宇記》：江南西道江州，秦屬廬江郡。吴黄初中，分潯陽隸武昌。晉太康十年，置江州，初理豫章。至成帝咸和元年，移江州，理湓城，即今郡是也。晉初理在江北岸，地名蘭城，温嶠爲守之日，移於此地。尋又置潯陽郡。大業三年，爲九江郡。李石《續博物志》：武德三年，晉州人吉善行於羊角山，見白衣父老呼善行曰：「爲吾語唐天子，吾爲老君，即汝祖也。」高帝因立廟。明皇時，兩京及諸州各立廟，京師號玄元宮，諸州號紫極宮。程大昌《雍録》：本朝置天慶觀，許就以紫極宮爲用。道士胡洞微以石本示余，蓋其師卓玘之所刻。玘有道術，節義過人，今亡矣。〔查註〕《清江集》，孔武仲有《過紫極宮感卓玘遺跡》詩。太白詩云：「四十九年非，一往不可復。」予亦四十九〔三〕，感之，次其韻。玉芝一名瓊田草，洞微種之七八年矣，云：更數年可食，許以遺余。故并記之。〔王註〕李太白原詩云：何處聞秋聲，翛翛北窗竹。回薄萬古心，攬之不盈掬。静坐觀衆妙，浩然媚幽獨。白雲南山來，就我簷下宿。嬾從唐生決，羞訪季主卜。四十九年非，一往不可復。野情轉蕭散，世道有翻覆。陶令歸去來，田家酒應熟。【誥案】紀昀曰：非東坡不敢和太白，妙於各出手眼，絶不規模。

寄卧虚寂堂，月明浸疏竹。泠然洗我心，欲飲不可掬。〔施註〕唐于良史《春山夜月》詩：掬水月在手。流光發永歎，〔施註〕鮑照《無鶴賦》：對流光之照灼。《毛詩·小雅·常棣》：況也永歎。自昔〔四〕非余獨。行年四十九，還此北窗宿。緬懷卓道人，白首寓醫卜。〔施註〕《史記・日者傳》：賈誼曰：「吾聞古之聖人，不居朝廷，必在醫卜之中。」謫仙固遠矣，此士亦難復。【誥案】紀昀曰：忽拉出卓道士，唱歎有神，映發有致，不然，便是一首泛泛懷古詩。世道如弈棋，變化不容覆。〔王註〕《左傳・襄公二十五年》：視君不如弈棋。〔施註〕杜子美《秋興》詩：聞道長安似弈棋，百年世事不堪悲。《三國・魏志・王粲傳》：觀人圍棋，局壞，粲爲覆之。棋者不信，以帕蓋局，使更以他局爲之，用此比較，不誤一道。【誥案】《魏志》陋甚，王粲既能覆之，其所觀卽非劣棋，若亂之而棋者茫然，覆之而棋者不信，是此種棋，卽林逋所謂與擔糞者等耳，粲何自而能覆之哉。惟應玉芝老，待得蟠桃熟。【誥案】二句結到洞微，乃先人卓道人本意。

次韻道潛留別

〔施註〕道潛，字參寥。從先生於黄。期年，先生移汝，同游廬山，乃還於潛山中。

爲聞廬岳多真隱，〔施註〕杜子美《獨酌》詩：薄劣慙真隱，幽偏得自怡。故就高人斷宿攀。〔王註次公曰〕宿攀，宿願所攀慕也。〔施註〕《維摩經》云：何斷攀緣，以無所得。已喜禪心無別語，尚嫌剃髮有詩斑〔一五〕。〔王註〕唐僧詩云：髮爲作詩斑。【誥案】《玉篇》：剃，除髮也，亦作鬀。《說文》：薙，除草也。《周禮・秋官》：薙氏。註：但謂讀如鬀小兒頭之鬀。是二字微有別也。異同更莫疑三語，〔施註〕《晉・阮瞻傳》：王戎問曰：「聖人貴名教，老莊明自然，其旨同異？」瞻曰：「將無同。」戎咨嗟良久，卽命辟之，時人謂之三語椽。物我終當付八還。〔施註〕《楞嚴經》：此諸變化，明還日輪，暗還黑月，通還户牖，壅還牆宇，緣還分別，頑虛還空鬱，埻還塵，清明還霽。汝見八種見精明性，當復誰還。到後與君開北户，〔施註〕《文選》左太沖《吴都賦》：開北户以向日，齊南冥於幽都。舉頭三十六青山。

〔王註次公曰〕三十六峰，以言嵩山。〔查註〕三十六青山，指少室也。按《志》：河南府永安縣少室山，在縣西南七十里，有三十六峰。先生時移汝州，汝在洛陽之南，宋時永安，今永寧縣。【誥案】句謂參寥當更至汝州也。

郭祥正家，醉畫竹石壁上，郭作詩爲謝，且遺二古銅劍〔八六〕

〔施註〕郭祥正，字功父，當塗人。母夢李太白而生，有詩聲。梅聖俞方擅名一時，見而歎曰：「天才如此，真太白後身也。」王介甫亦稱許之。舉進士，知武岡縣，遂致仕。起知端州，後棄去。家于青山，有文集行於世。〔查註〕《宋史》本傳：祥正，舉進士。熙寧中，以殿中丞致仕。後復出，通判汀州，知端州，又棄去。黄庭堅《枯木賦》云：恢詭譎怪，滑稽於秋兔之穎，尤以酒而能神，故其觴次滴瀝，醉餘顰吟，取諸造物之爐錘，盡用文章之斧斤。又題《石竹》詩云：東坡老人翰林公，醉時吐出胸中墨。則知先生平日非乘酣以發真興，則不爲也。〔翁方綱註〕山谷詩，崇寧元年在荆南作。其詩曰：郭家髹屏見生竹，惜哉不見人如玉。凌厲中原草木春，歲晚一棋終玉局。巨鼇首戴蓬萊山，今在瓊房第幾間。黄罃註云：家藏山谷此詩真迹。題云：次詠東坡先生屏間墨竹。止此六句。功甫跋云：東坡作於予家漆屏之上。覩魯直之詩，可以見其髣髴矣。〔查註〕李之儀《姑溪集·次韻東坡所畫郭功甫家壁竹木怪石》詩云：大枝凴陵力争出，小幹縈紆穿瘦石。一杯未釂筆已濡，此理分明來面壁。我嘗傍觀不見畫，只見佛祖遭訶駡。人知見畫不見人，紛紛豈是知公者。汗流几案慘無光，忽然到眼如鋒鋩。急將兩耳掩雙手，河海震動雷電吼。

空腸〔八七〕得酒芒角出，肝肺槎牙生竹石。森然欲作不可回〔八八〕，吐向〔八九〕君家〔九〇〕雪色壁。【誥案】紀昀曰：奇氣縱横，不可控制。平生好詩仍好畫，書牆涴壁長遭駡。〔王註〕劉禹錫《答柳子厚》詩：小兒弄筆不能嗔，涴壁書窗且賞勤。〔查註〕《金壺記》云：賀知章嘗與張旭游，凡見人家廳館好牆壁及屏障，落墨數行，如蟲篆鳥飛。不嗔〔九一〕不駡喜有餘，世間誰復如君者。一雙銅劍秋水光，〔施註〕白樂天《李都尉古劍》詩：湛然玉匣中，秋水澄不流。兩首新詩争劍鋩。劍在牀頭詩在手，不知誰作蛟龍吼。〔王註〕杜子美《相從歌》：把筆開尊飲我酒，酒酣擊劍蛟龍吼。

龍尾硯歌并引

余舊作《鳳咮石硯銘〔九二〕》，其略云：蘇子一見名鳳咮，坐令龍尾羞牛後。〔王註〕按先生集載《鳳咮硯銘》有三。其《銘敍》云：北苑龍焙山，如翔鳳下飲之狀，當其咮，有石蒼黑緻如玉。熙寧中，太原王頤以爲硯，予銘之曰鳳咮。又《延平志考異》云：延平硯材，産硯崎者爲上，東坡得之甚喜，遂目爲鳳咮。又云：硯崎石，在劍浦縣東三十里，東坡取名鳳咮者是也。已而求硯於歙。歙人云：子自有鳳咮，何以此爲？蓋不能平也。奉議郎方君彦德，〔合註〕郭功甫《青山集》有《送方奉議彦德倅保德》詩。有龍尾大硯，奇甚。〔查註〕《新安志》：龍尾山，在婺源縣東南。開元中，獵人葉氏，逐獸入山，見疊石瑩潔，攜歸，刊成硯。南唐元宗時，歙守獻硯，薦工李少微，擢硯官。高似孫《硯箋》：龍尾石，在水中，極温潤，性堅密，聲如玉。歐陽公《硯譜》：天下之硯，四十餘品，歙硯龍尾石，居第三。謂余若能作詩，少解前語者，當奉餉，乃作此詩。

黄琮白琥〔九三〕天不惜，〔王註次公曰〕黄琮白琥，正以比硯爲玉也。〔施註〕《周禮·春官》：以玉作六品，以禮天地四方，以黄琮禮地，以白琥禮西方。【誥案】黄琮白琥，以比鳳咮龍尾也。題是龍尾，詩乃雙起，蓋以引爲題也。顧恐貪夫死懷璧。〔施註〕《左傳·桓公十年》：虞叔有玉，虞公求旃，弗獻。既而悔之，曰：「周諺有之，匹夫無罪，懷璧其罪。吾焉用此，其以賈禍也？」乃獻之。賈誼策曰：貪夫死利。【誥案】貪夫，自謂也。死懷璧，指《鳳咮銘》也。「顧恐」二字，疾解前語，如當頭棒喝，落墨如此高捷，豈尋常法家眼下所能管顧。君看龍尾豈石材，玉德金聲寓於石。【誥案】二句明擡龍尾，完他題面，但下句與天一問，鳳咮又暗渡矣。若前四韻皆作龍尾，活圇讀過，便是騃漢。與天作石來幾時，〔王註〕李太白《把酒問月》詩：青天有月來幾時。與人作硯初不辭〔六四〕。詩成鮑、謝石何與，〔施註〕《漢·灌夫傳》：且灌夫何與也。筆落鍾、王硯不知。〔施註〕蔡希綜《法書論》云：八體之極，是歸乎鍾、蔡，草隸之雄，是歸乎張、王。此四賢者，自數百載來，未之邈也。【誥案】二句雖道龍尾，然已將鳳咮一齊帶倒，故其後皆迎刃而解也。此種手法，惟公有之。曉嵐不悟，故獨取後之查説，於此二句，則有落筆太快便入香山門徑之論。兩家不於動手處著眼，而沾沾於後半論解嘲，落論宗第二義矣。香山是易不是快，以二句地位繩之，香山尚來不及。其説非是。錦茵玉匣俱塵垢，〔施註〕《文選》潘安仁《寡婦賦》：易錦茵以苫席兮。〔合註〕劉勰《新論》：藏之以玉匣。擣練支牀亦何有。〔施註〕《集古録》有《擣練石記》。杜子美《季秋江村》詩：支牀錦石圓。況瞋蘇子鳳咮銘，〔查註〕本集《雜記》云：建州北苑鳳凰山，有石，聲如銅鐵，作硯至美，有如膚筠。又云：僕好鳳咮硯，論者多異同，蓋少得真者，多爲黯淡灘石所亂耳。子由《硯録敘》云：北苑鳳凰山咮潭中，石蒼黑堅緻如玉，以爲硯，與筆墨宜。然石性薄，厚者不及寸。戲語相嘲作牛後。〔施註〕《史記·蘇秦傳》：諺曰：寧爲雞口，無爲牛後。【誥案】自「黄琮」起至此句，爲三節，解硯已畢。紀昀曰：查初白謂信手曲折，善於解嘲。碧天照水風吹雲，明窗大几清無塵。我生天地一閑物，蘇子亦是支離人。〔王註〕《莊子·人間世篇》：支離其形者，猶足以養其身，終其天年，況支離其德者乎。〔施註〕《莊子·人間世》：支離疏。《揚子法言・五百》：支離，蓋所以爲簡易也。【詰案】紀昀曰：初白又謂忽爲硯吐語，筆陣開拓，匪夷所思。麤言細語都不擇，【詰案】句點銘詩如上作代硯語，其下不可貫結。仁者不用生分別。春蚓秋蛇隨意畫。顧從蘇子老東坡，【詰案】若以二蘇子作硯語，則前之蘇子轇轕不清。【詰案】自「碧天」句至終，爲二節，乃自解作銘也。碧天雖是提筆，而詩已歇氣，所謂一天雲霧散矣。曉嵐所折衷者，未喻其意。

張近幾仲〔九五〕有龍尾子石硯，以銅劍易之

〔王註堯卿曰〕幾仲，乃侍中耆之子。〔施註〕張近幾仲，開封人。第進士，鎮高陽八年，爲顯謨閣直學士，徙知太原，以疾奉祠卒。〔査註〕歐陽公《硯譜》：子石者，在大石中生，蓋精石也。而俗譌傳，遂以紫石爲上。唐彥猷《硯録》：山有自然圓石，剖其璞，得焉，謂之子石。

我家銅劍如赤蛇，君家石硯蒼璧橢而窪。〔施註〕《周禮・春官》：以蒼璧禮天。《漢・食貨志》：復小橢之。註云：橢，圓而長也。君持我劍向何許，大明宮裏玉佩鳴衝牙。〔王註次公曰〕大明宮，唐高宗龍朔二年置，謂之東内。韓退之《酬盧給事》詩：大明宮中給事歸。衝牙，佩之物也。潘岳《藉田賦》：衝牙錚鎗。〔施註〕《禮記・玉藻》：凡帶必有佩玉，佩玉有衝牙。我得君硯亦安用，雪堂窗下《爾雅》箋蟲鰕。〔施註〕韓退之《讀皇甫湜園池》詩：《爾雅》註蟲魚，定非磊落人。二物與人初不異，飄落高下隨風花。〔王註〕《南史・范縝傳》：竟陵王子良，精信釋教，而縝盛稱無佛。子良問曰：「君不信因果，何得富貴貧賤？」縝答曰：「人生如樹花同發，隨風而墮。自有拂簾幌墜於茵席之上，自有關籬牆落於糞溷之中。墜茵席者，殿下是也。落糞溷者，下官是也。貴賤雖復殊塗，因果竟在何處？」子良不能屈，然深怪之。蒯緱玉具皆外物，〔王註〕《史記》：蒯緱。註：蒯，古怪反。緱，音侯。視草草《玄》無

等差。〔王註〕《漢書·淮南王安傳》：武帝以安博辨，善爲文詞，甚尊重之。每爲報書及賜，常召司馬相如等視草，迺遣。《揚雄傳》：安帝時，丁傅、董賢用事，諸附離之者，或起家至二千石，時雄方草《太玄》，有以自守，泊如也。〔施註〕《翰林志》：玄宗召張説等入禁中，謂之翰林待詔。或詔從中出，雖宸翰所揮，亦資其檢討，謂之視草。君不見秦趙城〔九〕易璧，指圖睨柱相矜誇。〔王註〕《史記》：秦昭王願以十五城，請易趙和氏璧。趙惠文王遣藺相如奉璧奏秦王。相如視秦王，無意償趙城，乃前曰：「璧有瑕，請指示王。」相如因持璧，却立，曰：「大王必欲急臣，臣頭與璧俱碎於柱矣。」持璧睨柱，欲以擊柱。秦王恐其破璧，乃辭謝，召有司按圖，指從此以往十五都予趙。相如度秦王詐，乃使其從者衣褐懷其璧，從徑道亡，歸璧於趙。又不見二生妾换馬，驕鳴啜泣思其家。〔施註〕李玫《異聞實録》：酒徒鮑生，多畜聲妓，外弟韋生，好乘駿馬。一日，相遇。既飲酒，乃以女妓善四絃者换紫赤馬。忽有二人造席，便以妾换馬，作題聯賦，折亭下舊葉書之，四韻訖而葉盡。韋生取紅箋，獻之二客。自稱江淹、謝莊，行十餘步而失。鮑既以妾换馬，妾歌曰：「風颭荷珠難暫圓，多情信有短因緣。西樓今夜三更月，還照離人泣斷絃。不如無情兩相與，永以爲好譬之桃李與瓊華。〔施註〕《毛詩·衞風·木瓜》：投我以木桃，報之以瓊瑶。投我以木李，報之以瓊玖。匪報也，永以爲好也。〔合註〕《周益公題跋》云：坡公將自黄移汝，嘗賦長篇，以銅劍易幾仲龍尾子硯，幾仲作詩送硯反劍，公又屬和，卒以劍歸之。【誥案】查註據前二詩，有東坡雪堂二句，合註據益公跋語，皆以爲黄州作，當改編。非也。東坡雪堂二事，公在處用之，如東坡法墨作於海南雪堂，義墨作於京師，其墨花詩，有「歸向雪堂看」句，作於歸宜興。又若東坡自託之語，不可悉數，不得槩以黄州論也。益公亦以不詳其故，故云將自黄移汝。凡此一年塗路，皆得以「將自黄移汝」論，非一定作於黄州未啓發之先也。凡施編誤者，固當更正，其不可考者，仍當從施爲正，未可輕議也。

張作詩送硯反劍，乃和其詩，卒以劍歸之

贈君長鋏君當歌，每食無魚歎委蛇。〔施註〕《衛風・君子偕老》詩：委委佗佗，如山如河。韓退之《石鼓歌》：二雅褊迫無委蛇。皆音徒何反。一朝得見暴公子，檑具欲與冠爭峨。〔施註〕《漢・雋不疑傳》：暴勝之爲直指使者，至渤海，聞不疑賢，請與相見。不疑冠進賢冠，帶檑具劍，盛服上謁，曰：「竊伏海瀕聞暴公子威名舊矣。」豈比杜陵貧病叟，終日長鑱隨短蓑。斬蛟刺虎老無力，〔王註〕《晉書》：周處入山，射殺猛獸，投水殺蛟，鄉里相慶。〔施註〕《晉・鄧遐傳》：毗水有蛟，爲人害，遐拔劍入水斬之。《漢・李廣傳》：上召禹刺虎，禹從落中以劍斫絕纍，上壯之。禹，廣孫。杜子美《茅屋爲秋風所破歌》：南邨羣童欺我老無力。帶牛佩犢吏所訶。〔施註〕《漢・龔遂傳》，爲渤海太守，遣書勅屬縣。諸持鉏鈎田器者，皆爲良民，吏毋得問；持兵者迺爲盜賊。民有帶持刀劍者，使賣劍買牛，賣刀買犢，曰：「日何爲帶牛佩犢。」韓退之《瀧吏》詩：凡吏之所訶，嗟實頗有之。故將換硯豈無意，恐君雕〔九七〕琢傷天和。作詩反劍亦何謂，知君欲以〔九八〕詩相磨。報章苦恨無好語，〔施註〕《毛詩・小雅・大東》：雖則七襄，不成報章。杜子美《寄杜員外》詩：何時有報章。試向君硯求餘波。〔查註〕杜子美《偶題》詩：餘波綺麗爲。詩成劍往硯應笑，那將屋漏供懸河。【誥案】紀昀曰：清辨滔滔，曲折如意。

去歲九月二十七日，在黃州〔九九〕，生子遯〔一〇〇〕，小名幹兒，頎然穎異。至今年七月二十八日，病亡於金陵，作二詩哭之

其一

吾年四十九，羈旅失幼子。〔施註〕《史記・張耳陳餘傳》：兩君羈旅，而欲附趙，難。《楚辭》宋玉《九辨》：羈旅而

無友生。幼子真吾兒，眉角生已似。未期觀所好，蹁躚逐書史。〔合註〕《廣韻》：蹁躚，旋行貌。張平子《東都賦》：蹴蹸蹁躚。搖頭却梨栗，似識非分恥。吾老常鮮歡，賴此一笑喜。忽然遭奪去，惡業〔一〇二〕我累爾。〔查註〕《楞嚴經》註：旃陀羅，華言嚴熾惡業。衣薪那免俗，〔王註〕《易·繫辭下》曰：古之葬者，厚衣之以薪，葬之中野。〔施註〕《阮咸傳》：未能免俗。變滅須臾耳。〔施註〕《寶積經》：念念不可住，須臾還變滅。歸來懷抱空，〔施註〕《晉·王衍傳》：衍喪幼子，悲不自勝。山簡曰：「孩抱中物，何至於此？」衍曰：「情之所鍾，正在我輩。」老淚如瀉水。【誥案】紀昀曰：住得沉痛。

其二

我淚猶可拭，日遠當日忘。〔施註〕《晉·謝鯤傳》：但使自今以往，日忘日去耳。韓退之《杜君墓銘》：事之在人，日遠日忘。母哭不可聞，欲與汝俱亡。故衣尚懸架，〔施註〕白樂天《哭金鑾子》詩：故衣猶架上，殘藥尚頭邊。漲乳已流牀。感此欲忘生，一臥終日僵。中年忝聞道，夢幻講已詳。儲藥如丘山，臨病更求方。【誥案】紀昀曰：不免窠臼，然亦別無出路，故此種是第一難題。仍將恩愛刃，割此衰老腸。知迷欲自反，〔合註〕《文選》丘希範《與陳伯之書》：迷途知反。一慟送餘傷。

葉濤致遠見和二詩，復次其韻

〔公自註〕濤顛倒元韻〔一〇三〕。〔施註〕葉致遠，名濤，處州龍泉人。舉進士。王平甫安國之壻。爲國子直講，因太學虞蕃訟免官。始從王介甫於金陵，學爲文詞。哲宗立，入館學，曾子宣薦爲右史，擢掌外制。是時貶削元祐正人，一時誥命，林希首當其任，用以致身二府。濤復效尤，奮筆醜詆，士論鄙之。遷夕郎，卽病，除待制奉祠而卒。〔合註〕《續通鑑長編》：元祐五年十二月，太學博士葉濤校對黄本書籍。劉摯云：濤從王安石學，與韓琦有瓜葛，向緣太學獄坐罪，既訴理，復爲博士。近頗造議論，以朝廷爲不快，思欲反復王氏學及熙、豐政事。吕大防鋭意欲出之於外。摯曾論出濤須有名，京中與易一處，因言惟有校對黄本。不意衆以爲然，遂優於博士矣。後知明州，差主管江寧府崇禧觀。〔查註〕《宋史》本傳：葉濤中進士乙科。按，介甫與致遠唱酬極多，詳《半山集·墓志》中。

其一

平生無一女，誰復歎耳耳〔一〇三〕。〔施註〕《三國志·魏·崔琰傳》：太祖爲魏王，楊訓發表，稱贊功伐。琰與訓書曰：「省表，事佳耳，時乎，時乎，會當有變時。」有白琰此書傲世怨謗者，太祖怒曰：「諺言『生女耳』，『耳』非佳語。『會當有變時』，意指不遜。」於是罰琰爲徒隸。滯留生此兒，足慰周南史。那知非真實，造化〔一〇四〕聊戲爾。煩惱初無根，恩愛爲種子。〔施註〕白樂天《自覺》詩：不將恩愛子，更種悲憂根。煩公爲假說，反覆〔一〇五〕相指似。〔王註〕白樂天詩：滿池春水何人愛，唯我回看指似君。欲除苦海浪，〔施註〕《楞嚴經》：沉三苦海。白樂天《寓言》詩：苦海波生蕩破舟。先乾愛河水。〔施註〕《昇玄經》：漂浪愛河，流吹慾海。棄置一寸鱗，悠然笑侯喜。〔施註〕韓退之《贈侯喜》詩：吾黨侯生字叔起，呼我持竿釣温水。舉竿引線忽有得，一寸纔分鱗與鬐。爲公寫餘習，瓶〔一〇六〕罍一時恥。

其二

聞公少已悟，拄杖〔一〇七〕久倚牀。〔合註〕「拄杖」、「倚牀」未詳，或卽用《禮記·檀弓上》「子夏投杖而拜」，以切喪子事。笑我老而癡，負鼓欲求亡。〔施註〕《莊子·天運篇》：孔子見老聃而語仁義。老聃曰：「吾子亦放風而動，總德而立矣，又奚傑然若負建鼓而求亡子者耶？」庶幾東門子，〔王註〕潘安仁《悼亡》詩云：「上慙東門吴，下媿蒙莊子。」〔施註〕《列子·力命篇》：魏有東門吴者，子死而不憂。曰：「吾嘗無子，無子之時不憂，今子死，乃與向無子同，吾奚憂也。」柱史安敢望。〔施註〕《史記·老子傳》：周守藏室之史也。〔王註次公曰〕意言老氏之齊死生也。〔合註〕前編望作忘，疑從葉濤和韻。嗜毒戲猛獸，〔王註〕枚乘《七發》：越女侍前，齊姬奉後，此甘餐毒藥，戲猛獸之爪牙也。慮患先不詳。〔王註〕《史記·齊世家》：譏建用客之不詳也。囊破蛇已走，尚未省齧傷。〔合註〕疑用佛偈「四蛇催命促，二鼠齧藤傷」意。妙哉兩篇詩，洗我千結腸。〔合註〕《吴越春秋》：越王夫人哀吟曰：「腸千結兮服膺。」黠蠶不作繭，〔施註〕《朝野僉載》：王顯與文皇有舊。帝戲顯曰：「抵死不作繭。」及文皇登極，因奏曰：「今日得作繭耶？」帝笑曰：「卿無貴相，朕非爲卿惜也。」曰：「朝貴夕死足矣。」帝與三品服，其夜卒。未老輒自僵。永謝湯火厄，泠然超無方。

卷二十三校勘記

〔一〕 潎幃　集本作「潎帷」。合註：宋刊施註本「幃」亦作「帷」。
〔二〕 曉狷　外集作「曉猿」。「狷」、「猿」，通。
〔三〕 武昌山上　「上」據集本補。
〔四〕 岐亭　集本、施乙作「歧亭」，下同。
〔五〕 并敍　施乙作「并引」。
〔六〕 明年正月　類本無「正月」二字。
〔七〕 季常自爾　「季常」二字，據集本、類本加。
〔八〕 詩必以前韻　類本無「詩」字。
〔九〕 季常七來見余　集本、類本「季」前有「而」字。
〔一〇〕 余量移　類本無「余」字。
〔一一〕 用韻……五首　集甲、類本「用」後有「前」字。集本、類本「首」作「篇」。
〔一二〕 近舍　類丁作「近水」。
〔一三〕 鵝鴨　施乙原校：「鵝」，石本作「鷄」。
〔一四〕 靜菴　類乙、類丁作「坐庵」。
〔一五〕 刀几　集本、類本作「刀机」。
〔一六〕 烝豘　集本、類丙作「烝豚」。施乙、類甲作「烝肫」。
〔一七〕 嚴詩　查註：宋刻本「嚴」作「聚」者訛。集本、施乙、類本作「嚴詩」。

〔一八〕哇笑　類本作「談笑」。

〔一九〕集本施乙原註更平聲　原缺「集本、施乙原註」六字，今補。

〔二〇〕椎甕盎　原作「推甕盎」，今從集甲、施乙、類丙。

〔二一〕初夏　類本作「諸夏」。合註：「諸」一作「朱」。何校：「朱夏」。

〔二二〕將行　類本作「行將」。

〔二三〕在廬山　施乙作「是廬山」。

〔二四〕可怪　章校：《鑑》作「頗怪」。

〔二五〕稱美　原作「稱羡」，今從集本、施乙、類本。

〔二六〕淺易　類甲、類乙無「淺」字。

〔二七〕二十四日　施乙無「日」字。

〔二八〕先君忌日也　集本、施乙、類本無「先君」二字。

〔二九〕僊公　集本、施乙、類本無「公」字。

〔三〇〕堂下　原作「堂上」。今從集本、施乙、類本、查註。合註作「堂上」，疑誤刊。

〔三一〕以示　集本、類本「以」前有「出」字。

〔三二〕乃作　「乃」原作「仍」。集本、類本作「乃作」，集成目録亦作「乃作」，今從。

〔三三〕始得其詳　集乙作「始得其詩」。

〔三四〕次慎韻　集乙「次」作「和」。類本「慎」作「其」。

〔三五〕詰案以上三詩云云　「詩」後原有「各本皆載」四字。按，集本、類本載子由、慎老詩，施乙未載。刪去「各本皆載」四字。

〔三六〕斗擻　集本作「得藪」。施乙、類本作「抖藪」。

〔三七〕予送曹詩　施乙無此條自註，另行低四字刻：「右送曹詩」。

〔三八〕有生死　類甲作「一生死」。

〔三九〕予次慎韻　施乙無此條自註，另行低四字刻：「右和慎詩」。集甲「次」作「和」。

〔四〇〕匡山　原作「康山」。據集本、施乙、類本、查註改。

〔四一〕并敍　施乙作「并引」。

〔四二〕奇勝　集本作「其勝」。

〔四三〕擇其尤佳者　集本、類本無「佳」字。

〔四四〕開先　類丙「先」作「元」，合註謂「元」誤。

〔四五〕谼　原作「硔」，集本、施乙、類本、施註註文俱作「谼」，今從。按，《康熙字典》、《中華大字典》無「硔」字。

〔四六〕清泠　類乙、類丙作「清冷」。

〔四七〕險出　集本、類甲、類乙作「嶮出」。

〔四八〕高低總　查註：石刻作「看山了」。

〔四九〕總不同　集本、類丙作「無一同」。施乙作「各不同」。類甲、類乙作「無不同」。

〔五〇〕二十　查註、合註作「廿」。
〔五一〕惟見　原作「惟有」。今從集本、類本。
〔五二〕有殘燭　集乙作「耿殘燭」。
〔五三〕風餐　集乙作「風食」。集甲、類本作「風湌」。
〔五四〕南江　類甲、類乙作「南來」。
〔五五〕擔　集甲作「檐」。按，《集韻》：「擔」，或從木。
〔五六〕周禮天官醢人云云　「醢」原作「醯」，誤，合註亦誤。今據類丙註文校正。
〔五七〕困熏煮　合註：「困」一作「同」。
〔五八〕小名也　集本、類本無「也」字。
〔五九〕別子由三首兼別遲　集本「兼別遲」三字爲題下自註。
〔六〇〕嗟留滯　集本、類本作「歎留滯」。
〔六一〕洛城　類本作「洛陽」。
〔六二〕故以是詩告之　是詩，乃指老泉「岷山之陽土如腴」云云，原删去，致「是詩」無着。今據查註補「故爲詩曰」云云三十二字。
〔六三〕卜築　集本、類本作「卜宅」。
〔六四〕緱山　類本作「緱氏」。
〔六五〕穿林　類本作「穿井」。

〔六六〕惟要　類丁作「惟有」，合註謂「有」訛。
〔六七〕先我來　查註、合註：「先」一作「如」。
〔六八〕靄靄　集本、類本作「藹藹」。
〔六九〕豈我意　集本、類本作「豈吾意」。
〔七〇〕白塔鋪歇馬　七集題作「歇白塔鋪」。外集題作「筠州還白塔鋪歇馬」。
〔七一〕相望　七集作「長望」。
〔七二〕熹微　七集作「依稀」；原校：一作「熹微」。外集作「依微」。
〔七三〕隨人急　類甲、類乙、外集作「隨人意」。
〔七四〕從飛鳥　類本、外集作「窮千里」。七集原校：「從」一作「窮」。
〔七五〕同年程筠　類本無「筠」字。
〔七六〕則之　中華書局排印本《北史·校勘記》引張元濟語，謂「則」疑爲「測」。
〔七七〕桓司馬　集乙作「柏司馬」。「柏」蓋爲「桓」之誤刊。「桓」，避「桓」諱。
〔七八〕楸梧　類本作「松梧」。
〔七九〕陶驥子駿佚老堂二首　類本無「驥」字，施乙無「二首」二字。
〔八〇〕余增損淵明歸去來云云　施乙此註文，無「東坡云」字樣。施註註文「余」作「東坡」。
〔八一〕和李太白　查註作「和李白」。集本、類本先列太白詩，次列東坡詩。
〔八二〕并敍　施乙作「并引」。

〔八三〕予亦四十九　集乙、施乙、類本「予」上有「今」字。集甲「予」後有「今」字。

〔八四〕自昔　查註：「昔」一作「惜」，訛。

〔八五〕詩斑　集甲作「詩班」。集乙、類丙作「詩斑」。

〔八六〕二古銅劍　集本、類本作「古銅劍二」。

〔八七〕空腸　類本作「枯腸」。

〔八八〕不可回　查註、合註：周益公題跋引此詩「回」作「留」。

〔八九〕吐向　類本作「寫向」。

〔九〇〕君家　集甲作「家君」。

〔九一〕不瞋　集乙作「不嗔」。

〔九二〕石硯銘　類本無「石」字。

〔九三〕白琥　查註作「白珀」。

〔九四〕不辭　集本、施乙作「不詞」，合註謂「詞」訛。

〔九五〕張近幾仲　類本無「近」字。

〔九六〕秦趙城　類乙作「秦城趙」。

〔九七〕雕　集甲作「琱」。按，段玉裁《說文解字註》：經傳以「雕」、「彫」爲「琱」。

〔九八〕欲以　類乙、類丙作「故以」。

〔九九〕在黃州　施乙無「在」字。

〔一〇〇〕生子遯　集本、類本「子」後有「名」字。

〔一〇一〕惡業　查註、合註：「業」一作「孽」。

〔一〇二〕濤顛倒元韻　施註此註文，無「東坡云」字樣。

〔一〇三〕耳耳　集本作「爾耳」。類甲作「爾尔」。

〔一〇四〕造化　集本、施乙、類本作「造物」。

〔一〇五〕反覆　集本、類本作「反復」。

〔一〇六〕瓶　類丙作「缾」。

〔一〇七〕拄杖　集甲、類本作「柱杖」。

蘇軾詩集卷二十四

古今體詩六十首

【誥案】起元豐七年甲子八月，自金陵寄家真州，九月買田宜興，十月至揚州，表乞常州居住，十一月過楚州，十二月抵泗州度歲作。

次荆公韻四絶

〔查註〕《宋史·王安石傳》：安石再相，屢謝病求去，帝益厭之，罷爲鎮南軍節度使同平章事，判江寧府。明年，改集禧觀使，封舒國公。元豐三年，復拜左僕射觀文殿大學士，换特進，改封荆。〔王註玉父曰〕《東軒筆録》云：王荆公再罷政，以使相判金陵，即求宫觀，築第於白門外七里，去蔣山亦七里。平日馭一驢，從數童，遊諸山寺，所居之宅，僅庇風雨。元豐末，捨爲寺，賜名報寧。〔查註〕《臨川集·池上看金沙花數枝過酴醾架盛開四首》，詩云：「酴醾一架最先來，夾水金沙次第栽。濃緑扶疎雲乍起，醉紅撩亂雪争開。」其二云：「午陰寬占一方苔，映水前年坐看栽。紅蕋似嫌塵染污，青條飛上别枝開。」其三云：「北山輸緑漲横陂，直塹迴塘灧灧時。細數落花因坐久，緩尋芳草得歸遲。」其四云：「故作酴醾架，金沙祇漫栽。似矜顔色好，飛度雪前開。」

其一

青李扶疎禽自來，〔王註次公曰〕王羲之有《求來禽青李帖》。來禽，卽今之林禽也，以其食美禽來食之，故曰來禽。今先生詩句，借來禽字，以言青李之實，亦自來於禽鳥耳。〔施註〕來禽，俗作林檎。〔合註〕《文選·解嘲》：枝葉扶疎。清真逸少手親栽。〔施註〕李太白《王逸少》詩：右軍本清真，瀟灑在風塵。深紅淺紫從争發，〔施註〕《杼情詩》楊行敏《題歙郡冬青館》詩：杜鵑花發杜鵑啼，淺紫深紅更傍谿。雪白鵝黄也鬬開。

其二

斫竹穿花破緑苔，〔王註〕韓退之詩：竹洞何年有，公初斫竹開。小詩端爲覓榿栽。〔施註〕杜子美有《憑何十一少府邕覓榿木栽》詩。細看造物初無物，〔王註〕郭象《南華真經序》：莊生上知造物無物，下知有物之自造也。春到江南花自開。

其三

騎驢渺渺入荒陂，想見先生未病時。勸我試求三畝宅，從公已覺十年遲。〔王註師曰〕介甫得詩曰：十年前後我便不斷争。〔施註〕白樂天《贈晦叔》詩：回頭語閑伴，閑校十年遲。又《王十一中書同宿》詩：此中來校十年遲。

其四

甲第非真有，〔施註〕《漢・田蚡傳》：治宅甲諸第。顔師古曰：言爲諸第之最也，以甲乙之次，言甲則爲上矣。《霍光傳》：孝宣帝詔，賜甲第一區。閑花亦偶栽。聊爲清淨供，却對道人開。〔公自註〕公病後〔一〕，捨宅作寺。〔查註〕《臨川集・請捨宅爲寺劄子》云：臣幸遭興運，超拔等夷，顧迫衰殘，縻捐何補。願以臣所居江寧府上元縣園屋爲僧寺，永遠祝延聖壽。如蒙矜許，特賜名額，庶昭希曠。〔合註〕《續通鑑長編》：元豐七年六月戊子，王安石請以所居上元縣園屋爲僧寺，乞賜名額，從之，以報寧禪院爲額。或云：安石愛其子雱，雱性惡，安石在政府，凡所爲不近人情者，雱實使之。既死，安石哀悼久而不忘，嘗恍惚見雱荷鐵枷如重囚狀，遂請以園屋爲僧寺，蓋爲雱求救於佛也。

張庖民挽詞

〔施註〕張庖民，字翔父，金陵人。元豐五年，卒於曹溪。【誥案】此詩後六句，乃至金陵有慨而作，或因黄魯直詩而發，必非聞訃作也。合註疑其不應編七年，非是。已删。

東晉巾車令，〔王註次公曰〕《周禮・春官》：巾車，掌王車。《孔叢子》：孔子歌曰：「巾車命駕，將適唐都。」又陶淵明《歸去來辭》：或命巾車。今云巾車令，蓋淵明嘗爲彭澤令故也。西京執戟郎。〔王註次公曰〕漢制，凡郎皆執戟，如東方朔爲中郎執戟殿下是也。又杜牧《寄李虢州》詩：今日還珠守，何年執戟郎。〔施註〕《漢・東方朔傳》：官不過侍郎，位不過執戟。曹子建《與楊德祖書》：揚子雲，先朝執戟之臣耳。甘心向山水，〔施註〕《左傳・莊公九年》：鮑叔來言曰：「請受而甘心焉。」〔查註〕《山谷集》中《張翔父墓表》云：翔父才德，俯仰庸人，不甚出奇見異，其於林泉，心安性服之也。結髮事文章。〔王註次公曰〕結髮，言自小時也。《前漢書》有「結髮翰墨」，又《李廣傳》「結髮與匈奴大小七十餘戰」。〔施註〕《漢・主父偃傳》：結髮游學，四十餘年。故自輕千户，何曾羡一囊。〔施註〕《東方朔傳》：侏儒長三尺餘，奉一囊粟，錢二百四十。臣朔長九尺餘，亦奉一囊粟，錢二百四十。侏儒飽欲死，臣朔飢欲死。天高鬼神惡，〔王註〕韓退之《感春》詩：天公高居鬼神惡，欲保性命誠難哉。骨朽姓名芳。〔施註〕曹大家《東征賦》：惟令德爲不朽兮，身既殁而名存。《晉·桓溫傳》：嘗曰：「既不能流芳後世，不足復遺臭萬載耶！」庾嶺銘旌暗，〔施註〕裴氏《廣州記》：五嶺一曰大庾。秦淮舊宅荒。〔施註〕許嵩《建康實録》：秦始皇三十七年，東巡自江乘渡。望氣者云：五百年後，金陵有天子氣。因鑿鍾阜斷金陵長隴以流，至今呼爲秦淮。註云：其淮本名龍藏浦。其上有二源，一發自華山，經句容西南流，一發自東廬山，經溧水西北流出，入江寧界。二源合自方山埭，西注大江。吾詩不用刻，妙語有黄香。〔公自註〕黄魯直爲庖民作哀詞〔二〕。

次韻葉致遠見贈

〔施註〕致遠投東坡詩，正從介甫於金陵時也。

欲求五畝寄樵蘇，〔王註〕左太沖《魏都賦》：樵蘇往而無忌。註：樵，取薪也。蘇，取草也。所至遲留〔三〕似賈胡。〔王註〕《後漢書》：馬援征五溪，水疾，船不得上。耿舒《與兄弇書》曰：伏波類西域賈胡，到一處輒止，以是失利。信命不須歌去汝，〔王註〕《詩·魏風·碩鼠》：逝將去汝，適彼樂土。逢人未免歎猶吾。人皆勸我杯中物，〔王註〕陶淵明《責子》詩：天運苟如此，且進杯中物。李太白《憶賀監》詩：昔好杯中物，今爲松下塵。〔倬曰〕吴衍好飲，後醉詬權貴，遂戒飲。阮宣命飲，衍曰：「近斷飲。」宣以拳毆其背曰：「看看老逼癡漢，忍斷杯中物耶？」抑而飲之。我獨憐君屋上烏。〔王註〕杜子美《奉贈射洪李四丈》詩：丈人屋上烏，烏好人亦好。〔施註〕太公《六韜》：武王克商，將奈其士衆何。

太公曰：「愛其人者，愛及屋上之烏，憎其人者，惡其餘胥。」一技文章何足道，要知〔四〕摩詰〔五〕是文殊。〔施註〕《維摩經》：文殊師利維摩詰，二士共談，必説妙法。維摩詰默然無言。【詰案】紀昀曰：此格創自義山，殊非雅音。

次韻致遠〔六〕

【詰案】此詩施編不載，查註從邵本補編。

長笑〔七〕右軍稱草聖，〔合註〕《宣和書譜》：王羲之善隸、草，爲今昔之冠，然其得名，乃專以草聖。不如東野以詩鳴。樂天自愛〔八〕吟淮月。〔合註〕白樂天《渡淮》詩：淮水東南闊，無風渡亦難。濤流宜映月，今夜重吟看。懷祖無勞〔九〕聽角聲。

次韻段縫見贈

〔施註〕段縫，字約之。居金陵，與王介甫游，而意不相與。知興國軍，嘗論免役法不便。元豐初，吳沖卿爲相，頗進熙寧異議之人，除知泰州。諫官蔡確言其無才能，止以嘗詆毀新政，故膺奬任。詔與合入差遣，乃俾通判閬州。縫避遠，求分司，遂以本官致仕。介甫嘗賦《約之園亭》詩云：勝事閬州雖或有，終非吾土豈如歸。元祐二年春，左司諫王覿薦之，詔落致仕，與管勾宮觀。時爲朝散大夫。〔合註〕見《續通鑑長編》。

季子東周負郭田，〔施註〕《史記·蘇秦傳》：東周雒陽人也。譙周曰：秦，字季子。須知力穡是家傳。〔施註〕《尚書·盤庚上》：若農服田力穡，乃亦有秋。細思種薤五十〔一〇〕本，〔施註〕《漢·龔遂傳》：爲渤海太守，令民口種一樹榆、百本薤、五十本葱、一畦韭。大勝取禾三百廛。〔王註〕《詩·魏風·伐檀》：不稼不穡，胡取禾三百廛兮？若得與君連北巷，〔施註〕杜子美《偪仄行贈畢曜》云：我居巷南子巷北。故應終老忘西川。〔施註〕《九域志》：成都府劍南西川節度。短衣匹馬非吾事，只擬關門不問天。〔施註〕杜子美《曲江》詩：自斷此生休問天，杜曲幸有桑麻田，故將移住南山邊。短衣匹馬隨李廣，看射猛虎終殘年。

次韻杭人裴維甫

〔施註〕裴維甫登嘉祐四年進士。東坡杭倅官滿，以九月離錢塘，故云：餘杭門外葉飛秋，尚記居人挽去舟。在黄五年，至是始與維甫邂逅於秣陵也。

餘杭門外葉飛秋，〔施註〕白樂天《新秋》詩：西風飄一葉，庭前颯已涼。〔查註〕吴自牧《夢粱録》：杭州北城門者三，一日餘杭門，舊名北關者是也。《咸淳臨安志》：餘杭門有水陸二門。尚記居人挽去舟。一别臨平山上塔，〔查註〕《咸淳臨安志》：臨平山去仁和縣舊治五十四里，周迴十八里，上有塔，又有藕花洲，即鼎湖也。五年雲夢澤南州。淒涼楚些緣吾發〔二〕，【誥案】紀昀曰：宋玉作《招魂》，時屈平尚無恙，故東坡用以比裴詩。後人不考本原，遂以爲諱。邂逅秦淮爲子留。寄謝西湖舊風月，故應時許夢中游。〔施註〕白樂天《酬微之》詩：十五年前似夢游。

題孫思邈眞

〔查註〕《舊唐書》：孫思邈，京兆華原人。周宣帝時，隱居太白山。隋文帝徵爲國子博士，不起。

唐高宗召見，賜鄱陽公主邑宅以居焉。學殫術數，自云年九十三，鄉里咸云數百歲人。註《老子》、《莊子》，撰《千金方》。子行，天授中爲鳳閣侍郎。

先生一去五百載，猶在峨眉西崦中。〔王註〕《峨眉山記》載：有僧逢先生者，乃唐衣冠，請僧轉《法華經》。〔施註〕《杜陽編》：明皇西幸，夢一叟再拜於前，曰：「臣孫思邈也，廬於峨眉山有年矣。今聞鑾駕至蜀，故來候謁。」《官法帖》：西崦已遍。自爲天仙足官府，〔施註〕韓退之《張十八》詩：上界真人足官府，豈如散仙鞭笞鸞鳳終日相追陪。不應尸解坐蝱蟲。〔施註〕《仙傳拾遺·孫思邈》：嘗有神仙降，謂曰：「爾所著《千金方》，濟人之功，亦已廣矣，而以物命爲藥，害物亦多，必爲尸解之仙，不得白日輕舉矣。」其後，思邈取草木之藥，以代蟲蝱水蛭之命，作《千金方翼》三十篇，每篇有《龍宮仙方》一首，行之於世。【誥案】紀昀曰：自寓兀傲。

戲作鮰魚一絶〔一〕

〔查註〕《釋氏稽古畧》：鍾山寶公，以剪刀拂扇，挂杖頭，負之行聚落。遇食鱠者，從而求食，啗者遺而薄之，寶公即吐水，皆成活魚，今江中鮰魚是也。按《說文》、《玉篇》均無鮰字。《廣韻》、《類篇》止有鮠字。《廣韻》註：似鮎。《類篇》註：鯷之小者。惟《本草》云：鮠，今作鮰。

粉紅石首仍無骨，〔王註厚曰〕石首，魚名，其頭骨乃石也。〔彥章曰〕《蘇州圖經》云：養魚城下，水中有石首魚。雪白河豘〔二〕不藥人。〔王註繽曰〕河豚有毒，治之不精則害人。梅聖俞詩云：烹調苟失所，入喉爲莫邪。〔查註〕程大昌《演繁露》：河豚當作河鈍。嚴有翼《藝苑雌黄》：河鈍，水族之奇味，世傳其能殺人。寄語天公與河伯，〔王註〕《抱朴子·釋鬼篇》：馮夷以八月上庚日渡河，溺死，天帝署爲河伯。〔合注〕見《文選·雪賦》李善註。何妨乞與水精鱗。

次韻答寶覺

〔查註〕寶覺，金陵定林寺僧也。與王荆公游，見《周益公題跋》。《臨川集》中多贈答詩。

芒鞋竹杖布行纏，〔合註〕《毛詩箋》：邪幅，如今行縢也。疏云：邪纏於足，謂之邪幅。《古樂府》有《雙行纏曲》。遮莫千山更萬山〔一〕。〔施註〕杜子美《書堂飲》詩：遮莫鄰雞下五更。〔合註〕方以智《通雅》云：遮莫，猶言儘教也。從來無脚不解滑，誰信石頭行路難。〔王註次公曰〕石頭，希遷大師也。馬祖問：「師從什麽處來？」師云：「石頭。」馬祖云：「石頭路滑還躂倒汝麽？」師曰：「若躂倒，即不來。」〔施註〕《傳燈録》：鄧隱峰辭馬祖，馬祖云：「什麽處去？」對云：「石頭去。」師云：「石頭路滑。」杜子美《人日》詩：直道無憂行路難。

同王勝之遊蔣山

〔施註〕王勝之，名益柔，河南人，樞密使晦叔子也。抗直尚氣，喜論天下事，用蔭入官。范文正公未識面，以館閣薦之，除集賢校理。預蘇子美奏邸會，作《傲歌》。中司與近臣合攻之，言其當誅。韓忠獻爲仁宗言，少年狂語，何足深治，天下大事不少，而獨攻一王益柔，此其意不在《傲歌》也。帝感悟，但黜監復州酒。熙寧初，以判度支審院轉對。勝之言：人君之難，莫大於辨邪正，邪正之辨，莫大於置相，置相之忠邪，百官之賢否也。唐高宗之許敬宗、李義府，明皇之李林甫，德宗之盧杞，憲宗之皇甫鎛，帝王之鑑也。高宗、德宗之昏蒙，固無足論；明皇、憲宗之聰明，乃蔽於二人如此。以二人之庸，猶足以致禍，況誦六藝挾才智以文致其姦説者哉。是時，王介甫方用，意蓋指之。後卒如其言。歷知制誥直學士院，連守大郡。至江寧，纔一日，移南都。故詩云：到郡席不煖，居民空惘然。坡在賞心亭作長短句送之，尤偉麗。偕勝之過儀真，再和此詩。〔查註〕《元和郡縣志》：鍾山在上元縣東北十八里，古金陵山也。《唐・地理志》：江南道，其名山，衡、廬、茅、蔣。《景定建康志》：鍾山，一名蔣山。漢末秣陵尉蔣子文逐盜，死事於此，吳爲立廟，封蔣侯。《初學記》載：揚雄《潤州箴》所云「蔣廟鍾山，孫陵曲衍」是也。〔施註〕介甫時居金陵，數與坡遊，歎息謂人曰：「不知更幾百年，方有如此人物。」既賦此詩，介甫亟取讀，至「峰多巧障日，江遠欲浮天」，乃撫几曰：「老夫平生作詩，無此二句。」因次其韻云：「金陵限南北，形勢豈其然。楚役六千里，陳亡三百年。江山空幙府，風月自觥船。主送悲涼岸，妃埋想故蓮。臺傾鳳久去，城踞虎争偏。司馬壖廟域，獨龍層塔顛。森疎五願木，蹇淺一人泉。棁杖窮諸嶺，籃輿罷半天。朱門園淥水，碧瓦第青煙。墨客真能賦，留詩野竹娟。」

到郡席不暖〔一五〕，居民空惘然。〔施註〕《後漢・黃憲傳》：戴良見憲，歸，惘然若有失也。好山無十里，遺恨恐他年。欲款南朝寺，〔王註厚曰〕山中寺多是六朝行宮。東晉、宋、齊、梁、陳，皆都金陵，謂之南朝。〔查註〕杜牧之詩：南朝四百八十寺。同登北郭船。朱門收畫戟，〔施註〕隋制：三品以上，門皆列戟。見《高熲傳》。紺宇出青蓮。〔公自註〕荆公宅已〔一六〕爲寺。〔施註〕李太白《東林夜懷》詩：我尋青蓮宇，獨往謝城闕。夾路蒼髯古，〔王註次公曰〕指松檜也。先生詩又云：山中只有蒼髯叟，數里蕭蕭管送迎。〔查註〕《金陵地紀》：蔣山初少林木，東晉時，令諸州刺史罷還京者，人栽松百株，郡守五十株。宋時，刺史栽三十株，下至郡守，各有差。迎人翠麓偏。龍腰蟠故國，〔施註〕庚仲雍《九江記》：建業宮城，孫權所築，昔諸葛亮勸都之，云：「鍾山龍蟠，石城虎踞，有王者氣。」權從之。鳥爪寄層巔〔一七〕。〔王註厚曰〕山有鳥爪峰。〔次公曰〕《高僧傳》：誌公生於鷹窠，手類鳥爪，死葬於此山上。〔施註〕杜子美《宿贊公土室》詩：曾巔餘落日。竹杪飛華屋，松根泫細泉。峰多巧障日，江遠欲浮天。【誥案】紀昀曰：風神秀削。畧彴橫秋水，浮圖〔一八〕插暮烟。〔施註〕《釋氏要覽》：浮圖，塔也。歸來踏人影，雲細月娟娟。

至眞州再和二首

〔施註〕王勝之，是時年七十二，東坡纔四十九。故云：話舊已忘年。勝之至南都，未幾而卒。〔合註〕《續通鑑長編》：元祐元年五月，王益柔卒。〔查註〕《隆平集》：乾德二年，以揚州迎鑾鎮爲建安軍。《九朝通畧》：祥符二年，建安軍鑄玉皇、太祖、太宗像成，陞軍爲眞州。《太平寰宇記》：建安軍，本揚州白沙鎮，僞吳改爲迎鑾鎮，是揚州大江入京口之岸。東至揚州六十里。

其一

老手王摩詰，窮交孟浩然。論詩曾伴直，話舊已忘年。〔王註〕《摭言》：襄陽孟浩然，爲王右丞所知。維待詔金鑾殿，一旦召之，商較風雅。忽遇上幸維所，維不敢隱，因奏聞。上卽命吟，浩然奉詔拜舞，念詩曰：「北闕休上書，南山歸敝廬。不才明主棄，多病故人疎。」上聞之憮然，因命放歸。《南史》劉孝標《絶交書》：利交有五，四曰窮交。〔施註〕子美《過孟倉曹》詩：清談見滋味，爾輩可忘年。【誥案】治平間，公與王勝之同在三館，故有伴直話舊之語。北上〔一九〕

難陪驥，東行且趁船〔二〇〕。〔邵註〕《世説》：賀司空入洛，經吴閶門，在船中彈琴。張季鷹本不相識，聞絃甚清，下船就賀，因共語，便大相知説。問賀，卿欲何之？賀曰：「入洛赴命，正爾進路。」張曰：「吾亦有事北京，因路寄載。」便與賀同發。初不告家，家追問迺知。賀名循。季鷹，張翰字。〔查註〕時王勝之自江寧移守南都，故云北上。離亭花映肉，〔合註〕陳子昂詩：斜日隱離亭。醉眼鷺窺蓮。〔施註〕杜牧之《晚晴賦》：忽八九之紅芰，姹然如婦，斂然如女。白鷺潛來兮，邈風標之公子。窺此美人兮，如慕悦其容媚。柂轉三山没，〔查註〕《金陵志》：三山在江寧府城西南周圍四里，大江從西來，勢如建瓴，此山當其衝。《輿地志》謂其積石森鬱，濱於大江，有三峰南北相接。謝朓有《晚登三山望京邑》詩，卽此矣。風回五兩偏。〔王註次公曰〕「五兩」字，出郭璞《江賦》：覘五兩之動静。李善註引《兵書》曰：凡候風法，以雞羽重八兩，建五丈旗，取羽繫其顛，立軍營中。許慎《淮南子註》曰：綄，候風也，音桓，楚人謂之五兩。又，五臣之翰曰：五兩，鳥毛爲之，置竿之上以候風。〔施註〕《北堂書鈔》：候風之羽，楚人謂之五兩。荒祠過瓜步，〔王註縯曰〕揚州江都縣瓜步鎮，乃往真州渡口也。〔查註〕王象之《輿地紀勝》曰：瓜州渡，在江都縣南四十里，揚子江之沙磧也。沙漸漲出〔二一〕，其狀如瓜。《廟記》云：江祠，祀江妃也，以伍員配。阮昇之《記》云：其神亦號江都王。古甃墮松巔〔二二〕。聞道清香閣，新篘白玉泉。〔施註〕白樂天《嘗酒》詩：一甕香醪新插篘。莫教門掩夜，坐待月流天。小院檀槽鬧，〔施註〕《明皇雜録》：白秀貞自蜀回，得邏逤檀、雙鳳琵琶槽。空庭樺燭煙。公詩便堪唱，爲付〔二三〕小嬋娟。〔施註〕孟東野《嬋娟篇》：妓嬋娟，不長妍。

其二

公顔如雪柏，千載故依然。〔施註〕《古詩》：圍碁燒敗襖，見子故依然。笑我無根柳，空中不待年。〔王註〕

韓退之詩：「浮雲柳絮無根蒂。」劉義慶《世説》云：「顧悦與晉簡文同年，而髮早白。簡文曰：『卿何以先白？』對曰：『蒲柳之姿，望秋而落；松柏之質，經霜彌茂。』」肯留歸闕旆〔二四〕，坐待逆風〔二五〕船。〔施註〕《後漢書·皇甫嵩傳》：「逆坂走丸，迎風縱棹，豈云易哉。」特許門傳籥〔二六〕，〔施註〕門籥，謂門管鑰也。那知箭起蓮。〔王註續曰〕蓮花漏法，以水浮箭爲候。相逢月上後，小語坐西偏。〔王註〕韓退之《庭楸》詩：「朝日出其門，我常坐西偏。」〔施註〕《世説》：「支道林語王逸少曰：『貧道與君小語。』」流落千帆側，〔王註〕劉禹錫詩：「沉舟側畔千帆過，病木前頭萬樹春。」追思百尺巔〔二七〕。躬耕懷谷口，〔王註〕《揚子》云：「谷口鄭子真，耕乎巖石之下，名振於京師。」水石羨平泉。〔施註〕李德裕《平泉山居草木記》：「余二十年間，三守吴門，一涖淮服，桂樹芳草，性之所耽。」《賈氏談録》：「李德裕平泉莊，周圍四十里，天下奇花異草，珍松怪石，靡不畢置其間。」茅屋歸元亮，〔王註〕陶淵明詩：「養真衡茅下，庶以善自鳴。」〔施註〕陶淵明《歸田園居》詩：「草屋八九間。」霓裳醉樂天。〔施註〕白樂天《醉吟先生傳》：「若興發，命家僮調法部絲竹，合奏《霓裳羽衣》一曲，放情自娱，茗艼而後已。」行聞宣室召，〔王註〕《前漢·賈誼傳》：「誼既以適去。歲餘，文帝思誼，徵之至。入見，上方受釐坐宣室，因問鬼神之本，具道所以然之故。至夜半，文帝前席。」〔施註〕《漢·賈誼傳註》：「蘇林曰：『宣室，未央前正室也。』」歸近御爐烟。〔王註〕唐人詩：「從事不須輕御史，滿身猶帶御爐烟。」〔施註〕賈至《早朝大明宫》詩：「劍佩聲隨玉墀步，衣冠身染御爐香。」未用歌池上，〔王註〕白樂天有《池上篇》。隨宜教李娟。〔施註〕白樂天《和微之歌》：「李娟、張態君莫嫌，亦擬隨宜且教取。」註：娟、態，蘇之妓女也。

眉子石硯歌贈胡誾〔二八〕

〔施註〕墨迹刻石成都，題爲《古眉山石硯歌》。〔查註〕《苕溪漁隱叢話》：新安龍尾，石性皆潤澤，可以敵玉，滑膩而能起墨，以之爲硯，故世所珍也。石雖多，惟羅紋者、眉子者、刷絲者佳。高似孫《硯箋》：羅紋坑，在眉子坑東，金星坑，在羅紋坑西北，並南唐李氏發。眉子坑，在羅紋坑西，開元中發。眉子石，有金花眉、金星眉、對眉、短眉、長眉、簇眉、闊眉、雁湖眉、錦蹙眉、菉豆眉等名。

君不見成都畫手開十眉，橫雲却月爭新奇。〔王註〕《天寶遺事》：明皇避安禄山難，幸成都，令畫工作《十眉圖》。橫行、却月，皆其眉名也。〔施註〕川畫《十眉圖序》：蛾眉、翠黛、卧蠶、捧心、偃月、復月、筋點、柳葉、遠山、八字，是爲十眉。《成都古今集記》：明皇御容院，有宋藝畫美人侍明皇翠眉十種，世多傳寫，以爲贈玩。〔合註〕《潛確類書》載《十眉圖》曰：鴛鴦、小山、五嶽、三峰、垂珠、月稜（又名却月）、分梢、涵烟、拂雲（又名橫烟）、倒暈。此先生詩所用也，與施註所引圖序互異。游人指點小顰處，中有漁陽胡馬嘶。〔王註次公曰〕小顰，指楊妃之眉也。漁陽胡馬，言安禄山之叛也，禄山以漁陽起亂。〔施註〕白樂天《長恨歌》：漁陽鞞鼓動地來，驚破《霓裳羽衣曲》。又不見王孫青瑣橫雙碧，〔施注〕《漢·司馬相如傳》：卓王孫女文君，竊從户窺，心悦而好之。腸斷浮空〔二九〕遠山色。書生性命何足論，坐費千金買消渴。〔王註〕《西京雜記》：司馬長卿，素有消渴疾，悦文君色，遂以發痼疾。乃作《美人賦》，欲以自刺而不能改，卒以此疾至死。〔施註〕《西京雜記》：文君姣好，眉色如望遠山，爲人放誕風流，故悦長卿之才而越禮焉。〔合註〕鮑照詩：千金顧笑買芳年。爾來喪亂愁天公，〔王註次公曰〕庾亮云：天公憒憒。〔合註〕此庾翼語，見《晉書·天文志》。謫向君家書硯中。小窗虚幌相嫵媚，〔王註〕《上林賦》：青琴、宓妃之徒，嫵媚孅弱。令君〔三〇〕曉夢生春紅。〔合註〕李太白《怨歌行》詩：花顔笑春紅。毘耶居士談空處，〔查註〕《維摩經》：毘耶離大城中，有長者名維摩詰。《翻譯名義》：毘耶離，此云廣博嚴淨。其國寬平，城邑華麗，故名。〔合註〕陶弘景詩：平叔坐談空。結習已空花不住。試教天女爲磨鉛，〔施註〕《西京雜記》：揚雄懷鉛提槧，從計吏訪四方語，作《方言》。

〔合註〕杜子美詩：磨鉛勘玉杯。千偈瀾翻無一語。〔王註〕《晉書》：鳩摩羅什日誦千偈。

贈袁陟

〔王註堯卿曰〕字世弼，豫章人，號遯翁。有集十卷，終祕書丞。〔查註〕曾鞏有《答袁陟書》，韓魏公有《和袁陟節推龍興寺芍藥》詩。〔翁方綱註〕按，袁陟，南昌人。慶曆六年進士，知當塗縣，官至太常博士。著有《遯翁集》，即汲引郭功甫者也。〔合註〕《潘子真詩話》云：郭功甫常曰：「數載汲引，袁二丈力也。」【誥案】袁陟時爲真州守。此詩，公自南京過真州所作。施編雜入下年自南都至淮揚道中，查註、合註皆誤。今改編於此，餘詳總案中。〔案〕總案云，詳玩此詩，皆逆旅過客之意，顯因寄寓而發，雜入南都道中，情事不合。因以與袁真州、滕達道各書考之，蓋陟即袁真州也。公初在金陵，尚無寄家之意，至是陟以學舍處之，遂有「我池」、「我居」之句。且告滕達道云，某留家儀真，故與前書當住一日之說異也。……參考諸說，陟非碌碌者流，可與袁真州互證，亦足補其闕也。

是身如虛空，〔查註〕《維摩經》：是身爲空，離我之所。萬物皆我儲。胡爲强分別。百金買田廬。不見袁夫子，神馬載尻〔三〕輿。〔王註〕《莊子·大宗師篇》：浸假而化子之尻以爲輪，以神爲馬，子因而乘之，豈更駕哉。游乎〔三〕無何有，一飯不願餘。〔王註〕柳子厚《贈江華長老》詩：一飯不願餘，跏趺便終夕。官湖爲我池，學舍爲我居。【誥案】公本挈家而行，飄泊無所，時袁陟以學舍假公，因留家於真，喘息稍定，此作詩之本旨也。連下二句讀，其義更明。若以爲歸常道中作，則大可笑矣。何以遺子孫，〔王註〕《後漢·逸民傳》：劉表問龐公曰：

「先生苦居畎畝，而不肯官祿，後世何以遺子孫乎？」龐公曰：「世人皆遺之以危，今獨遺之以安，雖所遺不同，未爲無所遺也。」此身自籧篨〔三三〕。〔王註次公曰〕籧篨之義有二：有言柔者，又云能仰而不能俯，則《國語》「籧篨蒙鏐」是已；有云麤竹席，則《詩·邶風·新臺》云「籧篨不鮮」是已。今義未審。〔邵註〕《唐韻》：籧篨，篴篨，一曰麤竹席也。〔查註〕籧篨，用《晉書·皇甫謐傳》「以籧篨裹尸」之義。薰風暗楊柳，秋水靜芙蕖〔三四〕。應觀我知子，不怪子知魚。

次韻蔣穎叔〔三五〕

〔王註堯卿曰〕名之奇。公，嘉祐二年章衡榜，與穎叔同登第。〔施註〕蔣穎叔，宜興人。〔查註〕《宋史》：蔣之奇，字穎叔。以廕得官，擢進士第，又舉賢良方正，中選。英宗擢監察御史。神宗立，轉殿中侍御史。劾歐陽修問狀無實，貶監道州酒稅，改宣州。元豐二年，爲江淮荆浙發運副使。元祐初，進天章閣待制，歷户部侍郎，未幾，出知熙州。紹聖中，召爲中書舍人，拜翰林學士。徽宗立，拜同知樞密院事，以疾告歸，卒。〔合註〕《續通鑑長編》：元豐六年閏六月，賜江淮等路發運副使蔣之奇紫章服，以領漕事。【誥案】江淮發運使置司真州，時蔣之奇正在真也。公自金陵訪求田宅過此，初無意於真州，及遇袁陟，始有寄家之事，而蔣之奇又爲謀宜興田事，因有此作。其乞常之根，實肇端此詩也。此一路詩，施、查二編，亂雜之甚，今畧爲改定。則自此以及歸常，皆如一綫穿成，氣脈聯絡，盡去隔塞不通之病。

月明驚鵲未安枝，〔施註〕李太白《贈柳圓》詩：還同月下鵲，三繞未安枝。【誥案】句用曹操「繞樹三匝，無枝可棲」，因訪求田宅未遂發也。一棹飄然影自隨。江上秋風無限浪，〔王註〕白樂天詩：秋風江上浪無限。枕中春夢不多時。〔王註次公曰〕歐陽永叔詞語云：來如春夢不多時。「枕中」字，特用字耳，不必指邯鄲呂翁枕也。瓊林花草聞前語，〔查註〕李濂《汴京遺蹟志》：瓊林苑，在開封城西鄭門外，俗呼爲西青城。宋時，建苑爲宴進士之所，與金明池南北相對，其中松柏森列，百花芬郁。罨畫溪山指後期。〔公自註〕蔣詩記及第時瓊林苑〔三六〕宴坐中所言，且約同卜居〔三七〕陽羨。【誥案】歸宜興事，始於蔣之奇，而成於蔣之奇。故唱和詩，皆及宴坐相約之事，此非無因發也。如不謂然，則公方自金陵至真，其地距宜興亦甚懸隔，何由知黄土村有曹莊田，事在必成，而經紀其事者，又適有此蔣生乎？此乃之奇預知其鄉有曹莊田之可得，而遣其族人購之。故公自齊安以來，求田甚難，而至是，則一拍卽合也。〔王註次公曰〕古云：陽羨，三湖九溪。《地志》云：今只有六溪，其三溪不知其處。而六溪之中，有荆溪，則首受蕪湖，東至陽羨入海圻，俗呼爲罨畫溪。〔查註〕《太平寰宇記》：宜興縣有圻溪，俗呼爲罨畫溪。豈敢便爲雞黍約，玉堂金殿要論思。〔王註〕班固《兩都賦序》：武、宣之世，崇禮官，考文章，故言語侍從之臣，若司馬相如、吾丘壽王、東方朔、枚臯、王褒、劉向之屬，朝夕論思，日月獻納。

次韻滕元發、許仲塗、秦少游

〔查註〕《宋史》本傳：滕元發，初名甫，字元發。後改字爲名，而字達道，東陽人。神宗朝，翰林學士，貶居筠州。上章自訟，有曰：「樂羊無功，謗書滿篋，卽墨何罪，毀言日聞。」神宗覽之，惻然，卽以爲湖州。許遵，字仲塗，泗州人。第進士，神宗朝以大理寺，請知潤州。〔合註〕《續通鑑長編》：元豐七年五月，滕甫知湖州。

二公詩格老彌新，醉後狂吟許野人。【諧案】時滕元發起知湖州，與公期於金山，許遵自潤州至，蓋地主也。二公皆領郡，而公獨坐謫籍，故自以爲野人。坐看青丘吞澤芥，〔查註〕《海内十洲記》：長洲，一名青丘，在南海辰巳之位，地方五千里，去岸二十五萬里。自慚黄潦〔三八〕薦溪蘋。〔施註〕韓退之詩：黄潦無根源。兩邦旌纛光相照，〔合註〕《漢書·高帝紀註》：纛，毛羽幢也。韓退之詩：牙纛前坌坲。【諧案】此句頂二公。十畝鋤犁手自親。【諧案】此句頂野人。何似秦郎妙天下，【諧案】秦少游方自淮上來迎，故亦預會，詩以少游作結。明年獻頌請東巡。〔施註〕《後漢·馬融傳》：車駕東巡岱宗，融上《東巡頌》，帝奇其文，召拜郎中。

以玉帶施元長老，元以衲裙相報，次韻二首〔三九〕

〔查註〕《金山志》：了元佛印禪師，字覺老，饒州浮梁林氏子。出家，即徧參圓通訥公，以爲書記。先住江州之承天，繼遷淮之斗方、廬山之開先、歸宗，潤州之金山、焦山，凡四十餘年。縉紳之賢者，多與之游，名動朝野。神宗賜高麗磨衲金鉢，以旌師德。〔王註師曰〕佛印禪師，住持金山寺。公便服入方丈。師云：「此間無坐處。」公戲云：「暫借和尚四大，用作禪牀。」師曰：「山僧有一轉語，言下卽答，當從所請；如稍涉擬議，則所繫玉帶，願留以鎮山門。」公許之，便解帶置几上。師云：「山僧四大本空，五蘊非有，欲於何處坐？」公擬議未卽答，師急呼侍者云：「收此玉帶，永鎮山門。」公笑而與之。師遂取衲裙相報，因有二絶，公次韻答之。〔合註〕《五燈會元》載此事云：東坡居士乃作偈曰：「百千燈作一燈光，盡是恒沙妙法王。是故東坡不敢惜，借君四大作禪牀。」據此，則當日本是三首，或定集時删去，是以七集本採入續集佛偈類中，今附録於此。【諧案】王註誤以爲帥杭過金山事，故屢稱內翰。今删。

其一

病骨難堪玉帶圍，〔施註〕孟東野《秋懷》詩：病骨可剸物。李賀《示弟》詩：病骨猶能在。杜子美詩：不知官高卑，玉帶懸金魚。鈍根仍落箭鋒機。〔王註〕《傳燈録序》云：機緣交激若拄於箭鋒義。《維摩經》云：能分別諸根利鈍。〔施註〕《法華經》：衆生諸根鈍，著樂癡所盲。欲教〔四〇〕乞食歌姬院，〔王註〕《北夢瑣言》：裴休嘗披毳衲於歌姬院，持鉢乞食，自言曰：「不爲俗情所染，可以説法度人。」〔查註〕鄭文寶《南唐近事》云：韓熙載相江南，後主即位，頗疑北人。熙載忌禍，因放蕩不羈，售妓樂數百人，荒湛爲樂，所受月俸，即爲諸姬分去。遂敝衣負筴，使門生舒雅執板挽之，隨房乞食，以足日膳。故與〔四一〕雲山舊衲衣。【誥案】此句謂了元以衲裙相報也。王註引《冷齋夜話》「公前生爲戒禪師，常衣衲衣」，其説誣。已删。

其二

此帶閲人如傳舍，流傳到我亦悠哉。〔施註〕杜子美《野望》詩：秋望轉悠哉。錦袍錯落差相稱〔四二〕，〔施註〕《文選》班固《西都賦》：隨侯明月，錯落其間。乞與佯狂老萬回。〔王註援曰〕唐武后賜萬回和尚錦袍玉帶。師八九歲，能言其兄戍安西，師持信，朝往夕返。自弘農抵安西萬餘里，故號萬回。〔施註〕《史記·宋世家》：箕子被髮佯狂。《吳越春秋》：伍子胥之吳，被髮佯狂，行乞於市。

送金山鄉僧歸蜀開堂〔四三〕

〔查註〕鄉僧，遂寧僧圓寶也。見《糖霜譜》。

撞鐘浮玉山，〔查註〕《金山志》：客問：何爲浮玉？答云：此出《仙經》。上仙居浮玉山，朝上帝，則山自浮去，因金、焦俱在水上，故名。迎我三千指。衆中聞謦欬，未語知鄉里。我非箇中人，何以默識子。振衣忽歸去，〔施註〕《文選》陸機詩：撫枕不能寐，振衣獨長想。隻影千山裏。〔合註〕韓退之《祭十二郎文》：形單影隻。涪江與中泠，〔王註續曰〕涪水，出龍州徼外，經緜梓，遂合，右内嘉陵水。〔次公曰〕涪江，以言梓州之江，鄉僧必梓州人也。中泠，以言金山之水，取其身見在金山也。〔查註〕《方輿勝覽》：涪江自思州上費溪發源，經五十八節名灘，方至黔州。漑自黔州。漑與施州江會流，凡五百餘里，與蜀江會於涪水之東。以其出於黔州，又名黔江。清澈可鑑毛髮。唐張又新《水記》云：劉伯芻以揚子江水爲第一，李秀卿以揚子江南零水爲第七。《名勝志》：金山下，有泉曰中泠，亦曰南零。共此一味水。冰盤薦琥珀，何似糖霜美。〔查註〕洪邁曰：自古食蔗者，始爲蔗漿。宋玉《招魂》所謂「胹鼈炰羔有柘漿」是也。孫亮時，交州獻甘蔗餳。《南中八郡志》：笮甘蔗汁曝成飴，謂之石蜜。唐太宗遣使至摩揭陀國，取熬糖法，即詔揚州上諸蔗，榨瀋如其劑，色味美於西域。然只是今之沙糖，不言作霜。惟東坡詩云：冰盤薦琥珀，何似糖霜美。黄魯直在戎州，作頌《答梓州雍熙長老寄糖霜》云：遠寄蔗霜知有味，勝於崔（原註一作雀）子水晶鹽。則遂寧糖霜見於文字者，實始二公。甘蔗所在皆植，獨福、唐、四明、番禺、廣漢、遂寧有糖冰，而遂寧爲冠。【誥案】公在海南，程天侔饋糖冰，似皆始於唐時也。

送沈逵赴廣南〔四四〕

〔合註〕《續通鑑長編》：熙寧六年十二月，詔新知永嘉縣沈逵相度成都府置市易務利害。九年十一月，詔大理寺丞沈逵改一官，與堂除，論前任信州推官興置銀坑之勞。其戰西羌事，無可考。〔查註〕《太平寰宇記》：開寶初，潘美平南漢，分廣南東、西路。《九域志》：廣南東路，州十五，縣四十；西路，州二十三，軍三，縣六十四。張維《廣西郡邑記》云：以《漢志》考之，今之東路，即漢之南海〔四五〕。

嗟我與君皆丙子，四十九年窮不死。〔施註〕東坡以景祐三年歲在丙子十二月辛丑十九日生。君隨幕府戰西羌，〔施註〕《漢·李廣傳》：幕府省文書。顔師古曰：幕府者，以軍幕爲義，軍旅無常居止，故以帳幕言之。夜渡冰河斫雲壘。〔施註〕《後漢書·王霸傳》：光武至滹沱河，河水亦合，乃令霸護度。《北史·傅永傳》：好以斫營爲事。飛塵漲天箭灑甲，歸對妻孥真夢耳。〔王註〕杜子美《自賊中脱歸》詩云：夜闌更秉燭，相對如夢寐。我謫黄岡四五年，孤舟出没烟波裏。〔施註〕杜牧之《贈裴坦》詩：終老烟波不計程。故人不復通問訊，〔施註〕《晉·郗超傳》：躡履問訊。杜子美《重過何氏》詩：問訊東橋竹。疾病飢寒疑死矣。相逢握手一大笑，〔施註〕《文選》江文通《雜體詩》：握手淚如雨。《史記·滑稽傳》：淳于髡仰天大笑。白髮蒼顔略相似。〔施註〕《漢·馮奉世傳》：子立治行，略與兄野王相似。我方北渡脱重江，君復南行輕萬里。功名如幻何足計，學道有涯〔四六〕真可喜。〔施註〕劉禹錫《游桃源》詩：道芽期日就，塵慮乃冰釋。勾漏〔四七〕丹砂已付君，〔王註〕《晉·葛洪傳》：以年老欲煉丹以祈遐壽，聞交趾出丹，求爲勾漏令。帝以洪資高，不許。洪曰：「非欲爲榮，以有丹耳。」帝從之。洪遂將子姪俱行，至廣州，刺史鄧岳留，不聽，去。洪乃止羅浮山。汝陽甕盎吾何恥〔四八〕。〔王註次公曰〕汝陽，汝州。甕盎，以言其癭之狀也。〔施註〕《莊子·德充符篇》：甕盎大癭説齊桓公，桓公説之，而視全人，其脰肩肩。歐陽文忠公

《汝癭》詩：「君嗟汝癭多，誰謂汝土惡。汝癭雖云苦，汝民居自樂。傴婦懸甕盎，嬌嬰包卵轂。無由辨肩頸，有類龜縮殼。

君歸赴我〔四九〕雞黍約，〔施註〕謝承《後漢書》：山陽范式，字巨卿。與汝南張元伯爲友。春別京師，以秋爲期。至九月十五日，元伯白母，殺雞和黍，以待巨卿。母曰：「山陽去此千里，何可必也。」元伯曰：「巨卿信士，不失期者。」言未絕而果至。 買田築室從今始。

豆粥

君不見滹沱〔五〇〕流澌車折軸，〔施註〕《史記·范睢傳》：須賈曰：「吾馬病，車軸折，非大車駟馬吾不出。」〔查註〕《禮記·禮器》：晉人將有事於河，必先有事於滹沱。《山海經》：泰戲之山無草木，多金玉，滹沱之水出焉。《太平寰宇記》：泰戲山，在代州繁畤縣東南九十里。《水經注》：滹沱水入雷河溝水，過舊曲陽城。是也。按光武所渡，在冀州南宮信都，乃滹沱之下流也。 公孫倉皇奉豆粥。〔合註〕胡曾詩：倉皇闕智成何語，遺笑當時廣武山。 濕薪破竈自燎衣，飢寒頓解劉文叔。〔王註續曰〕《後漢·馮異傳》：異字公孫。王郎起，光武自薊東南馳，晨夜草舍。至饒陽蕪蔞亭，時天寒冽，衆皆飢疲，異上豆粥。明旦，光武謂諸將曰：昨得公孫豆粥，飢寒俱解。及至南宮，遇大風雨，光武引車入道傍空舍。異抱薪，鄧禹爇火，光武對竈燎衣，異復進麥飯。因復渡滹沱河，至信都。〔次公曰〕其後，光武詔曰：倉卒蕪蔞亭豆粥，及滹沱河麥飯，厚意久不報。〔施註〕《後漢·光武紀》：光武，字文叔。 又不見金谷敲冰草木春，帳下烹煎皆美人。 萍虀豆粥不傳法，咄嗟而辦石季倫。〔王註〕《晉·石崇傳》：爲客作豆粥，咄嗟便辦。每冬得韭蓱虀，王愷不能及，每以此爲恨。乃密貨崇帳下，問其所以。答云：「豆至難煮，預作熟末，客來，但作白粥以投之；韭蓱虀，是擣韭根，雜以麥苗耳。」於是悉從之，遂爭長焉。崇後知之，因殺所告者。〔施註〕《晉·石崇傳》：字季倫。有別館，在河陽之金谷。千戈未解身如寄，聲色相纏心已醉。〔王註次公曰〕上句以結光武之豆粥，下句以結石崇之豪富也。〔施註〕《楞嚴經》：汝愛我心，我憐汝色，以是因緣經千百劫，常在纏縛。身心顛倒不自〔五一〕知，〔查註〕《楞嚴經》：阿難與諸大衆，瞪瞢瞻佛，目睛不瞬，不知身心顛倒所在。更識人間有真味。豈如江頭千頃雪色蘆，茅簷出沒晨烟孤。地碓舂秔光似玉，沙瓶煮豆軟如酥。〔合註〕唐彥謙詩：煮粟試沙瓶。我老此身無著處，賣書來問東家住。〔施註〕杜子美《游何將軍山林》詩：盡拈書籍賣，來問爾東家。臥聽雞鳴粥熟時，蓬頭曳履君家去。

秦少游夢發殯而葬之者，云是劉發之柩，是歲發首薦。秦以詩賀之，劉涇亦作，因次其韻

〔合註〕先生詩次劉韻，原作無考。【誥案】紀昀曰：純入論宗矣。然此種題不入論宗，如何下語，既入論宗，不透快發洩，不能暢達其旨也。

君看三代士執雉，〔王註次公曰〕「士執雉」，出《周禮・春官・宗伯》：以禽作六贄。疏云：雉取其守介而死，不失其節。〔施註〕《禮記・曲禮》：凡贄，卿羔，大夫雁，士雉。《周禮・春官・宗伯》：以禽作六贄，以等諸侯，卿執羔，大夫執雁，士執雉〔五二〕。〔查註〕《曲禮疏》：雉，取性耿介，惟敵是赴。羔雁生執，雉則死執，亦表見危致命。《尚書・舜典》：二生一死贄。是也。本以殺身爲小補。居官死職戰死綏〔五三〕，〔王註續曰〕《禮》：戰者，將死鼓，御死綏。〔施註〕《魏・武帝紀》：令曰：《司馬法》，將軍死綏。〔合註〕《文選》引註曰：綏，却也。夢尸得官真古語。〔王註〕《晉・殷浩傳》：

或問浩曰：「將涖官而夢棺，將得財而夢糞，何也？」浩曰：「官本臭腐，故將得官而夢尸；錢本糞土，故將得錢而夢穢。」時人以爲名言。五行勝己斯爲官，〔施註〕《珞琭子》：人命五行，剋我者爲官。【誥案】我者，五行之所屬也。曲直炎上諸説，並載《書經》，可見其來舊矣。奇儀納甲，既繫之以事，通塞壽夭，又繫之以人。古法以年之干爲我，而珞琭以日之干爲我。張横渠極究此理，而邵康節不道其時，又有以納音爲我者，今其法猶在，學者以其幽渺難稽，故置弗講也。官如草木吾如土。〔王註次公曰〕五行以剋我者爲官，而先生止言官如草木吾如土，特取其冗賤者言之耳。【誥案】草屬乙卯，木屬甲寅，皆戊己之官也。五行勝己，猶草木之勝土，此即官也。下句自釋上句。次公冗賤之説，可發一粲。仕而未禄猶賓客，待以純臣蓋非古。〔施註〕《左傳·隱公四年》：石碏，純臣也。〔查註〕《詩·大雅·崧高》：遷其私人。疏引《儀禮·有司徹》云：主人降，獻私人。註云：大夫言私人，明不純臣。此申伯雖是王之卿士，亦是不得純臣也。饋焉曰獻稱寡君，〔施註〕《禮記·檀弓下》：仕而未有禄者，君有饋焉，曰獻使焉，曰寡君，違而君薨，弗爲服焉。豈比公卿相爾汝。世衰道微士失己，得喪悲歡反其故〔五四〕。草袍蘆箠相嫵媚〔五五〕，〔王註〕杜子美《渡江》詩：汀草亂青袍。〔施註〕庾信《哀江南賦》：青袍似草。《古詩》：青袍似春草，長條隨風舒。韓退之《永貞行》：睒閃跳踉相嫵媚。飲食〔五六〕嬉游事羣聚。〔施註〕《列子·仲尼篇》：長幼羣聚，而爲牢藉庖廚之物，奚異犬豕之類乎？曲江船舫月燈毬，〔施註〕《摭言》：新進士，宴名有月燈打毬。又曲江亭子進士開宴，既撤饌，則移樂汎舟，率爲常例。《咸鎬故事》：二月，士女咸出，觀新進士月燈閣打毬會。〔查註〕《西京雜記》：朱雀街東第五街，皇城之東第三街，龍華寺南，有流水屈曲，謂之曲江。《太平寰宇記》：曲江池，漢武所造，名爲宜春苑，乃世祖校文之所。唐以秀士，每年登科賜宴於此，不忘校文之義也。《摭言》：進士之宴有九，五曰櫻桃，六曰月燈。《南部新書》：每歲寒食，新進士於月燈閣，置打毬之宴。元稹詩：傳餐月燈閣，劇宴劫灰池。是謂舞殯而歌墓。〔施註〕《禮記·曲禮》：適墓不歌。看花走馬到東野，

〔合註〕《竹坡詩話》：東野《下第詩》云：「棄置復棄置，情如刀劍傷。」及登第，則自謂：「春風得意馬蹄疾，一日看盡長安花。」一第之得失，喜憂至於如此，宜其雖得之而不能享也。餘子紛紛何足數。〔施註〕《後漢·公孫述傳》：倉卒時人皆欲爲君事耳，何足數也。一生年少兩豪逸，詩酒不知軒冕苦。〔施註〕《莊子·繕性篇》：軒冕在身，非性命也。故令將仕夢發棺，勸子勿爲〔五七〕官所腐。【誥案】卓哉名言，妙在從棺上生發，如戲語也。塗車芻靈皆假設，〔施註〕《禮記·檀弓下》：塗車芻靈，自古有之，明器之道也。著眼細看君勿誤。時來聊復一飛鳴，進隱不須煩伍舉〔五八〕。〔施註〕《唐·張嘉貞傳》：張說曰：「宰相，時來則爲。」《史記·楚世家》：莊王卽位三年，日夜爲樂，令國中曰：「敢諫者死。」伍舉入諫，願有進隱，曰：「有鳥在於阜，三年不飛不鳴，是何鳥也？」王曰：「三年不飛，飛則沖天；三年不鳴，鳴則驚人。舉退矣，吾知之矣。」〔查註〕葛立方《韻語陽秋》云：晉樂廣曰：人未嘗夢乘牛車入鼠穴，擣齏噉鐵杵，以無想因也。自樂論之，凡夢皆出於想，而殷浩乃云「官本臭腐，故將得官而夢尸」，是豈出於想耶？劉發方赴舉，少游夢發殯而葬者，云是劉發之柩。少游以詩賀，乃一時褒美贊喜之辭，非殷浩之意也。東坡全篇，皆用浩意，可謂巧於遣詞。

金山夢中作

【誥案】紀昀曰：此有感而託之夢作耳，一氣渾成，自然神到。

江東賈客木綿〔五九〕裘，〔王註〕《遯齋閒覽》云：閩嶺以南多木綿，土人競植之，采其花爲布。〔施註〕《番禺雜編》：木綿先花後葉，紫赤色，大如椀。二月三月間，花，既謝，蘂爲綿，有殼盛之，彼人績爲衣裘。〔合註〕《南史》：孔覬二弟，頗營產業，請假東歸。覬出渚迎之。輜重十餘船，皆綿絹、紙席之屬。覬僞喜，因命置岸側。既而正色謂曰：「汝輩忝預士流，何至還東作賈客耶？」命燒盡乃去。會散金山月滿樓。夜半潮來風又熟〔六〇〕，〔合註〕《海錄碎事》引熊孺登詩：水生風熟布帆新。【誥案】紀昀曰：今海船猶有風熟之語，蓋風之初作轉移不定，過一日不轉，謂之風熟。臥吹簫管〔六一〕到揚州。〔王註〕《唐書·讓皇帝傳》：漢中王瑀素知音。嘗早朝，過永興里，聞笛音，顧左右曰：「是太常工乎？」曰：「然。」他日識之。曰：「何故臥吹笛？」工驚謝。

次韻周穜惠石銚〔六二〕

〔施註〕周穜，字仁熟，御史秩之弟。東坡先曾舉充鄆州教授。元祐三年，穜上疏，乞以王安石配享神宗。坡兩上章，自劾乞正繆舉之辜。穜後由此致身從橐云。〔合註〕據《續通鑑長編》：先生自劾，於元祐三年十二月上疏。又：紹聖四年六月，周穜充崇政殿説書。元符二年十月，周穜罷著作佐郎，坐對經筵史院官稱周常終是好人，又稱鄒浩爲難得也〔六三〕。《皇宋治迹統類》：元祐三年閏十二月，鄆州州學教授周穜罷歸，用劉安世、蘇軾言也。【誥案】時周穜官江寧府右司理。公舉學官，乃元祐元年中書舍人任内事。施註載此，牽入元豐之前，誤。

銅腥鐵澀不宜泉，〔施註〕陸羽《茶經》：漉水囊，其格以生銅鑄之，以備水濕。〔合註〕《水經注》：承水東合略塘，塘中有銅神，水輒變淥，作銅腥。皮日休詩：石澀古鐵銼。愛此蒼然深且寬。蟹眼翻波湯已作，〔施註〕崔珏《謝從叔寄茶》詩：石鼎水煎紅蟹眼。〔查註〕蔡襄《茶録》：候湯最難，未熟則沫浮，過熟則茶沉，前世謂之蟹眼者，過熟湯也。龍頭拒火柄猶寒。〔王註厚曰〕道士軒轅彌明《石鼎聯句》：龍頭縮菌蠢，豕腹脹膨脝。〔次公曰〕龍頭，言拒火則掉所刻之柄也。〔查註〕《周禮·考工記》：黄金勺，鼻寸，衡四寸。注云：衡勺，柄龍頭也。薑新鹽少茶初熟，水漬雲蒸蘚未乾。〔王註厚曰〕韓退之《石鼎聯句》又云：外苞乾蘚文，中有暗浪驚。自古函牛多折足，〔王註〕《淮南子》：函牛之鼎沸，則蟻不得置一足焉。又《易・鼎卦》：鼎折足，覆公餗。〔施註〕《後漢・劉陶傳》：猶舉函牛之鼎，絓纖枯之末。要知無脚是輕安。〔王註〕《衡波傳》曰：孔子使子貢於吳，久而不來，謂弟子占之，遇《鼎》，皆言無足不來。顔回掩口而笑，曰：「無足者，乘船而來矣。」子貢朝至，如回言。〔施註〕《楞嚴經》：心悟實相，身意輕安。

贈潘谷〔六四〕

〔王註〕《志林》云：賣墨者潘谷，余不識其人，然聞其所爲，非市井人也。墨既精妙，而價不二，士或不持錢求墨，不計多少與之。一日，忽取欠墨錢券焚之，飲酒二日，發狂，浪走，遂赴井死。人下視之，蓋趺坐井中，手尚持數珠也。見張元明，言如此。〔查註〕陸友《墨史》：潘谷，伊、洛間墨師也。何薳《春渚紀聞》：潘谷賣墨都下，負篋而酣歌，每笏止取百錢，其用膠不過五兩，遇濕不敗。

潘郎曉踏河陽春，明珠白璧驚市人。〔合註〕《晉・潘岳傳》：岳美姿儀，少時，常挾彈出洛陽道，婦人遇之者，皆連手縈繞，投之以果，遂滿車而歸。那知望拜馬蹄下，胸中一斛泥與塵。〔王註〕《晉・潘岳傳》：岳性輕躁，趨世利，與石崇等謟事賈謐。每候其出，與崇輒望塵而拜。《晉・石崇傳》：與潘岳謟事賈謐，謐母廣成君出，崇降車路左，望塵而拜。何似墨潘穿破褐，琅琅〔六五〕翠餅敲玄笏。〔合註〕司馬相如《子虛賦》：琅琅磕磕，若雷霆之聲。宋人言墨皆以笏計，見諸題跋中。布衫漆黑手如龜，〔施註〕《莊子・逍遥遊篇》：宋人有善爲不龜手之藥者，世世以洴澼絖爲事。未害冰壺貯秋月。〔王註〕鮑照詩：清如玉壺冰。〔施註〕杜子美《裴施州》詩：冰壺玉衡懸清秋。世人重耳輕目前〔六六〕，區區張、李爭媸妍。〔王註援曰〕本朝張遇、李庭珪墨，爲時所重。〔施註〕蔡君謨《墨說》：易水李超生庭珪、庭寬，庭寬生承宴，承晏生文用，皆嗣爲江南墨官。又有張遇，亞庭珪焉。〔查註〕《墨史》：張遇，易水人。遇墨有題光啓年者，妙不減李庭珪，宮中取以畫眉。蔡君謨謂庭珪墨第一，遇第二。陳後山《談叢》：秦少游有李庭珪墨半丸，不爲文理，質如金石。潘谷見而拜之，曰：「真李氏故物也，我生再見矣。」又有張遇墨一團，面爲盤龍，鱗鬣悉具，背有張遇麝香四字。潘墨之龍，畧有大節耳，亦妍妙。有紋如盤絲二物，世未有也。一朝入海尋李白，空看人間畫墨仙。〔王註堯卿曰〕先生既作此詩後，潘谷因事落井而死，人以爲此詩讖。〔劉須溪曰〕尋李白，本無謂，殆讖語耳。然得名墨仙幸矣。【誥案】李太白有《謝墨》詩，詩乃使墨事耳，須溪誤。

蒜山松林中可卜居，余欲僦其地，地屬金山，故作此詩與金山元長老〔六七〕

〔施註〕曾彥和《潤州類集》：蒜山在江上。說者云，山多澤蒜，故名。一說，蒜當作籌算之算。周瑜、諸葛亮嘗會此山，議拒曹操，後有赤壁之勝，時人以爲其多算，故名。如陸龜蒙詩云：周郎計算清宵定。是也。〔查註〕《元和郡縣志》：蒜山在丹徒縣西，臨江絕壁。晉安帝時，海賊孫恩率衆登山，宋武帝擊破之，即此。《太平寰宇記》以爲馬蒜山。

魏王大瓠〔六八〕無人識，種成何翅實五石。不辭〔六九〕破作兩大樽，只憂水淺江湖窄。〔王註〕《莊子·逍遥遊篇》：惠子謂莊子曰：「魏王貽我大瓠之種，我樹之成，而實五石，以盛水漿，其堅不能自舉也，剖之以爲瓢，則瓠落無所用。非不呺然大也，吾爲其無用而掊之。」莊子曰：「今子有五石之瓠，何不慮以爲大尊，而浮乎江湖，而憂其瓠落無所容，則夫子猶有蓬之心也夫。」〔施註〕《莊子·天地篇》：百年之木，破爲犧尊。我材濩落本無〔七〇〕用，〔施註〕杜子美《自京赴奉先縣詠懷》詩：居然成濩落，白首甘契闊。虛名驚世終何益。〔施註〕《文選·古詩》：良無盤石固，虛名復何益。東方先生好自譽，〔王註〕《前漢·東方朔傳》：武帝初卽位，朔上書，文辭不遜，高自稱譽，上偉之。又，上笑曰：「使自責迺反自譽。」伯夷〔七二〕、子路并爲一。〔合註〕《漢書·東方朔傳》：上書曰：又常服子路之言，勇若孟賁。杜陵布衣老且愚，信口自比契與稷。〔施註〕杜子美《赴奉先》詩：杜陵有布衣，老大意轉拙。許身一何愚，竊比稷與离。【誥案】公論詩云：子美自比稷與契。人未必許也。然其詩云：舜舉十六相，身尊道益高。秦時用商鞅，法令如牛毛。此自是契稷輩人口中語。又云：知名未足稱，局促商山芝。乃知子美詩外尚有事在。以上皆公語也。子美以不愚爲愚，而公詩仍其意。客有過覲山堂論詩，謂公詆子美太過者，不覺失笑，因曉之曰：公作此詩在廢中。自「我材本無用」句後，所列數人，皆借以自託，至「暮年欲學」句，卽一概攬歸於己，及以「不羈人」入元老，而前已截清，與元老無涉矣。時方以杜自託，寓與世不合之意，肯詆之乎？暮年欲學柳下惠，〔王註次公曰〕學柳下惠，則以其不辭小官也，又爲士師三黜也。嗜好酸鹹不相入。〔施註〕韓退之《酬盧雲夫》詩：雲夫吾兄有狂氣，嗜好與俗殊酸鹹。金山也是不羈人，早歲聞名晚相得。〔施註〕《漢·灌夫傳》：夫得嬰，相得驩甚，恨相知之晚。我醉而嬉欲仙去，〔施註〕《趙飛燕外傳》：帝恩我，使我仙去不得。傍人笑倒山謂實。問我此生〔七三〕何所歸，笑指浮休百年宅。蒜山幸有閑田地，〔王註〕白樂天《古桂華曲》：月宮幸有閑田地，何不中央種兩株。招此無家一房客。〔施註〕杜子美《曲江陪鄭八丈南史飲》詩：此身那得更無家。〔查註〕張籍詩：愛養無家客，多傳得力方。

蘇子容母陳夫人挽詞

〔王註堯卿曰〕名頌，字子容。〔查註〕《宋史》：蘇頌，南安人。父紳，葬丹陽，因家焉。第進士。韓琦、富弼爲相，同表其廉退。神宗朝，知婺州。泝桐廬，江水暴迅，舟欲覆。母在舟中，幾溺矣。

頌哀號赴水，舟忽自正，母甫及岸，舟覆，人以爲純孝所感。元祐初，自吏部侍郎拜尚書。五年，擢尚書左丞，尋拜僕射，上章辭位，以中太一宫使居京口。徽宗立，進爵趙郡公。〔合註〕《續通鑑長編》：蘇頌母，龍圖閣直學士陳從易女。元祐元年七月，前吏部侍郎蘇頌爲刑部尚書，初除喪也。

蘇、陳甥舅真冰玉，〔王註次公曰〕甥者，子壻之謂也。舅者，婦翁之謂也。《爾雅》曰：謂我舅者，吾謂之甥。真冰玉云者，取婦翁冰清、女壻玉潤也。因言玉潤，則以衞玠當之，故次句遂言正始風流也。正始風流起頹俗。〔合註〕《後漢書・胡廣傳》：紀綱頹俗。夫人高節稱其家，凜凜寒松映修竹。雞鳴爲善日日新，八十三年如一晨。〔合註〕阮籍詩：一昏復一晨。豈惟家室〔七三〕宜壽母，〔王註〕《魯頌・閟宫》：魯侯燕喜，令妻壽母。實與朝廷生異人。忘軀徇國〔七四〕乃吾子，三仕何曾知愠喜。〔查註〕《東都事略》：神宗朝，頌召試知制誥，前秀州判官李定，改太子中允，除監察御史裏行。宋敏求封還詞頭。翼日，復下，頌當制，奏定不由銓考擢受朝列，不緣御史薦寘憲臺，隳紊法制，未敢具草。次至李大臨，亦封還。於是並落知制誥。天下謂之三舍人。久之，頌復集賢院學士，擢知開封府。祥符縣令孫純有罪，頌坐失出，貶祕書監，知濠州，改滄州。召還，判吏部。不須〔七五〕擁笏强垂魚，〔王註〕韓退之《曹成王碑》云：王之遭誣在理，念太妃老，將驚而戚，出則囚服就辯，入則擁笏垂魚。我視去來皆夢爾。〔王註〕《莊子・繕性篇》：軒冕在身，非性命也。物之儻來，寄也。寄之，其來不可圉，其去不可止。誦詩相挽真區區，墓碑千字多遺餘。他年太史取家傳，〔合註〕謝靈運《山居賦》：家傳以申世模。知有班昭續《漢書》。〔王註〕《後漢・列女傳》：曹世叔妻，班彪之女也。名昭，字惠。班，一名姬。兄固著《漢書》，其《八表》及《天文志》，未及竟而卒。和帝詔昭就東觀藏書閣，踵而成之。《漢書》始出，多未能通者，同郡馬融伏於閣下，從昭受讀，後又詔融兄續，繼昭成之。

王中甫〔七六〕哀辭並敘〔七七〕

〔施註〕王中甫，名介，衢州常山人。子沇之，字彥魯。少從王介甫學。東坡自黃移汝，與彥魯遇於京口，作《中甫哀辭》。彥魯得罪，因太學生虞蕃上書，付御史舒亶、何正臣治其獄。踰年方決，追逮徧四方。彥魯時任國子直講，潁州團練推官，坐受太學生章公弼請囑，補上舍不以實，除名。故云：東藁端能廢謝鯤。先生作《中甫挽辭》，末章有「他時京口尋遺跡，宿草猶應有淚痕」之句，則中甫蓋葬於潤州，而與其子復相遇於此也。元祐間，何正臣為言者論太學獄冤濫，坐廢。沇之與龔原等皆除罪籍。中甫三子皆登科。漢之，字彥昭。渙之，字彥舟。徽宗朝皆被擢用。彥昭終延康殿學士，彥舟終寶文閣直學士。國史俱有傳。獨彥魯仕竟不達云。〔合註〕沇之除名事，《續通鑑長編》載在元豐二年十一月。

仁宗朝以制策登科者十五人，〔查註〕《宋史·選舉志》：制科以待才傑，試祕閣預選，然後對制策入等，然後加恩賜第，視進士尤美。雖狀元及第，猶應制科，然不常置，士由是科進者，亦甚鮮。其法，先上藝業於有司，有司先校之，乃試祕閣，合格，天子乃親策之。其後制科，視進士之期，須近臣論薦，乃許應舉。〔合註〕十五人，詳前《王中甫挽詞》註。軾忝冒時，尚有富彥國、張安道、錢子飛、吳長文、夏公酉〔七八〕、陳令舉、錢醇老，【誥案】敍文「軾忝冒時尚有某某」至此止，謂前登制科人也。并王中甫與家弟轍，【誥案】「并王中甫與家弟轍」句，謂同忝冒時之人也。其下「九人存焉」句，謂天聖以來，制科連我止十五人，我登科時，前者已亡其五，我之外，尚有某某及同科之某某九人存焉。此乃并計「忝冒」時之人數，故下有「其後十五年」句截清。九人存焉〔七九〕。〔查

註〕富弼，字彦國；張方平，字安道；錢明逸，字子飛；夏噩，字公酉；陳舜俞，字令舉；錢藻，字醇老；吳奎，字長文；王介，字中甫；合先生兄弟共十人。【誥案】原敍云：仁宗朝以制策登科者十五人，軾忝冒時，尚有富彦國、張安道、錢子飛、吳長文、夏公酉、陳令舉、錢醇老、王中甫并軾與家弟轍九人存焉。查註謂敍中九字誤，當作十，合註謂上云「軾忝冒時」，尚有某某，則文勢不宜再嵌「并軾」二字，作九人爲是。其説皆誤。敍云「軾忝冒時尚有某某」者，自謂登制科之時，前已登制科者，尚有某某在也。其「尚有」二字只能貫至錢醇老住，更貫下，則王中甫、軾、轍皆有牽入前科之病，作十人，不救此病，若删「并軾」二字，其病更顯然矣。此乃原序「并」字在王中甫之上，後人不知中甫乃同科之人，而疑諸姓名連下，獨其上多一「并」字，以爲錯誤，遂移而下之，即又添入「軾」字，故轇轕不可讀也。今已更正，并分註於下，仍録原文備考。如移「并」字於上而不去「軾」字，即當以九人改作十人，義亦可通。其後十有五年，哭中甫於密州，作詩弔之，則子飛、長文、令舉歿矣。又八年，軾自黄州量移汝海，與中甫之子沆之相遇於京口，相持而泣，則十五人者，獨三人存耳，蓋安道及軾與家弟而已。嗚呼悲夫。【誥案】熙寧三年，吕惠卿知舉，葉祖洽以希合登上第。公時爲編排官，奏黜不可。因《擬進士對御試策》以上，其《引狀》云：科場之文，收者，天下莫不以爲法。今始以策取士，而士以諂諛得之，臣恐相師成風，雖直言之科，亦無敢以直言進者，正人衰微，則國隨之。其後惠卿即罷制科，馮京力争而不能救，其根實此狀激成之也。故於《陳舜俞祭文》及此敍，別有胸中發不出一段心事在，但計算仁宗制科所存之人，其意自見。此乃公自了了，而註者、讀者未易了了也。如謂所論不確，則此辭只須哀中甫，必不用「堪笑」二句作結，此是確證。乃復次前韻，以遺沆之，時沆之亦以皐謫家於錢塘云〔八〇〕。

生芻不獨比前人〔王註〕《後漢書》：徐穉，字孺子。郭林宗有母憂，穉往弔之，置生芻一束於廬前而去。衆怪不知其故，林宗曰：「此必南州高士徐孺子也。《詩》不云乎：生芻一束，其人如玉。吾無德以堪之。」束藁端能廢謝鯤。〔施註〕《晉・謝鯤傳》：爲太傅掾，坐家僮取官藁，除名。子達想無身後念，吾衰不復夢中論。已知毅、豹爲均死。〔王註〕《莊子・達生篇》：田開之曰：魯有單豹者，巖居而水飲，不與民共利。行年七十，而猶有嬰兒之色，不幸遇餓虎，餓虎殺而食之。有張毅者，高門縣薄，無不走也，行年四十，而有內熱之病，以死。豹養其內，而虎食其外，毅養其外，而病攻其內。此二子者，皆不鞭其後者也。未識荆、凡定孰存？〔王註〕《莊子・田子方篇》：楚王與凡君坐。少焉，楚王左右曰：「凡亡者三。」凡君曰：「凡之亡也，不足以喪吾存。」夫凡之亡也，不足以喪吾存，則楚之存，不足以存存。由是觀之，則凡未始亡，而楚未始存也。堪笑東坡癡鈍老，區區猶記刻舟痕。〔王註〕《呂氏春秋》：楚有涉江者，其劍自舟中墜於水。遽刻其舟曰：「是吾劍之所從墜。」舟止，從其所刻者，入水求之。舟已行矣，而劍不行，求劍若此，不亦惑乎？【誥案】「九重新掃舊巢痕」句，因罷三館而發，前人論之詳矣。此句亦因罷制科而發，而其意更深，幾無蹤跡可尋矣。紀昀曰：純用宋格，而氣脈渾闊，無江西生硬之痕。

廣陵後園題扇子〔八一〕

【誥案】原題：廣陵後園題申公扇子。〔查註〕《邵氏聞見後録》云：呂申公帥維揚，東坡自黄移汝，經由見之。申公置酒，酒罷行後圃中。東坡即几案間筆墨，書歌者團扇。〔合註〕《宋史・呂公著傳》：元祐四年薨，贈太師申國公。《續通鑑長編》：元豐八年四月，呂公著兼侍讀，時知揚州，召用之，遵先帝意也。五月，詔乘傳赴闕。【誥案】此詩施編不載，查註從外集補編卷二十五在下年五月歸宜興時。合註以申公乃公著，故後所贈疑非原題。今閱此題，乃後人從《聞見録》採出，因摘其語爲題。公本無題也，但據邵博原文，是日公著終日不交一言，公惟困睡而已。若編下年五月，時宜仁手詔疊下，問朝政得失，又即召還，其門正如市。公著方求公作《論治道》二篇，以塞詔旨，恐非後園相待之面目也。再，公七年過廣陵，田事未竟，久泊竹西亭以待，或有其事，若下年五月方作歸計，亦必不於鬧市中覓睡也。查註獨於邵博此條，不録全文，今以其無足輕重，亦不更載。但改編此詩，以符其事，並於題中删去申公二字，或與公著，或與歌者，均無不可也。

露葉〔八二〕風枝曉自匀，〔馮註〕謝惠連詩：團團滿葉露，析析振條風。緑陰青子淨無塵。閑吟「遶屋扶疎」句，須信淵明是可人。〔馮註〕《世説》：桓温行經王敦墓，望之曰：「可兒，可兒。」孫綽《與庾亮牋》云：王敦可人之目，數十年間也。

徐大正閑軒

〔施註〕徐大正，字得之。因其兄君猷守黄州，始從公游。秦少游《閑軒記》曰：建安之北，有山巋然，與州治相直，曰北山。山之南，有澗，澗之南，有横阜。背山而面阜，據澗之北濱，有屋數十楹，則東海徐君大正燕居之地也。其名曰閑軒。去軒數十里，有田可以給饘粥，君將歸而老焉。君少舉進士，而便馬善射，慷慨有氣畧，天下奇男子。齒髮未衰，而欲就閑曠，處幽隱，分猿狖之居，廁麋鹿之遊，竊爲君不取也，乃爲詞以招之。

冰蠶不知寒，〔施註〕王子年《拾遺記》：員嶠山有冰蠶。長七寸，黑色，有角有鱗。以霜雪覆之作繭，長一尺，織爲文錦，入水不濡，投火，經宿不燎。火鼠不知暑。〔王註〕東方朔《神異經》曰：南荒之外，有火山，其中皆生不燼之木。

晝夜火燒，得暴風猛雨不滅。火中有鼠，重千斤，毛長二尺餘，細如絲，可以作布。王貞白《寄鄭谷》詩云：火鼠重燒布，冰蠶獨繭絲。直須天上手，裁作領巾披。〔施註〕東方朔《十洲記》：有火林山，山中有火鼠。火浣布，即火鼠毛爲之，布垢燒之，即除。知閑見閑地，已覺非閑侶。君看東坡翁，懶散誰比數。形骸墮醉夢，生事委塵土。早眠不見燈，晚食或敧午〔八三〕。〔施註〕白樂天詩：午食何所有？魚肉一兩味。臥看氈取盜〔八四〕，〔施註〕《晉・王獻之傳》：夜臥齋中，有偷兒入其室，盜物都盡。獻之徐曰：「偷兒，青氈我家舊物，可特置之。」羣盜驚走。坐視麥漂雨。〔王註〕《後漢書》：高鳳少爲書生，家以農畝爲業，而專精誦讀，晝夜不息。妻嘗之田，曝麥於庭，令鳳護雞。時天暴雨，而鳳持竿誦經，不覺潦水流麥。語希〔八五〕舌頰强，〔王註〕《晉書》：殷仲堪每云：「三日不讀《道德論》，便覺舌本間强。」行少腰脚僂。〔施註〕杜子美《贊上人》詩：年侵腰脚衰。五年黄州城，不蹋〔八六〕黄州鼓。〔施註〕《三國志・楊阜傳》：曹洪置酒大會，令女倡著羅縠之衣蹋鼓。韓退之《贈張十八》詩：不蹋曉鼓朝，安眠聽逢逢。人言我閑客，〔施註〕杜牧之《雲溪館》詩：願爲閑客此閑行。置此閑處所。〔施註〕《文選・高唐賦》：雲無處所。《舊唐書・司空圖傳》：爲《耐辱居士歌》云：賴是長教閑處著。問閑作何味，如眼不自睹。〔王註續曰〕《莊子》：目能視百步之外，而不見其睫。〔合註〕此見《韓非子》。頗訝徐孝廉，〔施註〕《漢・武帝紀》：元光元年初，令郡國舉孝廉。顔師古曰：孝謂善事父母，廉謂潔有廉隅。得閑〔八七〕能幾許。介子願奉使，〔施註〕《漢・傳介子傳》：元鳳中，介子以駿馬監求使大宛，因詔令責樓蘭、龜茲國。翁歸備文武。〔王註〕《前漢書》：田延年爲河東太守，行縣至平陽，召故吏五六十人。延年親臨見，令有文者東，有武者西。閱數十人，次到尹翁歸，獨伏不肯起。曰：「翁歸文武兼備，唯所施設。」應緣不耐閑，名字挂庭宇。我詩爲閑作，更得不閑語。君如汗血駒，轉盼略燕、楚。〔王註〕李太白《天馬歌》：升崑崙，歷西極，四足無一蹶，雞鳴發燕晡秣越。莫嫌鑾輅重，終勝鹽車苦。【誥案】紀昀曰：純用議論，亦殊揮斥自如。此種不易學，無其心思筆力，而强爲之，便成禪偈。

元豐七年十一月十三日，與幾先自竹西來訪慶老，不見，獨與君卿供奉、蟾知客東閣道話久之〔八八〕

〔公自註〕惠州追録。〔合註〕《續通鑑長編》：元豐元年四月，供備庫副使時君卿爲宫苑使榮州刺史。前此上批，君卿承學潛宫，可稍遺兼一遥郡。於是轉皇城使，已而有是命。六年正月，時君卿爲皇城使，嘉州團練，提舉醴泉觀。又《揮麈後録》：時君卿，鄭州人。【誥案】此詩施編不載，查註據外集補編。

別擇公〔九〇〕

卷卷〔八九〕長廊走黄葉，席簾垂地香煙歇。主人待來終不來，火紅銷盡灰如雪。

【誥案】原題作：別公擇。〔合註〕據《續通鑑長編》：元豐八年，公擇在禮部侍郎任，不應在揚州與先生作別。惟《欒城集》題云：子瞻與長老擇師，相遇於竹西石塔之間，屢以絶句贈之。所謂屢以者，當卽指《相送竹西亭》一首及此詩，況第三句用祖師事，則公擇當爲擇公之誤刊也。【誥案】公在黄時，李公擇已自舒州召還，卽七年亦不在揚州，且凡與公擇詩無偈頌體，尤可辨其非也。此詩施編不載，查註從邵本補編卷二十六《擇老相送竹西亭》詩後，今從合註改題，並改編於此，餘詳案中。〔案〕總案云：詳味此詩，乃泊舟竹西所作。

黍離不復閔宗周，何暇雷塘弔一丘。〔馮註〕《一統志》：煬帝冢在揚州府城北雷塘。若問西來師祖意，竹西歌吹是揚州。〔馮註〕《一統志》：竹西亭，在府城東北。

邵伯梵行寺山茶〔九一〕

〔查註〕《名勝志》：邵伯湖，在江都縣北四十五里。東爲艾湖，西爲白茅湖。舊有斗門橋，官河水涸，則引湖水以濟漕運。上有邵伯鎮，有梵行寺院。【誥案】施編不載，查註據外集補編。

山茶相對阿誰〔九二〕栽〔九三〕，細雨無人我獨來。説似與君君〔九四〕不會〔九五〕，爛紅如火雪中開。

高郵陳直躬處士畫雁二首

〔施註〕陳直躬，偕之子也。家故饒財，而偕與其弟獨喜學畫，其後，伎日以進，家日以微，遂以爲業。士大夫既喜其畫，且愛其爲人，往往稱之，直躬亦世其學云。見《高郵志》。〔查註〕鄧椿《畫繼》：陳直躬，高郵人，坡公有題所畫雁二詩。

其一

野雁見人時，未起意先改。君從何處看，得此無人態。無乃槁木形，人禽兩自在。【誥案】紀昀曰：一片神行，化盡刻畫之跡。北風振枯葦，微雪落璀璀。〔合註〕杜牧之詩：珠落璀璀白罽袍。慘澹雲水昏，〔王註〕《世說》：道壹道人，好整飾音辭，從都下，還東山。會雪下未甚寒，人問所經，壹公曰：「風霜固所不論，乃先集其慘澹。」〔施註〕盧仝《月蝕》詩：光彩未蘇來，慘澹一片白。晶熒沙礫碎。〔施註〕韓退之《華山女》詩：堆金疊玉光晶熒。弋人悵何慕，一舉渺江海。

其二

衆禽事紛争，野雁獨閑潔〔九六〕。徐行意自得，俯仰若有節。〔施註〕《文選》嵇叔夜《贈秀才》詩：俯仰有得，游心太玄。我衰寄江湖，老伴雜鵝鴨。作書問陳子，曉景畫苕雪。依依聚圓沙，〔施註〕杜子美《遣意》詩：野船明細火，宿雁聚圓沙。〔查註〕杜子美《草堂即事》詩：宿鷺起圓沙。稍稍動斜月。〔合註〕《漢書·禮樂志》：稍稍制作。先鳴獨鼓翅〔九七〕，〔施註〕《左傳·襄公二十一年》：先二子鳴。吹亂蘆花雪。

蔡景繁官舍小閣

〔王註堯卿曰〕景繁，撫州臨川人，宗宴之孫，元導之子。元導，字濬仲。〔施註〕景繁父元導。自少以文章見知於蘇儀甫翰林。留處門館，使與其子丞相子容，同習六科。景祐五年，以茂材異等召試祕閣，時如格者衆，遂不得與廷策。後與景繁同中嘉祐二年進士第，終南劍推官。景繁自知雩都縣，神宗召對，擢監察御史裏行。時呂惠卿參政事，景繁極論其姦，章言廷諍，前後十數，竟罷去。又論用兵交趾，不可與争旦夕利，所遣北軍，難以深入。論中人李憲不宜主兵柄。皆人所難言。莫不危之。上獨稱其忠藎，面賜銀緋，加集賢校理，爲開封府推官、判官。帝又謂：凡有聞見不可以不在其位而遂唫嘿也。復上數十事，多指摘時病，議者謂必復言職。乃出爲淮南轉運副使，置司楚州，東坡謫黄，實在部内，獨拳拳慰藉，行部訪之。製詞示坡。坡以簡謝云：此古人長短句詩也，試勉繼之，晚卽面呈。又云：寄惠奇篇，伏讀驚聳。李太白自言名章俊語，絡繹間起，正如此耳。謹已和一首，並藏篋中，異日當奉呈也。和篇皆失其傳，與景繁諸帖，集亦不載，後傳其孫擇言。東坡自黄移汝，以元豐七年至日過山陽，登西閣，時景繁方行部。既賦此詩，且以帖與景繁云：西閣詩不敢不作，然未敢便寫板上，閣名亦思之，未有佳者。蔡謨、蔡廓，名父子也，晉宋間第一流，輒以仰比公家，不知可否？坡帖云西閣，而集本作「手開東閣坐虚明，目淨東溪照清泚」。其義理曉然，而誤乃如此。神宗元豐五年，一新官制，遷進廷臣。六年，以殿前司廨舍地爲尚書省，自令僕射以下至員外郎聽事，凡屋四千餘間。故詩云：文章新搆滿鵷鸞，都邑正喧收杞梓。坡以十二月朔至泗州，景繁以是月得疾卒。子居厚，事祐陵爲諫官，仕至户部侍郎〔九八〕。

使君不獨東南美，〔王註〕《爾雅》：東南之美者，有會稽之竹箭焉。〔施註〕《晉·周顗傳》：戴若思，東南之美。《南史·丘仲孚傳》：王儉曰：「東南之美，復見弘生。」典型尚記〔九九〕先君子。戲嘲王叟短轅車，〔王註〕《晉書》：王導，字茂弘。妻曹氏，性妒，導甚憚之，乃密營别館以處衆妾。曹氏知，將往焉。導恐妾被辱，遽令命駕，猶恐遲之，以所執麈尾柄驅牛而進。蔡謨聞之，戲導曰：「朝廷欲加公九錫。」導弗之覺，但謙退而已。謨曰：「不聞餘物，惟有短轅犢車，長柄麈尾。」導大怒，謂人曰：「吾往與羣賢共遊洛中，何曾聞有蔡克兒也。」肯爲徐郎書紙尾。〔王註〕《南史》：蔡廓，字子度。徵爲吏部尚書，因北地傅隆問傅亮選事，若悉以見付，不論；不然，不能拜也。亮以語録尚書徐羡之，羡之曰：

「黄門郎以下，悉以委蔡，吾徒不復厝懷。自此以上，故宜共參同異。」廓曰：「我不能爲徐干木書紙尾。」遂不拜。干木，羨之小字也。三年弭節江湖上，〔王註〕《子虚賦》：於是楚王乃弭節徘徊，翱翔容與。李善註曰：弭，案也。千首放懷風月裏。手開西閣〔一〇〇〕坐虚明，〔施註〕陶淵明《經曲阿》詩：秋景湛虚明。目淨東溪照清泚。〔合註〕《一統志》：溪雲山，在海州城東北。東溪豈即指此耶？素琴濁酒容一榻，〔王註〕江淹《恨賦》：中散下獄，神氣激揚，濁醪夕引，素琴晨張。《晉書》：嵇康《絶交書》云：今但欲守陋巷，教養子孫，時時濁酒一杯，彈琴一曲，志意畢矣。落霞孤鶩供千里。〔王註〕王勃《滕王閣序》：落霞與孤鶩齊飛，秋水共長天一色。大舫何時繫門柳，〔施註〕杜子美《陪諸貴公子丈八溝攜妓納涼晚際遇雨》詩：纜侵隄柳繫。小詩屢欲書窗紙。文昌新構〔一〇一〕滿鵷鸞，〔王註〕《古詩》：廁迹鵷鷺行。〔施註〕《漢·天文志》：斗魁戴筐六星，曰文昌宫。《唐·百官志》：光宅元年，改尚書省曰文昌臺。劉禹錫《送蕭博士》詩：兄弟盡鵷鸞。〔合註〕《石林燕語》：元豐五年，官制初行，新省猶未就。僕丞并六曹，寓治於舊三司司農寺尚書省及三司使解舍。七月成，始遷入新省，牓曰文昌府。都邑正喧收杞梓。〔王註〕杜子美《驄馬行》云：近聞下詔喧都邑，肯使麒麟地上行。《文選》袁彦伯《三國名臣序贊》：競收杞梓。〔施註〕《左傳·襄公二十六年》：如杞梓皮革，自楚往也。維楚有材，晉實用之。韓退之《贈張進士》詩：況當營都邑，杞梓用不疑。相逢一醉豈有命，南來寂寞君歸矣〔一〇二〕。

和王斿二首

〔公自註〕斿，平甫子〔一〇三〕。〔施註〕王斿，字元龍。父安國，字平甫，介甫之弟。幼敏悟，文辭天成。年十二，出所爲文數十篇示人，語皆警拔，遂以文章稱於世。神宗賜對，問：「卿兄秉政，外論謂何？」曰：「恨知人不明，聚斂太急耳。」爲祕閣校理，屢以新法，力諫其兄。惡呂惠卿之姦，數摧抑之。惠卿得政，因鄭俠介夫上書，遂陷平甫，奪官放歸田里。年四十七，復官命下而卒。與東坡交，嘗自負其《甘露寺》詩：「平地風煙飛白鳥，半山雲水卷蒼藤。」坡應之曰：「精神全在卷字，但恨飛字不稱耳。」平甫請易之，坡遂易以翻字。平甫歎服。元龍篤學好義有父風。東坡移汝，過金陵，與介甫游甚款〔一〇四〕，故詩云：「流連歲暮江淮上，來往君家伯仲間。」元祐初，東坡上奏理平甫之冤，乞考旂行實而錄用之。大觀間，爲提點京西刑獄。〔查註〕施註謂東坡過金陵與介甫相唱和，故詩云：「來往君家伯仲間。」予考平甫之殁，在熙寧十年，王旂乃介甫猶子，豈得稱伯仲。〔合註〕宋刊施註本過金陵句下，止存與介款三字，中間殘去三字，並無相唱和字也。【誥案】是時，王安禮亦在金陵，故公在金陵《與滕達道書》云：「某到此時，見荆公甚喜，時誦詩說佛也。公莫畧往一見和甫否？」詩言「君家伯仲」，指此。

其一

異時長怪謫仙人，〔劉須溪曰〕〔一〇五〕謂平甫。〔施註〕王平甫宿直崇文館，夢有要之至海上，見海水宮殿，其中樂作，笙簫鼓吹之伎甚衆，題其宮曰靈芝宮。怳惚夢覺時，禁中已鐘鳴，平甫自是頗負不凡。見曾鞏《雜識》。〔查註〕《臨川集·平甫墓志》云：於書無所不該，於辭無所不工。舉茂材異等。神宗即位，召試，賜進士及第，官大理寺丞。年止四十七。【誥案】本集記王平甫夢靈芝宮事，詳卷十五總案本條下。〔案〕本集記王平甫夢靈芝宮事，已略見施註所引曾鞏《雜識》，不錄。舌有風雷筆有神。〔王註倬曰〕董仲舒答策，下筆如有神助。〔施註〕韓退之《遣瘧鬼》詩：舌作霹靂飛。聞道〔一〇六〕

騎鯨游汗漫，〔施註〕杜子美《送王信州》詩：復見陶唐理，甘爲汗漫游。憶嘗〔一〇七〕捫蝨話悲辛。〔王註〕《晉書》：王猛隱於華陰山，懷佐世之志。桓温入關，猛被褐而詣之，一面談當世之事，捫蝨而言，旁若無人。温察而異之。李太白《贈張相鎬》詩曰：捫蝨對桓公，願得論悲辛。氣吞餘子無全目，〔王註〕《文選》鮑照詩：鷙雀無全目。〔施註〕《唐・張巡傳》：吾欲氣吞逆賊。孫綽《天台山賦》：投刃皆虛，目牛無全。詩到諸郎尚絕倫。〔施註〕《漢・匡衡傳》：材智有餘，經學絕倫。〔查註〕《臨川集》：平甫二子旊、斿，亦皆嶷嶷有立。任淵《陳後山詩註》：旊，字元鈞。斿，字元龍。《秦少游集》有《送王元龍赴泗州糧料院》詩。〔合註〕《續通鑑長編》：紹聖四年十二月，王旊爲京東路轉運判官。元符元年六月，王斿罷榷貨務，以曾布、蔡卞親戚，又蘇軾、轍門下人也。九月，王旊添差監衡州鹽酒稅。十月，王斿監江寧府糧料院。白髮故交空掩卷，淚河東注問蒼旻。〔王註〕杜子美《得舍弟消息》詩：獨有淚成河，經天復東注。〔施註〕《晉・顧愷之傳》：拜桓温墓。或問曰：「卿憑重桓公，哭狀其可見乎？」答曰：「聲如震雷破山，淚如傾河注海。」《爾雅》：春爲蒼天，夏爲昊天，秋爲旻天，冬爲上天。【誥案】紀昀曰：純以氣勝。

其二

嫋嫋春風送度關〔一〇八〕，〔施註〕《神仙傳》：老子乘青牛度關。娟娟霜月照生還。〔王註〕《古詩》有「娟娟霜月」。〔施註〕杜子美《羌村》詩：生還偶然遂。遲留歲暮江淮上，來往君家伯仲閒。〔王註〕魏文帝《典論・論文》：文人相輕，自古而然。傅毅之於班固，伯仲之間耳。【誥案】君家伯仲，指王安石、安禮。未厭冰灘吼新洛，〔王註〕厚曰：汴渠舊引黃河，元豐中始以洛水易之，謂之清汴，或謂之清洛。〔查註〕《宋史》：元豐二年四月，命宋用臣導洛通汴，以代漕渠，謂之清汴。〔合註〕《續通鑑長編》：元豐二年六月，清汴成，引洛水入新口斗門，通流入汴。且看松雪媚南山。〔王註厚曰〕南山泗州之山，名都梁山。野梅官柳何時動，〔王註〕杜子美《西郊》詩：市橋官柳細，江路野梅香。飛蓋長橋待子閑。〔王註次公曰〕長橋，泗州之橋。〔堯卿曰〕歐陽文忠公，皇祐元年作三橋於潁州西湖，嘗自作詩云：鳴騶入林遠，飛蓋渡長橋。〔施註〕《文選》曹子建《公讌》詩：清夜游西園，飛蓋相追隨。【誥案】觀後四句，王斿亦將赴泗上，故相約待於長橋也。

和田仲宣見贈

【誥案】田待問，字仲宣。時知楚州，公過楚州作也。弟，字叔通。

頭白江南醉司馬，〔王註次公曰〕言白樂天也。白自號醉吟先生，嘗謫江州司馬。〔施註〕杜子美《所思》詩：苦憶荆州醉司馬，謫官樽俎定常開。寬心時復喚殷兄。〔王註〕白樂天又有詩云：猶有誇張少年處，笑呼張丈喚殷兄。寒潮不應淮無信，〔施註〕《唐文粹》盧肇《海潮賦》：陳其本，則晝夜之運，可見其影響；言其徵，則朔望之候，不差乎毫釐。〔查註〕《乾鑿度》：潮者，水氣往來，行險而不失其信者也。客路相隨月有情。〔施註〕李太白《把酒問明月》詩：月行却與人相隨。未許低頭拜東野，徒言飲酒〔一〇九〕勝公榮。〔施註〕《晉・王戎傳》：嘗與阮籍飲，時劉昶在坐，籍以酒少，酌不及昶，昶無恨色，戎異之。他日，問籍曰：「彼何如人也？」答曰：「勝公榮，不可不與飲，若減公榮，則不敢不共飲，惟公榮可不與飲。」昶，字公榮。好詩惡韻那容和，刻燭應須便置觥。〔王註〕《南史・王泰傳》：泰每預朝晏，刻燭賦詩。

次韻王定國南遷回見寄

〔查註〕《淮海集》：定國以元豐二年謫賓州，七年放歸。【誥案】此詩確爲元豐七年冬後所作，故結句云：相逢爲我話遲留，桃花春漲孤舟起。意謂，如見張安道，可代告行路濡滯之故，明年春漲時，我當舟抵南都也。施註前後分編《次韻王定國南遷歸》詩，皆確不可易。所多者，查註引此條《淮海集》爲蛇足，自爲編年而自爲矛盾，且不自覺。如其說，則前編反誤矣。其補編《喜聞王定國北歸五里橋》一詩，無處着手，亦以並未明曉此詩故也。

土暈銅花蝕秋水，〔王註次公曰〕秋水，言劍也。〔施註〕李賀《長平箭頭歌》：凄凄古血生銅花。要須悍石相礱砥。十年冰蘗〔二〇〕戰膏粱，〔王註次公曰〕冰蘗以言清苦。〔施註〕白樂天詩：三年爲刺史，飲冰復食蘗。《國語》：膏粱之性，難以力正。萬里煙波濯紈綺。〔施註〕杜牧之詩：江湖酒伴如相問，終老烟波不計程。歸來詩思轉清激，百丈空潭數魴鯉。逝將桂浦擷蘭蓀，〔合註〕鮑照詩云：驚舲馳桂浦。不記槐堂收劍履。〔王註續曰〕定國家有三槐堂。〔施註〕《漢·蕭何傳》：賜帶劍履上殿。却思庾嶺今何在，更說彭城真夢耳。〔公自註〕來詩述彭城舊遊。君知先竭是甘井，〔王註〕《莊子·山木篇》：直木先伐，甘井先竭。我願得全如苦李。安心不復九迴腸，〔王註〕司馬遷《答任少卿書》曰：是以腸一日而九迴，居則忽忽若有所忘，出則不知其所往。至道終當三洗髓。〔王註〕《太平廣記》：東方朔元封中，游鴻濛之澤。忽遇老母，採桑於白海之濱。俄而有黃眉翁，指母以語朔曰：「昔爲吾妻，托形於太白之精，今汝亦此星之精也。吾却食吞氣，已九千餘年，目中童子，皆有青光，能見幽隱之物，三千年一返骨洗髓，三千年一剝皮伐毛，吾生來已三洗髓、五伐毛矣。」〔施註〕引郭憲《漢武洞冥記》，略同。廣陵陽羨何足較，〔公自註〕余買田陽羨，來詩以爲不如廣陵。只有無何真我里。〔王註〕《莊子·應帝王篇》：出六極之外，而遊無何有之鄉。樂全老子今禪伯，〔公自註〕謂張安道也。定國其壻〔一二〕。〔施註〕孟東野《友人寄新文》詩：安閑賴禪伯，復得疏塵蒙。掣電機鋒不容擬。心通豈復問云何，印可聊須答如是。〔施註〕《金剛經》：須菩提白佛言云：何降伏其心？佛告須菩提，諸菩薩應如是降伏其心。《維摩經》：能如是宴坐者，佛所印可。〔邵註〕《世説》：世尊默然，則爲許可。相逢爲我話留滯〔一三〕，桃花春漲孤舟起。〔施註〕《漢·溝洫志》：杜欽説王鳳曰：來春桃花水盛，必羨溢。《水衡記》：黄河水，十二月各有名，二月三月名爲桃花水。【誥案】紀昀曰：筆筆精鋭。

贈梁道人

【誥案】此當時宋卿、李虎耳之流也。近日晉陵祝師、慶遠藍祥，皆百四十餘歲，而祥猶在。太平之世，自應多長壽人，詩非誇也。

采藥壺公處處過，〔王註〕《後漢·費長房傳》：汝南人也，曾爲市掾。市中有老翁賣藥，懸一壺於肆頭，及市罷，輒跳入壺中。市人莫之見，惟長房於樓上覩之，異焉。因往再拜奉酒脯，翁乃與俱入壺中。惟見玉堂嚴麗，旨酒甘殽，盈衍其中，共飲畢而出。笑看金狄手摩挲。老人大父識君久，〔王註〕《前漢·郊祀志》：武帝時，李少君以祠竈、穀道、却老方見上。嘗從武安侯宴，坐中有年九十餘老人，少君乃言與其大父游射處。老人爲兒時，從其大父識其處，一坐盡驚。造物〔一三〕小兒如子何。〔施註〕《景龍文館記》：杜審言好大言。臨終，宋之問往候之。乃曰：「甚被造物小兒相苦，僕在世久壓公等，今死固當慰人心，但恨不見替人耳。」寒盡山中無曆日，〔王註援曰〕太上隱者，人莫知其本末，好事者從之問姓名，不答。留一絶云：偶來松樹下，高枕石頭眠。山中無曆日，寒盡不知年。〔十朋曰〕《池陽集》載滕宗諒《寄隱者詩序》云：歷山有叟，無姓名，爲歌篇。近有人傳《山居書事》詩，詩與上四句同。〔施註〕陶淵明《桃源》詩：草榮識節和，木衰知風厲。雖無紀曆志，四時自成歲。雨斜江上一〔二四〕漁簑。〔施註〕劉斧《青瑣集·長橋記》：錢忠《贈采蓮公》詩：八十仙翁今釣客，一綸一艇一漁簑〔二五〕。神仙護短多官府，〔王註〕韓退之《記夢》詩：乃知仙人未賢聖，護短憑愚邀我敬。〔施註〕韓退之《張十八》詩：撑舟昆明度雲錦，脚踏兩舷叫吴歌。上界真人足官府，豈如散仙鞭笞鸞鳳終日相追陪。未厭人間醉踏歌。〔王註〕《續仙傳》：藍采和者，常於市中歌曰：踏踏歌，藍采和，世界能幾何。紅顏一春樹，流年一擲梭。古人混混去不返，今人紛紛來更多。朝騎鸞鳳到碧落，莫見桑田生白波。長景明輝在空際，金銀宫闕高嵯峩。〔施註〕《續仙傳》：藍采和每於城市乞索，持大拍板，常醉踏歌，行則振靴言：踏踏歌，藍采和。

龜山辯才師

〔查註〕張商英《龜山水陸院記》云：以佛書考之，則五百梵僧游止之所，以道經考之，則太真元君之别治也。山有五名，曰迦葉、曰寶積、曰紫銅、曰五峰、曰歸來，號爲南五臺。《臨淮志》：上龜山，在盱眙縣西南，下龜山，在縣北三十里。有上下二寺。上龜山寺，中有鐵鑄羅漢一百五十區。下龜山寺，宋天禧中金臂禪師建，亦皆鐵像。

此生念念浮雲改，〔王註〕杜子美《可嘆》詩：天上浮雲似白衣，斯須改變如蒼狗。〔施註〕柳子厚《石門東軒》詩：坐來念念非昔人。寄語長淮今好在。故人〔二六〕宴坐虹梁南，〔查註〕《元和郡縣志》：宿州虹縣，音貢。漢舊縣，屬沛郡，唐屬泗州。縣臨汴河。《演繁露》：虹，今讀如絳。《孔光傳註》：音貢。〔合註〕今本《元和郡縣志》云：虹，《漢書》作虹字。梁武帝於此置貢城戍。無音貢二字。【誥案】絳即貢之轉音，如澒字胡貢切，又音項。古澒洞、虹洞通用，可見該此二音。《前漢·地理志》：沛郡虹。註：莽曰貢，師古曰虹，亦音貢。虹即虹字，查註並不誤。新河巧出龜山背。〔施註〕《泗州圖經》：龜山在盱眙縣東北。周回四百里，高十五丈。新河在龜山南。元豐七年，發運使蔣之奇開置夾河，自洪澤上至龜山六十里，謂之新河。〔查註〕《宋史·神宗本紀》：熙寧四年，開洪澤河，達於淮。《河渠志》：蔣之奇建言：宜自龜山蛇浦下屬洪澤，鑿左肋爲複河，取淮爲源，不置堰牐。帝遣都水監丞陳祐甫經度成，命之奇撰記，刻石龜山後。

木魚呼客振林莽，〔合註〕揚雄《長楊賦》：羅千乘於林莽。鐵鳳横空飛綵繪。〔王註次公曰〕鐵鳳，庭中長竿也。杜子美《大雲寺贊公房》詩云：鐵鳳森翺翔。忽驚堂宇變雄深，〔施註〕劉禹錫序《柳子厚集》：雄深雅健，似司馬子長。坐覺風雷生謦欬。羨師游戲浮漚間，〔施註〕《楚辭·遠遊章》：吾將從王喬而遊戲。〔合註〕陸龜蒙詩：浮漚驚跳丸。笑我榮枯彈指內。〔施註〕《維摩經》：度千百劫，猶如彈指。嘗茶看畫亦不惡，問法求詩了無礙。〔王註〕杜子美《謁真諦禪師》詩：問法看詩妄，觀身向酒慵。千里孤帆又獨來，五年一夢誰相對。【誥案】公自元豐己未過此，至是年甲子，已越五年矣。何當來世結香火，〔施註〕《舊唐書·白居易傳》：與香山僧如滿結香火社。永與名山供井碓〔一七〕。〔查註〕《高僧傳》：忍師問慧能曰：「汝作何功德？」能曰：「願竭力抱石而春，供衆而已。」

次韻張琬〔一八〕

〔王註堯卿曰〕字德父。治平二年，彭汝礪榜登第。〔施註〕是時有兩張琬。一韓城人，父昇，樞密使，歸老嵩少。元祐初，琬自齊州倅求便養親，兩易衞尉丞，以才擢知秀州，崇寧間，爲廣東轉運副使，移京東西路。又一鄱陽人，治平二年登第。詩中有「臨淮自古多奇士」之句。臨淮乃泗邑，疑自有一張琬，而二人者皆非也。〔合註〕《續通鑑長編》：熙寧八年四月載，著作佐郎張琬同提舉荆湖北路常平等事。元豐元年正月，詔琬衝替，坐言張頡事不當也。註：時張昇有子名琬。不知即此人否？

新落霜餘兩岸隆，塵埃舉袂識西風。臨淮自古多名士〔二九〕，〔王註次公曰〕此「汝潁多奇士」之變也。〔施註〕《漢・韓安國傳》：所推舉皆天下名士。〔查註〕《元和郡縣志》：秦泗水郡，漢沛郡，武帝分置臨淮郡。周大象二年，改泗州。隋大業三年，改下邳。唐武德四年，復爲泗州。樽酒相從〔三〇〕樂寓公。〔王註〕《禮記・郊特牲》：諸侯不臣寓公。半日偷閑歌嘯〔三一〕裏，〔施註〕白樂天《松齋偶興》詩：朝回半日閑。百年暗盡〔三二〕往來中。〔施註〕白樂天詩：百年隨手過，萬事轉頭空。知君不向窮愁老，尚有清詩氣吐虹。〔王註〕《文選・七啓》：慷慨則氣成虹霓。〔施註〕歐陽文忠公《次禹玉韻》詩：昔年叨入武成宮，曾見揮毫氣吐虹。

泗州南山監倉蕭淵東軒二首

〔施註〕清江孔常父武仲撰《蕭貫之挂冠亭記》，其畧曰：鄉丈人蕭公貫之，世家新喻。少登上第，歷館閣，屢出爲使。年盛志得，而胸中浩然，不樂聲利。方其在京師，已有詩十六篇，述江南四時風物之美，以未得即歸爲恨。即又營其第舍之東，將因高築亭，爲退居燕息之所，命之曰挂冠。公之年止於四十有六，而亭亦未及爲也。其子潛夫，即其故基而屋之。間與賓客談笑其上，士大夫多爲賦詩。此詩云：我是江南舊游客，挂冠知有老蕭郎。蓋謂貫之也。淵字潛夫，後以朝散郎知郴州以没，詩帖猶存蕭氏。周益公嘗爲題跋云：二詩墨蹟，刻石成都。「珍禽聲好猶思越」，作「懷越」。未知即蕭氏所藏或是别本也。〔查註〕《苕溪漁隱叢話》：淮北之地平夷，自京師至汴口，並無山，惟隔淮方有南山，米元章謂爲第一山。《太平寰宇記》：盱眙縣在泗州南五里，都梁山在縣南六十里。《職官分紀》：諸州掾屬，有司倉參軍，又名倉曹。蕭淵，字潛夫，新喻人。仕至朝散郎，知郴州。見《周益公題跋》。

其一

偶隨樵父採都梁，〔公自註〕南山名都梁山，山出都梁香〔一三〕故也。〔王註〕《樂府歌詩》曰：氍毹五木香，迷迭艾納及都梁。又《本草·蘭草》條下註引《荆州記》云：都梁縣有山，山下有水，清淺，其中生蘭草，因名爲都梁。〔施註〕《古樂府行》：胡從何方列國持何來？氍毹、毾㲪、五木香，迷迭、艾納與都梁。〔查註〕《名勝志》：澤蘭，一名都梁香草，玆山所產。古詩：鬱金蘇合與都梁。卽此物也。竹屋松扉試乞漿。但見東軒堪隱几，不知公子是監倉。溪中亂石牆垣古，山下寒蔬匕箸香。我是江南舊遊客，挂冠〔一四〕知有老蕭郎。〔王註〕《東觀漢記》曰：王莽居攝，子宇諫莽，而莽殺之。逢萌謂友人曰：「三綱絕，不去，禍將及人。」卽解冠挂東門而去。白樂天《送蕭處士》詩：能文好飲老蕭郎，身似浮雲鬢似霜。〔查註〕《宋史》：蕭貫，字貫之，新喻人。俊邁能文，舉進士甲科，知洪、饒二州，召還，將試知制誥，卒。

其二

北望飛塵苦晝霾，〔一五〕〔王註〕《爾雅》：風而雨土曰霾。又《詩·邶風·終風》云：終風且霾。洗心聊復寄東齋。珍禽聲好猶思越，〔王註〕《古詩》：胡馬依北風，越鳥巢南枝。《史記·陳軫傳》：莊舃仕楚執珪，有頃而病。楚王曰：「舃，故越之鄙細人也，今仕楚執珪，富貴矣，亦思越不？」〔施註〕《尚書·旅獒》：珍禽奇獸，不育於國。《史記·陳軫傳》：凡人之思，故在其病也，彼思越則越聲，不思越則楚聲。野橘香清未過淮。〔王註〕《周禮·考工記》：橘逾淮而北爲枳。有信微泉來遠嶺，無心明月轉空階。一官倉庾真堪老，坐看松根絡斷崖〔三六〕。〔查註〕《周益公題跋》云：劉陽丞新喻蕭一致，五世從祖潛夫，元豐七年，監盱眙倉。坡公歲除前，過其東軒，留題二詩，蓋量移汝州時也。按盱眙隸泗州，州在淮北，縣治其陰，故都梁號淮南第一山。景物清曠，公既樂之，而潛夫諱淵，蓋慕陶靖節者，其人又可知矣，此公所爲賦詩也。承平時，監當官爲美仕，故倉庾氏所居，往往有登臨燕息之地，名流或遷謫而來，秩高或折資而授，今著令猶與本縣令序官。

雍秀才畫草蟲八物〔三七〕

〔查註〕《圖繪寶鑑》：雍秀才不知何許人。坡有詠所畫草蟲八物詩。詩意每一物譏當時用事一人。如「升高不知回，竟作粘壁枯」，以比介甫；「初來花争妍，忽去鬼無跡」，以比章惇。今詩畫皆刊石流傳於後世。〔合註〕郭功甫《青山集》有《泗水雍秀才畫草蟲》詩。【誥案】紀昀曰：八首皆借物寓意，亦山谷演雅之類。

促織

〔王註〕《遯齋閒覽》：蟋蟀類多，凡數十種。聲織織然者，爲促織。〔查註〕《爾雅·釋蟲》：蟋蟀，蛬。註云：促織也。陸璣《草木蟲魚疏》：幽州謂之趨織，語曰：趨織鳴，嬾婦驚。

月叢號耿耿，〔王註〕《文選》謝脁詩：秋河曙耿耿。〔施註〕《文選·古詩》：明月皎夜光，促織鳴東壁。露葉泣溥溥。

〔王註〕李太白《古風》：秋露如白玉，溥溥下庭際。〔施註〕《毛詩·鄭風·野有蔓草》：零露溥兮。夜長不自暖，〔王註〕韓退之詩：露螢不自暖。那憂公子寒。〔施註〕《毛詩·七月》：爲公子裳，爲公子裘。

蟬

〔王註〕《遯齋閒覽》：古以夏鳴爲蜩，秋鳴爲蟬。

蛻形濁污〔三八〕中，〔施註〕《淮南子》：蟬飲不食，三十日而蛻。羽翼便翾好。〔施註〕《揚子》：朱鳥翾翾，歸其肆矣。秋來問何闊，〔施註〕《漢·諸葛豐傳》：爲司隸校尉，刺擧無所避，京師爲之語曰：「間何闊，逢諸葛。」已抱寒莖槁。

蝦蟇

睅目〔三九〕知誰瞋，皤腹空自脹。〔王註〕《左傳·宣公二年》：宋城，華元爲植，巡功。城者謳曰：「睅其目，皤其腹，棄甲而復。于思于思，棄甲復來。」《艾子》：昔有龍，逢蛙海濱，龍問蛙曰：「汝之喜怒何如？」曰：「吾怒則先之以努眼，次之以腹脹。」〔合註〕《戰國策》：士皆瞋目。慎勿困蜈蚣，饑蛇不汝放。〔施註〕世有畫蜈蚣、蝦蟇、蛇三物爲圖者，謂蜈蚣畏蝦蟇，蝦蟇畏蛇，而蛇復畏蜈蚣也。今以三物聚而爲一，雖有相吞噬之意，無敢先之者，蓋更相制伏，去一，則能肆其毒焉。〔查註〕《本草》：蝦蟇畏蛇而制蜈蚣。故《關尹子》曰：蝍蛆食蛇，蛇食蛙，蛙食蝍蛆。

蜣蜋

洪鐘起暗室，〔施註〕《文選・西京賦》：洪鐘萬鈞。〔合註〕嵇康《答難養生論》：錦衣繡裳，不陳於暗室。飄瓦落空庭〔二〇〕。〔施註〕《莊子・外物篇》：雖有忮心者，不怨飄瓦。《史記・樂書》：師曠鼓琴，再奏之，大風至，而雨隨之，飛廊瓦。誰言轉丸手，〔王註〕《五代史・任圜傳》：如棄蘇合之丸，而取蛣蜣之轉。崔豹《古今註》：蛣蜣，一名轉丸。能作殷牀〔二一〕聲。

天水牛

〔王註〕《遯齋閒覽》：皁角木，五六月多大黑甲蟲，俗呼爲天牛。〔查註〕《爾雅》：蠰，齧桑也。郭璞註：狀似天牛，長角，喜齧桑樹，作孔入其中。據此，則天牛與齧桑，各自一種。今詩中竟以天水牛爲齧桑矣。又按《本草》：天牛，一名天水牛，又名八角兒，頭有黑角如八字。陳藏器註云：蠐螬所化。

兩角徒自長，空飛不服箱。〔王註〕《詩・小雅・大東》：睆彼牽牛，不以服箱。爲牛竟何事，利吻穴枯桑。〔施註〕《文選・古辭》：枯桑知天風。

蝎虎〔二二〕

【誥案】《說文》：在草曰蜥蜴，在壁曰蝘蜓。《爾雅》：蜥蜴、蝘蜓、守宮，皆一物也。陶弘景曰：守宮食蠆，故呼蝎虎。《埤雅》：蜥蜴十二時變色，有蛇醫之號，俗謂之蝎虎，喜緣籬壁者是。

跂跂有足蛇，脈脈無角龍。爲虎君勿笑，食盡蠆尾蟲。〔施註〕《左傳・昭公四年》：鄭子產作丘賦，國人謗之，曰：「其父死於路，己爲蠆尾。」〔查註〕許氏《說文》：蝎，蠆尾蟲也。長尾爲蠆，短尾爲蝎。

蝸牛

〔查註〕《爾雅》：螔蝓，又名瓜牛，形如瓜字。〔合註〕《爾雅》：螔蝓。註：卽蝸牛也。

腥涎不滿殼，聊足以自濡。〔王註〕《王立之詩話》：先生作《蝸牛》詩云：中弱不勝觸，外堅聊自郛。後改云：腥涎不滿殼，聊足以自濡。余以改者爲勝。升高不知回，竟作黏壁枯。

鬼蝶

〔王註共父曰〕《酉陽雜俎》：鬼蝶一足，著木如乾木葉。〔合註〕今本《酉陽雜俎》無此條。【誥案】王註之説，本與詩言初來忽去之狀不合。江東以蝶之大者爲鬼車，魏、趙之間，謂黠爲鬼，恐命名之意，不出此也。《桂海虞衡志·蟲魚志》曰：鬼蛺蝶，大如扇，四翅，好飛。可證鬼車之説矣。

雙眉卷鐵絲，兩翅暈金碧。初來花争妍，忽去鬼無跡。〔王註次公曰〕《蝸牛》、《鬼蝶》，雖不用事與語，而《蝸牛》之戒登高，《鬼蝶》之歎倏忽者，皆有深意矣。

泗州除夜雪中黄師是送酥酒二首〔一三〕

〔施註〕自此詩以下至《書劉君射堂》凡七詩，墨蹟刻於成都府治續帖中。其後跋云：過泗州，作此數詩，偶此佳紙精墨，寫之，以遺旌德君。元豐八年正月十日，東坡居士書。旌德，蓋王夫人也。墨蹟刻本與集本，間有不同。「春流活活走黄沙」，集本作「咽咽」；「遷客如僧豈有家」，集本作「逐客」；「孤燈何事獨成花」，集本作「生花」。《章錢二君見和復次韻答之》「林烏櫪馬鬬讙譁」，集本作「喧嘩」；「更有新詩點土酥」，集本作「況有」。今皆從刻石本。〔查註〕《宋史》：黄寔，字師是，陳州人。登進士第，歷轉運副使。紹聖黨禍起，以章惇甥獲免。陶九成《説郛》：黄寔自言：元豐甲子爲淮東提舉，嘗於除夜泊汴口，見蘇子瞻植杖立對岸，若有所俟者。歸舟中，即以揚州廚釀二尊、雍酥一奩貽之。〔合註〕《續通鑑長編》：元豐八年十月，權提點淮南東路常平黄寔，提點開封府界公事。寔，好古子也。先生作詩在七年冬，正師是在淮東時矣。【誥案】查註所引《宋史》誤句皆删。詳總案中。〔案〕總案云：查註引《宋史》云：黄寔歷轉運副使。哲宗議召用曾布陰阻之。林希曰：「寔兩女，皆嫁蘇轍之子，所爲不正，不宜用。」乃知陝州。考子由之幼子遠，黄寔壻也，其女從謫龍川，卒於惠州。建中靖國元年，公北歸，至儀真，子由始與公議，將求其幼女爲遠續姻。逾月，公薨，並未見其成也。是時哲宗已崩而林希亦死，《宋史》所載，不知何本。

其一

暮雪紛紛投碎米，〔查註〕陸佃《埤雅》引《説文》曰：霰，稷雪也。閩俗謂之米雪，言霰粒如米。所謂稷雪，義蓋如此。春流咽咽〔一三四〕走黄沙。舊遊似夢徒能説，逐客〔一三五〕如僧豈有家。〔王註次公曰〕逐客，先生自謂黄州之謫也。冷硯欲書先自凍，〔施註〕崔寔《四時月令》：正月硯凍開，十一月硯水冰。孤燈何事獨生花〔一三六〕。〔王註〕《西京雜記》：樊噲問陸賈曰：「自古人君受命於天，云有瑞應，豈有是乎？」賈曰：「目瞤得酒食，燈花得錢財，乾鵲噪而行人至，蜘蛛集而百事喜。小既有徵，大亦宜然。」杜子美《獨酌成詩》詩：燈花何太喜。使君夜半〔一三七〕分酥酒，驚起妻孥一笑譁。【誥案】紀昀曰：點得恰輕便，恰引起第二首。

其二

隴右土酥〔三八〕黄似酒，〔王註次公曰〕杜子美《病後遇王倚飲贈歌》詩：金城土酥淨如練。土酥者，彼中酥名也。世有論杜詩者，指爲萊菔，非是。〔查註〕《西河舊事》：祁連山在張掖、酒泉二郡界，牛羊充肥，乳酪醲好，一斛酪得酥斗餘。《太平寰宇記》：隴西道慶州，土産有牛酥。揚州雲液却如酥。〔王註次公曰〕梁劉孝綽《謝啓》：松子玉漿，衛卿雲液。〔施註〕雲液，揚之公廚酒名也。〔查註〕李保《續北山泟經》有雲腴、瓊液二名。欲從元放覓拄杖〔三九〕，〔施註〕《神仙傳》：孔元放與客會飲，元放作一令，以杖拄地，手把杖，倒竪，頭在下，足在上，以一手持杯倒飲，人莫能爲也。忽有麴生來坐隅。〔施註〕《開天傳信記》：葉法善精於符籙之術，居玄真觀，朝客數十人詣之。忽有人叩門，稱麴秀才，未暇瞻晤。有一美措傲睨直入，年二十餘，肥白可觀，居末席，伉聲談論，勢不可當。法善密以小劍擊之，隨手失墜階下，化爲瓶榼，盈瓶醲醞，共飲之。坐客醉而揖其瓶曰：「麴生風味不可忘。」漢賈誼《服賦》：止於坐隅，貌甚閑暇。對雪不堪令飽暖〔四〇〕，〔施註〕白樂天《寄朗之》詩：飽暖及妻兒。劉禹錫詩：百口空爲飽暖家。隔船應已厭歌呼。明朝積玉深三尺，高枕牀頭尚一壺。〔施註〕《楚辭》宋玉《九辨》：故高枕而自適。白樂天《贈吴丹》詩：酒甕在牀頭。【誥案】紀昀曰：雙綰作收好。

章錢二君見和，復次韻答之，二首〔四一〕

【誥案】此二詩乃下年所作，今以其題不可改編，仍附於後。

其一

黄昏已作風翻絮，半夜猶驚月在沙。〔王註〕盧仝詩：夜半沙上行，月瑩天心明。沙月浩無際，此中離思生。〔施註〕顧況《洞庭歌》：洞庭波月連沙白。照汴玉峰明佛刹，〔施註〕杜子美《九日藍田崔氏莊》詩：玉山高並兩峰寒。〔合註〕韋應物詩：佛刹出高枝。隔淮雲海暗人家。〔施註〕李太白《赤壁歌》：烈炎張天照雲海。來牟〔一四二〕有信迎三白，〔王註〕《詩·周頌·清思》：貽我來牟。薝蔔無香散六花。〔公自註〕薝蔔，梔子花也，與雪花皆六出〔一四三〕。〔王註續曰〕《韓詩外傳》：凡草木花皆五出，而薝蔔六出。〔施註〕《酉陽雜俎》：花少六出者，惟梔子花六出。陶貞白言，卽西域薝蔔花。庾信《郊行》詩：雪花開六出，冰珠映九光。《南史·宋孝武紀》：大明五年正月朔，雪降，散爲六出。欲喚阿咸來守歲，林烏〔一四四〕櫪馬鬬喧嘩〔一四五〕。〔王註次公曰〕杜子美《於杜位宅守歲》詩云：守歲阿咸家，椒盤已頌花。盍簪喧櫪馬，列炬散林鴉。杜位者，公之從弟也。蓋阮籍謂兄子咸爲阿咸。〔施註〕按杜子美詩，諸本皆云「守歲阿戎家」，獨謝無逸手抄陳無己所校本作「阿咸」，蓋子美於杜位爲宗從，故當用阿咸事也。無己云：太清本。

其二

分無纖手裁春勝，況有〔一四六〕新詩點蜀酥。〔王註次公曰〕春勝，元日所戴也。蜀中人家多誇，婦女以點酥詩飣坐。醉裹冰髭失纓絡，〔施註〕《觀音普門品經》：卽解頸衆寶珠瓔珞而以與之。夢回布被起廉隅。〔施註〕《漢·公孫弘傳》：位爲御史大夫，爲布被，自九卿以下至於小吏無差。《禮記·儒行》云：近文章砥礪廉隅。《漢·揚雄傳》：不修廉隅，以徼名當世。君應旅睫寒生暈，我亦飢腸夜自呼。明日南山春色動，不知誰佩紫微壺。〔王註次公曰〕紫微，指杜牧也。牧爲紫微舍人，有《獨酌》詩曰：獨佩一壺遊，秋毫泰山外。〔施註〕紫微壺事未詳。然杜牧之《獨酌》詩「獨佩」云云。牧之，終中書舍人。開元元年，改中書省曰紫微，疑用此句，博識君子當辨之。

卷二十四校勘記

〔一〕公病後　施乙「公」前有「荆」字。

〔二〕爲庖民作哀詞　集本、類本無「爲庖民」三字。集甲「作」作「有」。

〔三〕所至遲留　類本作「到處留題」。查註、合註：「遲留」一作「留連」。

〔四〕要知　集本、施乙、類本作「要言」。

〔五〕擘詰　集本作「磨却」。查註：宋刻作「擘却」。合註：宋刻施註本作「擘詰」。

〔六〕次韻致遠　外集作「和葉濤」。

〔七〕長笑　外集作「嘗怪」。

〔八〕自愛　七集作「自欲」。

〔九〕無勞　外集作「何勞」。

〔一〇〕五十　集乙作「三十」。七集作「三千」。

〔一一〕緣吾發　類本作「緣君發」，合註謂「君」訛。

〔一二〕戲作鮰魚一絶　類本無「一絶」二字。查註、合註：「鮰」一作「洄」。

〔一三〕河狏　集本、類本作「河豚」。施乙作「河肫」。

〔一四〕更萬山　原作「與萬山」。今從集本、施乙、類本。

〔一五〕不暖　合註：「不」一作「未」。

〔一六〕宅已　施乙作「以宅」。類本作「宅以」。

〔一七〕層巔　「巔」原作「顛」。今從集本、施乙、類本。

〔一八〕浮圖　集本、施乙、類本作「浮屠」。施乙註文亦作「浮屠」。合註引施註註文作「浮圖」，集成從之。

〔一九〕北上　集乙作「此去」。

〔二〇〕趁船　合註：「趁」一作「趕」。

〔二一〕沙漸漲出　原作「沙漸長」，據《輿地紀勝》校改。

〔二二〕松巔　原作「松顛」。今從集本、施乙、類本。

〔二三〕付　施乙作「賦」。查註：宋刻本作「付」。紀校：余校東坡手書絹本作「付」字。集本作「付」。

〔二四〕闕旆　查註作「闕棹」。

〔二五〕逆風　查註、合註：「逆」一作「迎」，去聲。

〔二六〕傳籥　類本作「傳鑰」。按，《說文通訓定聲》：「籥」，今字作「鑰」。

〔二七〕百尺巔　查註作「百尺顛」。

〔二八〕眉子石硯歌贈胡誾　集本題作「眉子石硯歌」。類丙作「眉子硯歌」。集本、類丙題下自註：「與胡誾」。

〔二九〕浮空　原作「浮雲」。集本、施乙、類本、查註作「浮空」，今從。合註作「浮雲」，未知所本。

〔三〇〕今君　類丙作「今君」。

〔三一〕尻　施乙作「尻」，集甲作「尻」。卷三十五《次韻晁无咎學士相迎》「嚴徐不敢連尻脽」，集甲「尻」作

「尻」，則「尻」、「尻」通。

〔三二〕游平　集本、施乙作「游於」。類甲作「游予」。

〔三三〕蘧篨　集甲作「蘧蒢」。

〔三四〕静芙蕖　集本、施乙作「淨芙蕖」。類甲作「盡芙蕖」，疑誤。

〔三五〕蔣潁叔　「潁」原作「穎」，今從集本、類本。卷三十六《次韻奉和錢穆父、蔣潁叔、王仲至詩四首》、《次韻蔣潁叔二首》、《王晉卿欲奪海石，錢穆父、王仲至、蔣潁叔皆次韻……》、《送蔣潁叔帥西河》等，「潁」，集甲皆作「穎」。今統一從「潁」。又：四部叢刊影印元原刊《宋史》《蔣之奇傳》，亦作「潁」。

〔三六〕瓊林苑　集本無「苑」字。

〔三七〕同卜居　施乙無「同」字。

〔三八〕黄潦　類丙作「潢潦」。類丙註文引《左傳》：澗溪沼沚之毛，潢汙行潦之水，可薦于鬼神，可羞於王公。

〔三九〕以玉帶施元長老元以衲裙相報次韻二首　集本「衲裙」作「納裙」。集本、類丙無「二首」二字。按，本詩其一「故與雲山舊衲衣」中之「衲」，集甲亦作「納」，則「衲」、「納」通。

〔四〇〕欲教　合註：《五燈會元》作「會當」。

〔四一〕故與　合註：《五燈會元》作「奪得」。

〔四二〕差相稱　集本、施乙、類本作「真相稱」。合註：《五燈會元》作「猶相稱」。

〔四三〕送金山鄉僧歸蜀開堂　集本「歸蜀開堂」四字爲題下自註。

〔四四〕送沈逵赴廣南　類本「沈逵」作「沈逵」。
〔四五〕南海　原作「南路」，《漢書·地理志》卷二十八下有南海郡，今據改。陳漢章《蘇詩註補》：查註「南路」，當作「南海」。
〔四六〕有涯　施乙作「有牙」。
〔四七〕勾漏　集本、類本作「岣嶁」，合註謂「岣嶁」訛。
〔四八〕吾何恥　類本作「君何恥」，合註謂「君」訛。
〔四九〕赴我　施乙作「趁我」。
〔五〇〕滹沱　集本作「呼沱」。
〔五一〕不自　集本、施乙、類本作「自不」。
〔五二〕禮記曲禮云云　原註文雜取《周禮》、《禮記》之文，而標以《周禮》。今校改。
〔五三〕戰死綏　原作「士死綏」。今從集本、施乙、類本。
〔五四〕反其故　集乙作「友其故」，疑誤。
〔五五〕嫵媚　查註：《韻語陽秋》作「娬媚」。
〔五六〕飲食　原作「飲酒」。今從集本、施乙、類本。
〔五七〕勿爲　類本作「莫爲」。
〔五八〕伍舉　查註作「杜舉」。
〔五九〕木綿　查註、合註：「綿」一作「棉」。集本作「木緜」。

〔六〇〕風又熟　查註作「風又烈」。紀校：「『烈』字作『熟』爲是。今海船猶有風熟之語。蓋風之初作，轉移不定，過一日不轉，則方向定，謂之風熟。」

〔六一〕簫管　類本作「簫筦」。按，《廣韻》：「筦」，與「管」同。

〔六二〕石銚　類本作「石掉」。查註：宋刻本「銚」作「掉」。集甲作「石銚」。

〔六三〕周穜罷著作佐郎云云　「周」上原有「知青州」三字。查《續資治通鑑長編》卷五百十七，知此三字乃涉上文而誤衍。今校删。

〔六四〕贈潘谷　《法書贊》卷十二有《蘇文忠潘墨詩帖》，題下原註：行書，九行。「潘墨詩」，卽此詩。文字同。詩後，岳珂有跋，云：右東坡手書潘谷墨詩真蹟一卷。潘以墨名一時，而窮悴不偶，託興于物，炯其不緇，彼望塵之可羞，是殆先生有感于是而寄于此也。

〔六五〕琅琅　查註、合註：一作「琅玕」。

〔六六〕重耳輕目前　類乙作「重目輕耳前」，疑誤。

〔六七〕蒜山松林中云云　類本題下原註：「蒜山，在潤州。」

〔六八〕大瓠　查註作「大瓢」。

〔六九〕不辭　集本作「不詞」。

〔七〇〕本無　類本作「無所」。

〔七一〕伯夷　原作「孟賁」。今從施乙、類本。施註引《漢書·東方朔傳》：「朔曰：陛下功德陳五帝之上，在三王之右，試得天下賢士，公卿在位，咸得其人，譬若以季路爲執金吾，伯夷爲京兆。」云云。

〔七二〕此生　原作「此身」。今從集本、施乙、類本、查註。合註亦作「此身」，不知所本。

〔七三〕家室　類本作「室家」。

〔七四〕徇國　原作「殉國」。集本、施乙、類本作「徇國」，今從。

〔七五〕不須　集本、施乙作「不煩」。

〔七六〕中甫　查註、合註：「中」一作「仲」。

〔七七〕并敍　施乙作「并引」。

〔七八〕夏公酉　類本作「夏公西」。

〔七九〕并王中甫與家弟轍九人存焉　集本、施乙、類本「并王中甫」作「王中甫并軾」。盧校：上云「軾忝冒時尚有」某某，則文勢不宜再嵌「并軾」二字，作「九人」爲是，下云三人，始連己數之也。

〔八〇〕錢塘云　類本無「云」字。

〔八一〕廣陵後園題扇子　外集作「廣陵後園題吕申公扇」。七集作「廣陵後園題申公扇子」，即題下註中所云之「原題」。

〔八二〕露葉　外集作「雨葉」。

〔八三〕攲午　七集作「欹午」。查註、合註同七集。

〔八四〕氍取盜　原作「盜取氍」。今從集本、施乙、類本。「氍取盜」，與下句「麥漂雨」對。「麥」爲雨漂，而反言「麥漂雨」，猶「氍」爲盜取，而言「氍取盜」也。

〔八五〕語希　類甲、類乙作「話希」。

〔八六〕不蹋　集甲作「不踏」。按，《集韻》：「踏」，或作「蹋」。「踏」、「蹋」以後不重出。

〔八七〕得閑　施乙作「得間」。

〔八八〕元豐七年十一月十三日與幾先自竹西來訪慶老不見獨與君卿供奉蟾知客東閣道話久之　原脱「元豐七年」等字，今據外集補。外集「君」前有「徐」字。七集「之」後有「惠州追録」四字。

〔八九〕卷卷　外集作「風卷」。

〔九〇〕別擇公　七集作「別公擇」。

〔九一〕邵伯梵行寺山茶　類本、外集無「邵伯梵行寺」五字。七集「邵伯」作「召伯」。

〔九二〕阿誰　類本作「本誰」。七集原校：「阿」一作「本」。

〔九三〕栽　外集作「裁」。

〔九四〕君君　合註：一作「渠渠」。

〔九五〕君不會　類本作「君不見」。七集原校：「會」一作「見」。

〔九六〕潔　集甲作「絜」。按，段玉裁《説文解字註》：「絜」，引申爲潔淨，俗作「潔」，經典作「絜」。

〔九七〕獨鼓翅　何校：「勤鼓翅」。合註：「獨」一作「勤」。

〔九八〕景繁父元導云云　合註謂此條施註有殘缺，今據施乙補足。施註云：與景繁諸帖，集亦不載。按，此諸帖收入明成化刊七集中之續集及明刊《東坡先生全集》。此條施註後誥案謂「公與景繁諸帖，並見集中」，施註「輒云不載，誤甚」。查現存各宋編《東坡集》，未收此諸帖，何由知施註「誤甚」？王文誥蓋未深考。刪去此條施註後「誥案」「此條施註宂甚」云云一條四十六字。

〔九九〕尚記　集本、類本作「長記」。

〔一〇〇〕西閣　集本、類本作「東閣」，誤。詳見題下施註。

〔一〇一〕新構　原作「新搆」，今從集甲。

〔一〇二〕君歸矣　類丙「矣」字後原註：「蔡克謨之父也」。

〔一〇三〕斿平甫子　施乙無此條自註。

〔一〇四〕與介甫游甚款　原作「與介甫和甫款」。「和甫」二字爲王文誥所補。今據施乙校改。刪去《和王斿二首》題下誥案「施註所落字」云云四十五字。又刪《和王斿二首》中之第二首「來往」句下誥案「前施註殘字已補」七字。

〔一〇五〕劉須溪曰　原作「王註辰翁曰」，今據類丁校改。

〔一〇六〕聞道　查註、合註：一作「見説」。

〔一〇七〕憶嘗　類本作「憶曾」。

〔一〇八〕度關　集本、類本作「渡關」。

〔一〇九〕飲酒　集本、施乙、類本作「共飲」。

〔一一〇〕蘖　集甲作「蘗」。「蘗」，俗「蘖」字。

〔一一一〕謂張安道也定國其壻　集本、類本無「謂」字。施乙此註文，無「東坡云」字樣。施註云：謂張安道也；安道號樂全先生，定國其壻也。

〔一一二〕留滯　類丙作「滯留」。

〔一二三〕造物　查註、合註：「物」一作「化」。
〔一二四〕一漁簑　查註、合註：「一」一作「有」。
〔一二五〕青瑣集長橋記錢忠贈采蓮公詩八十仙翁今釣客一綸一艇一漁簑　按，一九五八年上海古典文學出版社本劉斧《青瑣高議·前集》有此條，《青瑣集》當即《青瑣高議》（以下簡稱《高議》）。「記」，《高議》作「怨」。「錢忠」，據《高議》補。「仙」，《高議》作「清」。「綸」原作「輪」，據《高議》改。
〔一二六〕故人　原作「古人」。今從集本、施乙、類本、查註。合註作「古人」，疑誤刊。
〔一二七〕供井礎　集本、施乙作「躬井礎」。
〔一二八〕張琬　七集作「張畹」。
〔一二九〕名士　查註、合註：「名」一作「奇」。
〔一三〇〕相從　施乙作「相逢」。施乙原校：「逢」一作「從」。查註作「相連」。
〔一三一〕歌嘯　合註：「嘯」一作「笑」。
〔一三二〕暗盡　七集作「待盡」。
〔一三三〕山出都梁香　施乙無「山」字。
〔一三四〕挂冠　類甲、類乙作「扭冠」。
〔一三五〕苦晝霾　類本作「若晝霾」。
〔一三六〕絡斷崖　類甲作「落斷崖」，查註謂「落」訛。
〔一三七〕雍秀才畫草蟲八物　七集「雍」前有「題」字。

〔一二八〕濁污　施乙作「汙濁」。

〔一二九〕睅目　集本、類甲作「悍目」。類丙作「睅目」;註文「睅」作「睥」。按:「睅」當爲誤刊。

〔一三〇〕空庭　類本作「中庭」。

〔一三一〕殷牀　施乙原校:「牀」一作「雷」。類本「牀」作「雷」。

〔一三二〕蝎虎　集甲作「蠍虎」。《康熙字典》:「蠍」,俗作「蝎」。

〔一三三〕泗州除夜雪中黄師是送酥酒二首　類丙「黄師是」作「黄寔」。合註謂一無「黄」字。類丙題下原註:元豐七年甲子作。

〔一三四〕咽咽　施乙作「活活」。

〔一三五〕逐客　施乙作「遷客」。

〔一三六〕生花　集本、施乙、類本作「成花」。

〔一三七〕夜半　集本、施乙、類本作「半夜」。

〔一三八〕土酥　宋袁文《甕牖閑評》卷五:蘇東坡詩云:關右玉酥黄似酒。碑本乃作「土酥」,「土」字是也。

〔一三九〕拄杖　類本作「柱杖」。

〔一四〇〕飽暖　查註、合註:「飽」一作「冷」。何校:「冷暖」。

〔一四一〕章錢二君見和復次韻答之二首　集本、施乙無「二首」二字。

〔一四二〕來牟　集本、施乙、類本作「來麰」。按,《康熙字典》,「麰」,通作「牟」。

〔一四三〕薝蔔梔子花也云云　施乙無此條自註。集本「薝蔔」作「詹匐」。「薝蔔」、「詹匐」通,以後不重出。

〔一四四〕林烏　查註：「烏」一作「鴉」。

〔一四五〕喧譁　施乙作「讙譁」。

〔一四六〕況有　施乙作「更有」。

蘇軾詩集卷二十五

古今體詩五十一首

【誥案】起元豐八年乙丑正月，發泗州，再乞常州居住，二月，至南都，得請歸常州，三月，聞神宗遺制成服，四月，自南都還，五月，至檢校尚書水部員外郎汝州團練副使常州居住不得簽書公事貶所，遂歸宜興，六月初，聞起知登州作。

正月一日，雪中過淮謁客回，作二首

其一

十里清淮上，長堤轉雪龍。冰崖落屐齒，〔王註次公曰〕屐齒以狀冰崖上之窠。〔施註〕孟東野《聽琴》詩：定步屐齒深。風葉亂裘茸。〔王註〕杜子美《雪》詩：隨風且開葉，帶雨不成花。〔施註〕《左傳·僖公五年》：晉士蔿賦曰：狐裘蒙茸，一國三公，吾誰適從？〔合註〕李義山詩：旖旎狐裘茸。萬頃穿銀海，〔王註次公曰〕銀海，以狀水也。先生《雪》詩云：光搖銀海眩生花。乃用道書「眼爲銀海」耳。〔施註〕《漢·劉向傳》：始皇驪山，以水銀爲江海。千尋度玉峰〔一〕。從來修月手，〔王註縯曰〕《酉陽雜俎》云：鄭仁本與其中表遊山迷路，見一人枕一襆而坐，因問之。云：

君知月七寶合成乎？常有八萬三千户修之，我其一也。因開襆示之，有斧斤數事，玉屑飯兩裹。分遺鄭曰：「食此可無疾。」合在廣寒宮。〔王註厚曰〕《十洲記》：冬至之月，伏於廣寒之宫，養月魄於廣寒之地。

其二

攢眉有底恨，〔合註〕王僧孺詩：春至更攢眉。得句不妨清。霽霧開寒谷，飢鴉舞雪城。橋聲春市散，【誥案】此即泗州長橋也，公詞中亦及之。塔影暮淮平。〔王註次公曰〕塔影，指僧伽塔也。不用殘燈火〔二〕，船窗夜自明。

書劉君射堂〔三〕

〔施註〕續帖刻石，先生自註云：劉曾隨其父典眉州。〔合註〕王本題云：劉乙新作射亭。〔查註〕本集：元豐七年從泗州劉倩叔游南山，作《浣溪紗詞》，疑即其人。【誥案】是時在泗州者有三劉：一爲泗守劉士彦，一爲眉山劉仲達，一爲泗州劉倩叔。此詩乃家於泗而其父嘗典郡者，與二劉不合，證以施註，劉君即倩叔也。

蘭玉當年刺史家，雙韝馳射笑穿花。〔王註〕《後漢書》：董卓膂力過人，雙帶兩韝，左右馳射。註云：言所以藏箭謂之服，藏弓謂之韝。《左傳·僖公二十三年》：左執鞭弭，右屬櫜鞬。〔施註〕鮑明遠詩：氈帶佩雙韝。而今白首閑驄馬，〔王註〕《後漢書》：桓典拜侍御史。是時，宦官秉權，典執政無所迴避。常乘驄馬，京師畏憚，爲之語曰：「行行且止，避驄馬御史。」〔施註〕杜子美《冬狩行》詩：使君五馬一馬驄。只有清樽照畫蛇。〔施註〕《風俗通》：李彬爲汲令，請主簿飲，時壁上懸赤弩，照於杯中，其形如蛇，簿飲之，得疾，云蛇入腹中。彬意杯中蛇，卽弩影也，復置酒于前處，所見如前，彬乃告其所以。簿豁然意解，沉痾頓愈。《晉・樂廣傳》：嘗有親客言，前在坐，蒙賜酒，見杯中有蛇，既飲而疾。于時河南廳事壁上有角漆畫蛇，廣意杯中蛇卽角影也。云云。按此射堂詩，恐是用弩影事，第非畫蛇，故兩存之。【詁案】此句謂刺史已故，不復馳射，但遺弓在壁間耳。次聯押畫蛇甚當，而曉嵐以爲趁韻，彼乃忘却題是射堂。寂寂小軒〔四〕蛛網徧，陰陰垂柳雁行斜。〔施註〕羅隱《鷺鷥》詩：斜陽淡淡柳陰陰，風裊寒絲映水深。手柔弓燥春風後〔五〕，〔施註〕魏文帝《典論》：歲之暮春，句芒司節，和風扇物，弓燥手柔，草淺獸肥，與族兄子丹獵於鄴西，終日手獲麞鹿九，雉兔三十。置酒看君中戟牙。〔王註〕《後漢・呂布傳》：袁術遣將紀靈等攻劉備。布謂靈曰：「玄德，布弟也，爲諸君所困，故來救之。布性不喜合鬭，但喜解鬭耳。」乃令軍候植戟於營門。布彎弓顧曰：「諸君觀布射戟，小支中者，當各解兵，不中，可留決鬭。」布卽一發正中戟支，靈等皆驚，言將軍天威也。明日復歡會，然後各罷。

孫莘老寄墨四首

〔施註〕李端叔之儀跋此詩云：近時以筆墨爲事者，無如唐彥猷。其雅致自將，故所録皆絶俗。其子坰行筆無家法，而近類蔡君謨，然亦自可喜。家世相因，所有多佳墨，未嘗妄與人，蓋非東坡不可得。孫莘老作字至不工，每得佳墨，必悵然思見東坡。方時初入講筵，例有所賜，乃以爲寄爾。東坡捉筆近下，特善運筆，而尤喜墨。遇作字，必濃研幾如糊，然後濡染。蓄墨最富，多精品，自海外歸，至廣州失船，舉爲水所壞，良可惜也？詩云：「故人窺天禄，古漆窺蠹簡。隃麋給尚方，老手擅編劖。」蓋莘老久去館閣，神宗召爲太常少卿。易祕書少監，詩中明言歸天禄，蓋非講筵也。至哲宗即位，始兼侍講爾。〔查註〕史容《黄山谷詩註》云：孫莘老，元豐末自南京召爲太常少卿，遷祕書少監。哲宗即位，兼侍講。【誥案】紀昀曰：四詩並老重深穩。

其一

徂徠無老松，〔王註次公曰〕《詩·魯頌·閟宮》：徂徠之松，新甫之柏。徂徠山，在兖州。易水無良工。〔王註〕《墨譜》云：昔祖氏本易定人，唐時墨官也。今墨之工必假其姓而號之，大約易水者爲上。《遯齋閒覽》云：唐末墨工李超，與其子庭珪，自易水渡江，遷於歙州。庭珪之弟庭寬之子承宴，承宴之子文用，皆能世其業。〔施註〕《墨譜》：李庭珪父子、張遇，皆易水人，嗣爲南唐墨官。〔查註〕《墨史》：奚庭珪，易水人。或曰：李庭珪，本姓奚，江南賜姓李氏，非也。按《墨經》云：觀易水奚氏、歙州李氏，皆用大膠。是族有奚、李之異，居有易、歙之分矣。庭珪，超子，其墨能削木，誤墮溝中，數月不壞。珍材取樂浪，〔王註次公曰〕樂浪，指言高麗。〔施註〕《漢·地理志》：樂浪郡，武帝元封三年開。應劭曰：故朝鮮國也。妙手惟潘翁。〔公自註〕潘谷作墨，雜用高麗煤。魚胞熟萬杵，〔王註師曰〕造墨法，有使鯉魚胞者。〔施註〕《文房四譜》：韋仲將墨法云，煙一斤，好膠五兩，浸梣皮汁中，下鐵臼擣三萬杵，多，尤善。犀角盤雙龍〔六〕。〔施註〕王闢之《澠水燕談》：蔡君謨評墨云：李庭珪、張遇墨，著名當時，其制有劍脊圓餅、進貢、供堂墨，其面多作蛟龍。墨成不敢用，進入蓬萊宮。〔施註〕《唐·地理志》：東内爲蓬萊宮。杜子美《莫相疑行》：憶獻三賦蓬萊宮。蓬萊春晝永，〔施註〕白樂天《長恨歌》：蓬萊宮中日月長。玉殿明房櫳。〔施註〕杜子美《房陵》詩：玉殿莓苔青。金箋灑飛白，〔王註堯卿曰〕韋續《字源》云：飛白書者，蔡邕待詔，見門下史用堊帚成字，心有悦焉，歸而爲飛白之書。〔查註〕本集《試墨雜記》云：世云蜀中冷金牋最宜墨，非也。惟此最難爲墨，常以此牋試墨，惟李庭珪乃黑。瑞霧縈長虹。〔施註〕《法書苑》：李約《飛白贊》：崩雲委地，游霧縈空。遥憐醉常侍，一笑開天容。〔王註〕《舊唐書》：劉洎除散騎常侍，太宗作飛白字賜羣臣。或乘酒争取於帝手，洎登御座，引手得之。帝笑曰：「昔聞婕妤辭輦，今見常侍登牀。」【誥案】紀昀曰：此首敍墨之來由，即落到莘老，是第一章。

其二

谿石琢馬肝，〔王註厚曰〕漢武帝時，外國獻馬肝石。〔次公曰〕端州深谿之石，其色紫如馬肝者爲上。〔施註〕蘇易簡《硯譜》：端州谿中，琢石成硯，至妙。水中石色青，山半石色紫，絶頂者尤潤，如豬肝色者最佳。剡藤開玉版。〔王註次公曰〕剡溪之藤，爲紙最妙，玉版則紙色也。今成都浣花谿，造一種紙，光滑，亦以爲名。〔養源曰〕《志林》云：李獻之遺余天台玉版紙，殆未見。又云：池、歙精白玉版，乃可試墨，若於此紙上墨，無所不黑矣。〔施註〕《唐文粹》舒元輿《悲剡谿古藤文》云：剡谿上多古藤株枿，谿中多紙工，擘剥皮肌以給其業。異日過數十百郡，洎東雒西雍，歷見書文者，皆以剡紙相誇。噓噓雲霧出，奕奕龍蛇綰。此中有何好，〔施註〕《晉・孟嘉傳》：桓温問：「酒有何好而卿嗜之？」秀色紛滿眼。故人歸天禄，〔王註〕《漢宫殿疏》云：天禄麒麟閣，蕭何造以藏祕書處。〔施註〕《漢・揚雄傳》：校書天禄閣。《三輔故事》：天禄閣，在大殿北，以藏祕書。【誥案】時孫莘老以太常卿召還，故有此句。古漆窺蠹簡。〔王註〕《後漢書》：杜林於西州得漆書《古文尚書》一卷，常寶愛之。〔施註〕《晉・束皙傳》：太康二年，汲郡人不準盜發安釐王冢，得竹書數十車，銅劍一枚。漆書皆科斗字。隃麋給尚方，〔王註縯曰〕漢尚書令，僕丞郎，月給隃麋墨大小二枚。〔縯曰〕尚方，則官名，乃給墨之所。〔施註〕《漢官儀》：尚書丞郎，月賜赤管大筆一雙，隃麋墨一丸。老手擅編劖。〔王註〕韓退之詩：亦可詔編劖。〔施註〕韓退之《贈張籍》詩：文章詔編劖。分餘幸見及，流落一歎赧〔七〕。【誥案】

紀昀曰：此首敍到莘老寄墨，是第二章。

其三

我貧如飢鼠，長夜空齩齧。〔施註〕孟東野《弔盧殷》詩：故書窮鼠齧，狼藉一室間。瓦池研竈煤，葦管書柿葉。〔王註〕《唐書》：鄭虔好書，常苦無紙，慈恩寺貯柿葉數屋，虔日取肄書，歲久殆遍。近者唐夫子，遠致烏玉玦。〔公自註〕唐林夫寄張遇墨半丸。〔王註次公曰〕半環曰玦。〔施註〕林夫，名坰。熙寧間嘗同知諫院。〔查註〕本集《雜記》云：行至泗州，見蔡景繁附唐林夫書信，與予端硯一枚，張遇墨半螺。李庭珪《藏墨訣》曰：贈爾烏玉玦，泉清硯須潔。避暑懸革囊，臨風度梅月。先生又繼之，圭璧爛箱篋。〔王註次公曰〕《周禮》：方曰圭，圓曰璧。皆以比墨之形狀也。晴窗洗硯坐，蛇蚓稍蟠結。〔施註〕《禮記·月令》：蚯蚓結。便有好事人，敲門求醉帖。〔王註〕《唐書》：張旭醉，以指頭濡墨而書。〔施註〕《法書苑》：僧懷素善草書，常作醉帖。【誥案】紀昀曰：此首拉一陪客生情，蹙起波瀾，落到自己，是第三章。

其四

吾窮本坐詩，〔王註次公曰〕先生以詩被劾，今有《詩案》行於世。久服朋友戒。五年江湖上，〔王註次公曰〕以言在黄州凡五年也。閉口洗殘債。今來〔八〕復稍稍，快癢如爬疥。〔王註〕杜牧《讀韓杜集》詩：杜詩韓筆愁來讀，似倩麻姑癢處抓。〔施註〕韓退之詩：愜興極爬疥。先生不譏訶，又復寄詩械。幽光發奇思，點黮〔九〕出荒怪。〔施註〕點黮，見《晉書·衞恒傳·四體書勢》。一本作點點。詩成自一〔一〇〕笑，故疾逢蝦蟹。〔王註縯曰〕蝦蟹善發疼癢之疾。【誥案】紀昀曰：此首以己身作收，是第四章。凡連章詩，須次第井然，不可增減移寘，方爲合作。

留題蘭皐亭

〔查註〕本集《張氏園亭記》畧云：道京師而東，凡八百里，得靈壁張氏之園於汴之陽。其外，修竹森然以高，喬木蓊然以深，其中因汴之餘浸以爲池。張氏之子碩，求文記之。【誥案】合註於《年譜》下引《烏臺詩案》李宜之狀，張碩秀才稱蘇軾與本家撰《靈壁張氏園亭記》。是元豐二年，張碩尚秀才也。此處註云：《續通鑑長編》皇祐元年五月癸巳，賜太常博士張碩五品服，即其人也。又見《烏臺詩案》。是公年十四時，碩已官五品，越三十一年，而復爲秀才也。此種引證，凡有註之書皆然。今此集，前已於元豐二年載李宜之狀立案，如或兩歧，則讀者立舉本案以糾此註，非前之得任便黑白者比矣。凡似此者，皆刪。〔案〕總案元豐二年七月引《烏臺詩案》云：「七月二日」，國子博士李宜之狀：昨任提舉淮東常平，過宿州靈壁鎮，有張碩秀才稱，蘇軾與本家撰《靈壁張氏園亭記》。云云。

雪後東風未肯和，扣門遷客夜經過。〔施註〕《文選》江文通《恨賦》：遷客海上，流戍隴陰。阮嗣宗《詠懷》詩：趙李相經過。不知舊竹生新筍，但見清伊換濁河。〔王註次公曰〕即前所謂新洛也。無復往來乘下澤，聊同語笑〔二〕說東坡。〔王註堯卿曰〕白樂天謫忠州，州有東坡，屢作詩以言之。故公在黄州，亦作東坡，乃樂天之遺意也。明年我亦開三徑，〔王註次公曰〕《晉・陶潛傳》：爲建威參軍，謂親朋曰：「聊欲弦歌爲三徑之資。」蓋蔣詡開三徑，以延其友求仲、羊仲也。寂寂兼無雀可羅。〔施註〕白樂天《到敦詩宅》詩：園荒惟有薪堪採，門冷兼無雀可羅。

和人見贈

仍其舊云。

【誥案】此施註原編也，公上年兩過京口，在九十月間，而詩意發於春日，自是道中寄和之作，故

只寫東坡不著名，此身已是一長亭。壯心無復春流起，〔施註〕杜子美《漫成》詩：野日荒荒白，春流泯泯清。衰鬢從教病葉零。知有雪兒供筆硯，應嗤竈婦〔三〕洗盆瓶。〔王註〕《禮記·禮器》：奥者，老婦之祭也。盛於盆，尊於瓶。註云：奥或作竈。回來索酒公應厭，京口新傳作客經。

和王勝之三首〔三〕

〔查註〕王勝之於元豐七年秋，自江寧移守南都。

其一

城上湖光暖欲波，美人唱我踏春歌。〔王註〕《異聞集》載：邢鳳之子，夢一美人，歌踏《陽春之曲》曰：踏陽春，人間二月雨和塵，陽春踏盡秋風起，愁盡人間白髮人。《酉陽雜俎》云：元和初，有士人因醉卧廳中，及醒，見古屏上婦人等悉於牀前踏歌，歌曰：長安女兒踏春陽，無處陽春不斷腸。士人驚叱之，忽然上屏。魯公賓客皆詩酒，誰是神仙張志和。〔施註〕《續仙傳》：玄真子，姓張名志和，魯國公顔真卿與之友善。真卿爲湖州刺史，與門客會飲，乃唱和

爲《漁父詞》。真卿與陸鴻漸、徐士衡、李成矩，遞相誇賞。〔查註〕顔真卿碑文：玄真子，姓張氏，本名龜齡。以明經擢第。肅宗朝，改名志和。後不願仕，著書十二卷，號《玄真子》。大曆九年秋，訪真卿於湖州。徐獻宗《吳興掌故集》：志和，字子同，婺州人。肅宗朝，待詔翰林，出爲南海尉，遂放浪江湖。後，憲宗圖其像，求之不可得。李德裕稱其隱而有名，顯而無事，不窮不達，嚴光之比。【誥案】紀昀曰：隱然自負，風調自佳。

其二

齊釀〔一四〕如澠漲緑波〔一五〕，〔施註〕《左傳·昭公十二年》：晉侯以齊侯宴，投壺。齊侯舉矢曰：「有酒如澠，有肉如陵，寡人中此，與君代興。」〔施註〕李太白詩：風來緑酒生微波。公詩句句可絃歌〔一六〕。流觴曲水無多日，更作新詩繼永和。〔施註〕《晉·王羲之傳》：與同志宴集於山陰之蘭亭。自爲序曰：永和九年，暮春之初，會於蘭亭，修禊事也，故列敍時人，録其所述。《蘭亭曲水詩集》云：一十一人詩兩篇成，一十五人一篇成。一十六人詩不成，各罰酒三觥。

其三

要知太守憐孤客，不惜陽春和俚歌。坐睡樽前呼不應，〔王註〕《後漢書·劉寬傳》：靈帝嘗令講經，寬常於坐被酒睡伏。〔施註〕韓退之《石鼎聯句序》：二子坐睡，及覺，日已上。爲公雕琢損天和。

南都〔一七〕妙峯亭

〔查註〕南都妙峯亭，留守王勝之所建，東坡爲題榜。見《淮海集》詩註。先生於元豐八年春至南都，得請歸陽羨。以詩考之，正王勝之守南都時也。

千尋挂雲闕，〔合註〕鮑照詩：東下望雲闕。十頃含風灣。〔查註〕張安道劄子云：閼伯臺下，有水淵未嘗涸，宋人謂之商丘海。〔合註〕李義山詩：十頃平波溢岸清。開門弄清泚，照見雙銅鐶。池臺半禾黍，桃李餘榛菅。無人肯回首，日暮車班班〔一八〕。〔王註〕《後漢·五行志》：京都童謡曰：車班班，入河間，河間姹女工數錢。使君〔一九〕非世人，心與古佛閑。時要〔二〇〕聲利客，來洗塵埃顔。新亭在東阜，飛宇凌通闤〔二一〕。〔合註〕左太沖詩：飛宇若雲浮。張平子《西京賦》：通闤帶闠。古甃磨翠壁，霜林散煙鬟。孤雲抱商丘，〔查註〕張安道劄子云：昔高辛有子曰閼伯，至於帝堯，遷於商丘，主辰，故辰爲商星。今宋實商地，商丘在焉。俗名閼伯臺，著於祀典。《名勝志》：商丘，在歸德府城西南三里，周二百步。芳草連杏山。〔合註〕《一統志》：歸德府有幸山，在府城南三里。明李嵩詩：最是翠華臨馭地，土人今作幸山呼。似因宋高宗即位於此始得名。而《欒城集·次韻文務光遊南湖》詩自註：湖前小山曰杏山。考南湖在南都，則必南宋時，方改杏爲幸也。詩即指此。俯仰盡法界，逍遥寄人寰。亭亭妙高峰，〔王註次公曰〕妙高峰，取海上德雲所居之山爲名。了了蓬艾間。〔王註〕《莊子·齊物論篇》：夫三子者，猶存蓬艾之間。〔合註〕《傳燈録》：了了無可得。五老壓彭蠡，三峰照潼關。〔王註厚曰〕潼關，在華州華陰縣。均爲拳石小，配此一掬慳。〔王註〕韓退之《炭谷湫》詩：巨靈高其捧，保此一匊慳。煩公爲標指，免使勤躋攀〔二二〕。

記夢 并敘〔二三〕

樂全先生夢人以詩三篇示之，字皆傍行而不可識。傍有人道衣古貌，爲讀其中一篇云：人事且常在，留質悟圓間。凡四句，覺而忘其二，以告其客蘇軾。軾以私意廣之云。

圓間有物物間空，〔查註〕《楞嚴經》：譬如方器，中見方空。若定方者，別安圓器，空應不圓。若不定者，在方器中，應無方空。豈有圓空入井中。〔王註〕《楞嚴經》：鑿井求水，出土一尺於中，則有一尺虛空，此空爲當。因土所出，則土出時應見空入，若土先出無空入者，云何虛空因土而出。不信天形真箇樣，〔王註次公曰〕言天者，有渾天，有宣夜，有蓋天，其論天形之説各異。故應眼力自先窮〔二四〕。連環已解〔二五〕如神手，〔施註〕《戰國策》：秦昭王嘗遣使者遺君王后玉連環，曰：「齊多知，而解此環不？」君王后以示羣臣，羣臣不知解。君王后引椎椎破之，謝秦使曰：「謹以解矣。」〔施註〕《莊子·天下篇》：連環可解也，我知天之中央。萬竅猶號未濟風。稽首問公公大笑，本來誰礙更求通。〔翁方綱註〕先生《蘇程菴銘》：本無通，安有礙。

寄蘄簟與蒲傳正

〔施註〕蒲傳正，名宗孟，閬州新井人。第進士。治平中，水災地震，傳正上書斥大臣及宦寺。熙寧初，改著作佐郎。神宗見其名，識之，曰：「是嘗言水災地震者耶？」召試入館，年除歲遷，遂掌二制，拜尚書左丞。御史論其荒於酒色，繕治府舍過制，出典數郡。加資政殿學士，後議除兵部尚書，蘇子由言於宣仁，遂止。事見《答李邦直》詩註。傳正趣尚嚴整，性侈汰，每旦刲羊豕各十，燃燭三百。入郡舍，或請損之，愠曰：「君欲使我坐暗室忍飢耶？」嘗以書抵東坡云：晚年學道有所得。坡答之曰：「聞所得甚高，然有二事相勸，一曰慈，二曰儉。」此詩云：公家列屋閑蛾眉，珠簾不動花陰移。霧帳銀牀初破睡，牙籤玉局坐彈棋。亦可見其奉養云。坡女姪歸其子澈。傳正守長安，其婦冬月閉户，以酥滴花果設客，一客二十飣，用已輒更。以此諸婦滴酥，日夜不輟。〔合註〕李廌《師友談記》云：蘇叔黨言：蒲公有大洗面、小洗面、大濯足、小濯足、大澡浴、小澡浴、口脂、面藥、薰爐、妙香，次第用之。《續通鑑長編》：元豐六年八月，蒲宗孟知汝州，坐違法繕治西府，故有是責。七年十一月，移知亳州。先生寄詩，當在其自汝移亳時也。

蘭溪美箭不成笛，〔王註次公曰〕蘭溪在蘄州蘄水縣，竹所出之地也，本是笛材，而以之爲簟耳。韓退之《鄭羣贈簟》詩亦云：蘄州笛竹天下知，鄭君所寶尤瓌奇。〔施註〕《蘄春地志》：蘄水縣，漢蘄春地也。宋永嘉中，立浠水縣，唐改爲蘭溪縣，又改曰蘄水。蘭溪源出苦竹山，笛竹生羅田縣山中，蘄竹亦生於此，用以爲簟。離離玉筯排霜脊。千溝萬縷自生風，入手未開先慘慄。〔施註〕《文選・古詩》：孟冬寒氣至，北風何慘栗。公家列屋閑蛾眉〔二六〕，〔施註〕韓退之《送李愿序》：曲眉豐頰，粉白黛緑者，列屋而閑居。〔施註〕《毛詩・衛風・碩人》：螓首蛾眉，巧笑倩兮。珠簾不動花陰移。霧帳銀牀初破睡，〔施註〕李賀詩：帳底吹笙香霧濃。牙籤玉局坐彈碁。〔王註〕沈存中《筆談》載：《西京雜記》云：漢元帝爲彈碁之戲。有譜一卷，蓋唐人所爲。碁局方二尺，中心高，如覆盂，其巔爲小壺，四角微隆起。李商隱詩曰：玉作彈碁局，中心最不平。謂其中高也。東坡病叟長羈旅，〔施註〕《左傳・莊公二十二年》：齊侯使敬仲爲卿。辭曰：「羈旅之臣，幸若獲宥，及於寬政。」凍臥飢吟似飢鼠。倚賴春風洗破衾，一夜雪寒披故絮。〔王註〕《晉書》：吴隱之，字處默。雖居清顯，禄賜皆頒親族，冬月無被，嘗澣衣，乃披其絮。〔施註〕《晉・周顗傳》云：王敦籍顗家，得素簏數枚，盛故絮而已。火冷燈青〔二七〕誰復知，〔施註〕孫樵《迎春奏》：陛下與人爲冬，得舉家不見日，凍切人骨，闐闐慼慼，燈青火白，門無跡轍。孤舟兒女自嚘咿。〔施註〕韓退之《寄三學士》詩：佇立久咿嚘。皇天何時反炎燠，〔王註〕韓退之詩：却顧天日恒炎曦。愧此八尺黃琉璃。顧君〔二八〕淨埽清香閣，卧聽風漪聲滿榻。〔王註〕韓退之《鄭羣贈簟》詩：誰謂故人知我意，卷送八尺含風漪。又云：攜來當晝不得卧，一府傳看黃琉璃。習習還從兩腋生，請公乘此朝閶闔。〔施註〕白樂天《酬劉五》詩：閶闔晨開朝百辟。〔邵註〕《說文》：楚人名門曰閶闔。閶闔，天門也。《漢·司馬相如傳》云：排閶闔，入帝宮。

寄怪石石斛與魯元翰〔二九〕

〔合註〕《續通鑑長編》：元豐七年八月，膳部郎中魯有開，坐修條不當，與宮觀差遣。

山骨裁方斛，江珍拾淺灘。清池上几案，碎月〔三〇〕落杯盤。〔王註次公曰〕清池言石斛，碎月言怪石。老去懷三友，平生困一簞。〔合註〕阮籍詩：饑食并一簞。堅姿聊自儆，秀色亦堪餐〔三一〕。〔王註〕魏文帝詩：秀色若可餐。《大業拾遺》：吳絳仙善畫長蛾。隋煬帝云，此女秀色可餐。陸士衡《日出東南隅行》〔三二〕詩：鮮膚一何潤，秀色若可餐。好去髯卿舍，〔王註次公曰〕髯卿指言魯元翰，前卷所謂髯來意彌敦也。憑將道眼看。東坡最後供，〔王註子仁曰〕先生嘗以怪石供佛印，作《怪石供》。後又以供參寥子，作《後怪石供》云。〔施註〕《唐文粹》王維《六祖禪師碑》：弟子曰：「神會遇師於晚景，聞道於中年，雖末後供，樂最上乘。」霜雪照人寒。

漁父四首〔三三〕

【誥案】《漁父詞》起於三閭，誥向能以七絃道之。公又嘗改張志和詞爲《鷓鴣天》。此四章亦其遺意，皆可譜入琴聲也。

其一

漁父飲，誰家去，魚蟹一時分付。酒無多少醉爲期，〔施註〕《南史·陶潛傳》：或置酒以招之，造飲輒盡，期在必醉。彼此不論錢數。

其二

漁父醉，蓑衣舞，〔王註〕孟郊詩：獨速舞短蓑。醉裏却尋歸路。輕舟〔三四〕短棹〔三五〕任橫斜〔三六〕，醒後不知何處。【誥案】吾鄉金農吉金《泊東湖弄珠樓》詩云：孤篷與短櫂，不載千里愁。蒙頭聽夜雨，此是野人舟。曩者表兄黃楧書匡，出吉金三體詩論得失，誥獨取此一首，故四十年來猶能誦之。蓋非胸襟放曠，而老於江湖者未易道隻字也。今以其深得此詩遺意，故使之附見云。

其三

漁父醒，春江午，夢斷落花飛絮。酒醒還醉醉還醒，【誥案】此句用白樂天《醉吟先生傳》，否則出之太易，即非公之所爲也。凡此等句，又當數典以實之，與得諸性靈之詩，不可以典註實者不同。一笑人間今古〔三七〕。

其四

漁父笑，輕鷗舉，漠漠一江風雨。〔王註〕杜子美《灩澦》詩：江天漠漠鳥飛去。江邊騎馬是官人，〔施註〕

韓退之《王君墓誌》：高處士曰：「吾以齟齬窮，一女，憐之，必嫁官人，不以與凡子。」杜子美《逢唐興劉主簿弟》詩：劍外官人冷。劉禹錫《插田歌》：君看二三人，我作官人去。借我孤舟南渡。

春日

鳴鳩乳燕寂無聲，〔王註〕杜子美《題省中院壁》詩：鳴鳩乳燕青春深。日射西窗潑眼明。午醉〔三八〕醒來無一事，只將春睡賞春晴。【誥案】此詩乃得旨放還，未聞神宗遺制之前在南都作，確無可疑。施編極失次敘，故改之也。

贈眼醫王彥若〔三九〕

〔合註〕《欒城遺言》：鍼眼醫王彥若，坡公於張文定坐上贈之詩。引喻證據博辯，詳切高深，坡公敏於著述如此。【誥案】本集《張文定墓誌》：仁宗朝，爲吏部侍郎，嘗以目疾請郡，蓋其宿疾久矣。

鍼頭如麥芒，氣出如車軸。〔王註〕《素問》曰：鍼頭如芒，氣出如筐。〔查註〕《後漢書》陳忠疏云：臣聞輕者重之端，小者大之源，故隄潰蟻孔，氣洩鍼芒。《鍼灸經》：鍼入三分，得氣卽洩。間關脈絡〔四〇〕中，性命寄毛粟。而況清淨眼，〔查註〕《楞嚴經》：吾今爲汝建大法幢，亦令十方一切衆生，獲妙微密性淨明心，得清淨眼。內景含天燭。〔王註〕《荀子》：清明內景。〔邵註〕《黄庭經》有內景、外景。琉璃貯沆瀣，〔王註〕張平子《思玄賦註》云：沆瀣，北方夜半氣。〔邵註〕《楚辭·遠遊》：餐六氣而飲沆瀣。張衡《思玄賦》：飲青岑之玉醴兮，餐沆瀣以爲粻。〔查註〕《楞嚴經》：佛告阿難，如汝所言，潛根內者，猶如琉璃，彼人當以琉璃籠眼，當見山河見琉璃否？　輕脆不任觸。〔合註〕《晉書・石苞傳》：吳人輕脆。　而子於其間，來往施鋒鏃。　笑談紛自若，觀者頸爲縮。　運鍼如運斤，去翳如拆屋。　常疑子善幻，他技雜符祝。〔邵註〕韓退之《高閑上人序》：吾聞浮屠人善幻，多技能。又按《漢書・張騫傳》：犛靬眩人。註：眩，同幻，卽今吞刀吐火、植瓜種樹、屠人戮馬之術，皆是。　子言吾有道，此理君未矚。　形骸一塵垢，貴賤兩草木。　世人方重外，妄見瓦與玉。　而我初不知，刺眼如刺肉。　君看目與翳〔四二〕，〔查註〕《龍木論》：目患有圓翳、冰翳、滑翳、澀翳、散翳、浮翳、深翳、横翳、偃月翳、棗花翳、白翳、黑翳、胎翳、花翳、玉翳諸名。《傳燈録》：百丈云：若作佛見法，見但是一切，有無等見名眼翳。　是翳要非目。　目翳苟二物，易分如麥菽。〔王註〕《左傳・成公十八年》：周子有兄而無慧，不能辨菽麥。　寧聞老農夫，去草更傷穀〔四三〕。〔王註〕《左傳・隱公六年》：如農夫之務去草焉，絶其本根。　鼻端有餘地，肝膽分楚蜀。　吾於五輪間，蕩蕩見空曲。〔王註次公曰〕五輪者，眼科之常談。〔查註〕《龍木論》：有五輪八廓內外之障，血輪屬心，水輪屬腎，氣輪屬肺，風輪屬肝，肉輪屬脾臟。杜子美《重經昭陵》詩：陵寢盤空曲。又云：羣流會空曲。　如行九軌道，並驅無擊轂。〔王註〕《周禮・冬官》：經涂九軌。《詩・齊風・還》：並驅從兩肩兮。　空花誰開落，〔王註〕《楞嚴經》云：亦如翳人，見空中花，翳病若除，花於空滅。〔查註〕《龍木總論》：凡眼初患之時，眼前多見蠅飛，花發垂蟢，薄烟輕霧，漸漸失明。　明月自朏朒。〔王註次公曰〕《釋名》：朏月，未盛明也。魄月，始生魄然也。註：承大月，月生三日謂之魄；承小月，月生謂之朏。又，晦而月見西方謂之朓，朔而見東方謂之朒。朏，音斐。朓，音他了反。朒，音女六反。註：朓，健行貌也。朒者，縮遲貌也。　請問樂全堂，忘言老尊宿。〔公自註〕彥若，樂全先生門下醫也。【誥案】紀昀曰：只得如此作收，再無更進一層之理可以闡發矣。

李憲仲哀詞并敘〔四二〕

同年友李君諱惇，字憲仲。賢而有文，不幸早世，軾不及與之遊也，而識其子廌有年矣。廌自陽翟〔合註〕《漢書·地理志》：潁州郡陽翟縣。見余於南京，泣曰：吾祖母邊、母馬、前母張與君之喪，皆未葬，貧不敢以飢寒爲戚，顧四喪未舉，〔合註〕先生《答李方叔書》有「遂舉十喪，哀勢極矣」之語，蓋作詩在先，舉喪在後，故不同也。【誥案】此非前後不同也，似方叔不及具告之也，且連敘十喪，無異於點鬼簿，或已知之，爲畧去其餘也。死不瞑目矣。適會故人梁先吉老聞余當歸〔四四〕陽羨，以絹十匹絲百兩爲贐，辭之不可。【誥案】梁先，字吉老。嘗從公於彭城，通經學，小楷書學歐陽公，頗精絕。又嘗以駮石盆甌寄公，具見公所與詩中。乃以遺廌，曰：此亦仁人之餽也。既又作詩，以告知君與廌者，庶幾皆有以助之〔四五〕。廌年二十〔四六〕五，其文曄然，氣節不凡，此豈終窮者哉。

大夢行當覺，〔王註〕《莊子·齊物論篇》：且有大覺，而後知有大夢也。韓退之《祭柳子厚文》：人之生世，如夢一覺。百年特未滿。追哀已逝人，長眠寄孤館。念我同年生，意長日月短。〔合註〕《鶴林玉露》云：此倒轉陶句「世短意常多」也。【誥案】鶴林之說，迂遠不類。紀昀曰：五字自佳。鹽車困騏驥，烈火廢圭瓚。〔王註〕《書·胤征》：火炎崐岡，玉石俱焚。盧仝《聞韓職方貶有感》詩：烈火先燒玉，庭蕪不養蘭。後生有奇骨，出語已精悍。〔王註〕《史記·郭解傳》云：解爲人短小精悍。杜子美《贈司空王公思禮》詩：短小精悍姿。蕭然野鶴姿，誰復識中散。有生寓大塊，〔王註〕《莊子·大宗師篇》：大塊假我以形，勞我以生，逸我以老，息我以死。死者誰不窾。〔合註〕《廣韻》：窾，空也。先生詩亦作穴空解。嗟君獨久客，〔王註〕《前漢·楊王孫傳》：報祁侯書曰：裹以幣帛，鬲以棺槨。支體絡束，口含玉石。欲化不得，鬱爲枯腊。千載之後，乃得歸土，就其真宅。繇是言之，焉用久客。不識黃土煖。推衣助孝子，一溉滋湯旱。〔王註〕嵇康《養生論》云：爲稼於湯之世，偏有一溉之功者，雖終歸於焦爛，必一溉者後枯，然則一溉之益，固不可誣也。誰能脫左驂，〔王註〕《禮記·檀弓篇》：孔子之衞，遇舊館人之喪，入而哭之哀，出，使子貢脫驂而賻之。《史記》：越石父賢在縲紲中，晏子解左驂贖之。大事不可緩。

王伯敭所藏趙昌花〔四七〕四首

〔王註〕《圖畫見聞志》云：趙昌，字昌之。工畫花果，時稱絕倫。歐陽《歸田錄》：近世名畫，趙昌花寫生逼真，而筆法較俗，殊無古人格致，然時亦未有其比。〔查註〕《廣川畫跋》：趙昌，劍南人。畫花果，初師滕昌祐，後過其藝〔四八〕。【誥案】公守徐日，王廷老已退居於南都，因是與子由有昏姻之約，時尚在南都也。元祐初起知虢州。

梅花

南行度關山〔四九〕，〔王註次公曰〕關山，乃先生將至黃州之路。沙水清練練。〔合註〕江淹賦：色練練而欲奪。吳均詩：練練波中月。行人已愁絕，日暮集微霰。【誥案】此二句從「去年此日關山路，細雨梅花欲斷魂」句化出，乃自以舊作爲典實也。殷勤小梅花，仿佛吳姬面。暗香隨我去，回首驚千片。〔合註〕何焯曰：此杜子美詩「岸花飛送客」意也。至今開畫圖，老眼淒欲泫。幽懷不可寫，歸夢君家倩。〔王註〕韓退之詩：幽懷不可寫，行此秋江潯。

黄葵

弱質困夏永，奇姿蘇曉涼〔五〇〕。低昂黄金杯，〔查註〕《本草》：黄蜀葵與蜀葵别種，夏末開花，淺黄色，葉心下有紫檀色。旦開，午收，暮落，亦呼側金盞花。照耀〔五一〕初日光。檀心自成暈〔五二〕，〔查註〕《許彦周詩話》：東坡《黄葵》詩云：檀心紫成暈，翠葉森有芒。揣模刻骨，造語壯麗，後世莫及。據此，則自成暈當作紫成暈，與《本草》方合，向來諸刻本俱譌，今改正。【誥案】檀字已爲設色，「檀心自成暈」，其紫字色澤已到，妙在藏去紫字，而以五字出之也。若將紫字填實，則上之檀心，下之成暈，作意俱無，卽爲初學詩者重疊板實之夯句矣。且下句加意剪刻，上句亦有意以自字剪刻出之，其對森字，在輕重毫釐之間，若用紫字，卽與森字輕重不倫矣。今仍更正，并暫存查註，以俟有識。翠葉森有芒。〔合註〕《史記·天官書》：作作有芒。古來寫生人，妙絶誰似昌。晨妝與午醉，〔合註〕梁簡文帝有《美人晨妝》詩。【誥案】謂晨開午斂，其狀不同也。真態含陰陽。君看此花枝，中有風露香。

芙蓉

〔合註〕拒霜也。

清飆〔五三〕已拂林，積水漸收潦。溪邊野芙蓉，花水相媚好。坐看池蓮盡，獨伴霜菊槁。幽姿强一笑〔五四〕，暮景迫摧倒。淒涼似貧女，嫁晚驚衰早。〔查註〕白樂天《晚桃花》詩：貧家養女嫁常遲。誰寫少年容，樵人劍南老。〔王註次公曰〕趙昌自題其畫云：劍南樵叟。

山　茶

蕭蕭南山松，黃葉隕勁風。〔合註〕《晉書·曹毗傳》：承勁風以握秋蓬。誰憐兒女花，散火冰雪中。〔王註次公曰〕兒女花，以言山茶，比南山松，則爲兒女也。能傳歲寒姿，古來惟丘翁〔五五〕。〔王註〕《圖畫見聞志》：丘文播，廣漢人。畫品降高、趙輩，後改名潛。趙叟得其妙，一洗膠粉空。掌中調丹砂〔五六〕，染此鶴頂紅。何須誇落墨，獨賞江南工。〔王註〕《圖畫見聞志》：徐熙，鍾陵人。世爲江南仕族。熙識度閒放，以高雅自任。善畫花木、禽魚、蟬蝶、蔬果。自撰《翠微堂記》云，落筆之際，未嘗以傅色暈澹細碎爲工。李後主愛重其蹟，開寶末，歸朝，悉貢上宸廷，藏之祕府。

神宗皇帝挽詞三首

【誥案】《神宗挽詞》，施編歸常之後，查註疑其在南都作，改列揚州《留題竹西寺》詩前，並誤。合註云：詩作上謚之後，施編自不可易。考《宋史·神宗本紀》：九月己亥，上大行皇帝謚，曰英文烈武聖孝皇帝，廟號神宗。若詩作九月，則公已赴登，尚何「餘生」、「歸夢」之句。卽以九月作詩論，公已於六月聞命離常，而謂施編五月已在上謚之後，可乎？合註引史甚多，非不見本紀者，若指出，卽須施、查並駁，而其意專欲歸誤於查，故其說如此也。歷考宋之上謚，大率在半年以後，亦間有先後一兩月者，並無一定。而定謚並無明文，以子由爲宣仁告謚册遲之又久始成例之，其定謚在上謚前數月，無可疑矣。《挽詞》確爲南都所作，詩意顯見，然定謚究無明文可據，如仍施編列入歸常，則詩旨全失，或仍查編置之揚州《竹西寺》詩前，則哀挽甫畢，遂有花鳥欣然之作，此屬必無之事。改編南都，復爲合註上謚之説撓敗，尚何足以昭信乎？今考公在南都，爲張方平代作《薦齋文》，已稱神宗皇帝，爲定謚之明文，而此文夾雜内制齋筵之中，難於辨別，使誥不能悉心檢出爲據，則此詞三地皆不可編，幾爲合註所窘矣。餘詳案中。〔案〕總案元豐八年三月有「寄王鞏書」條。條下引本集《與王定國書》云：先帝升遐，天下所共哀慕，而不肖與公，蒙恩尤深。固宜作挽，少陳萬一，然有所不敢者耳。無狀坐廢，衆欲置之死，而先帝獨哀之。而今而後，誰出我於溝瀆者。已矣，歸耕没齒而已。〔誥案〕此書豈有竹西欣幸之事！又：同月，有「爲張方平作《神宗功德疏》」條。條下引《功德疏》，有「恭惟神宗皇帝陛下」之語。〔誥案〕：此疏不云大行，乃《神宗挽詞》確證。又：四月，有「作《神宗挽詞》」條。條下云：《挽詞》第三首結云：「病馬空嘶櫪，枯葵已泫霜。餘生卧江海，歸夢泣嵩邙。」其旨與定國書意同，雖云「有所不敢」，而其痛莫伸始終，作於南都，故有「歸夢」之語。

其一

文武固天縱，欽明又日新。化民何止聖，妙物獨稱神。〔王註〕《易·説卦》：神也者，妙萬物而爲言者也。政已三王上，言皆六籍醇。〔合註〕《東都賦》：六籍所不能談。巍巍本無象，〔王註〕《老子》曰：是謂無象之象。刻畫愧孤臣。〔王註〕杜子美《白鹽山》詩：詞人取佳句，刻畫竟難傳。

其二

未易名堯德，何須數舜功。〔王註〕《左傳·文公十八年》：史克曰：「舜有大功，二十而爲天子。」小心仍致孝，餘事及平戎。〔王註次公曰〕《詩》言：文王小心翼翼，昭事上帝。「餘事」，則傳言：帝王之功，聖人之餘事。典禮從周舊，官儀與漢隆。〔王註〕《左傳·閔公元年》：魯秉周禮。《後漢書·光武紀》：不圖今日復見漢官威儀。誰知本無作，〔王註〕《莊子·知北遊篇》：至人無爲，大聖不作。佛書：元相無作。千古自承風。〔合註〕《家語》：四海承風。

其三

接統真千歲，膺期止一章〔三七〕。〔王註〕《前漢書·司馬遷傳》：太史公執遷手而泣，曰：「今天子接千歲之統，封泰山，而余不得從行，是命也夫，命也夫。」〔次公曰〕《後漢·律曆志》：閏七而盡，其歲十九，名之曰章。神宗在位十九年，故曰一章。〔合註〕薛道衡《老氏碑》：皇帝誕靈縱叡，接統膺期。《續通鑑長編》：元豐八年正月丁酉，皇太后問王珪等，以溫州僧道親所進龍壽丹進皇帝。初，元豐五年秋，上不豫，道親自陳，在雁蕩山遇老人，付藥一丸如彈，曰：「以萬歲藤膏熬成，日三服，三日九服，可保九九之數。」又乞太歲本命四立日節酒藥。其言九九日，上即位，至是十八年。又云四立者，上以立春日得疾云。周南稍留滯，〔邵註〕《前漢書·司馬遷傳》：是歲天子始建漢家之封，而太史公留滯周南，不得與從事，發憤且卒，而子遷適反，見父於河洛之間。宣室遂凄涼。〔王註師曰〕公時在謫籍，而神廟升遐，故云爾。病馬空嘶櫪，枯葵已泫霜。餘生卧江海，歸夢泣嵩邙。〔王註堯卿曰〕嵩高北邙，陵寢在焉。〔邵註〕《九域志》：河南府古蹟，有嵩山、北邙山。先生《洛中》詩：嵩高蒼翠北邙紅。〔查註〕《許彦周詩話》：東坡受知神廟，雖謫而實欲用之。東坡微解此意，後作《挽詞》「病馬空嘶櫪」四句，非深悲至痛，不能道此語。【誥案】公歸常則去原廟愈遠，而斯時猶未歸，故曰「歸夢泣嵩邙」也。施註編在常州故人改觀争來賀詩之後。時已起知文登，尚何「餘生」「江海」之卧乎？詳究其故，彼亦礙於九月上謚，不敢編入南都。如編揚州，則與《竹西寺》詩並列，而有羣小誣劾欣幸厭代之事，正與《挽詞》齟齬。故明知非常州作，而特避重就輕，遠置賈收來賀之後也。又以遠編於後，則詩意不合，顯見其誤，故於《挽詞》之前，編《南都妙峰亭》詩，《挽詞》之後，編《金山妙高臺》詩。大率常、潤、真、揚、楚、宋諸作，特有意前後參雜取混，使讀者不辨《挽詞》是何處作，以自蓋其跡。先是，公在黄州爲滕元發改作《辯謗乞郡狀》，神宗感悟，即以元發知湖州。及兩公重會金山，元發勸公請毁前所作刊行文字板片，求哀請郡，而公以爲然。此兩公相約，欲争自磨濯晚節，以自效於神宗者。乃事未及行，而神宗厭代，此其呼號之痛所以倍於常情，不但有志莫伸，并無以自明也。使元祐朝士皆知此意，則羣小謗誣之説，即無自而興，而黨禍可以不作。使註家皆知此意，而早爲發明之，則自兩宋以來，凡黨禍之謬論，亦可以稍息矣。此事明載本集《與滕元發書》内，其情顯然，而事有不備，故不立案。故附載於此，庶公之心，有以大白於後世也。

與歐育等六人飲酒

〔合註〕《續通鑑長編》：熙寧三年，上稱鄜延走馬歐育曉事。又，鄜延走馬承受歐育言，乞選有心力武幹者充寨主，不以官資，並在監押之右，從之。又載：元豐七年五月，京東東路第二將歐育託防修永樂城，移疾於米脂寨，罷將官。先生作詩在八年，當是歐育復得杭州鈐轄，與先生途遇也。

忽驚春色二分空，且看樽前半丈紅。〔合註〕李義山詩：一丈紅薔擁翠勻。苦戰知君便白羽，〔王註續曰〕用諸葛亮羽扇指揮事。〔次公曰〕《家語》：子路云：赤羽若日，白羽若月，蓋言箭羽也。故不憚苦戰則便之，非謂白羽扇也。倦游憐我憶黃封。年來齒髮老未老，〔王註次公曰〕諺云：老不老，三柏倒。〔合註〕皮日休詩：居茲老復老。此去江淮東復東。〔王註〕李賀詩：紫絲竹斷驄馬小，家住錢塘東復東。記取六人相會處，引杯看劍坐生風。

觀杭州鈐轄〔五八〕歐育刀劍戰袍

青綾衲衫暖襯甲，〔合註〕《廣韻》：衲，補衲紩也。紅線勒帛〔五九〕光遶脇。〔查註〕《老學庵筆記》：予童子時，見前輩猶繫頭巾帶於前，作胡桃結，背子背及腋下，皆垂帶。長老言：背子率以紫勒帛繫之，散腰則謂之不敬。至蔡太師爲相，始去勒帛。禿襟小袖雕鶻盤，〔王註〕李賀詩：禿襟小袖調鸚鵡。大刀長劍龍蛇柙〔六〇〕。兩軍鼓譟屋瓦墜，〔王註次公曰〕後漢光武昆陽之戰，會大雷風，屋瓦皆飛。〔子仁曰〕《史記·趙奢傳》：閼與之戰，秦軍鼓譟，勒兵武安，屋瓦盡振。〔邵註〕《後漢·光武紀》：城中亦鼓譟而出，中外合勢，震呼動天地，會大風雷，屋瓦皆飛。紅塵白羽紛相雜〔六一〕。將軍恩重此身輕，笑履鋒鋩如一插〔六二〕。書生只肯坐帷幄，〔王註〕《漢書》：高祖曰：「運籌帷幄之中，決勝千里之外，吾不如子房。」談笑毫端弄生殺。叫呼擊鼓催上竿，猛士應憐小兒黠。〔王註〕韓退之詩：魯連細兒黠。試問黃河夜偷渡，掠面驚沙寒霎霎。〔合註〕皮日休詩：雨中跼蹐時，一向聽霎霎。何如大艦日高眠，一枕清風過苕霅〔六三〕。

寄吳德仁兼簡陳季常

〔查註〕《宋史》：吴瑛，蘄春人。以父遵路蔭，仕至虞部員外郎。致仕，歸，有田僅足自給，臨溪築室，種花釀酒，客至必醉，人莫不愛其樂易而敬其高。張文潛《宛丘集·吴大夫墓志》：公諱瑛，字德仁。龍圖閣學士贈太尉遵路之子。年四十六，以虞部員外郎知郴州，官罷，歸京師，即上書請致仕。上自執政大臣，下至搢紳士大夫、凡知公者，相率賦詩飲餞於都門。既謝事，歸蘄春。哲宗朝，詔落致仕，堅卧不起。卒年八十四。【誥案】《志》稱德仁不喜聞人過，公素未識面，必不以柳姤告之也。

東坡先生無一錢，〔王註〕《漢書·灌夫傳》：平生毀程不識不直一錢。十年家火燒凡鉛。〔合註〕《雲笈七籤》：設用凡鉛爲河車，非至藥之源。黄金可成河可塞，〔王註〕《漢書·郊祀志》：欒大言：「臣之師曰，黄金可成，而河決可塞，不死之藥可得，仙人可致也。」只有霜鬢〔六四〕無由玄。〔王註〕《文選》江淹詩：玄髮已改素。【誥案】紀昀曰：蓬蓬勃勃，氣如涌出，此真興到之筆。龍丘居士亦可憐，談空説有夜不眠。忽聞河東獅子吼，拄杖落手心茫然。【誥案】佛説獅吼，皆喻法也。本集有柳濟者，行二，季常之客，即真齡也。其《遺鐵拄杖》詩有「柳公手中黑蛇滑」句，二人嘗訝公而語多諧讔。又云：季常示病，正如小子圓覺，可謂「害脚法師鸚鵡禪，五通氣毬黄門妾」。餘如秀英君則託諸醉，脊記則託諸戲，而季常雄冠之説，亦云非實語。詩當參看。誰似濮陽公子賢，飲酒食肉自得仙。平生寓物不留物，在家學得忘家禪。門前罷亞十頃田，〔合註〕《漢書·卜式傳》：賜田十頃。王維詩：僻處留田宅，仍纔十頃餘。清溪繞屋花連天。溪堂醉卧呼不醒，〔查註〕《名勝志》：溪堂，在蘄州治南。至和中，吴瑛隱居也。司馬温公《寄吴比部之子莊年致仕歸蘄春》詩云：一朝投紱真高士，萬卷藏書舊世家。落花如雪春風顛。〔合註〕《吴大夫墓志》云：有薄田，臨溪築室，種花釀酒，家事一不問。賓客有至者，與之飲，必盡醉。公或醉卧花間，客去亦不問。可爲此數句詩註脚也。【誥案】紀昀曰：得此四語，意境乃活，如畫山水者，烘以雲氣。初白謂筆有仙骨，故是太白後身。我遊蘭溪訪清泉，〔查註〕《苕溪漁隱叢話》載：東坡云：黄州東三十里爲沙湖，予將置田其間，因往相田。得疾，聞龐安常善醫，遂往求療，與之同遊清泉寺。在蘄水郭門外二里許，有王逸少洗墨泉，水極甘，下臨蘭溪，溪水西流，是日與之極飲而歸。已辦布襪青行纏。〔王註〕杜子美《奉先劉少府新畫山水障歌》詩：青鞋布襪從此始。稽山〔六五〕不是無賀老，我自興盡回酒船。〔查註〕先生嘗至蘄州，欲訪德仁而未果，彼此兩不相識，故結處復用蒯子訓事，言終當相遇也。恨君不識顔平原，〔王註〕《唐書》：顔真卿爲平原太守，安禄山反，河朔盡陷，唯真卿城守具備。玄宗聞之，喜曰：「朕不識真卿何如人，所爲乃得若此。」恨我不識元魯山。〔王註〕《唐書》：元德秀，字紫芝。爲魯山令。蘇源明謂人曰：「吾不幸生衰俗，所不恥者，識元紫芝也。」銅駝陌上會相見，〔查註〕《太平寰宇記》：洛陽銅駝街。陸機《洛陽記》云：漢鑄銅駝二枚，在宫南四會號頭，夾路相對。俗語曰：金馬門外聚羣賢，銅駝陌上集少年。言人物之盛也。握手一笑三千年。

題王逸少帖

顛張、醉素兩禿翁，〔王註次公曰〕顛，張旭也，當時號爲張顛。醉素，僧懷素也。頗好飲酒。兩禿翁，一言其首無髮，一言其爲僧而祝髮，故并以禿翁言之。《前漢書》：與長孺共一禿翁。註云：禿翁，言無官位扳援也，今借字用耳。〔查註〕竇臮《述書賦》註：張旭，吴郡人，俗號張顛。《書苑菁華》：懷素家長沙，幼而事佛，經禪之暇，頗好筆翰。許瑝贈詩云：醉來信手兩三行，醒後却書書不得。追逐世好稱書工。何曾夢見王與鍾，〔王註績曰〕王羲之、鍾繇也。安自粉飾欺盲聾。有如市娼〔六六〕抹青紅，妖歌嫚舞眩兒童。【詰案】顛張、醉素，書家魔道，貶之自是特識。〔邵註〕《世説》：謝遏絶重其姊，張元常稱其妹。有濟尼者，並遊張、謝二家，人問其優劣？答曰：「王夫人神情散朗，故有林下風氣，顧家婦清心玉映，自是閨房之秀。」王夫人，謝道韞也。〔王註〕韓退之詩：妖歌嫚舞爛不收。謝家夫人澹丰容〔六七〕，蕭然自有林下風。天門蕩蕩驚跳龍，〔王註續曰〕梁武帝評書，謂王右軍書字勢雄强，如龍跳天門，虎卧鳳閣。出林飛鳥一掃空。〔王註〕《書評》：張旭草書如驚蛇入草，飛鳥出林。爲君草書續其終，〔查註〕庾肩吾《書品論》云：草聖起於漢時，解散隸法，用以赴急，本因草創之義，故曰草書。建初中，京兆杜操，始以善草得名。〔合註〕《述書賦》註云：杜操，字伯度，京兆人。終後漢齊相。章帝貴其跡，詔上章表，故號章草。待我他日不悤悤。〔查註〕《書苑菁華》：弘農張芝善草書，每書云，悤悤不暇，草書。【詰案】此二句入題作結，而仍收到帖，迴斡疾甚，又若颺下者然，故其餘韻長也。紀昀曰：題此詩必作行楷，故有此二句。

書林逋詩後

〔查註〕《宋史·隱逸傳》：林逋，字君復，錢塘人。少孤，力學，不爲章句，性恬淡，弗趨榮利。初遊江淮間，久之歸杭，結廬西湖之孤山，二十年，足不及城市。真宗賜粟帛，詔長吏歲時勞問。自爲墓於廬側。不娶，無子，教兄之子宥，登進士甲科。〔翁方綱註〕《高江村銷夏録》：此詩墨蹟，紙本。林詩凡五首。「傭奴」作「傭兒」，「西臺」作「留臺」。「更肯悲吟白頭曲」句下自註云：司馬長卿欲娶富人女，文君作《白頭吟》以誚之。先生臨終詩云：茂陵他日求遺草，猶喜曾無《封禪書》。蘇題云《書和靖林處士詩後》，凡十四行，小行楷書。後跋云：右和靖林處士君復手書七言近體五首。蘇長公一歌，推許至矣。然至「詩如東野不言寒，書似留臺差少肉」二語，便是汝南月旦，何嘗少屈狐筆也。留臺者，李建中也，嘗分司御史臺。考之，集稱「西臺」，以偶東野，尤當更稱耳。始，錢塘人即孤山故廬，以祀和靖。遊者病其湫隘，因長公詩後有「我笑吳人不好事，好作祠堂傍修竹」，遂徙置白香山祠，與長公配，迨於今香火不絕。乃其遺跡與長公同卷，價踊貴十倍。太史公云：伯夷、叔齊，得夫子而名益彰。若君復者，抑何其多幸也歟。萬曆壬午嘉平月，吳郡王世貞謹題。〔合註〕墨蹟今在大內。瞳子作眸子。

吳儂生長湖山曲〔六八〕，〔王註次公曰〕吳儂，吳語也，自稱及彼皆曰儂。呼吸湖光飲山綠〔六九〕。〔合註〕何焯曰：用皇甫持正《顧逋翁詩序》。不論世外隱君子，傭兒〔七〇〕販婦皆冰玉。〔合註〕《漢書·張耳傳》：庸奴其夫。《周禮·地官》：夕市，販夫販婦爲主。【誥案】紀昀曰：起手如未覩佛像，先現圓光。先生可是絕俗人，神清骨冷無由俗。〔王註次公曰〕言林先生雖不是與物離絕之人，而其所生稟自不俗也。〔合註〕《晉書·衛玠傳》：叔寶神清骨冷。我不識君曾夢見，瞳子瞭然光可燭。〔合註〕皇甫湜《顧況集序》：湜以童子，見君揚州，眸子瞭然。遺篇妙字處處有，〔查註〕《隆平集》：林逋喜爲詩，澄澹峭特多奇句。既就稿，輒棄之，好事者往往竊記，所傳尚三百餘首。步遶西湖看不足。詩如東野不言寒，〔王註〕先生《祭柳子玉文》，嘗云郊寒島瘦。書似留臺〔七一〕差少肉。【誥案】原作留臺，避西湖也。平生高節已難繼，將死微言猶可錄。自言不作封禪書〔七二〕，〔公自註〕逋臨終詩云：茂陵他日〔七三〕求遺草，猶喜初無封禪書。〔王註〕《漢書》：司馬相如既病免，家居茂陵。天子曰：「相如病甚，可往悉取其書。」所忠往，而相如已死。問其妻，妻對曰：「長卿未死時，爲一卷書，曰，有使者來求書，奏之。」其遺札書言封禪事。更肯悲吟白頭曲。我笑吳人〔七四〕不好事，好作祠堂傍修竹。不然配食水仙王，一盞寒泉薦秋菊。〔公自註〕湖上有水仙王廟〔七五〕。〔合註〕《咸淳臨安志》：水仙王廟，在西湖第三橋北。然南宋時袁韶《記》畧云：或言廣潤龍君祠，卽水仙王廟。按錢塘水仙王事，始見於蘇詩，仙之廟於湖，公時蓋無恙，後莫知廟所在。故趙夔註蘇公詩，考驗無所得，乃序夢中談以茫昧，使龍君之祠是，趙復奚所疑哉。【誥案】紀昀曰：修竹秋菊，皆取高潔相配，不圖趁韻。

和仲伯達

〔合註〕《烏臺詩案》：仲伯達，承受無譏諷文字者。【誥案】此卽徐州仲屯田也。

歸山歲月苦無多，尚有丹砂奈老何。繡谷只應花自染，鏡潭長與月相磨。君方傍海看初日，〔王註次公曰〕近海有浴日亭，見日出也。我已横江擊素波。人不我知斯我貴，不須雷雨起龍梭。〔王註〕《晉·陶侃傳》：侃少時漁於雷澤，網得一織梭，以挂於壁，有頃雷雨，自化爲龍而去。

過文覺顯公房〔七六〕

〔查註〕外集題云：過揚州壽寧文覺顯公房。【誥案】此詩施編不載，查註從邵本補編。

斕斑碎玉養菖蒲，一勺清泉滿石盂。淨几明窗書小楷〔七七〕，便同《爾雅》注蟲魚。

雲師無著自金陵來，見余廣陵，且遺余《支遁鷹馬圖》。將歸，以詩送之，且還其畫

〔合註〕詩有「去年相見古長干」句，似應編元豐八年，不應編元祐七年也。【誥案】此詩施編不

載，查註據外集編入卷三十五揚州卷中，誤，今從合註改編。

道人自嫌三世將，〔馮註〕《史記·王翦傳》：爲將三世者必敗，以其所殺伐多矣，其後受其不祥。今王離已三世將矣。居無何，項羽救趙擊秦軍，果虜王離。庾信《哀江南賦》：三世爲將，終於此滅。棄家十年今始壯。玉骨猶寒〔七八〕富貴餘，漆瞳已照〔七九〕人天上。〔馮註〕《江左名士傳》云：杜宏治目如點漆。去年相見古長干，〔馮註〕《一統志》：金陵長干里，在聚寶門外，有長干橋。衆中矯矯如翔鸞。今年過我江西寺〔八〇〕，病瘦已作〔八一〕霜松寒。朱顏不辨供歲月，風中蒿火湯中雪。好問君家黄面翁〔八二〕，乞得〔八三〕摩尼照生滅。〔馮註〕《善信經》：明月珠、摩尼珠，多在龍胸中。莫學王郎與支遁，臂鷹走馬憐神駿〔八四〕。〔馮註〕《世說》：支道林常養數匹馬，或言道人畜馬不韻，支曰：「貧道重其神駿。」還君畫圖君自收，不如木人騎土牛。〔合註〕見卷十二《毛長官》詩王註。【誥案】句謂畫鷹馬，無所用也。

歸宜興，留題竹西寺三首〔八五〕

〔王註次公曰〕竹西寺，在揚州，此蓋經竹西寺而往常也。〔合註〕《九域志》：宜興在常州西南一百二十里。〔查註〕周益公《題楚頌帖》云：公以元豐七年，量移汝海，九月間抵宜興。聞真通觀側郭知訓宅，即公所館。自此過泗，遇歲除。八年正月道中，上書乞歸常。三月六日至南京，被旨從所請，回次維揚，又歸宜興。《留題竹西三絶》，蓋五月一日也。是月，起守文登，自此出入侍從以及南遷，迨建中靖國辛巳北歸，竟薨於常。公熙寧中倅杭，沿檄常、潤，賦詩云：惠泉山下土如濡，陽羨溪頭米勝珠。又有「買牛欲老」之句，卜居權輿於此。

其　一

十年歸夢寄西風，此去真爲田舍翁。〔王註次公曰〕西風，言欲歸西川也。田舍翁，言有田在常州也。《宋·高祖紀》：大明中，壞上所居陰室，於其處起玉燭殿，與羣臣觀之。牀頭有土障，壁上挂葛燈籠、麻繩拂。侍中袁顗盛稱上儉素之德，孝武不答，獨曰：「田舍翁得此，以爲過矣。」剩覓蜀岡新井水，要攜鄉味過江東。〔王註次公曰〕竹西寺，山上有井，其水味如蜀江，號曰蜀岡，故先生謂之爲鄉味。過江東，則江之東，言常州也。〔邵註〕《唐·地理志》註：揚州節度使杜亞，自江都西循蜀岡之右，引陂趨城。按，蜀岡有井，陸羽品爲第五泉，相傳與岷江相通。〔查註〕《海録碎事》：蜀岡自西北來，至揚州北竹西亭乃絶。《太平寰宇記》：今枕禪智寺，卽隋之故宫，岡有茶園。《揚州志》：禪智寺側爲崑丘臺，卽蜀岡也。《輿地紀勝》：大明寺在蜀岡側〔六〕。《水記》云：劉伯芻品大明寺井水爲第五。【誥案】紀昀曰：點綴有致。

其　二

道人勸飲雞蘇水，〔王註〕《本草》：有水蘇、紫蘇、假蘇，三種各異。水蘇，一名雞蘇。童子能煎鶯粟〔七〕湯。〔邵註〕《本草》：鶯粟名罌子粟，一名米囊子。秋種冬生，嫩苗作蔬甚佳。其實形如酒罌，中有白米，極細，可煮粥。江東人呼千葉者爲麗春花，或謂是罌粟別種，非也。其花變態，本自不常有，白者、紅者、紫者、粉紅者、杏黄者、半紅半紫半白者，豔麗可愛，故曰麗春，又曰賽牡丹、曰錦被花。詳見《游墨齋花譜》。〔查註〕《清異録》：昭宗在藩，嘗幕屬各賜法乳湯，蓋罌中粟所煎者。子由《藥苗》詩：罌小如罌，粟細如粟。研作牛乳，烹爲佛粥。柳槌石鉢，煎以蜜水。便口利喉，調肺養胃。暫借藤牀與瓦枕，莫教辜負竹風涼。〔王註〕《文選》李陵書：陵雖孤恩，漢亦負德。【誥案】公流竄七年，至是喘息稍定，勢不能無欣幸之意，此三詩皆發於情之正也。故其意興灑落，倍於他詩。

其三

此生已覺都無事，今歲仍逢大有年。〔王註〕《春秋·桓公三年》書「有年」。唐王維《和重陽節宰臣及百官上壽應制》詩云：四海方無事，三秋大有年。〔查註〕《穀梁傳·宣公十六年》：五穀大熟，爲大有年。《詩》鄭箋：豐年，大有年也。【誥案】賈易謂原題「山寺」二句在前，「此生」二句在後，公不自安，後乃倒其前後句。今此二十八字具在，不論何人，試倒讀之，通得去否？宋自開基以來，不輕易加罪言者，故至元祐，言者動輒以十惡大逆誣人，而毫無忌憚，是亦流弊之一端也。山寺歸來聞好語，野花啼鳥亦欣然。〔王註〕王維《因赦宥罪拜官》詩云：花迎喜氣皆知笑，鳥識歡心亦解歌。〔邵註〕按《續通鑑》：元祐六年侍御史賈易，劾軾元豐末在揚州聞先帝厭代作詩，無人臣禮。〔查註〕葉石林《避暑録》云：子瞻《山光寺》詩「野花啼鳥亦欣然」之句，其辨説甚明，蓋爲哲宗初即位，聞父老頌美之言。余嘗至其寺，親見當時詩刻，後書作詩日月，今猶有其本，蓋自南京回陽羨時也。奉諱在南京，事不相及，尚何疑乎？【誥案】賈易、趙君錫、安鼎等竄入朔黨，附宰相劉摯攻公，誣此惡逆，詳載卷三十三總案。其查註所載《避暑録》妄語，已削，駁正案内辯題詩劄條下。〔案〕總案元祐六年七月，有「先是劉摯、劉安世攻敗洛黨，摯已在執政」條，有「及劉摯代〔范〕純仁爲相，王巖叟爲樞密使，梁燾爲禮部尚書，劉安世久在諫垣，號殿上虎，招徠羽翼益衆，朱光庭、楊畏、賈易等失其領袖，皆附朔黨以干進，摯擢易爲侍御史，使驅公，意在傾子由也，搆難方急」條。又：同年八月，有「賈易、趙君錫、安鼎復祖述沈括、何正臣、舒亶、李定、李宜之、朱光庭、傅堯俞、王巖叟、王覿、孫升、揚康國、趙挺之、韓川訕謗之説，摭詩語，彈奏公與子由，并攻秦觀」條。又：同年八月，尚有「子由代奏竹西寺題詩事」條。條下引《續通鑑長編》云：〔八月〕初三日，輔臣奏事延和殿。……蘇轍進曰：臣兄乙丑年三月六日，在南京，聞裕陵遺制成服後，蒙恩許居常州。既南去，至揚州。五月一日，在竹西寺門外，道傍見數十父老説話，内一人合掌加額，云：「聞道好箇少年官家。」臣兄見有此言，心中實喜，又無可語者，遂作二韻詩，記之於寺壁，如此而已。（下畧）誥案：此條自辯劄，《欒城集》不載。

與孟震同遊常州僧舍三首〔八〕

〔王註〕先生有跋云：孟震，字亨之，鄆人。及進士第，爲承議郎。【誥案】此乃本集《書君子泉銘後》題下公自註語，非跋語也，王註誤。

其一

年來轉覺此生浮，又作三吴浪漫遊。忽見東平孟君子，夢中相對説黄州。〔王註無已曰〕先生《君子泉銘敍》云：孟君亨之，篤學而力行，克有常德，信於朋友，一時皆稱之曰：「此君子也。」因號之孟君子。君通守齊安，其圃有泉，旱不加損，水不加益，因名之曰君子泉。〔查註〕《鐵網珊瑚》畧云：余謫居黄州，通判承議郎孟震字亨之，頗與余相善。光州太守曹九章以書遺余曰：朝中士大夫，謂之孟君子。震，鄆人，及進士第。宇中有一泉甚清，余因名之君子泉，而子由爲之記。元豐六年十一月七日記。【誥案】《君子泉銘》，乃子由所作。《欒城集》不載。公跋此銘，在元豐六年十一月九日，載入黄州案内，未嘗作銘與敍也。陳師道執業門牆，因公薦舉，由布衣得列清職，而時有妄語，此又誤子由爲先生。查註所引，亦與本文不符，今姑存備考。

其二

湛湛清池五月寒，〔王註次公曰〕五月寒，不應寒而寒也。杜子美《岳麓山道林二寺行》詩：五月寒風冷佛骨。又《壯遊》云：鑑湖五月涼。又《絶句》云：因驚四月雨聲寒。皆其類也。〔查註〕《周益公題跋》云：公《同孟震游常州僧舍》詩：湛湛清池五月寒。而《謝表》云：今月二十二日到常州訖。其爲五月無疑。小山無數碧巑岏。稺杉戢戢三千本，〔王註厚曰〕戢戢，多貌。盧仝《月蝕》詩：萬國赤子戢戢魚頭生。且作凌雲合抱看。

其　三

知君此去便歸耕，笑指孤舟一葉輕。待向三茅乞靈雨，〔王註縯曰〕三茅，指言茅山也。茅君兄弟三人，皆爲神仙，而茅山則大茅之所隱也，在江寧府句容縣。〔邵註〕《神仙傳》：大茅君名盈，次弟名固，小弟名衷。太上老君拜盈爲司命真君，固爲定籙君，衷爲保命君，故曰三茅君。半篙流水送君行〔八九〕。

常州太平寺法華院薝蔔亭醉題〔九〇〕

【誥案】此詩施編不載，查註從邵本補編。

六花薝蔔林間佛，九節菖蒲石上仙〔九一〕。〔馮註〕《運斗樞》：玉衡星散爲菖蒲。《本草》：菖蒲，一名堯韭。《抱朴子》：菖蒲須得生石上，一寸九節已上紫花者尤善。韓終服之十三年，身生毛。《古詩》：石上生菖蒲，一寸八九節。仙人勸我餐，令我好顏色。何似東坡鐵拄杖，一時驚散〔九二〕野狐禪。【誥案】驚禪，猶棒喝也，前以此杖寄安道，卽有是語。可見河東杖落，不論杖屬誰何，詩皆寓言通用。若諸註醜詆季常，皆夢囈也。

贈常州報恩長老二首〔九三〕

〔查註〕史能之《咸淳毘陵志》：感慈寺，本顯慶寺，一名報恩，在武進縣東八里。唐顯慶中建。宋元祐三年胡右丞宗愈請爲墳刹。

其一

碧玉盌盛紅瑪瑙〔九四〕，井華〔九五〕水養石菖蒲。〔查註〕《本草》註：井華水，平旦第一汲者是。也知法供無窮盡，試問禪師得飽無。

其二

薦福老懷真巧便，〔查註〕《咸淳臨安志》：薦福寺，在鹽官縣西三十六里，有第一代尚禪師塔，張無垢有塔記〔九六〕。又《釋氏稽古畧》：天衣禪師名義懷，天聖間試經得度。〔合註〕劉孝綽《答雲法師書》：義窮深遠，語兼巧便。淨慈兩本更尖新。〔查註〕《五燈會元》：慧林圓照禪師宗本，世稱大本，無錫管氏子出家。謁天衣禪師，悟旨，開法平江瑞光寺。熙寧中，陳襄守杭，請師移住淨慈。《續燈録》：杭州淨慈善本禪師，姓董氏。嘉祐八年，往京師地藏院，得度。東遊至蘇，禮圓照本禪師於瑞光，執侍五年。元豐中，住雙林，還淨慈，世稱小本。憑師爲作鐵門限，準備人間請話人。

次韻答賈耘老

【誥案】上年八月，滕元發往知湖州，與公會於金山，以賈收爲託。是年五月戊戌，公有起知登州之命，是月丙申不書朔，則戊戌退在五月初四五日間也。賈收攜滕元發書來賀。而元發得耗，乃四月十七日。王定國京中所報，初疑其未確，至是，賈收以六月至常，距命下已一月，必已見邸報矣。公作此詩時，但告身未下耳。餘分見詩註中。

五年一夢〔九七〕南司州，〔王註次公曰〕南司州者，言黄州也。唐武德三年，於黄州黄陂縣置南司州，七年廢，其初蓋北齊武帝置也。〔查註〕《輿地紀勝》：南司州，在古黄州西南四十里獨家村。《元和郡縣志》：南司州，本西陵縣地，劉表以地當江漢之口，遣黄祖築城爲鎮，名黄城鎮，後改黄陂縣。飢寒疾病爲子憂。東來六月井無水，仰看古堰横奔牛。〔王註倬曰〕常、潤州之間有奔牛閘。〔查註〕《十道志》：萬策湖中有銅牛，人逐之，上東山入土。掘之，走至此柵。今柵口及堰皆以奔牛爲名。《名勝志》：奔牛臺，在常州武進縣北三十五里。平生管、鮑子知我〔九八〕，〔王註〕《史記·管晏列傳》：仲曰：「吾始困時，嘗與鮑叔賈，分財利多自與，鮑叔不以我爲貪，知我貧也。吾嘗與鮑叔謀事而更窮困，鮑叔不以我爲愚，知時有利不利也。吾嘗三仕三見逐於君，鮑叔不以我爲不肖，知我不遭時也。吾嘗三戰三走，鮑叔不以我爲怯，知我有老母也。生我者父母，知我者鮑子也。」今日陳、蔡誰從丘。夜航爭路〔九九〕泥水澁，牽挽直欲來瓜洲。自言：「嗜酒得風痺，〔合註〕《内經》：風氣勝者爲行痺。嵇康《絶交書》：痺不能摇。註引《説文》：溼病也。【誥案】自此句起，至「過我三間小池閣」句，皆代賈收語也。故鄉不敢居温柔。定將〔一〇〇〕泛愛救溝壑，〔王註〕杜子美《暮秋枉裴道州手札率爾遣興》詩：虚名但蒙寒温問，泛愛不救溝壑辱。衰病不復從前樂。〔王註〕張籍詩：與君相逢莫寂寞，衰老不復從前樂。今年太守真卧龍，〔王註〕《襄陽記》曰：諸葛孔明爲卧龍，龐士元爲鳳雛，司馬德操爲水鏡，皆龐德公語也。〔查註〕勞鉞《湖州志》：滕元發以元豐末知湖州。本集《與元發書》云：耘老至，辱手書，及道起居之詳。太守，正指元發也。【誥案】自此以下四句，乃代賈收述元發過訪水閣也。笑語炎天出冰雹。時低九尺蒼鬚髯〔一〇一〕，〔查註〕《後漢書・趙壹傳》：體貌魁梧，身長九尺，美須豪眉，望之甚偉。過我三間小池閣。」〔查註〕賈所居，名浮暉閣。「故人改觀争來賀，【誥案】自此以下，皆公語也。故人，公自謂也。時已復朝奉郎，起知登州，故曰「改觀」。滕元發既以書報，又使賈收至常，故曰「争來賀」也。小兒不信猶疑錯。〔合註〕《春秋序》：其有疑錯，則備論而闕之，以俟後賢。【誥案】公《與滕元發書》云：都下喜妄傳事，乃四月十七日發來邸報，至今不説，是可疑也，一夫進退何足道。又云：舍弟召命，蓋虛傳耳，凡此，皆迨、過所未信也。爲君置酒〔一〇二〕飲且哦，草間秋蟲亦能歌。【誥案】此句謂我即不出，亦無妨於吟詠也。蓋以起自制科，而自傷流落至老也。其下陡接「可憐」，深情自見。可憐老驥真老矣，【誥案】此自謂老馬識途而倦於馳騁，即赴文登亦無心進取也。後又《與滕元發書》云：區區之學，頃亦試之矣，竟無絲毫之補。復此强顔，歸於無成，徒爲紛紛，心之伊鬱，相識此意。其説與此詩結意正同。無心更秣天山禾。」〔王註次公曰〕天山在伊州伊吾縣。《唐・薛仁貴傳》：發三矢，輒殺三人，虜皆降。軍中歌曰：將軍三箭定天山，壯士長歌入漢關。韓退之《詠駑驥》詩：飢食天山禾。【誥案】紀昀曰：「自言」以下述賈語，後四句則喜其見禮於太守，而怨其無復仕進之意，徒爲太守所禮而已。查初白謂至末皆述賈語，恐無此章法。賈收亦非仕進之人，姑附於後，以俟有識。

墨　花并敍〔一〇三〕

世多以墨畫山水竹石人物者，未有以畫花者也。汴人尹白能之，爲賦一首。〔查註〕夏士良《圖繪寶鑑》：尹白專工墨花，習花光梅，扶疎縹緲。

造物本無物，忽然非所難。花心起墨暈，春色散毫端。縹緲〔一〇四〕形纔具，扶疎態自完。蓮風盡〔一〇五〕傾倒〔一〇六〕，杏雨半披殘〔一〇七〕。獨有狂居士，求爲黑牡丹〔一〇八〕。〔王註續曰〕唐末劉訓者，京師富人。梁氏開國，嘗假貸以給軍。京師春游，以觀牡丹爲勝賞，訓邀客賞花，乃繫水牛數百在前，指曰：「劉氏黑牡丹也。」兼書平子賦，〔王註續曰〕張衡，字平子。作《歸田賦》。歸向雪堂看。【誥案】公無時不以雪堂爲歸，不必定黄州作也。此句蓋取其黑白相形之意。

送竹几與謝秀才

平生長物擾天真，〔邵註〕《世説》：王恭從會稽還，王大看之，見其坐六尺簟。因語恭：「卿東來，故應有此物，可以一領及我。」恭無言。大去後，卽舉所坐者送之。既無餘，便坐薦上。大聞之，甚驚，曰：「吾本謂卿多，故求耳。」對曰：「丈人不悉恭，恭平生本無長物。」王大，名忱。老去歸田只此身。留我同行木上座〔一〇九〕，〔查註〕《傳燈録》：佛日參夾山，上堦禮拜。夾山問闍黎：「與甚麽人同行？」師曰：「木上座。」遂共到中堂，取拄杖擲夾山面前。贈君無語竹夫人。〔王註援曰〕俗謂竹几爲竹夫人。〔查註〕《侍兒小名録》云：東坡《寄柳子玉》詩：聞道牀頭惟竹几，夫人應不解卿卿。又《送竹几與謝秀才》詩云：贈君無語竹夫人。蓋俗謂竹几爲竹夫人也。山谷云：竹夫人，乃涼寢竹器。憩臂休膝，非夫人之職；而冬夏青青，竹之所長，故名之曰青奴。但隨秋扇年年在，〔王註次公曰〕班婕伃有《團扇》詩：嘗恐秋節至，涼飆奪炎熱。棄捐篋笥中，恩情中道絶。今反言之也。莫鬬瓊枝夜夜新。〔邵註〕《南史》：陳後主每使諸貴人及女學士與狎客共賦新詩，采其尤豔麗者，以爲曲調，被以新聲。選宫女有容色者，以千百數，令習而歌之，分部迭進。其曲有《玉樹後庭花》、《臨春樂》等。其畧云：璧月夜夜滿，瓊樹朝朝新。大抵皆美張貴妃、孔貴嬪之容色。堪笑荒唐玉川子，暮年家口若爲親。〔王註〕盧仝有詩云：蛙蛇是家口，草石是親情。

贈章默并敘〔一〇〕

章默居士，字志明。生公侯家，才性高爽。棄家求道，不蓄妻子，與世無累，而父母與兄之喪，貧不能舉，以是眷眷世間，不能無求於人。余深哀其志，既有以少助之，又取其言爲詩以贈其行，庶幾有哀之者。

章子親未葬，餘生抱羸疾。朝吟噎鄰里，夜淚腐茵席。前年〔一一〕黑花生，今歲白髮出。〔王註〕本朝王禹偁表云：早年多病，眼有黑花；晚歲多憂，頭生白髮。身隨日月逝，恨與天地畢。〔合註〕沈約《善館碑》：悠哉邈乎，與天地相畢矣。願求不毛田，〔王註〕《公羊傳·宣公十二年》：錫之不毛之地。親築長夜室。〔王註續曰〕《古詩》：送子長夜臺。言墓也。〔合註〕此陸士衡詩。難從王孫裸，〔王註〕《前漢書》：楊王孫病且終，先令其子曰：「吾欲羸葬以反吾真。」未忍夏后堲。〔王註〕《禮記·檀弓》：有虞氏瓦棺，夏后氏堲周。〔邵註〕鄭注：火熟曰堲，燒土冶以周於棺也。五陵多豪士，〔王註續曰〕《漢書》：高帝葬長陵，惠帝安陵，景帝陽陵，武帝茂陵，昭帝平陵。五陵皆在長安，徙天下豪傑之家以實之。百萬付一擲。〔王註〕《晉書·劉毅傳》：家無擔石之儲，摴蒱一擲百萬。心知義財難，甘就貧友乞。不辭〔一二〕毛粟〔一三〕施，行自〔一四〕丘山積。此志苟朝遂，夕死真不戚。誓求無生理，不踐有爲迹。棄身尸陀林，〔王註次公曰〕按唐僧玄應《一切經音義》曰：尸陀林，此言寒林，其林幽邃而寒，因以名也。在王舍城側，死人多送其中。〔查註〕《翻譯名義》：尸陀，又名恐畏林，亦名晝暗林。烏鳶〔一五〕任狼藉〔一六〕。

卷二十五校勘記

〔一〕度玉峰　集本、施乙、類本作「渡玉峰」。

〔二〕燈火　類丙作「燈燭」。

〔三〕書劉君射堂　集本、類本題作「劉乙新作射亭」，題下自註：「乙父嘗知眉州。」施乙題下原註：「集本云『劉乙』。」

〔四〕小軒　合註：「『軒』一作『窗』。」

〔五〕春風後　類丁作「春風暖」。

〔六〕盤雙龍　類本作「蟠雙龍」。

〔七〕赧　集甲、施乙作「赮」。按，《集韻》：「赧」，《說文》，面慙赤也，或從皮。

〔八〕今來　類本作「今年」。

〔九〕點黮　類本作「點點」。

〔一〇〕自一　集本作「一自」。

〔一一〕語笑　集本、施乙、類本作「笑語」。

〔一二〕竈婦　查註作「爨婦」。

〔一三〕和王勝之三首　施乙無「三首」二字。

〔一四〕齊釀　集本、施乙、類本作「齋醲」。沈欽韓《蘇詩查註補正》卷二：齊釀，即太守厨釀也。《晉書·

劉弘傳》：弘下教曰：「酒室中云齊中酒、聽事酒、猥酒，同用麴米，而優劣三品。投醪當與三軍同其厚薄，自今不得分別。」此「齊」不得讀齊楚之「齊」也。

〔一五〕緑波　集甲作「淥波」。

〔一六〕可絃歌　類本作「有絃歌」。

〔一七〕南都　類本作「南部」，合註謂「部」訛。盧校：一作「南郡」。

〔一八〕班班　原作「斑斑」。今從集本、施乙。施註引《後漢書·五行志》作「車班班」，與類註「車斑斑」不同。紀校：當作「班班」。四部叢刊影宋紹興刊《後漢書》作「班班」。

〔一九〕使君　集本、施乙、類本作「史君」。

〔二〇〕時要　集本、施乙、類本作「時邀」。

〔二一〕凌通闤　原作「臨通闤」。今從集本、施乙。

〔二二〕勤躋攀　集乙作「懃躋攀」。

〔二三〕并敍　施乙作「并引」。

〔二四〕先窮　類本作「無窮」。

〔二五〕已解　施乙作「易解」。

〔二六〕閑蛾眉　查註、合註：「閑」一作「閉」。

〔二七〕燈青　類丙作「燈清」。

〔二八〕願君　集本、類本作「願公」。查註：宋刻本「君」作「公」。

〔二九〕寄怪石斛與魯元翰　類本題下原註：「魯少卿也。」

〔三〇〕碎月　施乙作「砰月」。

〔三一〕亦堪餐　類甲、類丁作「已堪餐」。

〔三二〕陸士衡日出東南隅行　施乙作「文選羅敷歌」。按《文選》卷二十八有《日出東南隅行》，題下有「或曰羅敷豔歌」六字。則《羅敷歌》乃其另一題名。

〔三三〕漁父四首　三希堂石刻收此四詩之一、二首。第一首末書：「右漁父破子一」；第二首末書：「右漁父破子二」。

〔三四〕輕舟　三希堂石刻作「孤舟」。類本作「孤舟」。

〔三五〕櫂　集甲作「棹」。按，《集韻》：「櫂」，或作「棹」。以後不重出。

〔三六〕橫斜　集本、施乙作「斜橫」，類本作「縱橫」。

〔三七〕今古　合註：「今」一作「千」。

〔三八〕午醉　章校：《鑑》「醉」作「睡」；疑三句作「午睡」，四句「春睡」作「春醉」。

〔三九〕贈眼醫王彥若　集本、施乙「王」字後有「生」字。查註：宋刻本有「生」字。

〔四〇〕脈絡　集本、施乙、類本作「絡脈」。

〔四一〕目與翳　施乙作「目與瞖」。按，《一切經音義》：「翳」通「瞖」。

〔四二〕更傷穀　類甲、類丁作「易傷穀」。

〔四三〕并敍　施乙作「并引」。

〔四四〕當歸　集乙、施乙作「將歸耕」。集甲、類本作「當歸耕」。
〔四五〕皆有以助之　施乙無「皆」字。
〔四六〕二十　施乙作「廿」。
〔四七〕趙昌花　集本、施乙「花」作「畫」。
〔四八〕查註廣川畫跋云云　「查註」二字原脱。光緒刊本合註亦脱。今校補。
〔四九〕度關山　集本、施乙、類本作「渡關山」。
〔五〇〕曉涼　類丙作「晚涼」。
〔五一〕照耀　集本、施乙、類本作「照曜」。
〔五二〕自成暈　合註作「紫成暈」。
〔五三〕清飆　集甲作「青飆」。集乙作「清飈」。
〔五四〕强一笑　何校：「獨一笑」。合註：「强」一作「獨」。
〔五五〕丘翁　施乙作「丘公」。
〔五六〕丹砂　集甲作「丹沙」。
〔五七〕止一章　類本作「上一章」。
〔五八〕鈐轄　類乙作「鈐轄」，疑誤。
〔五九〕勒帛　集本、施乙、類甲作「勒巾」。查註：宋刻本「帛」作「巾」。
〔六〇〕龍蛇枏　集本、施乙、類本作「龍蛇插」。查註：宋刻本「枏」作「插」。

〔六一〕紛相雜　集本、施乙、類甲、類乙作「紛相戛」。

〔六二〕一插　集本、施乙、類本作「一掐」。查註：宋刻本「插」作「掐」。

〔六三〕過苕霅　原作「夢苕霅」。今從集本、施乙、類本。查註：宋刻本「夢」作「過」。

〔六四〕霜鬢　類本作「霜鬚」。

〔六五〕稽山　類甲作「嵇山」，疑誤。

〔六六〕市娼　集本、施乙作「市倡」。按，《康熙字典》：「倡」，別作「娼」。

〔六七〕澹丰容　集本、施乙、此處作「淡丰容」。類甲作「淡手容」，「手」疑誤。

〔六八〕湖山曲　查註、合註：「曲」一作「麓」。

〔六九〕飲山綠　集甲、施乙作「飲山淥」。

〔七〇〕傭兒　原作「傭奴」，今從集本、施乙。施乙原校：「兒」一作「奴」。

〔七一〕留臺　集本、施乙、類本作「西臺」。施註引《法書苑》云：李建中爲西臺御史，善古文八分行書。删去「書似」句下詰案「註家妄改西臺今正」八字。

〔七二〕封禪書　「書」字下，施乙無「逋臨終詩」云云。

〔七三〕他日　集本、類本作「異日」。

〔七四〕吳人　類甲作「吾人」，疑誤。

〔七五〕湖上有水仙王廟　集本無此條自註。施乙註云：西湖有水仙王廟；無「東坡云」字樣。類本引援註云：杭州西湖有水仙王祠。

〔七六〕過文覺顯公房　類本、外集題作「過揚州壽寧文覺顯公房」。

〔七七〕小楷　外集作「小字」。

〔七八〕猶寒　七集作「猶含」。外集作「猶嫌」。

〔七九〕已照　外集作「獨照」。

〔八〇〕江西寺　外集作「竹西寺」。

〔八一〕已作　外集作「欲作」。

〔八二〕好問君家黄面翁　外集作「欲就君家黄面師」。

〔八三〕乞得　外集作「乞取」。

〔八四〕憐神駿　外集作「矜神俊」。

〔八五〕歸宜興留題竹西寺三首　施乙題下原註：「寺在揚州城北」。集本無「三首」二字。

〔八六〕輿地紀勝大明寺在蜀岡側　「輿地紀勝」原作「方輿紀勝」。按，「方輿紀勝」不成書名。《方輿勝覽》無此條。《輿地紀勝》卷三十七《蜀崗》條云：「故大明寺之側，有蜀井，或曰蜀崗。」「方輿紀勝」當爲「輿地紀勝」之誤，今改。

〔八七〕鶯粟　集本、施乙作「罌粟」。

〔八八〕與孟震同遊常州僧舍三首　類本無「與」字，集本無「三首」二字。

〔八九〕送君行　集本、施乙作「贈君行」。

〔九〇〕常州太平寺法華院薝蔔亭醉題　七集無「法華院」、「醉題」等字。

〔九一〕石上仙　類乙作「石上山」，疑誤。

〔九二〕驚散　原作「驚起」。今從類本、外集。

〔九三〕贈常州報恩長老二首　集本無「二首」二字。此二詩之第二詩，七集續集重收，題作「再贈常州報恩長老」。

〔九四〕瑪瑙　集甲、施乙、類本作「馬腦」。

〔九五〕井華　集本、施乙、類本作「井花」。

〔九六〕張無垢有塔記　「有塔」二字原脱，今據盧校補。

〔九七〕一夢　集甲、施乙作「一卧」。

〔九八〕子知我　集本、施乙作「我知子」。

〔九九〕爭路　原作「爭渡」。今從集本、施乙。按詩意，蓋言争路程也。

〔一〇〇〕定將　集本作「空將」。

〔一〇一〕鬢髯　施乙「髯」作「眉」。

〔一〇二〕置酒　施乙作「沽酒」。

〔一〇三〕并敍　施乙作「并引」。

〔一〇四〕縹緲　集本作「縹眇」，施乙作「縹渺」。按，周必大《二老堂詩話》卷下《論縹緲二字》：「自唐文士，詩詞多用『縹緲』二字，本朝蘇文忠公亦數用之。其後蜀中大字本改作『縹眇』，蓋韻書未見『緲』字爾。或改作『渺』，未知孰是？《四庫全書總目提要》謂周必大「《辨縹緲字》一條，知引蘇軾詩，而不知出王延壽《魯靈光殿賦》」。《文選》卷十一王賦有「忽瞟眇以響像」語，註：瞟眇，視不明之貌。又：卷二七《送陳睦知潭州》「華清縹緲浮高棟」句，施乙「緲」亦作「眇」。又：「縹緲」、「縹眇」、「縹渺」，以後不重出。

〔一〇五〕蓮風盡　類本作「蓮風起」。

〔一〇六〕傾倒　原作「顛倒」。今從集本、施乙、類本。

〔一〇七〕披殘　原作「摧殘」。今從集本、施乙、類本。

〔一〇八〕黑牡丹　類甲、類乙作「墨牡丹」。

〔一〇九〕木上座　施乙、類本作「木上座」，註文作「木上座」，今從。原作「木上坐」。

〔一一〇〕并敍　施乙作「并引」。

〔一一一〕前年　類甲作「前來」，疑誤。

〔一一二〕不辭　集甲、施乙作「不詞」。

〔一一三〕毛粟　原作「毛髮」，今從集甲、施乙、類本。查註：宋刻作「毛粟」。

〔一一四〕行自　施乙作「行且」。

〔一一五〕烏鳶　集本作「烏鳥」。

〔一一六〕狼藉　集甲、施乙作「狼籍」。卷十四《玉盤盂》其一「狼藉」，集甲亦作「狼藉」，則「藉」、「籍」通。